Knaur

Über den Autor:

Phillip M. Margolin ist Absolvent der angesehenen Law School der New York University. Als prominenter Anwalt übernahm er bei vielen spektakulären Prozessen erfolgreich die Verteidigung. Er ist verheiratet und lebt mit Frau und Kindern in Portland, Oregon. Von Phillip M. Margolin sind als Knaur Taschenbücher erschienen: *Auf glühenden Kohlen, Nach Einbruch der Nacht, Auf ewig unvergessen, Das Gift der Erinnerung* und *Der letzte Unschuldige.*

Die Witwe des Leichenbestatters

Roman

Aus dem Amerikanischen übersetzt
von Klaus Berr

Knaur

Die amerikanische Originalausgabe erschien unter dem Titel »The Undertaker's Widow« bei Doubleday, New York.

Besuchen Sie uns im Internet:
www.knaur.de

Vollständige Taschenbuchausgabe 2002
Droemersche Verlagsanstalt Th. Knaur Nachf., München

Umschlaggestaltung: ZERO Werbeagentur, München
Umschlagabbildung: Zefa, Düsseldorf
Druck und Bindung: Clausen & Bosse, Leck
Printed in Germany
ISBN 3-426-62053-7

5 4 3 2 1

Für Tante Bea

Teil 1

Die Witwe des Leichenbestatters

1. Kapitel

Leroy Dennis prophezeite üble Fahrbedingungen, als sie aus der Funkzentrale die Nachricht erhielten, daß es sich bei dem Schauplatz der Schießerei um eine Villa am Crestview Drive handle. Eine Woche sintflutartiger Regenfälle hatte Oregon verwüstet. Flüsse traten über die Ufer, Städte wurden evakuiert, Stromausfälle waren die Norm, und Erdrutsche blockierten Wege und Straßen im ganzen Staat. Die schlimmsten dieser Erdrutsche in Portland gab es in den Hügeln, die das Stadtzentrum überragten. Der Crestview Drive führte über den Gipfel von Portlands höchstem Hügel.

Lou Anthony wählte die direkte Route zum Tatort. Auf halber Höhe der Southwest Chandler Road hätte ein Berg aus Schlamm der Fahrt der beiden Mordermittler beinahe ein Ende gesetzt. Fackeln brannten entlang der Fahrbahn, um Autofahrer vor der Gefahr zu warnen. Der gräßliche Regen, die alles verschlingende Schwärze hinter den Lichtkegeln der Scheinwerfer und der wabernde Rauch der Fackeln brachten Anthony auf den Gedanken, ob er sich vielleicht in einen Winkel der Hölle verirrt hatte.

»Was haben wir, Leroy?« fragte Anthony, während er dem Erdrutsch auswich.

»Ein gewisser James Allen hat die 911 angerufen«, antwortete der schlanke schwarze Detective. »Er arbeitet für den Besitzer, Lamar Hoyt. Zwei Tote, sagt Allen. Ein Mann ist ins Haus eingebrochen und hat Hoyt erschossen. Dann hat die Frau den Täter erschossen.«

»Hoyt! Das ist Ellen Creases Mann.«

»Ist Crease nicht die Senatorin, die früher mal Polizistin war?«

Anthony nickte. »Sogar eine gute, und eine erstklassige Schützin.«

Dennis schüttelte den Kopf. »Da hat sich der Kerl das falsche Haus zum Einbruch ausgesucht.«

Es gab nur wenige Laternen am Crestview Drive; dazwischen war die Straße pechschwarz, aber Anthony und Dennis fanden den Tatort ohne Probleme. Dieser Teil der West Hills war in große Grundstücke parzelliert, und so standen nur wenige Häuser an der schmalen Landstraße. Eine hohe Ziegelmauer begrenzte das Anwesen der Hoyts. Über dem Mauerrand kämpften die Äste einer riesigen Eiche verzweifelt gegen die Elemente wie die kraftlosen Arme eines müden Boxers. Vor einem schmiedeeisernen Tor hielt Anthony an. Ein gelbschwarzes Metallschild an den gut zwei Meter hohen, mit Speerspitzen versehenen Gitterstangen warnte Eindringlinge vor dem elektronischen Sicherheitssystem. Ein schwarzer Metallkasten mit einem Schlitz für eine Plastikkarte war in der Höhe des Fahrerfensters an der Mauer befestigt. Daneben befand sich eine Gegensprechanlage. Anthony wollte sie eben betätigen, als Dennis bemerkte, daß das Tor einen Spalt offenstand. Dennis sprang in den Sturm und stieß das Tor auf.

Als Dennis wieder im Auto saß, fuhr Anthony langsam die geschwungene Auffahrt zu dem dreistöckigen Landhaus im Tudorstil hoch. Kaum hatte Anthony angehalten, ging die mit Schnitzwerk reichverzierte Haustür auf und ein verängstigter Mann in Bademantel und Pyjama stürzte in den Regen. Er war knapp unter einsachtzig groß und schlank. Der Regen klatschte ihm die ungekämmten, graumelierten Haare an den Kopf und sprenkelte die Gläser seiner Brille.

»Sie sind oben im großen Schlafzimmer«, sagte er und deutete hinauf in den ersten Stock. »Sie will ihn nicht allein lassen. Ich habe bereits einen Krankenwagen gerufen.«

Der Mann führte die beiden Detectives in eine geräumige Eingangshalle, in der ein riesiger Perserteppich einen Großteil des Parkettbodens bedeckte. Vor ihnen führte eine breite Treppe mit poliertem Eichengeländer nach oben.

Anthony strich sich den Regen aus den schütteren, roten Haaren. Er war ein großer Mann mit kantigem Kinn, einer gebrochenen Nase und graublauen Augen. Seine Schultern waren zu breit, und seine Kleidung paßte ihm nie richtig. Unter seinem Regenmantel trug er ein an den Ellbogen durchgescheuertes und zerknittertes braunes Tweedsakko und eine dunkelbraune Bundfaltenhose. Anthony hatte sich angewöhnt, sein Sakko immer zuzuknöpfen, um seinen allmählich sich entwickelnden Bierbauch zu verstecken. Die blaue Strickkrawatte, die sein Sohn ihm zu seinem vierzigsten Geburtstag geschenkt hatte, hing auf Halbmast.

»Darf ich fragen, wer Sie sind, Sir?« fragte Anthony.

»James Allen, Mr. Hoyts Hausmeister.«

»Okay. Was ist hier passiert, Mr. Allen?«

»Ich wohne über der Garage. Dem großen Schlafzimmer genau gegenüber. Es gab einen Schuß. Erst dachte ich, es hat gedonnert. Dann fielen weitere Schüsse. Ich rannte nach nebenan und sah einen Mann auf dem Boden neben dem Bett. Und viel Blut. Und Mrs. Crease … Sie saß auf dem Bett und hielt Mr. Hoyt in den Armen … Ich glaube, er ist tot, aber sicher weiß ich es nicht. Sie läßt mich nicht zu ihm. Sie hat eine Waffe.«

»Bitte bringen Sie uns nach oben, Mr. Allen«, sagte Anthony.

Die Detectives folgten dem Hausmeister über die geschwungene Treppe in den ersten Stock, ohne die Ölgemälde und Gobelins im Treppenhaus eines Blickes zu würdigen. Dennis hatte seine Waffe gezückt, aber er kam sich komisch damit vor. Die Gefahr war wohl vorüber. Allen führte sie zu einem Zimmer am Ende eines schwach erhellten, mit Teppichboden ausgelegten Gangs. Die Tür war offen.

»Bitte sagen Sie Senatorin Crease, daß wir von der Polizei sind«, trug Anthony Allen auf. Der Detective kannte Crease gut genug, um sie Ellen zu nennen, aber er hatte keine Ahnung, in welcher Verfassung sie war. Und wenn sie eine Waffe hatte, wollte er kein Risiko eingehen.

»Mrs. Crease, hier ist James Allen. Ich habe zwei Polizisten bei mir. Sie wollen ins Schlafzimmer kommen.«

Allen machte einen Schritt ins Zimmer, aber Anthony hielt ihn am Arm zurück.

»Ich halte es für besser, wenn Sie unten auf den Krankenwagen und die anderen Beamten warten.«

Allen zögerte, sagte dann: »Wie Sie wollen« und ging über den Gang davon.

»Ich bin Lou Anthony, Senatorin. Sie kennen mich. Ich bin Beamter der Polizei von Portland. Mein Partner und ich kommen jetzt ins Zimmer.«

Anthony atmete tief ein und trat durch die Tür. Die Schlafzimmerbeleuchtung war ausgeschaltet, aber das Licht aus dem Gang tauchte das große Zimmer in einen fahlgelben Schein. Auf halbem Weg zwischen Tür und westlicher Wand lag ein Mann auf dem Boden. Die Beine des Toten waren an den Knien abgeknickt, als sei er zu Boden gesackt. Seine Füße berührten beinahe den provenzalischen Schrank, der gegenüber des Doppelbetts an der Südwand stand. Die Schranktüren waren offen, und Anthony sah einen Fernseher. Der Kopf des Mannes lag am Fuß des Bettes in einer Blutlache. Neben seiner Hand lag ein 45er Revolver.

Anthony wandte den Blick von dem Toten ab und betrachtete die Szene direkt vor sich. Auf der von der Tür entfernten Seite des Bettes saß, als würde sie für eines von Caravàggios düsteren Ölgemälden posieren, Ellen Crease. Sie hatte das Gesicht von Anthony abgewandt, der Rücken ihres einfachen, weißen Nachthemds war blutbespritzt. Lamar Hoyts nackter Körper lag quer über dem Bett. Creases Rücken verdeckte einen Teil seines Oberkörpers, aber Anthony konnte zwei Einschußwunden und dünne Blutspuren erkennen, die durch die dichte, graue Behaarung auf Hoyts bärengleicher Brust sickerten. Hoyts großer Kopf ruhte im Schoß seiner Frau; Crease schaukelte leicht hin und her und gab leise, wimmernde Laute von sich. Anthony bemerkte, daß ihre rechte Hand auf der massigen Brust ihres Gatten lag und ihre linke einen 38er Special hielt.

»Senatorin«, sagte Anthony sanft. »Ich komme jetzt um das Bett herum.«

Crease schaukelte und schluchzte weiter. Der Detective drückte sich an dem Schrank vorbei, stieg über die ausgewaschenen Jeans des Toten und musterte seine marineblaue Windjacke. Die Haare des Toten waren feucht vom Regen und blutgetränkt. Seine Kleidung war triefnaß.

Anthony wandte den Blick ab und konzentrierte sich auf Crease. Sie hielt weiter die Waffe in der Hand, allerdings mit schlaffem Griff, und sie starrte ihren Gatten an. Was von Hoyts Gesicht noch übrig war, war verschmiert mit Blut, das auch das weiße Nachthemd durchtränkte. Als Anthony neben ihr stand, sah Crease hoch. Ihr Gesicht war tränenfleckig und von Trauer gezeichnet.

Fünfundvierzig Minuten später verstopften Polizeiautos, ein Krankenwagen und der Transporter des Leichenbeschauers die Einfahrt vor dem Hoytschen Haus. Während die Spurensicherung den Tatort untersuchte, wartete Lou Anthony in einem der tiefen, roten Ledersessel in der Bibliothek geduldig auf Ellen Crease. Das Zimmer war ungewöhnlich sauber, und er spürte, daß es nicht sehr häufig benutzt wurde. Anthony hatte sich einige der handgefertigten, ledergebundenen Bücher angesehen, die dicht an dicht in den deckenhohen Kirschholzregalen standen. Er hatte keinen einzigen Band mit geknicktem Rücken entdeckt. Er hielt eben eine Ausgabe von Hemingways Kurzgeschichten in der Hand, als Ellen Crease in Jeans, dunkelblauer Bluse und einem weiten, dunkelgrünen irischen Wollpullover die Bibliothek betrat.

Senatorin Ellen Crease war fünfunddreißig, aber sie hatte den kompakten, athletischen Körper einer zehn Jahre jüngeren Frau. Creases Persönlichkeit war so robust wie ihre Statur. Ihre Haut war dunkel, und ihre glatten schwarzen Haare umrahmten ein Gesicht, das immer auf der Hut zu sein schien. Ellen Crease hatte absolut nichts Zierliches. Sie war eine Eisenfaust, die nie in einen Samthandschuh passen würde.

»Hallo, Lou«, sagte Crease und streckte ihm die Hand hin, als sei er ein politischer Verbündeter. Anthony stellte hastig das Buch zurück und schüttelte ihr die Hand.

»Mein Beileid wegen Lamar. Wie geht's?«

Crease zuckte die Achseln. Anthony staunte über ihre Gefaßtheit. Er hatte ihren Kummer gesehen, aber jetzt war jede Spur ihrer Tränen getilgt. Der Detective nahm an, daß sie ihre Gefühle unterdrückte. Vermutlich unterdrückte sie auch jegliche Gefühle bezüglich der Tötung des Eindringlings, aber Anthony wußte, daß das Schuldbewußtsein bald an die Oberfläche kommen würde, um sie zu quälen, so wie es ihn gequält hatte, als er in Ausübung seiner Pflicht einen Mann erschossen hatte. Ein Untersuchungsausschuß hatte Anthony von jeder

Schuld freigesprochen, er hatte sogar eine Auszeichnung erhalten. Trotzdem hatte er Jahre gebraucht, um die Schießerei zu verarbeiten. Für die meisten Menschen ist es sehr schwierig, die Tötung eines Menschen, auch wenn es aus Notwehr geschieht, zu bewältigen.

»Fühlen Sie sich in der Lage, ein paar Fragen zu beantworten?« fragte Anthony.

»Ich will es hinter mich bringen, Lou, also gehen wir's an.«

Crease setzte sich Anthony gegenüber in einen Sessel und nahm sich eine schlanke Mouton Davidoff Cadet aus einem Humidor, der auf einem Beistelltisch aus Eichenholz stand. Anthony sah zu, wie sie sich die Zigarre anzündete. Ihre Hand war erstaunlich ruhig.

»Da es einen Schußwechsel gab, muß ich Ihnen Ihre Rechte verlesen«, sagte Anthony entschuldigend.

»Betrachten Sie sie als verlesen.«

Anthony zögerte, er war unsicher, ob die Aufklärung nicht dennoch nötig war. Er wollte Crease Unannehmlichkeiten soweit als möglich ersparen; die Befragung zu beschleunigen, war eine gute Möglichkeit dazu.

»Warum erzählen Sie mir nicht einfach, was passiert ist?«

Crease zog an ihrer Zigarre. Das Rauchen schien sie zu beruhigen. Einen Augenblick lang schloß sie die Augen. Sie sah sehr erschöpft aus. Als sie anfing zu reden, klang ihre Stimme ausdruckslos.

»Lamar wollte früh ins Bett, aber ich mußte noch arbeiten. Sie wissen, daß ich mitten im Wahlkampf gegen Ben Gage um die republikanische Nominierung für den U.S.-Senat stecke?«

Anthony nickte.

»Ich hatte noch an einer Rede zu feilen, die ich morgen abend halten soll, und eine Gesetzesvorlage zu Schmalspureisenbahnen durchzuarbeiten. Lamar wollte Sex vor dem Einschlafen, und das haben wir auch getan. Danach bin ich aufgestanden, um ein Nachthemd anzuziehen, damit ich nach unten in mein Arbeitszimmer gehen konnte. Ich wollte eben ins Bad, als es sehr hell blitzte. Ich ging zum Fenster. Als ich hinaussah, blitzte es noch einmal. Die Umgebung des Pools war plötzlich taghell. Ich glaubte, einen Mann unter den Bäumen vor der Mauer stehen zu sehen, aber bevor ich genau hinschauen konnte, wurde es wieder dunkel. Ich tat es als Einbildung ab.«

»Wir haben unter einem der Bäume Fußabdrücke gefunden. Der Eindringling muß von dort aus das Haus beobachtet haben.«

»Wißt ihr schon, wer es war?«

»Nein. Er hatte keinen Ausweis bei sich, aber es ist nur eine Frage der Zeit, bis wir ihn identifiziert haben. Erzählen Sie weiter.«

Eine Sekunde lang versagte Creases Selbstbeherrschung. Sie schloß die Augen. Anthony wartete, bis die Senatorin fortfahren konnte.

»Als ich aus dem Bad kam, wollte Lamar kuscheln, und ich habe das Licht im Bad abgedreht, mein Nachthemd angezogen und bin zu ihm ins Bett gestiegen. Wir haben uns ein wenig unterhalten. Nicht lange. Dann sagte ich Lamar, ich müsse jetzt anfangen zu arbeiten. Ich setzte mich in meiner Hälfte des Betts auf ...«

»Das ist die Hälfte am Fenster, die von der Tür und dem Bad abgewandte Seite?« fragte Anthony.

»Genau.«

»Okay, und dann?«

»Die Tür krachte auf, und dieser Mann kam herein. Ich konnte sehen, daß er eine Waffe hatte, weil im Gang das Licht brannte.«

Wieder bekam Creases Fassade einen Riß, aber sie faßte sich schnell und hatte sich wieder unter Kontrolle.

»Ich habe immer einen kurzläufigen 38er Smith and

Wesson unter dem Bett. Er ist mit Hohlspitzmunition geladen. Ich habe mich seitlich aus dem Bett gebeugt, um ihn zu holen. Ich hörte drei Schüsse und kam feuernd wieder hoch. Ich sah den Mann zu Boden gehen. Erst als ich sicher war, daß er tot war, habe ich mich um Lamar gekümmert.«

Creases Stimme wurde heiser, ihre Augen feucht. Sie schüttelte den Kopf und zog wütend an ihrer Zigarre.

»Der Mistkerl hat Lamar umgebracht, einfach so. Ich konnte nicht mal mehr was zu ihm sagen.«

Crease hielt inne, sie konnte nicht mehr fortfahren.

»Alles in Ordnung mit Ihnen?«

»Scheiße, nein, Lou.«

Anthony fühlte sich schrecklich. Er gab ihr Zeit, sich zu sammeln.

»Hören Sie, ich will's kurz machen. Falls ich noch Fragen haben sollte, haben die Zeit bis später. Nur noch zwei Sachen, okay?«

Crease nickte.

»Als ich ankam, war das Tor offen. Bei dem ausgeklügelten Sicherheitssystem, das Ihr Mann hatte, warum war es nicht verschlossen?

»Anfangs war es verschlossen. Aber dann gab's einen Stromausfall. Als der behoben war, haben wir vergessen, es wieder zu schließen.«

»Ist das auch der Grund, warum die Alarmanlage im Haus ausgeschaltet war?«

»Nein, ich schalte die Anlage erst ein, wenn ich zu Bett gehe. Und wie gesagt, ich wollte noch eine Stunde oder so arbeiten.«

»Das alles ist mir sehr schwer gefallen, Ellen. Ich will, daß Sie das wissen. Für uns alle auf dem Revier sind Sie ein Star. Niemand wirft Ihnen etwas vor. Sie haben richtig gehandelt.«

»Ich weiß, Lou«, erwiderte Crease, jetzt kalt wie Eis. »Mir

tut nur leid, daß ich den Scheißkerl nicht schneller erschossen habe, denn dann wäre Lamar noch am …«

Ein Krachen und Geschrei ließen Anthony aufspringen. Als er die Bibliothekstür öffnete, sah er zwei Männer der Bestattungsanstalt wie erstarrt mitten auf der Treppe stehen. Zwischen ihnen lag auf einer Trage der Leichensack mit Lamar Hoyts sterblichen Überresten, die sie zu der Rollbahre am Fuß der Treppe schaffen wollten. Rücklings auf dieser Rollbahre lag ein großer, muskulöser Mann in Jeans, einem karierten Flanellhemd und einem Regenmantel. Drei Polizisten versuchten ihn auf die Rollbahre zu drücken, die in diesem Handgemenge auf dem Parkett hin und her schlitterte. Einer der Beamten drückte dem Mann den Arm auf den Rücken, ein zweiter versuchte, einen Würgegriff anzusetzen. Der Mann drehte und wand sich, bis er Anthony direkt ins Gesicht sah. Die Ähnlichkeit mit Lamar Hoyt war unverkennbar.

Der Beamte, der ihn im Würgegriff hatte, drückte fester zu, und der Mann wehrte sich nicht mehr. Ein zweiter fesselte ihm die Hände auf den Rücken. Dann zerrten sie den Mann von der Bahre und stellten ihn auf die Füße. Bevor Anthony etwas sagen konnte, rauschte Ellen Crease an ihm vorbei und durchquerte die Diele. Als der Eindringling Crease erkannte, verzerrte sich sein Gesicht vor Zorn und er machte schreiend einen Satz auf sie zu.

»Das warst du, du Schlampe.«

Crease blieb vor dem Mann stehen, starrte ihn verächtlich an und schlug ihm dann so fest ins Gesicht, daß sein Kopf zur Seite schnellte. Anthony fiel ihr in den Arm, bevor sie noch einmal zuschlagen konnte.

»Wer ist das?« fragte er.

»Dieses erbärmliche Stück Scheiße ist Lamar Hoyt junior.«

Anthony trat zwischen Crease und ihren Stiefsohn und sah dem wütenden Mann ins Gesicht.
»Beruhigen Sie sich«, sagte Anthony bestimmt.
»Diese Schlampe hat ihn umgebracht. Sie hat meinen Vater umgebracht«, schrie Junior.
Die Beamten hielten ihn fest, und Anthony packte ihn am Kragen seines Flanellhemds. Er roch den Schnaps in seinem Atem.
»Wollen Sie eine Nacht in der Ausnüchterungszelle verbringen?«
»Wäre nicht das erste Mal«, keifte Crease. Der junge Mann wollte sich wieder auf sie stürzen, konnte sich aber nicht aus Anthonys eisernem Griff lösen.
»Bitte warten Sie in der Bibliothek auf mich, Senatorin«, befahl Anthony wütend. Crease zögerte erst, entfernte sich dann aber von dem Knäuel.
Anthony deutete zur Treppe. »Herrgott noch mal, das ist die Leiche Ihres Vaters. Lassen Sie diese Männer sie fortschaffen.«
Junior starrte den Leichensack an, als würde er ihn zum ersten Mal sehen.
»Bringen Sie ihn hier rein«, sagte Anthony zu den Beamten und deutete auf einen kleinen Salon direkt neben der Diele. Nachdem sie den Auftrag ausgeführt hatten, winkte Anthony sie weg. Junior warf sich auf ein kleines Sofa. Anthony setzte sich neben ihn. Hoyts Sohn war gut einsachtzig groß und kräftig. Auf seinem großen Kopf lockten sich schwarze Haare, er hatte braune Augen, und seine Nase war kurz und dick wie die seines Vaters.
»Muß ich Sie gefesselt lassen?«
»Ich bin in Ordnung«, murmelte Junior.
»Wenn ich sie ihnen abnehmen lasse und Sie spielen sich wieder auf, bedeutet das eine Nacht im Gefängnis.«
Anthony winkte, und der Beamte mit dem Schlüssel

schloß die Handschellen auf. Junior rieb sich die Gelenke. Er machte ein verdrossenes Gesicht.

»Was sollte denn das vorher? Dieses Geschrei?«

Juniors Züge verhärteten sich. »Warum haben Sie sie nicht verhaftet?«

»Senatorin Crease?«

»Ich weiß, daß sie ihn umgebracht hat.«

»Mr. Hoyt, Ihr Vater wurde von einem Einbrecher ermordet. Er stürzte ins Schlafzimmer und erschoß ihn. Senatorin Crease hat den Einbrecher erschossen. Ellen Crease hat Ihren Vater nicht getötet, sie hat versucht, ihn zu schützen.«

»Das werde ich nie glauben. Ich weiß, daß diese Schlampe dahintersteckt. Sie wollte ihn tot, und sie hat ihren Willen durchgesetzt.

2. Kapitel

Der ehrenwerte Richard Quinn, Richter am Bezirksgericht des Multnomah County, war beinahe einsneunzig groß, ging aber leicht gebückt, als würde er sich seiner Größe schämen. Trotz seiner Statur und seines Rangs war der neununddreißigjährige Richter alles andere als furchteinflößend. Er lächelte leicht und wirkte hin und wieder etwas abgelenkt. Seine blauen Augen waren freundlich, und seine dichten schwarzen Haare fielen ihm in die Stirn, was ihm ein jungenhaftes Aussehen gab.

Quinns Arbeitstag endete für gewöhnlich zwischen fünf und sechs, aber heute war er bis sieben in seinem Amtszimmer geblieben, um am Fall *Gideon* zu arbeiten. Und wegen eines vom Regen verursachten Unfalls auf dem Sunset Highway hatte seine ansonsten zwanzigminütige Heimfahrt fünfzig Minuten gedauert. Als Quinn in Hereford Farms eintraf, war er erschöpft und hungrig.

Die Häuser in den Farms fingen bei einer halben Million an. Quinn und Laura hatten sich das Anwesen problemlos leisten können, als sie vor fünf Jahren hierher zogen. Quinn verdiente bei *Price, Winward, Lexington, Rice and Quinn* jährlich einen sechsstelligen Betrag, und Laura, damals noch Angestellte der Kanzlei auf der Überholspur zur Teilhaberschaft, bekam ein hohes fünfstelliges Gehalt mit der Aussicht auf mehr. Quinn hatte das alte Kolonialhaus in Portland Heights geliebt, in dem er wohnte, als er Laura den Heiratsantrag machte, und er hatte sich lange gegen den Umzug in die Vorstadt gewehrt.

Quinn konnte die Probleme in ihrer Ehe auf die Streitigkeiten über das Haus in Portland Heights zurückführen. Laura hatte das Gefühl, es sei zu klein für die Partys, die sie geben, und zu weit entfernt von dem Country Club, dem sie beitreten wollte. In der Blüte der neuen Liebe war es für Quinn einfach gewesen nachzugeben, aber er hatte sich nie wohl gefühlt in dem neuen Haus, das ihm eher wie ein Vorführmodell denn wie ein richtiges Zuhause vorkam. Es hatte eine gewölbte Decke im Eßzimmer und im Wohnzimmer und keine Wände, die die einzelnen Bereiche trennte. Ein Lüster hing hoch über dem Steinfußboden in der Eingangshalle. Glaswände ließen tagsüber das Licht in jeden Winkel strömen. Eine Wendeltreppe führte in den ersten Stock. Quinn mußte zugeben, daß das Haus eindrucksvoll war, aber Hereford Farms und alle Häuser innerhalb ihrer gesicherten Mauern waren steril, und Quinn bezweifelte, daß er sich in dieser vorstädtischen Enklave je zu Hause fühlen würde.

Quinn öffnete die Haustür. Er wollte eben Laura rufen, als ihm einfiel, daß sie an diesem Abend am Tennisturnier des Country Clubs teilnahm. Er hängte seinen nassen Regenmantel in den Dielenschrank und machte sich in der Küche ein Abendessen. Es gab noch verschiedene Salate vom Vortag und eine Suppe, die er sich aufwärmen konnte. Gemeinsame Mahlzeiten kamen eher selten vor, und wenn, dann aßen sie auswärts oder holten sich schnell ein Fertiggerichtessen aus dem örtlichen Supermarkt, weil Laura immer bis spät arbeitete. Keiner der Anwälte bei *Price, Winward* hatte einen normalen Acht-Stunden-Tag. Viele arbeiteten so schwer, daß sie gesundheitliche Probleme bekamen, vor der Zeit ausbrannten oder exzessiv tranken. Laura war eine der Fleißigsten der Firma, aber sie war in ausgezeichneter gesundheitlicher Verfassung und rührte Alkohol kaum an. Die Arbeit verschaffte ihr den Kick.

Quinn las im Bett, als er die Haustür hörte. Er sah auf die Uhr. Kurz vor zehn. Quinn lauschte, wie Laura in der Küche hantierte. Die Kühlschranktür schwang zu. Leises Klappern war zu vernehmen, wenn ein Glas oder ein Teller die Theke traf, an der Laura gern aß. Später dann hörte Quinn leise Schritte, als seine Frau die Wendeltreppe in den ersten Stock hochstieg.

Sie trug ihren Trainingsanzug, als sie das Schlafzimmer betrat. Sie war dreiunddreißig, sechs Jahre jünger als der Richter. Ihre Haut war blaß, ihre Haare karamelfarben, ihre Augen dunkelblau. Auch ohne Make-up und mit wirren Haaren war Laura sehr attraktiv. Sie war außerdem eine der gescheitesten Frauen, die Quinn je getroffen hatte. Ihr schneller Aufstieg zur Teilhaberin war ein Beweis ihrer Intelligenz und der sturen Entschlossenheit, mit der sie alles anging. Diese sture Entschlossenheit konnte aber auch Probleme verursachen, wenn es in einer Ehe Konflikte gab. Wenn Laura etwas wirklich wollte, gab sie so gut wie nie nach. Sie hatte auf dem Haus bestanden und sich geweigert, über Kinder auch nur nachzudenken, solange ihre Karriere noch im Steigen begriffen war.

Der einzige wichtige Punkt, bei dem sich Quinn Lauras Wünschen nicht gefügt hatte, war sein Richteramt.

»Wie ging's?« fragte Quinn, als Laura den Trainingsanzug auszog und den Reißverschluß ihrer Tennisshorts öffnete.

»Ich habe Patsy Tang zwei zu null geschlagen«, erwiderte Laura beiläufig. »Damit stehe ich im Viertelfinale.«

»Super. Hattest du Probleme beim Fahren?«

»Nein. Der Erdrutsch auf der Quail Terrace ist schon wieder weggeräumt.«

Laura stieg aus ihrem Tennisdreß und zog BH und Slip aus. Seit beinahe schon sieben Jahren sah Quinn seine Frau fast jeden Tag nackt, aber sie erregte ihn noch immer.

»Wann bist du nach Hause gekommen?« fragte Laura.

»Gegen acht.«

»Was hat dich so lange aufgehalten?«

»Gideon. Er hatte zwei Richter des Obersten Gerichtshofs, vier Bezirksrichter, einen Bürgermeister und mehrere Geistliche, die für ihn aussagten. Wir haben überzogen.«

Frederick Gideon war Bezirksrichter des Lane County mit Amtssitz in Eugene, Oregon, einer kleinen Stadt hundert Meilen südlich von Portland, die vor allem deswegen bekannt war, weil sie die University of Oregon beherbergte. Gideon war ein beliebter, gewissenhafter Jurist, der einige schlechte Investitionen getätigt hatte. Die Verluste waren so schlimm, daß er die Schulausbildung seiner Töchter nicht mehr bezahlen konnte. Gideon war sehr verzweifelt, als der Besitzer einer Baufirma, Angeklagter in einem Millionenprozeß, an ihn herantrat, um ihn zu bestechen. In einem Augenblick der Schwäche akzeptierte Gideon das Geld und gewährte dem Beklagten einen Freispruch.

Die Anwälte des Klägers waren verblüfft über das Urteil, das keine logische Grundlage hatte. Ein Privatdetektiv, der für den Kläger arbeitete, spürte Beweise für die Bestechung auf. Richter Gideon, der Besitzer der Baufirma und zwei weitere Männer wurden verhaftet. Gideon traf mit der Staatsanwaltschaft ein Abkommen. Er trat von seinem Richteramt zurück, sagte gegen die Mitangeklagten aus und durfte im Gegenzug auf ›schuldig in einem minder schweren Fall von Bestechlichkeit‹ plädieren, was eine Höchststrafe von fünf Jahren Gefängnis nach sich ziehen würde. Quinn hatte den Fall übertragen bekommen, weil alle Richter des Lane County befangen waren. Den ganzen Tag über hatte er Zeuge um Zeuge gehört, die alle Gideons Tugenden rühmten und um Milde baten. Am folgenden Morgen würden die Anwälte ihre Schlußplädoyers halten, und er würde ein Urteil sprechen müssen.

»Wie wirst du dich entscheiden?« fragte Laura.

»Ich weiß es noch nicht.«

Laura raffte ihre schmutzige Wäsche zusammen und setzte sich neben Quinn aufs Bett.

»Hat die Staatsanwaltschaft neue Beweise gegen ihn vorgelegt?«

»Nein. Jane hat sogar durchblicken lassen, daß sie nichts gegen eine Bewährungsstrafe hätte. Trotzdem …«

Quinn hielt inne, frustriert von den widersprüchlichen Gefühlen, die ihn umtrieben, seit er den Fall *Gideon* übernommen hatte. Er hatte nur laut wiederholt, was er sich den ganzen Tag schon vorgesagt hatte.

»Ich verstehe nicht, warum dieser Fall so schwierig für dich ist«, sagte Laura.

»Er ist Richter. Wenn ein Richter das Gesetz bricht, gelten andere Regeln.«

»Ein Richter ist auch nur ein Mensch.«

»Das stimmt, aber er muß andere Maßstäbe an sich selbst ansetzen. Wenn man die Robe anzieht, sondert man sich vom Rest der Menschheit ab.«

»Blödsinn. Man wird doch noch kein Gott, wenn man den Eid ablegt. Gideon stand stark unter Druck. Du hättest an seiner Stelle vielleicht dasselbe getan.«

»Nein, nie«, erwiderte Quinn mit Bestimmtheit.

»Wie kannst du das sagen, wenn du noch nicht in Gideons Lage warst?«

»Richter zu sein ist mehr als nur ein Job. Amerikaner werden zur Hochachtung vor dem Gesetz erzogen, und sie erwarten, daß Richter das Gesetz gerecht anwenden.

Wenn ein Richter sich bestechen läßt, untergräbt er diesen Glauben.«
»Ich glaube, jetzt übertreibst du ein bißchen. Wir reden von einem einzelnen Richter im Lane County, Oregon. Ich glaube nicht, daß das Land sich selbst zerstört, weil Fred Gideon ein bißchen Geld genommen hat, um seinen Kindern das College zu zahlen.«
»Du würdest bei Gideon also Nachsicht walten lassen?«
»Ich würde ihm Bewährung geben.«
»Warum?«
»Herrgott noch mal, Dick«, keifte Laura. »Er ist Familienvater. Schick ihn ins Gefängnis, und du zerstörst eine Familie. Und wozu? Wegen irgendeiner Theorie, die du im Sozialkundeunterricht gelernt hast?«
Quinn sah sie erstaunt an.
»Wie kannst du so was sagen? Du bist Anwältin. Hast du denn keine Achtung vor dem System, für das du arbeitest?«
»Ich arbeite in der realen Welt, nicht in einem Elfenbeinturm. Fred Gideon ist ein armer, überarbeiteter und unterbezahlter Kerl, der durchgedreht hat, weil er Angst hatte, daß er seine Kinder vom College nehmen muß.«
»Gideons Kinder könnten ja auch auf die University of Oregon gehen«, erwiderte Quinn verstimmt. »Es muß ja nicht unbedingt die Ivy League sein. Du hast dich auch so hochgearbeitet. Viele Kinder tun das.«
Lauras Züge verdüsterten sich, und Quinn tat es leid, kaum daß er die Worte ausgesprochen hatte. Bis zu ihrem zehnten Lebensjahr hatte Laura in einem Nobelvorort am Nordufer von Long Island, New York, gelebt. Dann hatte ihr Vater seinen Job als Ingenieur verloren und fiel in eine tiefe Depression. Die Familie mußte den Country Club und den Beach Club verlassen. Lauras private Tennis- und Klavierstunden hörten auf, und ihre Mutter fing an, Rabattmarken zu sammeln und Kleidung

in Billigläden einzukaufen. Lauras Vater war gezwungen, einen Aushilfsjob als Verkäufer anzunehmen, aber seine Frau wollte er nicht arbeiten lassen. Seine Depressionen wurden schlimmer, und Lauras Eltern fingen an zu streiten. Als Laura dreizehn war, hatte ihr Vater sich mit einer anderen Frau eingelassen, ihre Eltern wurden geschieden, und sie lebte von da an mit ihrer Mutter in einer winzigen Wohnung in Queens.

Laura hatte die neue Lage bewältigt, indem sie den ganzen Tag nur lernte und Tennis spielte. Obwohl sie ein Sport-Teilstipendium hatte, mußte sie neben dem Studium arbeiten. In ihren Augen war das Unvermögen ihres Vaters, ihr die Collegeausbildung zu finanzieren, ein weiterer Beweis für seinen Verrat.

»Ich bin mir sicher, daß du die richtige Entscheidung treffen wirst«, sagte Laura kalt und ging ohne ein weiteres Wort ins Bad. Quinn wußte, daß er Laura verletzt hatte, und er fühlte sich schlecht deswegen, aber der mangelnde Respekt seiner Frau für seine Arbeit deprimierte und ärgerte ihn.

Quinn versuchte zu lesen, aber das Buch interessierte ihn nicht mehr. Etwas später ging die Badtür wieder auf. Laura ging zu ihrer Kommode und streifte sich ihr Nachthemd über. Sie wirkte noch immer aufgewühlt. Quinn wollte nicht, daß Laura wütend einschlief. Als sie unter der Decke steckte, fiel Quinn ein, daß er eine gute Nachricht für sie hatte.

»Ich werde bei dieser Juristentagung im Bay Reef Resort auf St. Jerome sprechen. Die Organisatoren haben es heute nachmittag bestätigt.«

Quinns Leselampe brannte noch, und er sah, daß sich in Lauras Gesicht nur geringes Interesse zeigte.

»Ich habe mir gedacht, daß du vielleicht mitkommen könntest. Wir könnten ein paar Tage früher hinfliegen und einen Urlaub daraus machen. Sprechen werde ich

nur am Donnerstag. Die ganze restliche Woche hätten wir dann für uns.«
»Ich hab viel zu tun, Dick«, erwiderte sie kalt. »Da ist der *Media Corp.*-Prozeß und der *Hunter Air*-Vertrag.«
»Die Konferenz ist erst in der letzten Februarwoche. Da bleibt dir genügend Zeit, deine Arbeit zu organisieren. Komm, Laura. Es wird uns guttun. Wir hatten seit zwei Jahren keinen richtigen Urlaub mehr.«
Quinn wartete.
»Es würde mich wirklich freuen, wenn du mitkommst«, sagte Quinn, als er das Schweigen nicht mehr aushielt. »Ich könnte die Pause auch gut gebrauchen. Wir könnten eine schöne Zeit auf St. Jerome haben. Ich habe mich umgehört, die Insel soll sehr schön sein. Sand, Sonne. Wir könnten am Pool liegen und uns mit Banana-Daiquiris abfüllen. Was hältst du davon?«
Laura taute langsam auf. »Aber ich kann dir im Augenblick noch nichts versprechen«, sagte sie.
»Wenn du nicht bei mir bist, ist es nichts als Arbeit.«
»Ich rede mit Mort Camden.«
Quinn strahlte, und das zauberte ein Lächeln auf Lauras Gesicht. Quinn drückte sich an sie.
»Ich werde bestimmt traurig, wenn du nicht bei mir bist.«
Laura streichelte Quinn die Wange. »Manchmal bist du wie ein kleiner Junge.«
Quinn schob die Hand unter Lauras Nachthemd. Im ersten Augenblick verkrampfte sie, doch dann entspannte sie sich und küßte ihn. Quinn machte einen längeren Kuß daraus. Laura streichelte seinen Hals. Sie hatten sich seit eineinhalb Wochen nicht geliebt. Ihre Berührung wirkte wie ein Stromimpuls auf seine Nervenenden, und er war sofort steif. Quinn ließ seine Finger über ihren Rücken wandern, bis er ihre Hinterbacken in beiden Händen hielt. Er genoß die Spannung in ihren Muskeln.

Quinn spürte, wie Laura seine Pyjamahose aufknöpfte. Er zog die Hände nach vorn, damit er ihren Busen streicheln konnte. Sein Mund war trocken vor Erregung. Er wollte mit Laura spielen, um ihr gemeinsames Vergnügen zu verlängern. Seine Finger fanden ihre Nippel, und er streichelte sie, bis sie hart waren. Doch viel zu schnell schob Laura ihn in sich, und er war gefangen im schnellen Rhythmus ihrer Bewegungen, bis er wenige Augenblicke später explodierte und erschlaffte, erschöpft, aber nicht befriedigt wegen der Hast ihres Liebesspiels.

Quinn spürte das Bett sich bewegen, als Laura aufstand und ins Bad ging. Er spielte den schnellen Verkehr im Geiste noch einmal durch, und dabei fiel ihm auf, daß Sex mit Laura im letzten Jahr immer unbefriedigender geworden war. Quinn starrte zur Decke und versuchte sich zu erinnern, wann der Sex mit Laura aufgehört hatte, Spaß zu machen. Er wußte, daß es ihm vor der Heirat unheimlich viel Spaß gemacht hatte, und er war sicher, daß der Sex auch noch gut gewesen war, als sie in dem alten Haus in Portland Heights gewohnt hatten, aber irgendwann später war ihm der Verdacht gekommen, daß Laura es nur noch aus Gewohnheit machte, und er fing an, sich allein und einsam zu fühlen, wenn sie miteinander schliefen.

Allerdings erregte Laura Quinn noch immer, und sie verweigerte sich ihm nie. Andererseits ergriff Laura kaum noch die Initiative, so wie sie es getan hatte, als sie noch miteinander gingen, und sie schien alles zu tun, um schnell fertig zu werden, als sei Sex nur eine lästige Arbeit, wie Geschirrwaschen, die sie hinter sich bringen wollte, um sich Wichtigerem zuwenden zu können.

Quinn fragte sich, was passieren würde, wenn er eine Weile nicht mehr mit Laura schlief, aber er befürchtete, daß ihr mangelndes Interesse nur in seiner Einbildung existierte und sein Rückzug sie verletzen könnte. Das

konnte Quinn Laura nicht antun. Und er fürchtete noch mehr, daß Laura einfach nichts sagen und ihre Ehe eine reine Gewohnheitsgemeinschaft werden würde.
Die Toilettenspülung ging, und Quinn hörte Wasser ins Waschbecken laufen. Er stieg aus dem Bett und schob sich an Laura vorbei. Es wäre schön gewesen, wenn sie ihn im Vorübergehen berührt hätte, nur um zu zeigen, daß sie an ihn dachte. Quinn schloß die Badtür. Er fühlte sich plötzlich traurig und besiegt. Verzweifelt sehnte er sich danach, die frühen Tage ihrer Beziehung zurückzuholen, als ihre Leidenschaft noch der seinen entsprach, Sex für beide in befriedigter Erschöpfung gipfelte und er einschlafen konnte, ohne daß Zweifel seine Gedanken umwölkten.

3. Kapitel

Lou Anthony fuhr vom Anwesen der Hoyts direkt ins Justice Center, um seinen ersten Bericht zu diktieren. Im letzten Abschnitt befaßte er sich mit dem Vorfall mit Lamar Hoyt junior, dessen Verhalten zum Teil durch den Alkohol erklärt wurde, den er konsumiert hatte, und zum Teil durch seinen intensiven Haß auf Ellen Crease.

Lamar Hoyt senior war zweiundsechzig, als er ermordet wurde. Er war ein abgebrühter Geschäftsmann, der aus den Bestattungsinstituten seines Vaters ein Imperium gemacht hatte. Junior war der einzige Sproß aus Hoyts erster Ehe. Er hatte kaum das College geschafft, wo er sich mehr für Football als für seine Studienfächer interessierte. Er hatte alles mögliche ausprobiert und in mehreren Jobs versagt, bis ihm sein Vater die Leitung der Bestattungsinstitute übertrug. Junior hatte das Stammgeschäft der Familie zwar nicht gerade zu rauschenden Erfolgen getrieben, aber er schaffte es, es profitabel zu halten. Daneben genoß er seinen Ruf als Säufer, Frauenheld und Raufbold, und er nahm es seinem Senior übel, daß er ihm eine bedeutendere Rolle in Hoyt Industries, dem väterlichen Firmenkonglomerat, verweigerte. Anthony hatte all dies von Ellen Crease erfahren, nachdem ein Beamter der Portlander Polizei Junior vom Anwesen geleitet und nach Hause gefahren hatte. Crease verachtete ihren Stiefsohn als Säufer und Schwächling.

Anthony lebte allein, also störte er auch niemanden, als er um halb drei morgens in sein kleines Haus stolperte.

Lous Frau war nach zweiundzwanzigjähriger Ehe vor drei Jahren an Krebs gestorben, aber er hatte das Haus behalten, der Kinder wegen, wenn sie ihn besuchten. Der Tumor in Susans Körper war bei einer Routineuntersuchung entdeckt worden, und der Kampf um ihr Leben war heftig, aber kurz gewesen. Lous Sohn war damals im ersten Semester auf dem College, und seine Tochter war eben an der Oregon State aufgenommen worden. Er war dankbar, daß Susan mit dem Wissen gestorben war, daß beide sich gut entwickelten. Sonst gab es nicht viel, wofür er dankbar war, außer für seine Arbeit, die ihn beschäftigt hielt und von seinem Kummer ablenkte.

Nach wenigen Stunden Schlaf saß Anthony wieder an seinem Schreibtisch im Büro, ging die Abschrift seines Berichts noch einmal durch und wartete auf die Ergebnisse der forensischen Untersuchung und der Haus-zu-Haus-Befragung in der Nachbarschaft des Tatorts, die er gleich nach seiner Ankunft auf dem Hoytschen Anwesen angeordnet hatte. Von der Befragung erwartete er sich nicht viel. Vor der Mauer, die das Anwesen umgab, hatte man ein gestohlenes Auto entdeckt. Er nahm an, daß es das Fluchtauto des Einbrechers war. Daß es noch immer in der Nähe des Tatorts stand, bedeutete, daß der Täter wahrscheinlich allein gearbeitet hatte, aber man konnte nie wissen. Vielleicht hatte es einen Komplizen gegeben, der zu Fuß verschwunden war, aber Anthony konnte sich nicht so recht vorstellen, daß jemand in dem Sturm der letzten Nacht auf diesen Gedanken gekommen war, wenn ein hübsches trockenes Auto zur Verfügung stand. Die Häuser am Crestview Drive standen alle weit zurückgesetzt von der Straße, und er bezweifelte, daß ein Komplize, der sich vom Tatort davonstahl, überhaupt einem Nachbarn aufgefallen wäre. Aber es waren schon merkwürdigere Sachen passiert, und vielleicht war ja irgendein verrückter Nachbar draußen beim Joggen oder beim Gassigehen mit dem Hund.

»Lou.«

Anthony hob den Kopf und sah einen aufgeregten Leroy Dennis, der mit einem Stapel Papieren in der Hand hereinkam.

»Was hältst du davon, wenn du mich zum Mittagessen einlädst?« fragte Dennis.

»Warum sollte ich dich zum Mittagessen einladen? Als ich das letzte Mal die Spendierhosen anhatte, hast du so viel gegessen, daß ich fast Bankrott anmelden mußte.«

Es war eines der großen Geheimnisse, daß Dennis essen und essen konnte, ohne ein Gramm zuzunehmen.

»Ich bin noch im Wachstum, Lou. Mein Körper braucht mehr als der des Durchschnittsmannes. Hat was mit meiner Potenz zu tun.«

»Jetzt mach mal halblang«, schnaubte Anthony, »oder gib mir wenigstens einen Grund, warum ich dir helfen sollte, Selbstmord mit einer Überdosis Cholesterin zu begehen.«

Dennis aß nicht nur wie eine Maschine, er hatte auch eine Abneigung gegen jede Nahrung, die nur entfernt gesund war.

»Hier ist der Grund«, sagte Dennis und schüttelte die Dokumente in seiner Hand.

»Was ist das?«

»Mm-mm. Kein Essen, keine Fakten. Verdammt, ich bin so hungrig, daß ich glatt dieses außergewöhnlich gute und schwer zu findende Beweismaterial hier verputzen könnte.«

Anthony lachte. »Du bist wahrscheinlich das größte Arschloch im ganzen Büro, Leroy, aber ich wollte sowieso bald zum Essen gehen.«

Anthony stand auf und ging zum Schrank, um seinen Regenmantel zu holen. Dennis folgte ihm.

»Und, was hast du?« fragte er.
»Den Namen unseres Täters«, antwortete Dennis, und seine Stimme klang plötzlich wieder ernst. »Ich habe die Fingerabdrücke des Einbrechers durchs AFIS laufen lassen«, erklärte Dennis und meinte damit das Automatisierte Fingerabdruck-Identifikationssystem, ein Computerprogramm, mit dem man unbekannte Fingerabdrücke mit den in den Dateien des FBI-Rechners gespeicherten Abdrücken vergleichen konnte. »Vor einer Stunde haben wir einen Treffer gelandet.«
»Und wen haben wir?«
»Martin Jablonski. Einschlägig vorbestraft. Bewaffneter Überfall, Körperverletzung, Einbruch. Er wurde vor acht Monaten auf Bewährung aus dem Oregon State Prison entlassen, wo er wegen eines brutalen Hauseinbruchs seit sechs Jahren einsaß. Hat einem älteren Ehepaar mit der Pistole eins übergezogen. Ich habe mit seinem Bewährungshelfer gesprochen. Jablonski lebte angeblich mit seiner Frau, Conchita Jablonski, und seinen zwei Kindern in einer Wohnung an der Martin Luther King in der Nähe der Burnside Bridge. Seit seiner Entlassung war er arbeitslos und hat sich mit Gelegenheitsjobs über Wasser gehalten.«
»Der Staatsanwalt soll einen Antrag auf einen Durchsuchungsbefehl stellen, und wenn wir den haben, wollen wir der kleinen Frau einen Besuch abstatten«, sagte Anthony.
Dennis grinste. »Was glaubst du denn, was ich die letzte Stunde gemacht habe? Ich bin dir um zwei Schritte voraus. Sondra Barrett hat den Schein bereits in Arbeit. Sie bringt ihn gleich nach dem Mittagessen zu einem Richter. Und, gehen wir jetzt?«

Anthony parkte das Auto vor einem alten Backsteingebäude wenige Blocks von der Burnside Bridge entfernt.

Die Jablonskis wohnten im dritten Stock. Als sie die Treppe hochstiegen, jammerte Dennis über das Fehlen eines Aufzugs und den entsetzlichen Gestank im Treppenhaus.
Der dritte Stock war schlecht beleuchtet. Das Tageslicht mußte sich seinen Weg durch ein schmutzstarrendes Fenster am Ende des Gangs bahnen und war so fahl, daß nur noch ein trübgelber Schein übrigblieb. Die Glühbirnen an der Decke waren entweder kaputt oder so schwach, daß Anthony sich fragte, warum der Hausmeister sie überhaupt eingeschaltet hatte.
Die Wohnung der Jablonskis hatte keine Klingel, und so hämmerte Anthony mit fleischiger Hand gegen die Tür und bellte: »Mrs. Jablonski«, während er lauschte, ob drinnen eine Bewegung zu hören war. Nach dem dritten Versuch vernahm Anthony ein nervöses »Wer da?« von der anderen Seite der Tür.
»Ich bin Detective Anthony von der Portlander Polizei, Mrs. Jablonski.«
»Ich will nicht mit Ihnen reden«, entgegnete Conchita Jablonski. Ein starker spanischer Akzent färbte ihre Stimme. »Gehen Sie weg.«
»Was?«
»Ich hab gesagt, ich will mit keinem Bullen nich' reden. Lassen Sie mich in Ruh.«
»Tut mir leid, Mrs. Jablonski, aber Sie haben keine andere Wahl. Ich habe einen Durchsuchungsbefehl. Wenn Sie die Tür nicht öffnen, lasse ich den Hausmeister mit dem Nachschlüssel kommen. Es geht um Ihren Gatten.«
Kein Laut drang aus der Wohnung. Nach dreißig Sekunden Stille wandte Anthony sich an Dennis. »Wart hier, während ich den Schlüssel hole.«
Dennis nickte. Anthony wollte eben zur Treppe gehen, als er das Schloß aufgehen hörte. Die Tür öffnete sich einen Spalt, und Conchita Jablonski starrte Anthony durch

die Lücke an. Die Sicherheitskette war noch vorgelegt. Anthony hielt seine Marke in die Höhe, damit Mrs. Jablonski sie durch den Spalt sehen konnte.

»Das hier ist Detective Dennis«, sagte Anthony und zeigte über die Schulter. Dennis lächelte sie freundlich an, aber Mrs. Jablonski betrachtete die Männer weiter argwöhnisch. »Wir müssen mit Ihnen über Martin reden.«

»Wozu denn?«

»Dürfen wir bitte eintreten? Ich will über Ihre Privatangelegenheiten nicht hier im Treppenhaus reden, wo alle Nachbarn es hören können.«

Mrs. Jablonski zögerte. Dann schloß sie kurz die Tür und nahm die Sicherheitskette ab. Augenblicke später ging die Tür auf, und Dennis folgte Anthony in die Wohnung.

Es war eine kleine Wohnung, zwei schmale Schlafzimmer, ein kleines Wohnzimmer und eine winzige Kochnische, die vom Wohnzimmer durch eine niedere Anrichte abgetrennt war. Doch beide Detectives waren beeindruckt, wie sauber Conchita Jablonski diese Wohnung hielt. Ihre beiden Kinder drängten sich in der Tür zu einem der Schlafzimmer. Sie sahen gut gepflegt aus. Ein Junge und ein Mädchen, beide sechs oder sieben, mit großen Augen, brauner Haut und weichen schwarzen Haaren.

Conchita Jablonski war eine stämmige, dunkelhäutige Frau mit pockennarbigem Gesicht. Sie führte die Detectives ins Wohnzimmer und setzte sich in einen ausgefransten, schäbigen Sessel. Dennis und Anthony nahmen auf dem durchgesessenen Sofa Platz.

»Ich habe schlechte Nachrichten für Sie«, sagte Anthony. Conchita Jablonskis Gesichtszüge blieben starr, aber sie krümmte die Schultern, wie um sich gegen einen Schlag zu wappnen. Sie faltete die Hände im Schoß. »Martin hat gestern nacht einen Einbruch verübt.« Con-

chitas Gesicht zuckte. Ihre Hände verkrampften sich. »Und während er in dem Haus war, hat er auf jemanden geschossen und ihn getötet.«
Conchita fing an zu zittern. Die Kinder bemerkten die Veränderung an ihrer Mutter und machten verängstigte Gesichter.
»Auf Martin wurde ebenfalls geschossen. Er ist tot.«
Conchita krümmte sich, als hätte man ihr in den Magen geschlagen. Sie fing an zu schluchzen. Ihre Schultern bebten. Die Kinder rissen die Augen auf. Sie klammerten sich aneinander. Dennis stand auf und ging zu der zitternden Frau. Er kniete sich neben ihren Sessel.
»Mrs. Jablonski ...«, begann er mit leiser, mitfühlender Stimme. Bevor er noch ein Wort sagen konnte, wirbelte Conchita Jablonski herum und schlug ihm ins Gesicht. Dennis verlor das Gleichgewicht. Er kippte, fast wie in Zeitlupe, nach hinten und saß dann, eher verblüfft als verletzt, auf dem Hintern.
»Ihr Mistkerle!« kreischte Conchita. »Ihr habt meinen Marty umgebracht!«
Anthony stürzte zu ihrem Sessel und hielt sie zurück.
»Er wollte ein Haus ausrauben, Mrs. Jablonski. Er hat den Ehemann einer Frau erschossen. Er hätte auch sie getötet, wenn sie ihn nicht erschossen hätte.«
Conchita, die sich gegen Anthony wehrte, bekam nur Teile dessen mit, was er sagte. Dennis rappelte sich hoch und half ihm, die verzweifelte Frau zu besänftigen. Schließlich erschlaffte sie und stützte schluchzend den Kopf in die Hände.
»Bitte, Mrs. Jablonski«, sagte Dennis flehend. »Ihre Kinder haben Angst. Sie brauchen Sie.«
Sie atmete tief durch und rang sichtlich um Selbstbeherrschung. Die beiden Kinder rannten zu ihr und vergruben sich in ihrem Rock. Ihren eigenen Kummer unterdrückend, redete sie leise auf sie ein. Die Detectives

warteten, während sie sie beruhigte. Dennis brachte ihr ein Glas Wasser, aber sie lehnte ab.

»Alles in Ordnung?« fragte Dennis.

»Das ist euch doch scheißegal«, fauchte die Frau ihn an. »Ihr Bullen habt euch doch nie um mich oder Marty gekümmert. Ihr wollt ihn immer nur einsperren.«

Anthony sah keinen Grund, sich auf eine Diskussion mit Mrs. Jablonski einzulassen. »Dies ist eine gerichtliche Verfügung, die uns das Recht gibt, Ihre Wohnung zu durchsuchen. Detective Dennis wird bei Ihnen bleiben, während ich die Durchsuchung durchführe.«

Mrs. Jablonski machte ein erschrockenes Gesicht. Anthony fragte sich, warum, fragte sie aber nicht. Falls in der winzigen Wohnung etwas versteckt war, würde es leicht zu finden sein. Er beschloß, im Elternschlafzimmer anzufangen. Während er die Decke vom Bett der Jablonskis zurückschlug, hörte er Dennis tröstend auf Mrs. Jablonski einreden. Er kniete sich hin und sah unter das Bett, entdeckte aber nichts.

In der billigen Wäschekommode fanden sich Männer- und Frauenkleider, aber sonst nichts. Danach öffnete Anthony den Wandschrank. Schmutzige Männerkleidung lag in einem Haufen auf dem Boden, aber darunter war nichts. Anthony spähte auf die Ablage knapp über seinem Kopf. An der Rückwand stand ein Schuhkarton. In dem Karton befanden sich mit Gummiband zusammengehaltene Geldscheinbündel. Viele Bündel. Die obersten Scheine waren Hunderter, Fünfziger und Zwanziger. Anthony stieg vom Stuhl und trug den Schuhkarton ins Wohnzimmer.

»Ich habe Martys Akte gelesen«, sagte Anthony zu Mrs. Jablonski. »Dort steht, daß Sie von Sozialhilfe leben und Marty Probleme hätte, eine reguläre Arbeit zu finden. Das hier ist viel Geld. Woher stammt es? Drogen? Hat Marty mit Drogen gehandelt?«

»Ich sag Ihnen überhaupt nichts. Ihr Bullen seid doch alle gleich. Ich hab gewußt, ich hätt Sie nicht reinlassen sollen.«

»Hören Sie, Conchita, ich will eines ganz klarstellen«, blaffte Anthony. »Ihr Mann hat einen wichtigen Mann getötet. Und plötzlich schwimmen Sie in Geld. Sie sagen mir, woher Marty die Kohle hatte, oder ich verhafte Sie wegen Beihilfe zum Mord. Was meinen Sie, was mit den Kindern einer Frau passiert, die im Gefängnis sitzt?«

Conchita schlang die Arme um ihre Kinder und sah Anthony mit einer Mischung aus Angst und Verachtung an. Er kam sich wie ein absoluter Scheißkerl vor, aber das ließ er sich nicht anmerken.

»Es liegt an Ihnen, Conchita. Wenn Sie wollen, daß Ihre Kinder in ein Heim kommen, dann treiben Sie weiter Ihre Spielchen mit uns.«

Die Kraft zum Widerstand verließ Mrs. Jablonski. »Ich weiß nicht, woher Marty das Geld hatte«, sagte sie mit kleiner Stimme. »Er hat's einfach bekommen.«

»Und er hat nie gesagt, von wem?«

»Nur, daß er es von irgendeinem Kerl hatte.«

»Hat er Ihnen gesagt, wie dieser ›Kerl‹ aussah?«

»Nein.«

»Marty hat nicht gesagt, was der Kerl für dieses Geld von ihm wollte?«

»Wenn er was Schlimmes vorhatte, hat er mir nie gesagt, worum's geht, weil er nicht wollte, daß ich oder die Kinder mit hineingezogen werden, aber ich hab immer gewußt, daß es nichts Gutes ist.« Sie schüttelte den Kopf und fing an zu weinen. »Ich hab ihm gesagt, er soll das Geld zurückgeben, aber er hat gemeint, es ist für mich und die Kinder. Er hat doch so drunter gelitten, wie wir leben und daß er wegen seiner Vorstrafen keine Arbeit nicht finden konnte. Er wollte was für uns tun. Und jetzt ist er tot.«

»Ich muß das mitnehmen«, sagte Anthony. »Ich werde Ihnen eine Empfangsbestätigung geben.«

»Sie können das Geld nicht mitnehmen«, schluchzte sie. »Ich hab doch die Kinder. Wie soll ich ihnen was zu essen kaufen?«

»Das ist Blutgeld, Mrs. Jablonski«, sagte Dennis. »Es kann sein, daß Ihr Mann für den Mord bezahlt wurde. Sie scheinen mir eine gute Frau zu sein. Sie kümmern sich gut um Ihre Kinder und Ihr Zuhause. Eigentlich wollten Sie dieses Geld doch gar nicht. Sie wissen, daß dieses Geld Ihnen nur Kummer bringt.«

Anthony und Dennis blieben noch zwanzig Minuten bei Conchita Jablonski, aber es wurde schnell klar, daß sie weder über das Geld noch über den Mann, der es ihrem Gatten gegeben hatte, oder den Grund, warum er es bekommen hatte, etwas wußte. Während Dennis die Durchsuchung der Wohnung abschloß, zählte Anthony das Geld in dem Schuhkarton und gab Mrs. Jablonski eine Empfangsbestätigung über neuntausendachthundert Dollar. Der Detective vermutete, daß es ursprünglich zehntausend Dollar waren. Die Scheine waren mit Gummibändern zu Bündeln von fünfhundert Dollar zusammengefaßt. Unter dreihundert Dollar in losen Scheinen entdeckte Anthony ein einzelnes Gummiband.

»Mir gefällt das nicht«, sagte Dennis, als sie zum Justice Center zurückfuhren.

»Mir auch nicht. In Jablonskis Akte stand nichts von Drogen. Nach dem, was seine Frau sagt, hat er das Geld nicht aus einem Einbruch. Irgendein Kerl hat Jablonski das Geld gegeben; vermutlich weil er wollte, daß Jablonski etwas für ihn erledigt. Warum sollte Jablonski mitten in einem der schlimmsten Stürme in der Geschichte Oregons sich auf die Socken machen, um in ein Haus mit einem Sicherheitssystem, wie Hoyt es hat, einzubrechen, wenn das nicht genau der Job war, für den er bezahlt wurde?«

»Ja, Lou, genau das denke ich auch. Raub war vielleicht gar nicht das Motiv. Was, wenn Jablonski bezahlt wurde, um Lamar Hoyt zu ermorden?«

»Das ist eine Möglichkeit, aber es gibt noch eine andere.«

Leroy Dennis brachte den Schuhkarton mit dem Geld in die Asservatenkammer, während Anthony den Anruf erledigte. James Allen hob ab, und Anthony bat ihn, Senatorin Crease sprechen zu dürfen.

»Ich fürchte, sie hat sich eben etwas hingelegt, Detective. Sie will nicht gestört werden.«

»Das kann ich verstehen, Mr. Allen, aber es geht hier um eine dringende polizeiliche Angelegenheit, und ich muß sie unbedingt sprechen.«

Zwei Minuten später meldete sich Ellen Crease.

»Ich bin froh, daß ich Sie angetroffen habe«, sagte Anthony. »Ich war mir nicht sicher, ob Sie zu Hause sind.«

»Ich schlafe heute nacht im Gästezimmer«, sagte Crease. Sie klang erschöpft. »Morgen ist die Beerdigung. Und danach geht's zum Wahlkampf nach East Oregon.«

»Oh«, sagte Anthony, den es wunderte, daß sie sich so kurz nach der Ermordung ihres Gatten schon wieder in die politische Schlacht stürzte.

Crease hörte den mißbilligenden Ton in Anthonys Stimme.

»Sehen Sie, Lou, alles in diesem Haus erinnert mich an Lamar. Wenn ich nicht von hier rauskomme und mich in die Arbeit stürze, drehe ich durch.«

»Das verstehe ich.«

»Rufen Sie nur an, um zu hören, wie's mir geht?«

»Nicht nur. Vor ein paar Stunden haben wir einen gewissen Martin Jablonski als den Mann identifiziert, der in

Ihr Haus eingebrochen ist. Kommt Ihnen der Name bekannt vor?«
»Nein. Sollte er?«
»Wahrscheinlich nicht. Er war ein schlimmer Finger. Mehrere Verhaftungen und Verurteilungen. Einbrüche mit Gewaltanwendung. Erst dachten wir, wir hätten eine einfache Lösung für das, was in Ihrem Haus passiert ist. Aber dann fanden wir fast zehntausend Dollar Bargeld in einem Schuhkarton in Jablonskis Schrank. Seine Frau sagt, er hat das Geld von irgend jemand, aber er wollte ihr nicht sagen, von wem. Wir glauben, daß Jablonski für den Einbruch bei Ihnen bezahlt wurde.«
»Aber warum ...« begann Crease, brach dann aber ab, als ihr die offensichtliche Antwort dämmerte. »Lamar? Glauben Sie, daß Jablonski bezahlt wurde, um Lamar zu töten?«
»Wir haben keinen konkreten Beweis dafür, daß es so war. Ich habe das Geld erst vor einer Stunde gefunden. Es könnte mit dem Einbruch überhaupt nichts zu tun haben.«
»Aber Sie glauben das nicht.«
»Was mich stört, ist die Tatzeit; daß er bei Ihnen einbrach, als das Wetter so schlecht war.«
»Danke, daß Sie mich informiert haben, Lou. Ich weiß das zu schätzen.«
»Das war nicht nur ein Höflichkeitsanruf. Wenn Jablonski für einen Mord bezahlt wurde, muß nicht unbedingt Lamar das Ziel gewesen sein.«
Einen Augenblick herrschte Schweigen in der Leitung. »Wollen Sie damit andeuten, daß vielleicht ich ... daß Jablonski den Auftrag hatte, mich zu töten?«
»Ich weiß es nicht. Aber ich will kein Risiko eingehen. Ich werde Ihnen ein Polizeiauto vors Haus stellen, solange Sie in Portland sind. Sie brauchen Schutz rund um die Uhr, bis dieser Fall gelöst ist. Ich schlage vor, daß Sie Ihre

eigenen Maßnahmen treffen, wenn Sie nicht in der Stadt sind.«

»Ich glaub das alles einfach nicht.«

»Ich könnte mich täuschen. Ich will nur kein Risiko eingehen.«

»Danke, Lou. Das vergesse ich Ihnen nicht.«

»Na ja, wollen wir hoffen, daß ich unrecht habe. Aber unterdessen wäre ich Ihnen dankbar, wenn Sie eine Liste von Leuten zusammenstellen könnten, die Sie oder Lamar so unbedingt aus dem Weg haben wollen, daß sie einen Mörder anheuern würden. Es könnte was Geschäftliches sein oder was Persönliches. Schreiben Sie alles auf, auch wenn es nur eine entfernte Möglichkeit ist, und zeigen Sie's mir. Ich werde diskret sein.«

»Ich mache mich gleich dran.« Crease klang nervös, weit weg. »Und nochmal danke.«

Anthony legte auf und lehnte sich zurück. Er wünschte, daß er sich wegen des Geldes irrte. Er hoffte, daß es Drogengeld war oder der Lohn für etwas, das Jablonski bereits getan hatte, aber er glaubte es nicht.

4. Kapitel

1

Es regnete noch immer, als Richard Quinn am Morgen nach dem Mord an Lamar Hoyt zur Arbeit fuhr. Zwar war es nicht mehr der wolkenbruchartige Regen der vergangenen Nacht, aber ein beständiges Nieseln, das deprimierte. Die Hauptstraßen waren über Nacht alle wieder geöffnet worden, aber es gab noch immer Stellen, wo wegen erst halb weggeräumter Erdmassen oder fortdauernder Arbeiten nur eine von zwei Fahrspuren benutzbar waren. Kurz nach halb acht stellte Quinn sein Auto in der Bezirksgarage ab und ging durch den Nieselregen zum Gerichtsgebäude des Multnomah County, einem achtstöckigen grauen Betonbau, der zwischen der Fourth und der Fifth und der Main und der Salomon einen ganzen Block im Herzen Portlands einnahm. Quinn winkte dem Wachposten am Empfang zu und fuhr mit dem Aufzug in den fünften Stock.

Die Tür zu Quinns Amtsräumen befand sich in der Mitte des marmornen Korridors an der Südseite des Gerichtsgebäudes. Der *Oregonian* und die *New York Times* lagen davor. Für gewöhnlich löste der Richter als Start in den Tag die Kreuzworträtsel der beiden Zeitungen und trank dazu eine Tasse Kaffee, aber an diesem Morgen war er in Gedanken zu sehr mit dem Fall *Gideon* beschäftigt, um sich darauf konzentrieren zu wollen.

Quinn hob die Zeitungen auf und öffnete die Tür zu seinen Amtsräumen. Nachdem er im Vorzimmer Licht gemacht hatte, schaltete Quinn die Kaffeemaschine auf dem niedrigen grauen Metallaktenschrank hinter dem Schreibtisch seiner Sekretärin ein. Erst dann drückte er auf den Lichtschalter in seinem Büro.

Durch das große, regenschlierige Fenster sah man hinaus auf die Schmuckbänder an der Nordflanke von Michael Graves' postmodernem Portland Building. Hinter Quinns massivem Eichenschreibtisch stand ein Bücherregal mit der kompletten Ausgabe der Fallprotokolle des Oregon Supreme Court und des Court of Appeals sowie die *Oregon Revised Statutes.* Vor dem Tisch standen zwei Sessel mit hoher Rückenlehne. An der Wand hinter den Sesseln stand eine Couch. Darüber hing ein modernes Ölgemälde, das er absolut nicht verstand. Vor die Wahl gestellt, hätte Quinn es wohl verbrannt, aber Laura hatte es ihm anläßlich seiner Vereidigung gekauft. Und Quinn schätzte es als das einzige Zeichen der Unterstützung seiner Entscheidung für das Richteramt, das seine Frau ihm seit seiner Berufung durch den Gouverneur vor drei Jahren gegeben hatte.

Quinn warf die Zeitungen auf das Bücherregal und musterte seinen Schreibtisch. Er war genau so, wie er ihn am Abend zuvor verlassen hatte. Jeder Quadratzentimeter war bedeckt mit Unterlagen zum Fall *Gideon.* Quinn betrachtete die Berichte, Briefe und Gesetzbücher, während er seine Jacke an den Kleiderständer hängte, an dem auch seine Richterroben hingen. Dann setzte er sich an den Schreibtisch und starrte weiter auf die Papiere. Jedes einzelne Blatt hatte er mehrmals gelesen. Einige Dokumente kannte er auswendig. Was er nicht kannte, war das angemessene Urteil, das er über Frederick Gideon sprechen sollte.

An Quinns Wand hing ein gerahmtes Zitat von Abraham Lincoln mit folgendem Wortlaut: »Ich werde mein Bestes geben – das Allerbeste; und ich habe vor, dies bis zum Ende zu tun. Wenn das Ende mir recht gibt, hat alles, was gegen mich gesagt wird, nichts zu bedeuten. Wenn das Ende mir unrecht gibt, können auch zehn Engel, die schwören, daß ich recht gehabt habe, daran nichts ändern.«

Sein Vater, Patrick Quinn, Richter am Oregon Supreme Court, hatte das Zitat einrahmen lassen, und es hing während der Richterjahre des älteren Quinn in dessen Amtszimmer am Obersten Gerichtshof. Richter Patrick Quinn starb, als Richard fünfzehn Jahre alt war. Falls sein Vater Fehler gehabt hatte, kannte Richard sie nicht. Seine Frau, die mit ihm zusammen bei einem Autounfall ums Leben kam, hatte ihn verehrt. Richard hatte noch keinen Menschen getroffen, der je schlecht über Patrick Quinn gesprochen hätte. Und auf keinen Fall Frank Price, Senior in Richards alter Firma, ehemaliger Partner und alter Freund, der Quinn nach dem Tod seiner Eltern aufgezogen hatte. Patrick Quinns Vollkommenheit, ob nun real oder nicht, lebte in der Erinnerung seines Sohns weiter als Modell und Herausforderung, und das gerahmte Zitat, das Quinn geerbt hatte, war das Glaubensbekenntnis, nach dem er sein Leben auszurichten suchte. Aber das Richtige zu tun war nicht immer einfach.

Quinn las das Zitat noch einmal. Er dachte über Lincolns Worte nach. Entscheidungen auf diesem Niveau waren immer schwierig, und die Gewißheiten mathematischer Formeln für gewöhnlich unerreichbar. Er konnte nur sein Bestes geben und hoffen, daß sich am Ende seine Entscheidung als richtig erweisen würde. Dieses Wissen machte den Knoten in seinen Eingeweiden nicht weniger schmerzhaft, aber ein wenig leichter zu ertragen.

»Euer Ehren«, sagte Stephen Browder, als er mit dem Schlußwort seines Plädoyers für eine Bewährungsstrafe begann. »Frederick Gideon ist ein Junge aus der

Gegend, der sich selbst aus dem Sumpf der Armut hochgezogen und sich sein Studium mit eigener Kraft erarbeitet hat. Einen Großteil seiner frühen Karriere als Jurist widmete er der Hilfe für die Armen. Und je mehr sein Wohlstand wuchs, desto stärker engagierte er sich für gemeinnützige Dinge. Ich will nun nicht wiederholen, was Freunde, Geschäftskollegen und Amtsträger zu Richter Gideons Gunsten in diesem Verfahren ausgesagt haben, aber der Tenor der Angaben dieser höchst angesehenen Bürger ist doch der, daß Fred Gideon ein guter Mensch ist, der Ihr Mitgefühl verdient hat. Er ist ein Mensch, der einen einzigen tragischen Fehler in einem ansonsten makellosen Leben gemacht hat.«

Browder hielt inne, und Quinn betrachtete den Angeklagten. Er wußte, daß alles, was Browder sagte, stimmte. Gideon war im Grunde genommen ein anständiger Mensch und er bereute, was er getan hatte. Das Bild, das Quinn sich bei kurzen Begegnungen mit Gideon auf juristischen Konferenzen gebildet hatte, war das eines rundlichen, jovialen Mannes, der immer schnell mit einem Lächeln und einem Witz bei der Hand war. Die Monate nach seiner Verhaftung hatten den Juristen gebrochen. Seine Haut war teigig, er hatte Ringe unter den Augen und stark abgenommen. Und er hatte seinen Stolz verloren. Die Augen, die in Quinns Erinnerung immer verschmitzt gezwinkert hatten, wirkten leblos und hatten während des ganzen Prozesses kein einziges Mal aufgeblickt, um Quinn oder einem Zeugen in die Augen zu sehen.

»Niemand, vor allem Richter Gideon nicht, bittet Sie zu entschuldigen, was er getan hat«, fuhr Browder fort. »Frederick Gideon hat sein juristisches Urteilsvermögen für Geld verkauft, und er wird diese Entscheidung jeden Tag bis ans Ende seines Lebens bereuen. Aber, Euer Ehren, Richter Gideon wurde für seine Verfehlung bereits bestraft – auf eine Art und Weise, die viel schwerer wiegt als jede Gefängnisstrafe, die dieses Gericht aussprechen könnte: Er ist kein Richter mehr, denn er ist gleich nach seiner Verhaftung freiwillig von seinem Amt zurückgetreten, um die Richterschaft vor weiterem Schaden zu bewahren.«

Martha Gideon in der vordersten Reihe des Zuschauerraums verbarg ihr Gesicht in den Händen. Ihre Schultern bebten vor Schluchzen. Gideons Tochter versuchte, ihre Mutter zu trösten, obwohl sie selbst mit den Tränen kämpfen mußte.

»Darüber hinaus wird mein Klient seine Zulassung als Anwalt verlieren und dadurch nicht nur seine Möglichkeit zum Broterwerb, sondern auch sein Recht, einen Beruf auszuüben, dem er den Großteil seines Erwachsenenlebens gewidmet hat. Einen Beruf, den er liebt.

Und da ist noch mehr, und das ist die schlimmste Strafe. Bevor Frederick Gideon Schande über sich brachte, stand sein Name für Integrität und Rechtschaffenheit. Mein Klient war ein Mensch, der allseits bewundert wurde. Richter Gideon hat seinen guten Namen entehrt, und er wird wohl nie mehr in der Lage sein, seine Würde zurückzugewinnen.«

Browder war ein imposanter Anwalt mit welligen grauen Haaren und einem würdevollen Auftreten. Er hielt inne und legte seinem Klienten die Hand auf die Schulter. Gideon zuckte zusammen, als würde die Berührung ihn verbrennen.

»Die Fähigkeit, Mitgefühl zu zeigen, ist grundlegend für einen Richter«, sagte Browder. »Ich bitte Sie, zeigen Sie Mitgefühl für diesen Mann. Bitte sehen Sie hinter dieser einen einzigen Verfehlung auch Fred Gideons unzählige gute Taten. Eine Bewährungsstrafe ist das angemessene Urteil für diesen Mann.«

Browder setzte sich. Quinn konnte seine Entscheidung nicht länger hinausschieben. Er sah quer durch den Gerichtssaal zum Angeklagten hinüber.
»Mr. ...«, begann Quinn. Dann korrigierte er sich. »Richter Gideon. Auch wenn Sie dem Richterstand nicht mehr angehören, werde ich Sie weiterhin als Richter anreden, weil Sie dieses Amt sehr lange bekleidet haben. Und mit der Ausnahme dieses Vorfalls, der Sie nun vor den Schranken dieses Gerichts stehen läßt, waren Sie, nach allem, was man hört, ein guter Richter.«
Quinn versagte die Stimme, und er fürchtete schon, nicht fortfahren zu können. Vor ihm standen ein Krug Wasser und ein leeres Glas. Quinn goß das Glas voll, um sich Zeit zur Erholung zu geben. Dann trank er in kleinen Schlucken, bis er spürte, daß seine Fassung wiederkehrte.
»Ich bin noch relativ neu auf diesem Stuhl. Ich fürchte, das ist auch der Grund, warum mir Ihr Fall übertragen wurde. Sie haben Ihr Amt in einem anderen County ausgeübt, und wir beide hatten nur wenig Kontakt. Fast alles, was ich über Sie weiß, habe ich im Verlauf dieses Prozesses erfahren. Wie gesagt, ich bin noch ein Neuling auf diesem Stuhl, aber ich fürchte, ich werde nie eine schwierigere Entscheidung fällen müssen als die, die ich heute zu treffen habe.«
Vor Quinn lagen Notizen, die er sich am Abend zuvor in seinem Amtszimmer gemacht hatte. Er konsultierte sie kurz.
»Richter Gideon, einige der angesehensten Menschen dieses Staates haben zu Ihren Gunsten ausgesagt, und Ihr Anwalt hat sein Plädoyer um Milde sehr beredt vorgetragen, aber es gibt etwas, das noch viel beredter ist als Ihre Anwälte oder Ihre Zeugen. Es ist dieser Gerichtssaal mit seinen hohen Wänden, dem Marmorboden und der dunklen Holztäfelung. Dieser Gerichtssaal erinnert

mich an die Würde und die Majestät des Gesetzes und er mahnt an die Pflichten eines Richters.«
Gideon ließ den Kopf hängen und starrte die Tischplatte an.
»Wir haben hier in Oregon einen richterlichen Verhaltenskodex. Er verbietet Richtern, Verbrechen zu begehen oder in betrügerischer Absicht zu handeln. Das ist eigentlich selbstverständlich. Aber er besagt auch, daß Richter sich rechtschaffen verhalten müssen, nicht weil verbrecherische oder betrügerische Handlungen gesetzlich verboten sind, sondern weil ein allzeit redliches richterliches Verhalten das Vertrauen der Öffentlichkeit in unsere Richter und die Gerichte fördert.«
Quinn hielt inne. Dies fiel ihm so schwer, wie er erwartet hatte.
»Richter Gideon, ich weiß, wie viel Sie schon gelitten haben und wie viel Sie für den Rest Ihres Lebens noch leiden werden. Sie sind ein anständiger Mensch, der weiß, daß er ein großes Unrecht begangen hat. Als Sie Ihr richterliches Urteilsvermögen für Geld verkauften, haben Sie viel mehr getan als nur einen Kläger um ein gerechtes Verfahren zu bringen. Sie haben eine Tat begangen, die die Integrität des amerikanischen Rechtssystems in Zweifel zieht. Sie haben eine Tat begangen, die das Vertrauen unserer Bürger in die Rechtsprechung unterminiert. Im Grunde genommen haben Sie damit die Menschen dieses Staates verraten. Ich weiß, daß Sie begreifen, was Sie getan haben, und ich sehe, wie sehr Sie leiden. Ich würde Ihnen gerne Bewährung erteilen, aber ich würde selbst ein großes Unrecht begehen, wenn ich Sie nicht zu Gefängnis verurteilen würde.«
Martha Gideon stöhnte auf. Der Angeklagte schluchzte leise. Sein Anwalt sah aus, als sei er es, der bald hinter Gitter sitzen würde.
»Wenn Sie der Mensch sind, für den ich Sie halte, wer-

den Sie verstehen, daß ich das Richtige tue, wenn ich sie zu zwei Jahren Gefängnisstrafe verurteile. Wenn Sie dieses Urteil nicht verstehen können, war ich vermutlich zu milde.«

2

Stanley Sax, der Vorsitzende des Bezirksgerichts, fand Quinn kurz nach Mittag in seinen Amtsräumen. Quinns Sekretärin war beim Essen, sein Schriftführer war ebenfalls nicht da. Ein Schinken-Käse-Sandwich und eine noch verschweißte Tüte Kartoffelchips lagen neben einer ungeöffneten Dose Cola auf Quinns Schreibtisch in einer kleinen Lücke, die er sich geschaffen hatte, indem er einige Papiere des Falles *Gideon* beiseite schob. Quinn saß in Hemdsärmeln vor seinem unberührten Essen.

Sax setzte sich unaufgefordert in einen der Sessel vor Quinns Schreibtisch. Er war ein kleiner, feierlich wirkender Mann mit Bauchansatz. Bis auf einen Kranz lockiger, graumelierter, einst schwarzer Haare und ein paar vereinzelte Strähnen oben auf dem Schädel war Sax kahl.

»Essen Sie die?« fragte Sax und deutete auf die Chipstüte. Als Quinn den Kopf schüttelte, beugte sich Sax vor und schnappte sich die Tüte.

»Sie sehen ziemlich niedergeschlagen aus«, sagte Sax und riß die Tüte auf. »Es war nicht gerade einfach, einen Richterkollegen ins Gefängnis zu schicken.«

»Deshalb zahlt man uns ja so viel.«

Sax schob sich ein paar Chips in den Mund. Er kaute ein paarmal und sagte dann: »Ich habe da etwas, das Sie sich durch den Kopf gehen lassen sollten.«

Quinn wartete, während Sax sich weitere Chips in den Mund schob.

»Trinken Sie das ganze Cola?«

Quinn riß den Verschluß auf. Während er Sax die Dose gab, fragte er: »Wollen Sie nicht auch mein Sandwich?«
»Danke, aber ich habe schon gegessen.« Sax trank einen Schluck aus der Dose. »Katherine Rowe wechselt von den Tötungsdelikten zum Familienrecht. Craig Kittles sollte eigentlich ihren Platz einnehmen, aber jetzt sieht es so aus, als würde er einen Ruf an den U.S. Magistrates Court erhalten. Damit habe ich einen Richter zu wenig.«
Quinn brauchte einen Augenblick, bis er begriff. Um ein möglichst breites Fachwissen zu erhalten, rotierten die Richter im Multnomah County in einem turnusmäßigen Wechsel in den einzelnen Rechtsabteilungen. Richterin Rowe kam in die Abteilung, die sich nur mit Scheidungen, Adoptionen und anderen Familienangelegenheiten beschäftigte. Einige Richter hörten ein oder zwei Jahre lang ausschließlich zivilrechtliche Angelegenheiten oder Strafsachen. Es gab drei Richter, die sich nur mit Tötungsdelikten beschäftigten. Der Turnus dauerte ein oder zwei Jahre, abhängig von den Wünschen des Richters. Es war die prestigeträchtigste und anspruchsvollste Abteilung und normalerweise für Richter mit jahrelanger Erfahrung reserviert.
»Sie wollen, daß ich die Tötungsdelikte übernehme?« fragte Quinn ungläubig.
»Sie begreifen schnell. Das mag ich an Ihnen. Außerdem haben Sie keine Angst zu tun, was richtig ist. Man braucht Mumm, um einen Tötungsfall zu verhandeln. Nicht jeder kann so ein Urteil sprechen. Sie haben heute viel Mumm gezeigt.«
»Ich bin geschmeichelt, aber ich bin doch erst seit drei Jahren im Amt.«
»Jetzt stellen Sie mal Ihr Licht nicht unter den Scheffel, Dick. Ich habe Frank Price sagen hören, daß Sie schon mit drei Jahren auf dem Schoß ihres Vaters Rechtsgutachten abgegeben haben, und man wird nicht Teilhaber

von *Price, Winward,* ohne zuvor ein bißchen was an Erfahrung gewonnen zu haben. Sie sind gescheiter als jeder andere Richter in diesem Bezirk – mit Ausnahme meiner Wenigkeit. Plus, und das ist ein großes Plus für jemanden, der über Leben und Tod zu urteilen hat, Sie wollten aus den richtigen Gründen Richter werden. Sie haben das Amt nicht übernommen, weil Ihre Kanzlei nicht gut lief oder wegen des Prestiges oder der Macht. Ich habe Sie beobachtet. Sie sind Pat Quinns Sohn vom Scheitel bis zur Sohle.«

Sax hielt inne. Er aß noch einen Kartoffelchip. Während er kaute, sah er Quinn in die Augen.

»Wenn Sie den Job wollen, gehört er Ihnen.«

»Wie schnell müssen Sie es wissen?«

»Denken Sie ein oder zwei Tage darüber nach.« Sax stand auf. »Enttäuschen Sie mich nicht. Und hören Sie auf, sich ein schlechtes Gewissen zu machen. Falls es ein Trost für Sie ist, ich hätte Gideon die ganzen fünf Jahre aufgebrummt. Ihr Dad ebenfalls.«

3

Francis Xavier Price, der Price von *Price, Winward, Lexington, Rice and Quinn,* war seit fast fünfzig Jahren eine einflußreiche Größe in den juristischen und politischen Kreisen Oregons. Er und Alan Winward hatten die Kanzlei 1945 gegründet, gleich nach ihrer Entlassung aus der Armee, nachdem sie den Zweiten Weltkrieg mit Auszeichnung hinter sich gebracht hatten. Beide betraten auch die politische Arena noch während sie ihre juristischen Karrieren schmiedeten. Alan Winward wurde Mitglied des Repräsentantenhauses, Senator und Gouverneur, während Frank Price hinter den Kulissen die Fäden zog. Mitte der Fünfziger wurden Roger Lexington, Bill Rice und Patrick Quinn namensgebende

Teilhaber. In den Sechzigern hatte die Kanzlei über hundert Anwälte, und ihre politischen Verbindungen und die Liste lukrativer Klienten machten Price, Winward zur einflußreichsten Anwaltskanzlei in Oregon.

Die Beziehung zwischen Frank Price und Patrick Quinn war immer eine ganz besondere gewesen. Als die Politik einen immer größeren Teil von Alan Winwards Zeit beanspruchte, nahm die Kanzlei den schlanken, nervösen jungen Mann als ihren ersten Sozius auf. Innerhalb von drei Jahren machten Price und Winward Quinn zum namensgebenden Teilhaber, zum Teil als Anerkennung für seine großartige Erfolgsbilanz, zum Teil aus Angst, daß er die Firma verlassen und seine eigene Kanzlei eröffnen würde. Keiner der beiden Gründer wollte seinem Schützling vor Gericht gegenüberstehen.

Als Quinn der Plackerei des anwaltlichen Praktizierens auf höchstem Niveau müde wurde, benutzte Frank Price seine politischen Verbindungen, um dem Mann, der den Prices, die selbst keine Kinder hatten, wie ein Sohn geworden war, einen Ruf als Richter an den Oregon Supreme Court zu verschaffen. Als Richards Eltern im dritten Jahr von Patricks erster Amtszeit bei einem Autounfall getötet wurden, zögerten Frank und Anna Price nicht, ihn bei sich aufzunehmen und ihn zu erziehen.

Frank Price war ein hagerer, drahtiger Bantamgewichtler, der auch mit achtzig Jahren noch jeden Tag zur Arbeit ging. Den Großteil seines Lebens hatte Price in einem geräumigen Haus in Dunthorpe verbracht, war aber bald nach dem Tod seiner Frau in eine Eigentumswohnung in der Innenstadt Portlands umgezogen. Quinn besuchte seinen Ersatzvater, sooft er konnte. Er wußte, wie sehr Frank seine Frau geliebt hatte und wie einsam er nach Annas Tod war. Quinn hoffte, daß seine Besuche Frank halfen, diese dunkle Zeit zu überstehen.

Als Quinn kurz nach sechs das Gerichtsgebäude verließ,

hatte der Regen nachgelassen. Und als er bei Price angekommen war, konnte Richard durch die breiten, hohen Fenster, die fast die ganze Außenwand der Wohnung einnahmen, den Lichterstrom der Autos auf den Brücken sehen, die den Willamette River überspannten.
»Komm doch rein«, sagte Price mit einem Lächeln. »Soll ich dir was zu essen machen? Kaffee?«
»Nur Kaffee. Ich treffe mich mit Laura in einer halben Stunde in einem Thai-Restaurant.«
Price ging in die Küche. Er war ein wenig steif. Arthritis. Auch sein Gesicht war blaß, aber er schwamm noch an jedem Arbeitstag fünfzehnhundert Meter. Price hatte vor Gericht nie kapituliert und er wollte nun auch nicht vor dem Alter die Waffen strecken.
»Ich habe von Gideon gehört«, rief Price aus der Küche.
»Es war eine schwierige Entscheidung«, sagte Quinn.
»Aber die richtige. Für mich sind Juristen, die das Gesetz brechen, einfach unerträglich. Sie haben immer eine Entschuldigung.«
Quinn zuckte die Achseln. Er fühlte sich noch immer elend wegen seines Urteils, auch wenn er überzeugt war, daß die Entscheidung unumgänglich gewesen war.
Mit zwei dampfenden Tassen Kaffee kehrte Price ins Wohnzimmer zurück. Quinn saß hinter einem niedrigen Tisch auf der Couch. Price stellte ihm eine Tasse hin und setzte sich in einen antiken hölzernen Schaukelstuhl.
»Ich vermute, du fühlst dich beschissen.«
Quinn lächelte müde. Frank hatte immer gewußt, was in ihm vorging.
»Das vergeht wieder. In einer Woche fühlst du dich schon viel besser. Weißt du warum? Weil du dann nämlich begriffen hast, daß du das Richtige getan hast.«
»Ich weiß nicht …«, begann Quinn, doch Price fiel ihm ungeduldig ins Wort.
»Natürlich weißt du es. Gideon ist ein Gauner und eine

Schande für den Richterstand. Er wußte genau, was er tat, als er das Geld nahm, und er hat jeden Tag der Strafe verdient, die du ihm aufgebrummt hast. Und außerdem, falls das ein Trost für dich ist, kannst du dich darauf verlassen, daß der Bewährungsausschuß ihn nach sechs Monaten wieder auf freien Fuß setzt.«

Quinn hob den Kopf.

»Du glaubst doch nicht, daß ein Mann mit so vielen Freunden die ganze Ochsentour durchmachen muß, oder?«

Quinn erwiderte nichts.

»Du denkst an Gideons Frau und seine Kinder, nicht? Gideon hat sich nicht überlegt, was passieren würde, falls man ihm auf die Schliche kommt. Warum solltest du es dann tun? Er ist erwachsen, Dick. Ein Richter. Der Hurensohn wußte, was Recht ist und was Unrecht, und er hat sich für das Unrecht entschieden. Vergiß das nicht. Das war ein Urteil, von dem er wußte, daß er es bekommen würde, aber er hat sich wahrscheinlich eingeredet, er würde es abbiegen können, weil er ein Richter ist mit vielen hochgestellten Freunden. Vielleicht wird der nächste Richter, der in Versuchung ist, das Lager zu wechseln, sich die Sache zweimal überlegen, weil du Gideon verurteilt hast. Hast du daran schon mal gedacht?«

»Nein.«

»Na, dann hör auf mit dem Selbstmitleid und denk daran.«

»Werde ich.«

Quinn trank einen Schluck Kaffee. Dann sagte er: »Stan Sax war heute bei mir. Er will, daß ich in die Abteilung Tötungsdelikte wechsle. Was hältst du davon?«

»Klingt interessant.«

»Ich habe nicht allzuviel Erfahrung im Strafrecht.«

»Du lernst schnell, Dick. Stan hätte dich nicht gefragt, wenn er nicht überzeugt wäre, daß du es schaffst.«

»Ja.« Quinn lächelte. »Ich habe mich bereits entschlossen, das Angebot anzunehmen.«

»Gut. Sag Stan schöne Grüße von mir, wenn du ihn das nächste Mal siehst.«

»Werde ich. Sag mal, habe ich dir schon erzählt, daß ich eingeladen wurde, auf der Jahresversammlung der *National Association of Litigators* im nächsten Monat auf St. Jerome zu sprechen?«

»Nein.«

»Laura kommt mit mir. Wir fliegen ein paar Tage früher. Es wird ihr guttun, mal von allem wegzukommen und auszuspannen.«

»St. Jerome dürfte zu dieser Jahreszeit sehr schön sein. Ich bin direkt neidisch.«

Quinn grinste. »Ich werde an dich denken, wenn ich am Strand liege. 28 Grad und sonnig, stand heute in der Zeitung.«

Price lachte. »Reib's mir nur hin, du undankbarer Kerl. Ich hoffe, du kommst in einen Wirbelsturm.«

5. Kapitel

Als Lou Anthony genau eine Woche nach dem Mord an Hoyt kurz nach Mittag ins Morddezernat zurückkehrte, lagen zwei Nachrichten von Gary Yoshida, dem mit dem Fall befaßten Forensik-Experten, auf seinem Schreibtisch. Anthony fand den Kriminalisten im Labor über ein Mikroskop gebeugt.

»Lou«, sagte Yoshida lächelnd und drehte sich auf seinem Hocker herum. Anthony lehnte sich an den Arbeitstisch. In der Nähe testeten andere Experten Drogen, untersuchten Proben unter Mikroskopen und schrieben Beobachtungen in Berichte, die oft zwischen Schuld und Unschuld entschieden.

»Du hast zweimal angerufen«, sagte Anthony, und Yoshidas Lächeln verschwand.

»Danke, daß du so schnell gekommen bist.«

Anthony zuckte die Achseln. »Was gibt's?«

»Wurde der Tatort des Hoyt-Mordes schon wieder freigegeben?«

»Ja. Wir haben die Siegel vor zwei Tagen abgenommen.«

»Verdammt.«

»Was ist los?«

»Ich hätte ihn mir gern noch einmal angesehen.«

»Warum?«

Yoshida ging zu seinem Schreibtisch und nahm einen Stapel Fotos in die Hand, die in Lamar Hoyts Schlafzimmer aufgenommen worden waren. Als er die zwei gefunden hatte, die er suchte, brachte er sie zu Anthony.

»Als ich meinen Bericht schrieb, ging ich noch mal alle

Indizien durch, und da ist mir das da aufgefallen«, sagte Yoshida und deutete auf den Ausschnitt der beiden Fotos, der den Schrank mit dem Fernseher zeigte.
»Ist das ein Blutspritzer?«
»Ja. Und der hat mich stutzig gemacht. Ich verbock ja nicht gern was, aber diesmal kann es sein, daß ich großen Mist gebaut habe.«
»Ich versteh kein Wort.«
Yoshida erklärte Anthony das Problem. Danach machte der Detective ein bestürztes Gesicht.
»Wie sicher bist du dir?«
»Ich muß den Tatort dreidimensional sehen, um sicher sein zu können. Deshalb möchte ich mir das Schlafzimmer noch mal ansehen.«
»Scheiße.« Anthony atmete tief durch. »Okay, hör zu. Zwei Tage ist keine lange Zeit, und ich kann mir nicht vorstellen, daß Crease das Schlafzimmer schon wieder benutzt. Vielleicht wurde am Tatort noch nichts verändert. Wir könnten zu dem Haus rausfahren. Hast du jetzt Zeit?«
»Und ob.«
»Dann laß uns fahren.«
»Klasse.«
»Nicht, wenn du findest, was du suchst«, erwiderte Anthony düster.

Tage bitterer Kälte folgten den Wolkenbrüchen, die die Stadt fast zum Stillstand gebracht hatten. Tiefhängende graue Wolken zogen über einen eisernen Himmel und drohten mit neuen Regengüssen. Die kurvigen Landstraßen, die zum Hoytschen Anwesen führten, waren zwar wieder freigeräumt, aber die Landschaft sah schlammig und schmuddelig aus.
Anthony kurbelte sein Fenster herunter, damit er die Gegensprechanlage am Tor benutzen konnte. Kalter Wind

blies in das Polizeiauto. Nach wenigen Augenblicken drückte James Allen auf den Knopf und ließ Anthony und Yoshida durch das Tor. Der Park war vom Wetter stark mitgenommen. Im blassen Licht wirkten Hecken und Rasen farblos, das Laub hing schlaff an den Ästen, wie verängstigt von der Kälte und dem drohenden Regen. Das Haus sah verlassen und deprimierend aus, als sei es in Trauer.

Anthony umkreiste den Vorplatz und hielt vor der Haustür. Der Hausmeister erwartete sie. Er hielt ihnen die Tür auf, kaum daß Anthony und Yoshida aus dem Auto ausgestiegen waren. Die beiden Männer zogen die Schultern hoch und eilten in die Eingangshalle.

»Guten Tag, Mr. Allen«, sagte Anthony. »Ist Senatorin Crease zu Hause?«

»Nein, Sir. Sie ist auf Wahlkampftour in Eastern Oregon. Ich erwarte sie nicht vor Montag zurück. Kann ich etwas für Sie tun?«

»Ja. Es ist sogar besser, wenn wir die Senatorin nicht belästigen müssen. Das ist Gary Yoshida von unserem forensischen Labor. Wir wollen uns das Schlafzimmer noch einmal ansehen.«

»Ich bin mir nicht sicher, ob ich Ihnen das gestatten kann. Mrs. Crease hat mir die strikte Anweisung hinterlassen, niemanden außer das Reinigungspersonal ins Schlafzimmer zu lassen.«

»Wurde das Schlafzimmer bereits geputzt?« fragte Anthony und bemühte sich, seine Bestürzung zu verbergen.

»Nein, Sir. Morgen vormittag kommt ein Trupp.«

»Senatorin Crease wollte wahrscheinlich nur die Reporter aus dem Haus halten. Sie wollte bestimmt nicht unsere Ermittlungen behindern.«

»Sie haben sicher recht, aber ich kann Sie nicht in das Zimmer lassen, ohne vorher mit ihr gesprochen zu haben.«

»Warum rufen Sie sie nicht an?«
»Ich kann es versuchen. Ich habe die Nummer ihres Hotels in Pendleton. Wenn Sie bitte im Wohnzimmer warten.«
»Natürlich.«
»Kann ich Ihnen etwas zu trinken anbieten? Kaffee oder Tee?«
Anthony warf Yoshida einen Blick zu. Der schüttelte den Kopf.
»Nein, danke«, sagte Anthony zum Hausmeister.
Von seinem Besuch am Abend des Mordes wußte Anthony noch, wo das Wohnzimmer lag, aber er ließ sich von Allen hinführen. Das große Zimmer wurde von einem massiven offenen Kamin aus Stein beherrscht. Ein riesiger Perserteppich bedeckte einen Großteil des Parkettbodens. Yoshida bemühte sich um Nonchalance, aber kaum hatte Allen das Zimmer verlassen, sagte er: »Dieses Zimmer ist fast so groß wie mein Haus. Wir haben den falschen Beruf, Lou.«
»Ich weiß nicht, Gary. Der Besitzer ist tot, aber wir schnaufen noch.«
Anthony und Yoshida setzten sich auf eines der großen Sofas, die den Kamin flankierten, und warteten auf die Rückkehr des Hausmeisters. Im Kamin brannte kein Feuer, und es war kühl im Zimmer. Anthony bedauerte eben, daß er den angebotenen Kaffee abgelehnt hatte, als Allen wieder ins Zimmer trat. Die Beamten standen auf und gingen ihm entgegen.
»Tut mir leid, Mrs. Crease hat das Hotel bereits verlassen, und ich habe keine Ahnung, wann ich sie wieder erreichen kann.«
»Danke, daß Sie es versucht haben, aber wir müssen das Zimmer wirklich sehen.«
»Ich dachte, die Untersuchungen sind bereits abgeschlossen.«

»Größtenteils, wir müssen nur noch ein paar Ungereimtheiten abklären.«
»Ich will Ihre Ermittlungen nicht behindern, aber ohne Mrs. Creases Erlaubnis ...«, entgegnete Allen unschlüssig.
Anthony hatte genug von der Diplomatie. Er war sehr für Höflichkeit, aber wie alle Polizisten war er es gewöhnt, seinen Willen zu bekommen.
»Hören Sie«, sagte Anthony scharf, »dies ist eine offizielle polizeiliche Ermittlung, die sich mit dem Tod Ihres Arbeitgebers beschäftigt. Sie sagen mir, daß das Schlafzimmer morgen geputzt wird. Wenn Sie endlich Gelegenheit bekommen, mit Senatorin Crease zu sprechen, werden alle Spuren in diesem Zimmer bereits vernichtet sein. Wir müssen in dieses Zimmer, und zwar jetzt.«
»Na gut«, sagte Allen widerstrebend. »Sie können nach oben gehen. Die Tür ist verschlossen. Ich hole Ihnen den Schlüssel.«
»Danke. Es wird nicht lange dauern.«
Anthony kannte den Weg zum Schlafzimmer, und da er den Hausmeister nicht dabeihaben wollte, sagte er Allen, er brauche sie nicht zu begleiten. Er spürte, daß Allen erleichtert war, das Zimmer nicht noch einmal betreten zu müssen.
Als Yoshida die Tür öffnete, fing Anthony an, Allen zu beneiden. Das Zimmer war versiegelt gewesen, alle Fenster verschlossen. Der Geruch des Todes hing noch in der abgestandenen Luft. Nach den vielen Tatorten, die Anthony bereits gesehen hatte, war er zwar an den Geruch gewöhnt, aber das bedeutete nicht, daß er ihn mochte.
Anthony machte einen Schritt ins Zimmer, aber Yoshida hielt ihn am Arm zurück. Anthony trat wieder in den Korridor, und Yoshida schaltete das Licht an. Der Forensik-Experte stand in der Tür und musterte das Zimmer.

Er hatte die Hoyt-Akte in einem Attaché-Koffer bei sich. Als er gesehen hatte, was er von der Tür aus sehen wollte, ging er zum Bett und stellte den Koffer auf Lamar Hoyts Nachttischchen. Dann nahm er die Tatortfotos und die Laborberichte heraus und blätterte sie durch. Hin und wieder verglich er ein Foto mit dem Teil des Zimmers, den es abbildete. Als Yoshida mit den Fotos fertig war, untersuchte er das Zimmer Abschnitt für Abschnitt. Eine Weile stand er an der Tür zum Bad, dann inspizierte er den Schrank, der gegenüber dem Fußende des Betts an der Südwand stand. Nach dem Schuß auf ihn war Jablonski so zu Boden gesackt, daß seine Füße fast die zur Westwand zeigende Seite des Schranks berührten. Ein feiner Nebel aus Blutspritzern, der diese westliche Seite des Schranks in einer Höhe von etwa einem Meter achtzig über dem Teppich befleckte, fesselte Yoshidas Aufmerksamkeit.

Gelegentlich machte Yoshida sich Notizen auf einem gelben Block. Dann wieder bat er Anthony, das Ende einer Spagatrolle an einen speziellen Blutfleck zu halten, währen er den Spagat entrollte und ihn straffzog, bevor er sich hinkauerte und an der Schnur entlang in Anthonys Richtung sah. Manchmal benutzte Yoshida ein Maßband. Anthony verhielt sich still, auch wenn er sehr neugierig auf Yoshidas Schlußfolgerungen war.

Schließlich legte Yoshida alles in seinen Attaché-Koffer zurück und ließ die Schlösser zuschnappen. Anthony sah ihn erwartungsvoll an. Yoshida machte ein grimmiges Gesicht. Dann erläuterte er Anthony seine Schlußfolgerungen mit wissenschaftlicher Distanziertheit, während er mit dem Detective die betroffenen Stellen des Tatorts abging und ihm alle Indizien zeigte, die seine Argumentation stützten. Mit jedem neuen Detail wurde Anthonys Stimmung düsterer.

Als Yoshida geendet hatte, bat Anthony ihn, im Wohnzimmer zu warten, während er sich auf die Suche nach James Allen machte. Der Detective fand den Hausmeister in der Küche. Eine riesige, geflieste Arbeitsinsel beherrschte den Raum. Anthony bemerkte zwei Geschirrspüler und zwei Herde. Kupfertöpfe und -pfannen hingen von der Decke. Allen saß an einem großen Holztisch und polierte Silberbesteck. Er stand auf, als Anthony eintrat.

»Sind Sie fertig, Sir?«

»So gut wie. Ich möchte Ihnen nur noch ein paar Fragen stellen.«

»Bitte.«

»Wie lange arbeiten Sie schon für Mr. Hoyt?«

»Schon lange. Mr. Hoyt stellte mich ein, als er noch im Home of Heavenly Rest in Westside wohnte. Als er dieses Anwesen kaufte, fragte er mich, ob ich auch hier für ihn arbeiten würde.«

»War Mr. Hoyt ein guter Arbeitgeber?«

»Er war der beste, Sir«, antwortete Allen. Er hielt inne, und Anthony merkte, daß er mit sich rang.

»Ich will ganz ehrlich mit Ihnen sein, Detective. Ich will nicht, daß Sie glauben, ich hätte Ihnen Informationen vorenthalten. Als ich noch ein junger Mann war ... Nun, Sir, ich habe einen Mann getötet. Anders kann man es nicht sagen.«

Verlegen über dieses Geständnis sah Allen zu Boden.

»Ich wurde wegen Totschlags verurteilt und war zwei Jahre im Gefängnis. Ich war zwanzig, als ich Bewährung erhielt. Ich war ein High-School-Abgänger ohne Abschluß und ohne Berufsausbildung, der das Stigma einer Vorstrafe trug. Niemand wollte mich einstellen. Ich schlief in Obdachlosenasylen, konnte mich kaum über Wasser halten. Mehr als einmal habe ich ernsthaft an Selbstmord gedacht. Doch dann stellte Mr. Hoyt mich ein. Er ... Nun, Sir, es ist wohl nicht übertrieben zu sagen, daß er mir das Leben gerettet hat. Es wäre schon genug gewesen, mir einfach einen Job zu geben, aber er hat viel mehr getan. Als meine Mutter krank wurde, bezahlte Mr. Hoyt für ihre Behandlung und er finanzierte meine Ausbildung.«

Allen sah Anthony direkt in die Augen. »Mr. Hoyt war nicht nur mein Arbeitgeber. Er war mein Retter. Sein Tod hat mich schwer getroffen.«

»Ich weiß Ihre Offenheit zu schätzen.«

»Danke, Sir.«

»Wenn Sie seit Ihrem zwanzigsten Lebensjahr für Mr. Hoyt gearbeitet haben, dann haben Sie ihn wahrscheinlich durch alle seine drei Ehen begleitet.«

»Ja, Sir.«

»Soweit ich weiß, waren die beiden ersten gegen Ende zu ziemlich stürmisch.«

»Das waren sie.«

»Und die Ehe mit der Senatorin? Sind Mr. Hoyt und Senatorin Crease gut miteinander ausgekommen?«

Allen machte ein verlegenes Gesicht. »Es steht mir eigentlich nicht zu, über Mr. Hoyts Intimsphäre zu sprechen.«

Anthony nickte. »Das verstehe ich, aber es geht hier um eine Mordermittlung und es ist nun plötzlich wichtig geworden, daß ich ein bißchen mehr über Mr. Hoyts und Senatorin Creases Privatleben erfahre.«

»Detective Anthony, ich halte es wirklich nicht für angemessen, daß ich mich darüber auslasse.«

Anthony stützte seine massigen Unterarme auf den Küchentisch und beugte sich ein wenig vor.

»Mr. Allen, das ist nicht der richtige Anlaß für Takt. Martin Jablonski hat das Hirn Ihres Chefs auf seiner teuren Bettwäsche verspritzt. Taktloser kann das Leben nicht sein. Was ich wissen will, ist, warum er es getan hat. Wenn Sie so viel Hochachtung für Mr. Hoyt haben, wie Sie mir glauben machen wollen, dann wollen Sie mir sicher weiterhelfen.«

Allen sah ihn verwirrt an.

»Ich dachte, Mr. Hoyt wäre während eines Einbruchs getötet worden. Welche Bedeutung könnte da der Zustand seiner Ehe für Ihre Ermittlungen haben?«

»Sagen wir einfach, wir beleuchten alle Möglichkeiten.«

»Sie verdächtigen Mrs. Crease?«

»Ich fürchte, darüber kann ich nichts sagen.«

Allen dachte über Anthonys Antwort nach. Dann sagte er: »Die meiste Zeit ihrer Ehe sind Mr. Hoyt und Mrs. Crease sehr gut miteinander ausgekommen.«

»Die meiste Zeit?«

»Ja, Sir.«

»Und wann haben sie aufgehört, miteinander auszukommen?«

»Erst vor kurzem, Sir.«

»Was hat Sie auf den Gedanken gebracht, daß sie Probleme haben?«

»Sie stritten sich. Nicht die ganze Zeit, wenn Sie wissen, was ich meine. Aber es gab Wortgefechte.«

»Worüber?«

»Das kann ich wirklich nicht sagen.«

»Glauben Sie, daß Senatorin Crease ihren Gatten geliebt hat?«

Allen dachte einen Augenblick über die Frage nach, bevor er antwortete.

»Ja. Sein Tod hat sie sehr mitgenommen. Ich weiß, daß sie ihre Trauer nicht öffentlich zeigt, aber hier in der Privatsphäre dieses Hauses ... Meiner Meinung nach ist sie noch immer tiefbetrübt.«

»Liebte Mr. Hoyt Senatorin Crease?«

»Ich glaube schon.«

»Glauben?«

»Nun, es gab diese Streitigkeiten.«

»Hat sie ihn betrogen?«

»Soweit ich weiß, nein, aber sie hätte die Männer wohl kaum hier ins Haus gebracht.«

»Und Mr. Hoyt? Hat er sie betrogen?«

Der Hausmeister schlug kurz die Augen nieder.

»Nicht daß ich wüßte«, erwiderte er dann.

»Was soll das heißen?«

»Wenn Sie Mr. Hoyts eheliche Geschichte kennen, dann wissen Sie, daß er schon immer Probleme mit der Treue hatte.«

»Haben Sie je gehört, daß Senatorin Crease ihrem Gatten Untreue vorgeworfen hat?«

»Nein.«

»Hat die Senatorin ihrem Gatten je gedroht?«

»Ich habe nie irgendwelche Drohungen gehört«, erwiderte Allen ausweichend.

»Lassen Sie es mich anders formulieren. Haben Sie sich je wegen etwas, das Ellen Crease tat, Sorgen um Mr. Hoyt gemacht?«

Allen dachte über diese Frage nach. »Die Streitereien ... Einige davon waren sehr laut. Ich konnte nicht hören, was sie sagte, aber der Ton ... Ich fürchte, mehr kann ich Ihnen nicht sagen.«

Anthony stand auf. »Danke, daß Sie mit mir gesprochen haben. Ich weiß, daß es nicht einfach für Sie war.«

»Nein, Sir, das war es nicht«, erwiderte Allen nach einem Zögern.

Anthony war froh, daß Yoshida auf der kurzen Rückfahrt zum Justice Center nicht viel sagte. Der Detective mochte Ellen Crease. Er respektierte sie. Aber das Muster der Blutspritzer im ehelichen Schlafzimmer sprach für sich.

Die Entdeckung, daß Jablonski für den Einbruch ins

Hoyt-Haus womöglich bezahlt worden war, machte die Ermittlungen komplizierter; aus einem einfachen Einbruch war nun ein mögliches Mordkomplott geworden. Die Interpretation der Blutspritzer zwang Anthony, Ellen Crease auf die Liste der Leute zu setzen, die den Mord an Lamar Hoyt in Auftrag gegeben haben konnten. Wenn es sich zeigte, daß Ellen Crease hinter dem Mord an ihrem Gatten steckte, würde er sie verhaften. Er wollte es nicht tun, aber er würde es, wenn seine Pflicht es verlangte.

6. Kapitel

Cedric Riker musterte das Innere der Lumberjack Tavern mit ruckartigen Kopfbewegungen, die seine Nervosität verrieten. Der Bezirksstaatsanwalt des Multnomah County war es nicht gewöhnt, sich nach Mitternacht in Arbeiterkneipen mit Leuten zu treffen. Er hielt seine Geschäftsbesprechungen gern bei einem Power-Frühstück in erstklassigen Hotels oder bei einem Abendessen in schicken Restaurants ab.

Riker war ein schlanker, mittelgroßer Mann mit Metallbrille und modisch geschnittenen blonden Haaren. Für gewöhnlich zog er sich sehr elegant an, für dieses Treffen mit Ryan Clark, Benjamin Gages Mann fürs Grobe, trug er jedoch Jeans, ein Flanellhemd und einen marineblauen Anorak. Rikers Versuch, sich den Stammkunden des Lumberjack anzugleichen, war mißlungen. Keiner der Bauarbeiter oder Motorradfahrer, die hier tranken, trug polierte Lochmusterschuhe.

Nachdem sich Rikers Augen an den düsteren Innenraum gewöhnt hatten, entdeckte er Clark in einer Sitznische im dunkelsten Winkel. Riker setzte sich ihm gegenüber auf die Bank und rutschte bis zur Wand durch. Vor Clark standen ein Krug Bier und ein leeres Glas; Riker ignorierte beides.

»Ben freut sich, daß Sie sich mit mir treffen.«

»Er dürfte nicht mehr so glücklich sein, wenn ein Reporter uns hier erwischt«, blaffte Riker. »Bringen wir es hinter uns.«

Cedric Riker war ein arroganter, unsicherer Mann, der

sich gern aufspielte. Er konnte es sich nicht leisten, Benjamin Gage zu verärgern, einen mächtigen politischen Verbündeten und Finanzier seiner Wahlkampagnen, aber Clark war nur ein Angestellter. Riker verachtete Clark mit seinem geheimnisvollen Getue und seiner furchteinflößenden Narbe; er hatte nicht einmal Höflichkeit für ihn übrig. Aber Rikers Einschüchterungstaktik zeigte keine Wirkung auf Ryan. Er verachtete Riker, aber er hielt diese Verachtung gut versteckt, weil Riker seinem Chef gelegentlich von Nutzen war.

»Wir machen uns große Sorgen wegen der Wirkung des Mordes an Lamar Hoyt auf Bens Wahlkampf.«

»Das sollten Sie auch. Crease schlachtet die Sache aus, wie sie nur kann. Die Presse stellt sie wie eine Mischung aus Jeanne d'Arc und Anny Oakley hin.«

»Ben ist zu Ohren gekommen, daß es in dem Fall eine neue Entwicklung gibt. Er möchte gern Genaueres darüber wissen.«

»Was für eine Entwicklung?« fragte Riker vorsichtig.

»Etwas, das mit Jablonski und Geld zu tun hat. Unsere Quelle war da nicht eindeutig.«

Riker wurde wütend. Irgendjemand gab Details über die Hoyt-Ermittlung weiter. Aber wenn Gage Genaueres wissen wollte, würde Riker ihm die Informationen nicht vorenthalten.

»Jablonski war ein Krimineller mit einem Hang zur Gewalt. Er wurde erst vor acht Monaten aus dem Oregon State Penitentiary entlassen. Er war wegen einer Reihe von Einbrüchen in reichen Vierteln in Haft. In ein paar Fällen hat er die Opfer mit der Pistole niedergeschlagen. Einige davon waren ziemlich schwer verletzt. Hoyt zu töten würde zu seiner Vorgehensweise passen. Aber Lou Anthony hat ein paar Sachen entdeckt, die nicht so recht ins Bild passen.«

»Zum Beispiel?«

Riker sah sich mit einer schnellen, nervösen Bewegung in der Bar um. Als er sicher war, daß niemand zuhörte, sagte er: »Bei der Durchsuchung von Jablonskis Wohnung wurden zehntausend Dollar in einem Schuhkarton gefunden. Versteckt im Schlafzimmerschrank. Kann sein, daß Jablonski für den Anschlag bezahlt wurde.«

»Auf Hoyt?«

»Oder Crease. Andererseits könnten das Geld und der Einbruch bei Hoyt auch nichts miteinander zu tun haben. Außer ...«

»Ja?« fragte Clark neugierig.

Riker beugte sich über den Tisch und senkte die Stimme. »Lou hat sich zusammen mit einem Forensik-Experten den Tatort noch einmal angesehen. Irgend etwas stimmt nicht mit dem Blut.«

»Dem Blut?«

Riker erklärte, was Anthony ihm berichtet hatte. Clark machte ein nachdenkliches Gesicht.

»Was haben Sie vor?« fragte er.

»Ich weiß, daß Ben Stimmen verliert, aber ich kann nur langsam agieren. Ben sollte das verstehen. Jeder weiß, daß er mich fördert. Wenn ich mich ohne solide Beweise auf Crease stürze, schadet es uns beiden.«

Clark nickte. Riker wartete, daß er noch etwas sagte. Statt dessen stand Clark auf.

»Es ist besser, wenn wir getrennt gehen. Ich lasse Ben wissen, daß Sie sehr hilfsbereit waren.«

Riker sah zu, wie Clark die Taverne verließ. Als die Tür ins Schloß fiel, erschauerte Riker unwillkürlich. In Gegenwart von Gages Ausputzer fühlte er sich einfach nicht wohl. Der Kerl war ihm unheimlich. Ein paar Minuten später verließ Riker die Lumberjack Tavern. Draußen hatte der Regen nachgelassen, aber der Wind blies kräftig. Riker zog die Schultern hoch und ging schnell zu seinem Auto.

7. Kapitel

1

Die Konzernzentrale von Hoyt Industries befand sich in einem schmucklosen, dreistöckigen Betonbau wenige Minuten von der Wilsonville-Ausfahrt an der I-5 entfernt. Ein Parkplatz umgab das Gebäude, dem sich eine Wiese anschloß. Landschaftsgestaltung war kleingeschrieben. Anthony parkte in einer für Besucher reservierten Bucht. In der Eingangshalle saß hinter einem breiten Schreibtisch die Empfangsdame. Anthony nannte den Namen der Person, die er besuchen wollte. Wenige Minuten später saß er Stephen Appling, Hoyts erstem Vizepräsidenten, gegenüber.

Appling trug einen grauen Nadelstreifenanzug von Armani und eine Seidenkrawatte von Hermes. Seine lokkigen, graumelierten Haare waren modisch gestylt, und er war trotz des Wetters sonnengebräunt. Er wirkte wie die Antithese eines Menschen, der für einen guten alten Jungen wie Lamar Hoyt arbeitete. Andererseits würde jeder, der so bauernschlau war wie Hoyt, den Wert eines gerissenen Geschäftsmannes erkennen, der gut mit blaublütigen Bankleuten und reichen Investoren umgehen konnte.

Anthony bemerkte diverse Golf-Pokale auf einer niedrigen Anrichte hinter Applings Schreibtisch und ein gerahmtes Wharton-Betriebswirtschaftsdiplom neben Fotos von Appling beim Golfspielen mit diversen Berühmtheiten.

»Ist das Michael Jordan?« fragte Anthony.

Appling lächelte. »Hoyt Industries veranstaltet jedes Jahr ein Prominententurnier, mit dessen Erlös wir gemeinnützige Einrichtungen unterstützen.«

»Haben Sie mit Jordan gespielt?«

»Nein, in diesem Jahr war Gerald Ford mein Partner. Aber in Pebble Beach hatte ich Gelegenheit, eine Runde mit ihm zu spielen. Wir versuchten damals gerade, ihn als Werbeträger zu gewinnen. Hat leider nicht funktioniert.«

Anthony runzelte die Stirn. »Wofür hätte Jordan denn werben sollen? Doch nicht für die Bestattungsinstitute?«

Appling warf den Kopf zurück und lachte.

»Nein, Detective, nicht für die Bestattungsinstitute. Genaugenommen waren die nur ein kleiner Teil von Lamars geschäftlichen Interessen. Hoyt Industries besitzt eine Firma, die Zubehör für Bestattungsinstitute im ganzen Land produziert, eine Transportfirma und die Kinokette Modern Screen Theatres.«

»Die gehört zu Hoyt Industries?«

Appling nickte. »Wir betreiben achtzig Prozent der Kinos in Oregon, Washington und Idaho und wir expandieren nach Northern California. Wir wollten Michael als Repräsentanten für die Kinos gewinnen.«

»Das ist ja ein Riesenunternehmen.«

Appling lächelte traurig. »Lamar gab sich gern als Hinterwäldler, aber er war alles andere. In Geschäftsdingen konnte ihm keiner der Betriebswirte, die für ihn arbeiteten, was vormachen, meine Wenigkeit eingeschlossen, und das, obwohl er nicht einmal einen High-School-Abschluß hatte. Er hinterläßt hier eine große Lücke.«

»Wer leitet die Firma nach Mr. Hoyts Tod?«

»Ich bin der Interimspräsident, einen ständigen Präsidenten muß der Verwaltungsrat erst noch bestimmen.«

»Wird Senatorin Crease das Aktienpaket ihres Gatten erben?«

»Darüber müssen Sie mit Lamars Anwalt, Charles DePaul, reden.«
»Wenn sie Mr. Hoyts Anteile erbt, hält sie dann eine Mehrheitsbeteiligung an der Firma?«
»Ja«, erwiderte Appling. Anthony fiel auf, daß er nun nicht mehr lächelte.
»Dann wird sie also das Sagen in der Firma haben.«
»Wenn sie sich einmischen will, kann niemand sie davon abhalten.«
»Sie scheinen nicht sehr glücklich darüber zu sein.«
»Senatorin Crease wird sicherlich nur das Beste für die Firma tun.«
»Aber überzeugt sind Sie davon nicht?«
»Bleibt das unter uns, Detective?«
»Klar, wenn Sie das so wollen.«
»Ellen Crease ist eine ... wie soll ich es sagen? Eigensinnig ist eine gute Beschreibung. Sie hat ihre eigene Meinung, wie Dinge angefaßt werden sollen. Und hat sie sich diese Meinung erst einmal gebildet, ist es schwierig, sie umzustimmen. Leider basieren Senatorin Creases Ansichten über die Leitung der Firma nicht auf solidem betriebswirtschaftlichem Wissen.«
»Sie glauben also nicht, daß sie in der Lage ist, Hoyt Industries zu führen?«
»Verstehen Sie mich nicht falsch. Ich habe allerhöchsten Respekt vor Senatorin Creases Intelligenz, und ich glaube, daß sie der Ansicht ist, Hoyt Industries führen zu können. Ich bin allerdings nicht überzeugt.
»Wer würde profitieren, wenn die Senatorin zusammen mit ihrem Gatten ermordet worden wäre?«
»Sie meinen im Hinblick auf die Firma?«
Anthony nickte.
»Ich schätze Lamar Hoyt junior, wenn er der Erbe ist.«
»Könnte er Hoyt Industries führen?«
»Bleibt das wieder unter uns?«

»Ja.«
»Junior ist ein Narr und ein Verschwender. Er würde die Firma in den Bankrott treiben.«
»Sie glauben also nicht, daß Mr. Hoyt seinem Sohn einen Anteil an der Leitung der Firma zugedacht hat?«
»Da bin ich mir sicher. Die kamen ja nicht einmal privat miteinander aus. Kurz vor Lamars Tod kam es sogar zu einem lautstarken Streit zwischen den beiden hier in der Firma.«
»Worüber?«
»Das weiß ich nicht. Lamar wollte nicht darüber sprechen. Ich habe nur das Ende mitbekommen. Ich war eben auf dem Weg zu Lamars Büro, als die Tür aufsprang und Junior herausgestürmt kam. Er hätte mich beinahe umgerannt. Er war fuchsteufelswild. Als ich in Lamars Büro kam, war der genauso wütend.«
»Mr. Appling, können Sie sich irgend jemand vorstellen, der Mr. Hoyt den Tod gewünscht hätte?«
»Nein, und ich habe darüber nachgedacht. Natürlich haben wir in der Transportfirma Probleme mit der Gewerkschaft, und es gibt einige Angestellte, von denen wir uns trennen mußten, aber das würde bedeuten, sich an Strohhalme zu klammern. Wenn Sie ernsthafte Verdächtige suchen, kann ich Ihnen keine nennen.«
»Vielen Dank, daß Sie sich Zeit für mich genommen haben, Mr. Appling«, sagte Anthony und stand auf. Er legte dem Vizepräsidenten seine Karte auf den Tisch. »Falls Ihnen noch etwas einfällt, rufen Sie mich bitte an.«

2

Charles DePauls Büro war nicht so pompös, wie Anthony es bei dem Seniorpartner einer bedeutenden Anwaltskanzlei erwartet hätte. Es war nur spärlich und sehr funktionell eingerichtet. DePauls Schreibtisch war fast leer. Es gab eine antike Leselampe, einige Korrespondenz in einem ordentlichen Stapel unter einem gläsernen Briefbeschwerer, ein Foto von DePauls Frau und seiner drei Töchter und einen einzelnen Aktenordner genau in der Mitte des Schreibtisches. DePaul war so unscheinbar wie sein Büro, ein kleiner, leicht übergewichtiger Mann mit schütterem Haar, der ganz und gar nicht dem Bild entsprach, das sein Ruf in der Anwaltschaft Oregons suggerierte.

»Sie haben am Telefon gesagt, Sie wollten über die Verfügungen in Lamars Testament sprechen. Können Sie mir sagen, warum?«

»Das ist eine vertrauliche Information, Mr. DePaul. Darf ich Sie also zuerst fragen, wer ist Ihr Klient?«

»Lamar Hoyt senior.«

»Nicht Ellen Crease?«

»Nein, Sir.«

»Mr. DePaul, Sie müssen mir versichern, daß nichts von dem, was wir hier besprechen, vor anderen wiederholt wird.«

»Sie können sich auf meine Diskretion verlassen.«

»Es besteht die Möglichkeit, daß der Einbruch in das Hoytsche Anwesen mehr war als nur ein versuchter Diebstahl. Der Einbrecher könnte dafür bezahlt worden sein, Mr. Hoyt, seine Frau oder beide zu töten. Falls Mr. Hoyt das beabsichtigte Opfer war, muß ich wissen, wer von seinem Tod profitiert ...«

»Und der Begünstigte des Testaments ist dann ein Verdächtiger«, sagte DePaul in Fortführung von Anthonys Gedanken.«

»Genau.«

»Abgesehen von gemeinnützigen Einrichtungen, Mr. Allen und einigen Angestellten von Hoyt Industries sind die Hauptbegünstigten Ellen Crease und Lamars einziges Kind, Lamar junior. Die Senatorin erbt den Hauptteil des Vermögens. Das heißt: das Haus, die Aktienmehrheit an Hoyt Industries und eine Reihe anderer Hinterlassenschaften.«

»Und sein Sohn?«

»Lamar hat Junior die Bestattungsinstitute, eine Viertelmillion Dollar in bar und ein Haus in den Bergen hinterlassen. Junior ist ein begeisterter Skifahrer.«

Anthony dachte an den Vorfall mit Lamar junior in der Villa und fragte: »Wie reagierte Mr. Hoyt bei der Testamentseröffnung?«

DePaul schüttelte mißbilligend den Kopf. »Junior hat eine ziemliche Szene gemacht. Er drohte, das Testament anzufechten, und stürmte, nachdem er Senatorin Crease einige unschöne Worte an den Kopf geworfen hat, hinaus.«

»Wenn ich eine Viertelmillion Dollar und eine florierende Firma erben würde, würde ich mich freuen. Was hat Junior gestört?«

»Der Betrag, den Lamar seinem Sohn hinterließ, ist sehr gering, wenn man bedenkt, daß sich der Wert seines Vermögens auf zwanzig Millionen Dollar beläuft.«

»Warum hat er Junior nicht mehr Geld hinterlassen?«

DePaul dachte einen Augenblick über die Frage nach, bevor er antwortete. »Junior ist kein Idiot, aber er ist faul und verantwortungslos. Er hat es zwar geschafft, die Bestattungsinstitute zu führen, aber Lamar mußte die Geschäfte immer gut im Auge behalten. Ich glaube, Lamar wollte Junior einen Anreiz zu ernsthafter Arbeit geben. Er wollte ihn nicht mittellos dastehen lassen, aber er hatte Angst, daß Junior nicht arbeiten würde, wenn er zu viel Geld hätte.«

»Über seine Frau dachte er das offensichtlich nicht.«

DePaul zögerte. »Detective Anthony, ich weiß nicht, ob ich Ihnen das sagen soll, aber Lamar und ich kannten uns schon sehr lange. Wenn hier irgend etwas nicht stimmt ... Nun, ich möchte nur sicherstellen, daß Sie voll informiert sind. Kurz vor seinem Tod sprach Lamar über die Möglichkeit, sein Testament zu ändern.«

»Inwiefern?«

»Er hat nichts Konkretes gesagt, aber ich hatte den Eindruck, daß er die Hinterlassenschaften für seine Frau und seinen Sohn dramatisch ändern wollte.«

»Wie?«

»Er hat sich nie im einzelnen darüber ausgelassen, was er vorhatte, aber ich glaube, die Erbteile der beiden wären dramatisch verringert worden, wenn Lamar seine Pläne in die Tat umgesetzt hätte.«

»Dann profitieren also Senatorin Crease und Junior davon, daß Mr. Hoyt ermordet wurde, bevor er sein Testament ändern könnte?«

»Ja, vor allem Senatorin Crease.«

DePaul hielt inne. Er machte ein besorgtes Gesicht, als sei ihm eben ein neuer Gedanke gekommen.

»Falls Ellen in den Mord an Lamar verwickelt sein sollte, erbt natürlich Junior ihren Anteil.«

»Warum das?«

»Das Gesetz verbietet, daß derjenige von einem Testament profitiert, der den Tod des Erblassers verursachte.«

8. Kapitel

Karen Fargo hörte die Bekanntgabe des Mordes an Lamar Hoyt in den Morgennachrichten, während sie zur Arbeit fuhr. Sie steuerte an den Straßenrand, weil sie durch ihre Tränen den Verkehr nicht mehr sehen konnte und so stark zitterte, daß sie Angst hatte, die Kontrolle über ihr Auto zu verlieren. Als sie wieder fahren konnte, nahm sie die erste Ausfahrt vom Highway und kehrte nach Hause zurück. Sie meldete sich für diesen Tag und den nächsten krank.

An ihrem ersten Arbeitstag danach rief Mr. Wilhelm sie in sein Büro, um sie zu entlassen. Fargo war so schockiert, daß sie kaum protestierte. Mr. Wilhelm hatte eine Erklärung für sein Vorgehen, aber sie hörte kaum zu. Sie wußte, warum sie gefeuert wurde und wer hinter der Entlassung stand, doch dieser Mensch war so abgeschottet hinter Schichten von mittlerem und gehobenem Management, daß sie wußte, sie würde ihren Verdacht nie beweisen können.

Nachdem Fargo ihren Schreibtisch ausgeräumt hatte, fuhr sie direkt nach Hause und rief ihre Eltern in Michigan an. Sie erzählte ihnen von der Entlassung, doch nichts von Lamar. Ihre Eltern waren tiefgläubige Baptisten und wären mit ihrer Affäre mit einem verheirateten Mann nicht einverstanden gewesen. Sie versuchten sie aufzumuntern, erinnerten sie daran, wie intelligent sie sei und was für gute Arbeit sie leistete. Sie werde sicher eine Anstellung in einer anderen Firma finden.

Nach dem Anruf bei ihren Eltern fühlte Fargo sich wieder optimistischer. Sie hatte zwar nicht sehr viel Geld gespart, aber sie hatte genug, um durchzukommen, bis sich ihr ein neuer Job bot. An guten Sekretärinnen bestand immer Bedarf. Vielleicht, dachte sie, war es sogar besser, daß sie nicht mehr bei Hoyt Industries arbeitete, wo jeder Tag sie nur an das Leben erinnern würde, das sie verloren hatte. Vielleicht würde die Entlassung sich sogar noch als Segen herausstellen.

Am nächsten Tag machte Fargo sich mit großen Hoffnungen an die Jobsuche. Sie hatte ihre Sekretärinnenausbildung als Beste ihrer Klasse abgeschlossen, sie war attraktiv und freundlich und hatte bis jetzt nur ausgezeichnete Beurteilungen bekommen. Merkwürdigerweise kamen die Jobs aber nicht. Die Personalchefs waren alle begeistert und sie verließ die Einstellungsgespräche mit hohen Erwartungen, aber ihr Telefon klingelte nicht.

Anfangs redete sie sich ein, daß die Firmen ihre Nummer verloren hatten, und sie rief an, um zu fragen, ob schon eine Entscheidung getroffen worden sei. Meistens nahm derjenige, der sich mit ihr unterhalten hatte, ihren Anruf nicht mehr entgegen. Von den Sekretärinnen erfuhr Fargo, daß die Stelle an jemand anderen vergeben worden sei. Und wenn wirklich einmal ein Ranghöherer mit ihr sprach, wirkte der verlegen. Erst nach dem Anruf bei Durham Food Products, den sie vor zwei Stunden getätigt hatte, wurde ihr klar, warum alle ihre Bewerbungen so erfolglos verliefen. Mr. Pebbles, der Mann, mit dem sie ein so positives Einstellungsgespräch geführt hatte, klang verlegen, als er mit ihr redete. Gegen Ende ihrer kurzen Unterhaltung gestand er ihr voll Mitgefühl, daß er sie eingestellt hätte, wenn ihre Referenzen von Hoyt Industries nicht so negativ gewesen wären. Als Fargo den Mann fragte, was er meine, erwiderte Pebbles, er habe schon zu viel gesagt. Er wünschte ihr viel Glück und legte auf.

Fargo war viel zu bestürzt, um klar zu denken. Dann fiel ihr ein, daß jeder Job, für den sie sich beworben hatte, Referenzen verlangt hatte. Als ihr dämmerte, daß jemand bei Hoyt Industries gegen sie intrigierte, wurde sie zuerst ängstlich und dann wütend. Fargo fuhr zu ihrer alten Firma, um Mr. Wilhelm zur Rede zu stellen, aber der Wachmann am Eingang ließ sie nicht einmal ins Gebäude. Auf der Heimfahrt bekam es Fargo mit der Angst. Was, wenn sie keinen neuen Job fand? Wovon sollte sie leben? Auf halbem Weg brach sie zusammen und weinte immer noch, als sie die Tür ihres kleinen, gemieteten Cape-Code-Häuschens aufsperrte.

Fargo hatte sich an diesem Morgen nicht die Mühe gemacht, die Jalousien hochzuziehen, und das vordere Zimmer lag in tiefem Dunkel. Sie schaltete die Stehlampe ein. Sie brauchte einen Augenblick, bis sie merkte, daß in dem Lehnsessel vor dem Fenster ein Mann saß. Fargo machte einen Schritt zurück. Das Licht der Lampe reichte nicht ganz bis zum Sessel, und so konnte sie nur das Profil des Mannes sehen.

»Sie brauchen keine Angst zu haben«, sagte der Mann leise. »Ich bin ein Freund, und ich glaube, Sie brauchen einen.«

Fargo griff hinter sich nach dem Türknauf, tat aber nichts, um die Tür zu öffnen.

»Wer ... wer sind Sie?« fragte sie ängstlich.

»Jemand, der Ihnen helfen will. Sind Sie wütend, weil Sie schon wieder einen Job nicht bekommen haben?«

Fargo ließ den Türknauf los. »Woher wissen Sie das?«

»Das ist unwichtig. Wichtig ist nur, daß Sie wissen, wer die Person ist, die verhindert, daß Sie einen Job bekommen. Es ist dieselbe Person, die dafür gesorgt hat, daß sie bei Hoyt Industries entlassen wurden. Miss Fargo, es gibt

Leute, die sorgen sich um Sie. Leute, die es für unfair halten, daß Ellen Crease ihre Macht benutzte, um sie feuern zu lassen, und jetzt ihre Macht ausübt, um zu verhindern, daß Sie eine neue Stelle finden. Diese Leute wollen Ihnen einen Job besorgen. Einen guten Job mit dem Gehalt, das Ihnen zusteht.«

»Warum sollten diese Leute das für mich tun?«

»Es sind dieselben Leute, die glauben, daß Ellen Crease für den Mord an Lamar Hoyt verantwortlich ist. Sie wollen, daß der Gerechtigkeit Genüge getan wird.«

Der Mann hielt inne und ließ Fargo verdauen, was er gesagt hatte.

»Was ... was wollen Sie von mir?« fragte sie.

»Der Bezirksstaatsanwalt hat schon fast genügend Beweise, um Ellen Crease anzuklagen. Das einzige, was noch fehlt, ist ein starkes Motiv. Lamar Hoyt hat seine Frau gut versorgt, sie hat eine eigene Karriere, und jeder sagt, daß sie Hoyt und er sie geliebt hat.«

»Das stimmt nicht«, warf Fargo dazwischen.

»Was stimmt nicht?«

»Lamar hat sie nicht geliebt. Er hat mich geliebt.«

»Wir wissen das, Miss Fargo, aber die Behörden nicht. Wenn Sie diese Information der Polizei geben, weiß man dort, daß Ellen Crease ein Motiv für den Mord hatte.«

»Ich kann unmöglich zur Polizei gehen«, sagte Fargo.

»Natürlich können Sie das. Wir würden Sie beschützen und belohnen. Am Tag nach Ihrem Besuch bei der Polizei wird jemand mit einem Jobangebot bei Ihnen anrufen. Und es wird eine beträchtliche Summe auf Ihr Sparkonto eingezahlt werden. Soweit ich weiß, beläuft sich der Stand von heute morgen lediglich auf dreihundertachtzehn Dollar.«

»Woher ... woher wissen Sie das?«

»Wir sorgen uns um Sie, Karen«, sagte der Mann mitfühlend. »Da wir befürchteten, daß Sie in finanziellen

Schwierigkeiten sind, haben wir Ihr Konto überprüft, um festzustellen, ob Sie unsere Hilfe brauchen. Es sieht aus, als könnten wir einander helfen.«

Der Mann klang so selbstsicher, so tröstend. Warum, fragte sich Fargo, habe ich dann solche Angst?

»Warum erzählen Sie mir nicht von Ihrer Beziehung zu Lamar, so daß wir entscheiden können, wie Ihre Aussage aussehen muß, damit sie der Polizei weiterhilft.«

»Ich weiß nicht, ob ich das tun sollte.«

»Karen, Ellen Crease hat bereits Lamar Hoyt zu ihrem Opfer gemacht. Wollen Sie ebenfalls ihr Opfer werden? Crease gab Lamar keine Chance, sich zu wehren. Wir geben Ihnen diese Chance.«

Fargo dachte darüber nach, was der Mann gesagt hatte, während er geduldig wartete. Dann fing sie zu reden an. Als sie geendet hatte, stellte der Mann ihr Fragen und sie beantwortete sie wahrheitsgemäß. Und als er genügend gehört hatte, sagte er ihr, was sie tun müsse.

»Wie kann ich Kontakt mit Ihnen aufnehmen?« fragte sie, als er das Zimmer durchquerte.

»Machen Sie sich darüber keine Gedanken.«

Er trat in den Lichtkegel an der Haustür. Dann war er verschwunden, und Fargo merkte, daß sie nur eines von ihrem Besucher wußte, nämlich daß ihm irgendwann einmal etwas passiert sein mußte, das brutal genug war, um eine Narbe auf seiner rechten Wange zu hinterlassen.

9. Kapitel

1

Das Hoyt & Son's Home of Heavenly Rest in der Eastside war ein weißes, dreistöckiges Gebäude, das an ein Gutshaus aus der Zeit vor dem Bürgerkrieg erinnerte. Anthony wußte, daß es in Oregon vier Homes of Heavenly Rest gab, zwei weitere in Seattle, Washington, eines in Butte, Montana und eines in Boise, Idaho. Juniors Büro befand sich hier in der Eastside.

Im Foyer hing ein Kristallüster, aber die Beleuchtung war gedämpft. Als Anthony durch die breite Vordertür eintrat, kam ein großer, feierlich wirkender Mann in einem dunklen Anzug auf ihn zu.

»Gehören Sie zur Webster-Gesellschaft?«

»Nein.« Anthony zeigte ihm seine Marke. »Ich suche Mr. Hoyt.«

Während der Mann die Marke musterte, lauschte Anthony den Klängen sanfter Orgelmusik, die von irgendwo im Gebäude auf ihn zu wehten.

»Nehmen Sie den Gang hier rechts von Ihnen. Dort finden Sie eine Treppe. Mr. Hoyts Büro befindet sich am Ende dieser Treppe.«

Die Innenausstattung des Beerdigungsinstituts bestand aus dunklem Holz und dunkelroter Wandbespannung, alles in gedämpftem Licht gehalten. Als Anthony den Gang entlangging, sah er linker Hand zwei Kapellen. Eine war leer, aber in der anderen unterhielt sich gedämpft eine kleine Gruppe von Trauergästen. Ein Sarg beherrschte den Raum. In der ersten Reihe weinte eine übergewichtige Frau, und zwei junge Männer in schlechtsitzenden schwarzen Anzügen versuchten, sie zu trösten.

Anthony fand das Büro problemlos. Eine attraktive junge Frau mit zu viel Make-up telefonierte gerade, als er eintrat. Sie warf Anthony einen Blick zu, sagte ihrer Gesprächspartnerin, daß sie zurückrufen werde, und legte auf.

»Ich bin hier, um mit Mr. Hoyt zu sprechen«, sagte Anthony, als die Frau sich ihm zuwandte.

»Worum geht es?«

Anthony zeigte der Frau seine Marke. Die Sekretärin verschwand hinter der einzigen anderen Tür des Büros. Einen Augenblick später kam sie wieder heraus und hielt sie ihm offen.

Das Büro war in denselben gedämpften Tönen gehalten wie der Rest des Instituts. Junior saß hinter seinem Schreibtisch. Er wirkte nicht gerade glücklich, Anthony zu sehen.

»Worum geht's? Ich bin ziemlich beschäftigt«, sagte er barsch.

Anthony setzte sich dem Leichenbestatter gegenüber, ohne dazu aufgefordert worden zu sein.

»Ich habe ein paar Fragen, die ich Ihnen gern stellen möchte. Doch ich habe beschlossen, damit bis nach der Beerdigung zu warten. Wie war's?«

»Wir haben Dad das Beste gegeben, was wir haben, das Royal Deluxe.« Junior machte ein nachdenkliches Gesicht. »Es war komisch, ihn so aufgebahrt zu sehen. Ich sehe jeden Tag Leute so, aber wenn es der eigene Vater ist ...«

Junior brach ab, der Gefühlsausbruch schien ihm peinlich zu sein. »Sie sagten, Sie hätten Fragen?«

»Nur ein paar. Ich versuche, es schnell zu machen. Soweit ich erfahren habe, hatten Sie einige Tage, bevor er ermordet wurde, eine Auseinandersetzung mit Ihrem Vater in der Zentrale von Hoyt Industries. Worum ging es da?«

Auf Juniors Gesicht zeigten sich Angst und Überraschung.

»Wer hat Ihnen das gesagt?«

»Ich fürchte, ich kann Ihnen meine Quellen nicht nennen.«

»Ich wette, es war dieser Scheißkerl Appling. Nun, dieser Streit war eigentlich nur heiße Luft. Eine Meinungsverschiedenheit über gewisse Veränderungen, die ich bei Heavenly Rest vorgenommen habe.«

»Und mehr steckte nicht dahinter?«

»Nein«, erwiderte Junior nervös. »Warum interessieren Sie sich überhaupt für einen Streit, den ich mit meinem Vater hatte? Ich dachte, die Polizei geht davon aus, daß es sich um einen Einbruch durch diesen Kerl Jaworski handelte.«

»Jablonski«, korrigierte Anthony. »Martin Jablonski. Sie kannten ihn nicht zufällig?«

Plötzlich dämmerte Junior der Grund für diese Frage.

»Was zum Teufel soll das eigentlich? Sie wollen doch nicht andeuten ...«

»Ich deute überhaupt nichts an.«

»Ich glaube schon. Wenn Sie wirklich herausfinden wollen, wer hinter dem Mord an meinem Vater steckt, ermitteln Sie gegen Ellen Crease.«

»Sie haben in der Nacht des Mordes an Ihrem Vater in der Villa dieselben Anschuldigungen gegen Senatorin Crease vorgebracht. Warum glauben Sie, daß Ihre Stiefmutter ...«

»Diese Schlampe ist nicht meine Mutter.«

»Dann Senatorin Crease. Warum glauben Sie, daß sie etwas mit dem Mord an Ihrem Vater zu tun hat?«

Junior schnaubte verächtlich. »Sie sind mir vielleicht ein

Detective. Erzählen Sie mir doch nicht, daß Sie das noch nicht wissen.«

»Was wissen?«

»Dad wollte sie loswerden. Sie war schon so gut wie aus dem Haus. Aber dann hieß es, gute Nacht, mein Alter.«

»Warum glauben Sie, daß Ihr Vater vorhatte, Senatorin Crease zu verlassen?«

»Wenn Sie das fragen, wissen Sie nicht viel über meinen Vater. Alle seine Ehefrauen hatten eine Verwendungsdauer von ungefähr sieben Jahren, und dann fing er an, sie zu betrügen, bevor er sie sich vom Hals schaffte. Fragen Sie meine Mutter.«

»Sie beziehen sich also nur auf die Vorgeschichte Ihres Vaters mit Frauen? Sie haben keinen konkreten Beweis, daß Ihr Vater wirklich vorhatte, sich von Senatorin Crease scheiden zu lassen?«

»Nein, aber ich kannte meinen Vater«, erwiderte er bitter. »Er war ein Ausbeuter.«

»Sie scheinen ihn nicht sehr gemocht zu haben.«

Junior wirkte plötzlich niedergeschlagen. »Mein Vater hat meine Mutter sitzengelassen und er hat nie ein Hehl daraus gemacht, was er von mir hielt. Egal, was ich tat, es war ihm nie gut genug. Er hat mir mehr als einmal ins Gesicht gesagt, was für ein enttäuschender Nichtskönner ich bin.«

»Er hat Ihnen die Leitung dieses Geschäftszweigs übertragen.«

»Zugegeben. Aber er hat mir deutlich zu verstehen gegeben, daß ich sonst absolut nichts von ihm zu erwarten habe.«

»Zum Beispiel die Leitung von Hoyt Industries. Das war doch sicher etwas, das Sie wollten.«

»Wollen Sie mich auf den Arm nehmen? Die Firma ist Millionen wert«, entgegnete Junior mit einer Mischung aus Wut und Wehmut. »Jetzt bekommt die Schlampe diese Anteile. Ich bedaure nur, daß Senior jetzt nicht mehr sehen kann, wie sie sein Lebenswerk zugrunde richtet.«

2

Lou Anthony zog zwei Schlüsse, als er die junge Frau sah, die in der Eingangshalle des Reviers wartete. Der erste kam aus dem Bauch: Die Frau war großartig, mit rauchigen, smaragdgrünen Augen und Haaren in einem Kastanienbraun, das einem den Atem nahm. Sein zweiter Schluß war der, daß die Frau lieber woanders sein würde. Sie konnte die Hände nicht stillhalten, und sie saß zu aufrecht, jederzeit bereit zur Flucht. Anthony ging zu ihr, und sie stand schnell auf. Der Detective schätzte sie auf einsfünfundsechzig, aber sie wirkte größer, weil sie hohe Absätze trug.

»Mein Name ist Lou Anthony. Ich bin der Detective, der für den Fall Lamar Hoyt zuständig ist. Ich habe gehört, Sie wollen mir etwas sagen.«

Die junge Frau wirkte verloren. Sie sah sich in der Eingangshalle um. Anthony vermutete, daß sie sich nicht sicher war, ob dies der richtige Ort dafür war.

»Warum kommen Sie nicht mit mir«, sagte Anthony und hielt ihr die Tür auf, die zu den Arbeitsplätzen der Detectives im dreizehnten Stock des Justice Center führte. Die Frau trat durch die Tür, und Anthony führte sie zu einem leeren Befragungszimmer, wo sie ungestört sein konnten.

»Kann ich Ihnen was bringen? Kaffee?« fragte Anthony. Das Zimmer war so klein, daß der graue Metalltisch und die vier Stühle kaum Platz darin hatten.

»Kaffee, ja bitte«, erwiderte die Frau.

»Bin gleich wieder da«, sagte der Detective mit einem aufmunternden Lächeln. Als er mit zwei Bechern dampfenden Kaffees zurückkehrte, hatte die Frau noch immer ihren Regenmantel an. Ihre schlanken Hände lagen im Schoß, und sie drehte sich auf dem Stuhl, damit sie sich in dem kahlen Raum mit den braun gestrichenen Betonwänden umschauen konnte.

»Ist Ihnen kalt?« fragte Anthony. Die Frau machte ein verwirrtes Gesicht. »Mir ist nur aufgefallen, daß Sie Ihren Regenmantel noch anhaben.«

Fargo senkte den Blick, als habe sie gar nicht bemerkt, daß sie den Mantel noch trug. Sie zog ihn aus, und Anthony hängte ihn über einen Stuhl. Tropfen fielen vom Mantel auf die Metallbeine und liefen auf den Boden. Sie setzte sich, nahm ihren Kaffee und legte die Hände um den Styroporbecher, wie um sie zu wärmen.

»Entschuldigung«, sagte Anthony, »aber ich habe Ihren Namen nicht ganz verstanden.«

Die Frau strich sich nervös mit der Zunge über die Lippen, bevor sie antwortete.

»Ich bin Karen. Karen Fargo.«

»Miss oder Mrs.?«

»Ich bin nicht verheiratet.«

»Die Empfangsdame sagte mir, daß Sie über den Mord an Lamar Hoyt sprechen wollen. Wie gesagt, das ist mein Fall, Sie können mir alles sagen.«

Fargo zögerte, und Anthony wartete.

»Ich habe in der Zeitung gelesen, daß ein Mann ins Haus eingebrochen ist und Lamar erschossen hat. Ist es wirklich so passiert? Ich meine, sind Sie sicher, daß dieser Mann… daß er Lamar getötet hat?«

»Wir haben die Kugel gefunden, die Mr. Hoyt tötete, und sie von unseren Spezialisten untersuchen lassen. Sie haben die Waffe überprüft, die wir neben dem Eindringling fanden. Die Kugel kam aus dieser Waffe, und auf der Waffe sind die Fingerabdrücke des Eindringlings.«

»Oh.« Fargo senkte den Blick, als würde der Mut, der sie in die Polizeizentrale geführt hatte, sie nun verlassen.

»Glauben Sie, daß jemand anders Mr. Hoyt erschossen haben könnte?« fragte Anthony sanft.

»Ich... Nun, ich dachte ...«

»Ja?«

Als sie antwortete, merkte Anthony, daß Karen Fargo große Angst hatte. »Es war nicht sie? Seine Frau? Sind Sie sicher?«

»Wie kommen Sie auf den Gedanken, daß Mrs. Crease ihren Gatten erschossen hat?«

Fargo senkte wieder den Blick. »Ich ... ich hätte nicht hierherkommen sollen«, sagte sie und stand auf.

»Miss Fargo, welche Beziehung hatten Sie zu Mr. Hoyt?«

Karen Fargo brach in Tränen aus und sank wieder auf ihren Stuhl.

»Es tut mir sehr leid«, stammelte sie.

»Wollen Sie einen Schluck Wasser?«

»Nein, es geht schon wieder.«

Fargo atmete tief durch. »Wir haben uns geliebt. Wir ...« Fargo sah zu Boden. »Wir wollten heiraten.«

»Mr. Hoyt war bereits verheiratet«, bemerkte Anthony vorsichtig.

Fargo tupfte sich die Tränen ab. »Er wollte sich scheiden lassen. Er hat es mir gesagt. Lamar wollte nur noch bis nach dem Wahlkampf warten. Dann wollte er sich von ihr scheiden lassen und mich heiraten.«

»Wie lange dauerte diese Beziehung zu Mr. Hoyt?«

»Ungefähr ein Jahr. Ein bißchen weniger. Angefangen hat es ungefähr sechs Monate nach meinem Eintritt in seine Firma. Ich war Sekretärin bei Hoyt Industries.«

»Und dort haben Sie Mr. Hoyt kennengelernt?« fragte Anthony.

»Beim Firmenpicknick. Wir haben uns unterhalten. Nicht sehr lange. Er fragte mich nach meinem Namen und wie lange ich schon bei der Firma sei und ob mir die Arbeit gefalle. Ich war mir sicher, daß er sich danach nicht mehr an mich erinnern würde. Aber er hat es. Ungefähr eine Woche später sah er mich in der Cafeteria und wußte sogar noch meinen Namen. Und ungefähr eine Woche danach rief er mich zu Hause an und bat mich, zu ihm zu kommen. Ich wußte nicht, was ich sagen sollte. Ich meine, er war der Chef der ganzen Firma. Da konnte ich schlecht nein sagen, oder?«

Sie sah Anthony Zustimmung heischend an, und er nickte. Sie biß sich auf die Lippe und starrte auf die Tischplatte.

»Ich hatte Angst. Ich ... ich dachte ... Na ja, er war verheiratet, und ich bin nicht naiv. Aber Lamar war ein perfekter Gentleman. Er war immer der perfekte Gentleman.

Nach diesem ersten Mal fing er an, mich zu besuchen. Manchmal führte er mich zum Essen aus. Normalerweise, wenn seine Frau im Senat in Salem zu tun hatte. Er hat mich nicht bedrängt. Er wollte nur reden. Er sagte, daß er gern mit mir zusammen sei und daß er sich in meiner Gegenwart sehr wohl fühle. Wissen Sie, ein Geschäftsmann wie Lamar steht stark unter Druck, und er hatte das Gefühl, daß seine Frau zu sehr mit ihrer eigenen Arbeit beschäftigt war, um Zeit für ihn zu haben.«

Fargo hielt inne. Dann sah sie Anthony direkt in die Augen.

»Er war einsam. Es war traurig. Da hatte er all das viele Geld und das große Haus, aber er war einsam.«

»Wann fing Mr. Hoyt an, von Heirat zu reden?«

»Ungefähr zu der Zeit, als seine Frau sagte, daß sie für den U.S.-Senat kandidieren wolle. Das hat Lamar wirklich verärgert, weil es bedeutete, daß sie in Washington D.C. leben und er sie kaum noch sehen würde. Er meinte, das wäre dann fast so, als wären sie gar nicht verheiratet.«

»Miss Fargo, Lamar Hoyt wurde am siebten Januar getö-

tet. Warum haben Sie mit Ihrem Besuch bis jetzt gewartet?«
Karen Fargo riß erschrocken die Augen auf. Dann wandte sie den Blick ab.
»Ich weiß es nicht«, antwortete sie. »Es hat die ganze Zeit an mir genagt. Daß Lamar so sterben mußte. Das war einfach nicht richtig.«
»Haben Sie irgend etwas Konkretes, das beweisen könnte, daß Mrs. Crease etwas mit dem Tod ihres Gatten zu tun hatte?«
»Nein. Nur, daß Lamar sagte, er glaube, sie wisse über uns Bescheid.«
»Hat er das gesagt? Wann?«
»Ein paar Wochen vor seinem Tod. Er sagte, sie verhalte sich merkwürdig in seiner Gegenwart, und daß wir vorsichtig sein müßten. Er wollte wissen, ob irgendwas Ungewöhnliches passiert sei. Komische Anrufe oder Leute, die mich beobachten oder verfolgen.«
»Und war irgendwas in der Richtung?«
»Ich habe nichts bemerkt.«
Anthony überlegte, was er Fargo sonst noch fragen könnte, aber ihm fiel nichts mehr ein. Es überraschte ihn nicht, daß Hoyt eine Geliebte gehabt hatte. Es paßte zu seinem Lebensmuster. Ellen Crease war ein wenig älter als seine ersten beiden Frauen, als sie Gattin Nummer drei wurde, aber nicht sehr viel. Und jetzt war sie etwa in dem Alter der anderen Ex-Frauen, als Hoyt sich von ihnen trennte.
»Vielen Dank, daß Sie zu mir gekommen sind, Miss Fargo. Ich kann sehen, daß es schwer für Sie war.«
Anthony meinte, in Fargos Miene Erleichterung zu erkennen, daß er ihr keine Fragen mehr stellte. Er gab ihr die Hand und führte sie nach draußen. Als er dann wieder an seinem Schreibtisch saß, drehte er sich auf seinem Stuhl, um zu den breiten Fenstern hinauszusehen. Wie-

der Regen. Was für eine Überraschung. Manchmal würde er alles geben für einen einzigen sonnigen Tag.

Karen Fargo tat Anthony leid. Sie wirkte sehr traurig und klang sehr naiv. Er stellte sich vor, daß Hoyts Aufmerksamkeit wie ein Märchen für diese Sekretärin gewesen sein mußte, die sich plötzlich in die Geliebte eines Millionärs verwandelt sah. Hatte Hoyt wirklich vorgehabt, Crease für Fargo zu verlassen, oder hatte er Fargo mit der Aussicht auf Heirat nur gelockt, um sie in seinem Bett zu halten?

Als Anthony sich frischen Kaffee holen ging, fiel ihm eine Frage wieder ein, die Fargo ihm gestellt hatte. Ob er sicher sei, daß Jablonski Hoyt tötete? Hundertprozentig, was den reinen Akt des Schießens anging, aber was war mit den Blutspritzern und dem Geld? Und dann noch die Tatsache, daß das Sicherheitssystem des Anwesens ausgeschaltet war, als Jablonski einbrach. Crease hatte eine einleuchtende Erklärung dafür, aber glaubte er sie? Crease hatte von Hoyts Tod eindeutig profitiert. Ihre Umfrageergebnisse schossen in die Höhe, und dann gab es noch die Lebensversicherung und das Testament. Das waren alles Motive für einen Mord. Und jetzt gab es für Crease noch ein weiteres Motiv, Jablonski anzuheuern.

Anthony ließ den Gedanken in der Luft hängen. Er drehte und wendete und untersuchte ihn. Er wollte nicht glauben, daß Ellen Crease eine Mörderin war. Er mochte Crease. Er zweifelte nicht daran, daß Hoyts Tod sie tief getroffen hatte. In der Pressekonferenz hatte sie außer Zorn kaum Gefühle gezeigt, aber er hatte sie gleich nach dem Mord gesehen und würde schwören, daß ihr Kummer echt gewesen war. Das fiel gegen Crease ins Gewicht. Wenn Ellen Lamar wirklich geliebt hatte, wäre das Wissen, daß er eine Geliebte hatte, ein starkes Motiv für einen Mord. Anthony erkannte, daß es Zeit für ein weiteres Treffen mit dem Bezirksstaatsanwalt war.

10. Kapitel

1

Ryan Clark betrat das Schwimmbad, als U.S.-Senator Benjamin Gage eben die letzte Runde seines morgendlichen Trainings anging. Clark war einsachtzig groß, dunkel und gutaussehend und sehr fit. Seine Bewegungen verströmten eine ruhige Selbstsicherheit, die Schläger abschreckte und schöne Frauen anzog, die Clarks gezackte Narbe auf der rechten Wange faszinierend fanden. Sie fragten ihn immer danach, und Clark hatte sich eine Geschichte zurechtgelegt, die ihre Neugier zu befriedigen schien.

Benjamin Gage hatte ihn nur ein einziges Mal auf diese Narbe angesprochen, am Ende von Clarks Bewerbungsgespräch für einen Job bei StarData, Gages High-Tech-Firma. Die Unterhaltung hatte vor acht Jahren stattgefunden, als Clark neunundzwanzig war und Gage achtunddreißig. Clark trug damals einen Bart, und die Narbe war kaum zu sehen. Der offizielle Teil des Gesprächs, der in Gages Büro in der Firmenzentrale stattgefunden hatte, war vorüber, und die beiden Männer saßen in einem eleganten Restaurant beim Abendessen. Ihr Tisch lag im hinteren Teil des Raums. Gage war dort Stammgast. Wenn er im Restaurant aß, wurde der Tisch neben dem seinen stillschweigend freigehalten. Gage zahlte dafür extra, was er sich problemlos leisten konnte.

»Woher haben Sie die Narbe?« hatte Gage gefragt. Sein eigenes Gesicht war ungezeichnet und auf etwas zerknautsche Art attraktiv.

Clark zögerte mit der Antwort. Daran merkte Gage, daß die Narbe mit den fünf Jahren in Clarks Lebenslauf etwas zu tun hatte, die mit »Marinegeheimdienst – administrative Verantwortlichkeiten« umschrieben waren. Als Gage während des Gesprächs Clark aufgefordert hatte, diese administrativen Tätigkeiten näher zu beschreiben, hatte Clark auf kreative Art ausweichend geantwortet, und Gage hatte es ihm durchgehen lassen. Er hatte vor, die Frage beim Essen noch einmal zur Sprache zu bringen.

Gage hatte sich ins weinrote Leder zurückgelehnt. Es war niemand in der Nähe. Ihr Winkel des Restaurants war angemessen dunkel. Als Gage Clark die Frage stellte, sah er ihm direkt in die Augen. Ein paar Jahre später, während Gages erster erfolgreicher Kandidatur für den Kongreß, hatte diese Fähigkeit, Leuten direkt in die Augen zu sehen, die Wähler von Gages Ernsthaftigkeit überzeugt. Clark ließ das völlig kalt, und er konnte den Augenkontakt sogar so lange aufrechterhalten, bis Gage als erster zwinkerte, etwas, das nur sehr wenige Leute schafften.

»Hören Sie, Ryan, Sie bewerben sich nicht um eine Stelle als Wachmann. Wenn ich einen Mietbullen bräuchte, würde ich bei Pinkerton anrufen und mir nicht vom Vorsitzenden des Senatsausschusses für verdeckte Operationen einen Mann empfehlen lassen. Ich brauche jemanden, der für mich verläßlich gewisse Dinge erledigt, die andere nicht tun können oder nicht tun wollen«, hatte Gage gesagt und damit bewiesen, daß er genauso kreativ ausweichend sein konnte wie Clark. »Sie wollen, daß ich Ihnen für diese Art von Arbeit ein sechsstelliges Gehalt zahle. Ich werde weder soviel Geld zahlen noch jemanden mit diesen Arbeiten betrauen, wenn ich über den Mann, den ich anstellen soll, nicht alles weiß, was es zu wissen gibt. Also erzählen Sie mir von der Narbe.«

Nun zögerte Clark nicht mehr. Gage gefiel das. Es bedeutete, daß Clark wichtige Entscheidungen schnell treffen konnte. Und ihm gefiel auch, daß Clark die Narbe nicht berührte und auch sonst nichts tat, was darauf hindeutete, daß er an sie dachte.

»Das ist eine Messerwunde, die ich aus einem Land des Nahen Ostens mitgebracht habe. Der Mann, der sie mir beibrachte, lag neben zwei Leichen. Ich hielt ihn für tot. Als ich mich bückte, um seine Waffe an mich zu nehmen, stach er nach mir.«

»Wer waren diese Männer?«

»Es waren zwei Männer und eine Frau«, erwiderte Clark ohne Gefühlsregung. »Es waren Terroristen, die hinter dem Mordanschlag auf die Amerikanische Botschaft in Paris steckten.«

»Ich erinnere mich an den Anschlag, aber nicht daran, je gelesen zu haben, daß man die Hintermänner gefaßt hat.«

»Das konnten Sie auch nicht.«

»Was ist mit dem Mann passiert, der sie verletzt hat?«

»Er wurde von einem anderen Mitglied meines Teams erschossen.«

»Verstehe. Sagen Sie, Ryan, passierte das während Ihrer Zeit bei der Marine?«

»Nein.«

»War das eine Ihrer ›administrativen Tätigkeiten‹ im Marinegeheimdienst?«

»Ich fürchte, diese Frage kann ich nicht beantworten, Mr. Gage.«

»Auch nicht, wenn die Weigerung Sie den Job kosten kann?«

Clark lächelte. Er wußte, daß er den Job bereits hatte. Er wußte, daß Gage versuchte, mit ihm zu spielen. Einen Augenblick lang blieb Gage standhaft. Dann erwiderte er das Lächeln. Und seitdem erledigte Clark für Gage dies und das.

Augenblicke bevor Clark Gages Haus betreten hatte, hatte ein Hausmädchen einen Krug mit frisch gepreßtem Orangensaft, eine Kanne dampfenden Kaffees und einen Teller mit zwei Croissants auf einen Tisch am Rand von Gages Fünfundzwanzig-Meter-Becken gestellt. Das Becken war vier Bahnen breit und beheizt. In der feuchtwarmen Luft des Bads bildeten sich Schweißperlen auf Stirn und Oberlippe von Senator Gages Verwaltungsassistenten. Clark setzte sich an den Tisch und sah zu, wie Gage seine letzte Wende machte. Dann verlor er das Interesse und sah durch die Glaswand an der Ostseite des Bads hinaus. An den meisten Tagen hätte Clark die Apfelplantagen, üppigen Weiden und grünen Hügel gesehen, die sich zwischen Gages Tausend-Quadratmeter-Residenz aus Glas und Zedernholz und den schneebedeckten Abhängen des Mount Hood erstreckten. Aber heute war die Landschaft nebelverhangen, und es war kaum etwas zu sehen.

Gage stemmte sich aus dem Becken. Er war sechsundvierzig Jahre alt, aber im Becken nur wenig langsamer als in seiner Zeit als Wettkampfschwimmer. In den Haaren, die Gages schlaksigen Körper bedeckten, zeigten sich erste graue Strähnen.

Gage trocknete sich ab, ging dann zum Tisch und setzte sich Clark gegenüber.

»Haben Sie die letzten Umfrageergebnisse gesehen?« fragte er Clark wütend.

»Crease hat neunundvierzig Prozent, Sie haben sechsundvierzig, und der Rest ist noch unentschieden«, antwortete Clark gelassen.

»Genau. Vor dem Mord waren wir genau gleichauf. Crease hat das Mitgefühl der Leute, weil sie ihren Mann verloren hat, und die Presse macht aus ihr eine Art weiblichen Rambo. Und mit mir geht's bergab.«

Gage biß von seinem Croissant ab. Clark wartete.

»Haben Sie Creases Pressekonferenz in Bend gehört?«

»Hab ich verpaßt.«

»Ein Reporter fragte Crease, welche Wirkung der Mord an ihrem Gatten auf sie habe. Sie starrte ihn an und sagte ihm, daß sie auch tot wäre, wenn die Waffenkontroll-Lobby ihren Willen durchgesetzt hätte, und daß Hoyt noch am Leben wäre, wenn die Maßnahmen zur Verbrechensbekämpfung, die sie propagiere, bereits Gesetz wären. Danach starrte sie wieder in die Kamera. Und dann sagte sie all diesen Wählern, daß sie ihren Gatten zwar nicht mehr zurückholen könne, daß sie aber den Rest ihres Lebens dafür kämpfen werde, daß ihnen nicht ähnliche Katastrophen zustießen und daß jene, die das Gesetz brechen, es bedauern werden.«

Gage lächelte humorlos und schüttelte verwundert den Kopf. »Sie ist eine herzlose Schlampe und spielt mit dem Mord an Hoyt wie eine Geigenvirtuosin.«

Clark gestattete sich ein seltenes Lächeln.

»Vielleicht spielt sie nächste Woche schon eine ganz andere Melodie.«

»So?«

»Cedric Riker hat mich angerufen. Er wollte sicherstellen, daß Sie es vor der Presse erfahren. Er tritt heute morgen vor die Anklagejury. Es sieht aus, als habe Fargo den Ausschlag gegeben.«

Gage grinste breit.

»Na also«, sagte der Senator zufrieden. »Wenn die Anklage erst einmal durch ist, ist sie erledigt.«

»So sehe ich das auch.«

»Gute Arbeit, Ryan. Sehr gute Arbeit.«

2

Henry Orchard klopfte laut an die Tür von Ellen Creases Hotelzimmer, weil er ahnte, daß sie nach dem anstrengenden Wahlkampftag bereits tief schlief. Creases Wahlkampfmanager war ein schlampiger, übergewichtiger Dynamo, den nichts interessierte außer Politik. Bis vor wenigen Minuten war Orchard noch ein glücklicher Mann. Seine Kandidatin war in den Umfragen in die Höhe geschossen und hatte sich aus dem Kopf-an-Kopf-Rennen gelöst, das sie sich bis zum Mord an ihrem Gatten mit Benjamin Gage geliefert hatte.

»Wer da?« blaffte Crease. Sie klang hellwach. Orchard war nicht überrascht. Crease schien nie müde zu werden und brauchte nur wenig Schlaf. Und wenn sie schlief, hatte sie die Fähigkeit, schnell aufzuwachen und sofort voll da zu sein.

»Henry hier. Machen Sie auf. Es ist etwas passiert.«

Orchard hörte Crease das Zimmer durchqueren. Die Tür ging auf, und er trat ein. Orchard war unrasiert, an seinen fleischigen Wangen zeigten sich dunkle Schatten. Das Hemd, das er sich übergeworfen hatte, war fleckig, und seine Socken paßten nicht zusammen. Crease trug einen gefütterten Bademantel über einem bodenlangen Flanellnachthemd. Nur die Nachttischlampe brannte, und Orchard schaltete auch keine andere an. Er entdeckte einen Lehnsessel vor dem Fenster und ließ sich hineinfallen.

»Ich habe eben mit einem Informanten aus dem Büro des Bezirksstaatsanwalts von Multnomah County gesprochen. Cedric Riker wird morgen vor die Anklagejury treten und eine Klageerhebung gegen Sie wegen Mordes beantragen.«

»Was?«

»Er will auf Doppelmord hinaus. An Lamar und dem Kerl, der ihn erschossen hat.«

Crease machte ein verblüfftes Gesicht.

»Haben Sie das eben zum ersten Mal gehört?«

»Ja. Ich wußte zwar, daß die Ermittlungen noch offen sind, aber mir ist nie etwas zu Ohren gekommen, daß Sie unter Verdacht stehen.«

»Was haben sie? Wie ist die Beweislage?«
»Das weiß ich nicht und mein Informant auch nicht. Ich habe ihn gleich als erstes gefragt, was Riker in der Hand hat, aber nur Riker und der ermittelnde Beamte …«
»Lou Anthony?«
»Genau, Anthony. Das sind im Augenblick die einzigen, die etwas wissen. Was glauben Sie, was sie haben?«
»Da gibt's überhaupt nichts, Henry«, erwiderte Crease verbittert. »Und das tut wirklich weh. Ich habe den alten Mistkerl doch geliebt.«
Crease zog eine Zigarre aus ihrer Handtasche und zündete sie an. Dann ging sie im Zimmer auf und ab und blieb schließlich vor dem Schreibtisch stehen. Sie zog den Stuhl heraus und setzte sich mit dem Gesicht zu Orchard.
»Das ist unglaublich. Die Anklage würde uns fertigmachen.«
Crease überlegte einen Augenblick.
»Es ist Gage«, sagte sie wütend. »Der muß es sein. Er hat Rikers Wahlkampf kräftig mitfinanziert, und die beiden kennen sich schon lange. Gage und Riker haben sich das ausgedacht, um Gage in den Umfragen wieder nach oben zu katapultieren.«
»Das würde ich auch gern glauben«, erwiderte Orchard vorsichtig, »aber das ist nicht nur ein schmutziger Trick. Wir reden hier von einer Mordanklage. Riker muß der Anklagejury Beweismittel vorlegen können. Und auch wenn Riker ein Arschloch ist, Lou Anthony nicht. Er ist ein alter Freund von Ihnen, nicht?«
»Ich kenne Lou«, antwortete Crease nachdenklich. Sie blies eine Rauchwolke in Orchards Richtung. »Sie haben recht. Lou würde nie Beweismittel manipulieren.«
Crease schwieg einen Augenblick. Orchard beobachtete sie.

»Was schlagen Sie vor, was ich tun soll, Henry?« fragte sie schließlich.

»Derjenige, der mich wegen der Anklagejury vorgewarnt hat, wird mich anrufen, sobald er hört, daß Riker die Klageerhebung durchgebracht hat. Riker kennt wahrscheinlich Ihren Wahlkampfplan. Ich weiß, wie er denkt. Er wird Sie vom örtlichen Sheriff verhaften lassen, wahrscheinlich während einer öffentlichen Veranstaltung, damit es besonders peinlich für Sie wird. Er wird es so timen, daß Sie eine Nacht im Ortsgefängnis verbringen müssen, und dann wird er sie in Handschellen nach Portland zurückfliegen lassen und auf dem Flughafen der Menge vorführen, so wie die Römer es mit besiegten feindlichen Stammeshäuptlingen gemacht haben.«

Crease schüttelte angewidert den Kopf. »Riker ist so ein Schleimer.«

Orchard lächelte. »Natürlich werden wir ihn nichts davon tun lassen. Sobald ich weiß, daß Riker die Anklage durchgebracht hat, verschwinden Sie von der Bildfläche. Wenn der Sheriff mit seinem Haftbefehl auftaucht, sind Sie einfach nicht da. Ich habe schon ein Privatflugzeug reserviert, das uns nach Portland zurückfliegen wird. Es wartet im Stand-by. Und ich habe bereits Mary Garrett engagiert. Sie sagte mir, sie wird sich darum kümmern, daß Sie sich dann stellen können, wenn es für uns am günstigsten ist, und sie wird eine sofortige Kautionsverhandlung ansetzen lassen.«

»Garrett, mh?«

»Wir dürfen das nicht auf die leichte Schulter nehmen, Ellen. Ich habe Garrett vor Gericht erlebt. Sie ist ein großer weißer Hai. Und wichtiger noch, die Presse liebt sie, und Sie brauchen die Presse so sehr wie Sie einen guten Anwalt brauchen.«

11. Kapitel

1

Die Ausstattung von Mary Garretts Büro war ultramodern und verwirrend, als würde der Innenarchitekt an künstlerischer Legasthenie leiden. Nirgends konnte Ellen Crease eine gerade Linie entdecken. Was sie sah, waren glänzende Aluminiumröhren, unzählige merkwürdig geformte Glasflächen und zahlreiche Objekte, deren Funktion nicht leicht zu erkennen war. Die Anwältin, die Henry Orchard für sie ausgesucht hatte, paßte hervorragend in diese Umgebung. Garderobe und Schmuck waren teuer, aber die Kleider und Accessoires wirkten an dieser vogelartigen, nur gut einsfünfzig großen Frau irgendwie unpassend und betonten noch ihre dicken Brillengläser und ihren Überbiß. Doch Garrett wußte, daß sie keine Schönheit war, und es war ihr egal. Was ihr allerdings am Herzen lag, war das Gewinnen, und das konnte sie sehr gut.

Gleich nachdem Orchard die beiden Frauen miteinander bekannt gemacht hatte, bat Garrett ihn, den Raum zu verlassen, damit sie sich mit Ellen Crease unter vier Augen unterhalten konnte. Der Stuhl, auf dem Crease saß, ähnelte einem Regiestuhl. Armlehnen und Beine waren aus glänzenden Metallröhren, Rücken und Sitz bestanden aus schwarzem Leder, das ein wenig durchhing, so daß der darauf Sitzende kleiner wirkte. Garrett saß hinter ihrem großen Glasschreibtisch auf einem schwarzen Ledersessel mit hoher Rückenlehne. Der Sessel konnte mittels Knopfdruck in der Höhe verstellt wer-

den, so daß die winzige Anwältin immer größer wirkte als ihre Klienten.
»Ich halte Ihre Politik für Scheiße«, war das erste, was Garrett zu Ellen Crease sagte, als Henry Orchard die Tür hinter sich geschlossen hatte. »Um es genau zu sagen, mir fällt absolut nichts ein, womit ich einverstanden wäre. Ich dachte mir, ich sollte das von vornherein klarstellen.«
Die Anwältin hatte Crease überrumpelt. Ein höhnisches Grinsen umspielte Garretts Lippen, und in ihrer Haltung lag etwas Arrogantes. Sie drückte unmißverständlich aus, daß sie Ellen Crease als Klientin nicht brauche, daß Crease aber ohne sie als Anwältin nicht zurechtkommen würde. Wenn irgendein anderer Crease so behandelt hätte, wäre sie sofort aufgestanden und gegangen, aber Garretts Kampfbereitschaft machte sie ihr sympathisch. Vielleicht war es auch die Tatsache, daß ihre Aggressivität in einer so kleinen und unattraktiven Verpackung daherkam. Und so brach Crease, anstatt rot zu werden vor Wut, in ein breites Grinsen aus.
»Dann sollten wir nicht über Politik reden.«
Garrett erwiderte das Grinsen. »Gut. Man hat mir gesagt, daß Sie ein dickes Fell haben. Ich wollte das selbst sehen. Sie werden es brauchen, um heil aus dieser Sache herauszukommen.«
»Und was genau ist für Sie ›diese Sache‹?«
»Man hat gegen Sie Anklage erheben lassen wegen heimtückischen Mordes in zwei Fällen. Und heimtückischer Mord kann, wie Sie aus Ihrer Zeit als Polizistin wissen dürften, die Todesstrafe nach sich ziehen. Bevor wir jedoch ins Detail gehen, möchte ich Ihnen die Anwalt-Klient-Beziehung erläutern. Und ich will, daß Sie mir sehr genau zuhören, denn das ist keine Vorlesung in Sozialkunde.
Alles, was Sie mir sagen, ist vertraulich. Das heißt, daß es

mir vom Gesetz her verboten ist, irgend jemand zu erzählen, was Sie mir anvertrauen. Das gibt Ihnen zwar auch die Freiheit, mir die ungeheuerlichsten Lügen aufzutischen, aber es könnte Sie teuer zu stehen kommen, wenn Sie nicht völlig ehrlich mit mir sind. Der beste Lügner, den ich je vertreten habe, sitzt jetzt im Gefängnis, weil ich ein Angebot der Staatsanwaltschaft, das ihn davor bewahrt hätte, ablehnte, nachdem er mir ein Märchen aufgetischt hatte. Habe ich mich deutlich ausgedrückt?«

»Absolut. Ich habe keinen Grund, Sie zu belügen.«

»Warum ist Riker dann vor die Anklagejury getreten?«

»Ist denn das nicht offensichtlich? Haben Sie die jüngsten Umfrageergebnisse gesehen? Cedric Riker ist einer von Ben Gages Handlangern. Gage hat Rikers Wahlkampf mitfinanziert, und Riker hat ihm seinen Job zu verdanken. Mich anzuklagen ist seine Art, sich bei Gage zu revanchieren.«

»Ich bezweifle nicht, daß Rikers Motive politischer Natur sind, aber ohne stichhaltige Beweise kann er nicht vor eine Anklagejury treten.« Crease fiel ein, daß Orchard dasselbe gesagt hatte. »Was hat er gegen Sie in der Hand, Senatorin?«

»Ich weiß es nicht.«

Garrett legte die Fingerspitzen aneinander und dachte laut.

»Wir wissen, daß Jablonski den Schuß abgegeben hat, der Ihren Gatten tötete, das heißt, in den Tod Ihres Gatten könnten Sie nur verwickelt sein, wenn Sie ihn angeheuert hätten, damit er es tut.«

»Mrs. Garrett …«

»Nennen Sie mich Mary. Wir werden in nächster Zeit viel miteinander zu tun haben.«

»Na gut, Mary. Bis zum Mord an meinem Gatten wußte

ich nicht einmal, daß ein Martin Jablonski existierte. Cedric Riker kann unmöglich Beweise für meine Verwicklung in den Mord haben, weil ich nichts damit zu tun habe.«

»Betrachten wir das Problem aus einem anderen Blickwinkel«, sagte Garrett. »Gab es in Ihrer Beziehung zu Lamar Hoyt etwas, das Riker als Motiv für Mord interpretieren könnte?«

Crease zögerte, und Garrett schloß daraus, daß ihre Klientin eine Entscheidung traf, die die Art und Weise ihrer Darstellung bestimmen würde. Einen Augenblick später sah Crease ihre Anwältin direkt an und sagte: »Da ist das Geld, das ich erbe, und das Aktienpaket von Hoyt Industries, das mich zur Mehrheitsaktionärin macht. Aber wenn ich Jablonski angeheuert hätte, um Lamar zu töten, dann weil Lamar mich mit einer Frau namens Karen Fargo betrog.«

»Wie lange wußten Sie das schon?« fragte Garrett leise.

»Seit Lamar nicht mehr regelmäßig mit mir ins Bett ging.«

»Haben Sie Ihren Gatten zur Rede gestellt?«

»Ja. Ich war nicht überrascht. Ich hatte es schon eine ganze Weile erwartet. Ich war Lamars dritte Frau, und jede seiner Ehen folgte einem bestimmten Muster. Lamar heiratete eine Frau Anfang Zwanzig, und wenn sie dann ungefähr dreißig wurde, hatte er genug von ihr. Bei seinen ersten beiden Frauen fing er an, sie zu betrügen, als sie ungefähr in meinem Alter waren, und ich erwartete, daß er auch mich betrügt. Der Unterschied ist nur, daß ich kein fügsames Dummchen bin wie die ersten beiden Mrs. Hoyts. Ich liebte Lamar und war fest entschlossen, diesen Kreislauf zu durchbrechen, um unsere Ehe zu retten.«

»Was haben Sie getan?

»Ich habe ihm deutlich zu verstehen gegeben, daß ich

seine Scheiße nicht mitmachen würde. Seine ersten beiden Frauen hat er ausbezahlt. Ich habe Lamar gesagt, daß er auf der Straße stehen würde, wenn er das auch bei mir versuchte. Und dann habe ich ihn rundheraus gefragt, ob Miss Fargo ihm das geben kann, was ich ihm gebe, und das hat ihn zum Nachdenken gebracht.«

»Und?«

»Er hörte auf, Ausreden zu erfinden, um nicht mit mir ins Bett zu müssen.«

»Glauben Sie, daß er die Beziehung zu Fargo abgebrochen hat?«

»Ich bin mir nicht sicher, aber er schien plötzlich wieder ein liebender Gatte zu sein.«

»Glauben Sie denn, daß Riker über die Affäre Bescheid weiß?«

»Das kann ich nicht wissen.«

Garrett machte sich Notizen, und Crease wartete geduldig. Danach sagte die Anwältin: »Warum erzählen Sie mir nicht, wie Sie Lamar kennengelernt haben?«

»Ich war damals Polizistin in Portland, und in einem von Lamars Bestattungsinstituten hatte ein Einbruch stattgefunden. Im Verlauf meiner Ermittlungen befragte ich auch Lamar. Er war charmant auf die altmodische Art. Sehr galant. Nach dem offiziellen Teil der Unterhaltung kamen wir ins Plaudern. Dann ging ich wieder.

Am nächsten Tag hinterließ er mir in der Arbeit die Nachricht, ich solle ihn anrufen. Ich dachte, es habe etwas mit dem Fall zu tun, aber er wollte mich zum Essen einladen. Ich lehnte ab. Ich wußte, daß er verheiratet war. Er war außerdem Zeuge in einer polizeilichen Ermittlung.

Ungefähr sechs Monate später verhafteten wir den Einbrecher. Es war ein Süchtiger auf der Suche nach Wertgegenständen, die er für Crack verkaufen konnte. Ich fuhr bei Lamars Büro vorbei, um ihn wissen zu lassen, daß der Fall abgeschlossen sei, und landete schließlich beim Essen mit ihm.«

Crease hielt inne, als würde sie diese Augenblicke noch einmal durchleben.

»Lamar war ein charmanter Mistkerl«, sagte sie dann mit einem kleinen Lächeln. »Nach dem Essen hatte er mich an der Angel. Ich hatte bis dahin nicht viel von meinem Leben gehabt, müssen Sie wissen. Mein Vater machte sich aus dem Staub, als ich knapp ein Jahr alt war, und meine Mutter ging putzen, um Essen auf den Tisch zu bringen. Durchs College kam ich mit einem Stipendium und Arbeit als Kellnerin. Mehr als das, was ich als Polizistin verdiente, hatte ich in meinem Leben noch nie gehabt. Und da saß ich plötzlich in einem eleganten Restaurant mit einem Mann, dessen Ring am kleinen Finger mehr kostete, als meine Mutter in einem guten Jahr verdiente.«

»Hat der Altersunterschied Sie nicht gestört?«

»Das ist komisch. Ich dachte überhaupt nicht daran, daß er fast dreißig Jahre älter war als ich. Er war ein großer Bär, und er sprühte vor Leben. Und er wußte genau, was er sagen mußte, damit man sich wichtig vorkam. Er machte mich glauben, daß unsere Herkunft ziemlich ähnlich sei. Sie wissen schon, armer Junge, der sich hocharbeitet, was ein ziemlicher Blödsinn war, weil sein Vater zwei Bestattungsinstitute besaß, als er starb, und Lamars Mutter ihr Leben lang nie gearbeitet hat. Trotzdem, Lamar konnte einen glauben machen, er sei der Sohn eines Farmpächters, der es aus eigener Kraft geschafft hat, sich hochzuarbeiten.

Außerdem gab er mir einen Vorgeschmack auf das, was mich erwartete, wenn ich weiter mit ihm ausging. Da war die Limousine, die Kellner im Smoking, sein Schmuck und das Anwesen.«

Crease hielt wieder inne, und Garrett sah, daß sie an die

gute Zeit mit diesem Mann dachte, den sie geliebt hatte und nie wiedersehen würde. Es machte Garrett traurig. Doch dann lachte Crease.

»Was ist so lustig?« fragte Garrett.

»Ich habe eben an Lamar gedacht. Sie wissen doch, daß er mit seinen Cowboystiefeln und der Fliege wie ein Hinterwäldler aussah, aber er war gerissen. Als er mich um ein Wiedersehen bat, zögerte ich nicht lange.«

»Kam je zur Sprache, daß er verheiratet war?«

»Er war es, der das Thema anschnitt. Ich weiß nicht, wie er es geschafft hat, aber nach diesem ersten Abendessen hatte ich den Eindruck, Lamar halte die zweite Mrs. H. für stinklangweilig, während er mich intellektuell anregend fand.« Crease sah Garrett direkt in die Augen. »Und das traf auch hundertprozentig zu. Mary Lou ist ein kleines Licht. Ich weiß, warum Lamar sich zu ihr hingezogen fühlte. Ich kenne Fotos von ihr vom Miss-Oregon-Schönheitswettbewerb. Aber ich habe absolut keine Ahnung, was die beiden außerhalb des Betts geredet haben. Lamar war sehr schlau. Bauernschlau. Ich habe ihn auf eine Art gefordert wie keine Frau vor mir.«

»Was ist nach diesem ersten Abendessen passiert?«

»Es gab weitere Einladungen. Sie waren wundervoll. Wir redeten und redeten. Ungefähr nach dem dritten Mal nahm Lamar mich mit zu sich nach Hause. Mary Lou war auf Einkaufstour in New York. Ich vermute, er hatte sie weggeschickt, um sie übers Wochenende los zu sein. Ich war beeindruckt. Ich war noch nie in so einem Haus gewesen. Das war der Abend, an dem ich mich entschied, seine Frau zu werden. Und es war nicht nur das Haus oder sein Geld. Ich will, daß Sie das verstehen. Ich wollte all diese Dinge, aber Lamar wollte ich noch mehr. Ich war fasziniert von seiner Intelligenz, seiner Energie ...«

Crease verstummte, als sei ihr plötzlich wieder eingefallen, daß Lamar tot und all diese Intelligenz und Energie verschwunden waren.

»Haben Sie an diesem Abend im Haus zum erstenmal miteinander geschlafen?«

»Ja.«

»Ich habe den Eindruck, daß es zwischen Ihnen im Bett gut klappte.«

»Das dachte ich auch. Deshalb haben bei mir ja die Alarmglocken geschrillt, als Lamar mit seinen Ausreden anfing. In seinem Alter konnte er nicht mehr so viel Sex haben wie früher, aber wenn wir uns liebten, war er immer recht munter.«

»Wie stand Lamar zu Ihrer Karriere?«

Creases Lächeln verschwand. »Anfangs fand Lamar es faszinierend, daß ich Polizistin war. Aber schon kurz nach unserer Heirat fing er an, sich zu beschweren. Tief in seinem Innersten wollte er eine traditionelle Ehefrau. Eine, die gut aussah, das Abendessen auf dem Tisch hatte, wenn er nach Hause kam, und die Beine breit machte, wann immer er Lust hatte. Er merkte ziemlich schnell, daß ich nicht so war und nie so sein würde.«

»Was passierte, als er das merkte?«

»Anfangs gab es einige harte Worte. Dann habe ich ihn unverblümt gefragt, ob er einen Partner will oder einen Fußabstreifer. Ich sagte ihm, daß wir zusammen etwas sein könnten, aber ich machte ihm klar, daß ich nie meine Identität aufgeben würde, um ihn glücklich zu machen. Eine Weile stand es ziemlich auf Messers Schneide.«

»Aber am Ende hat er es eingesehen?«

»Ja. Und als ich ihm sagte, ich wolle die Truppe verlassen, um für den Senat zu kandidieren, war er mein größter Unterstützer.« Eine Träne trat in Creases Auge und lief die Wange hinunter. Sie straffte die Schultern. »Er hat sich für mich geändert und er war immer für mich da. Verdammt, er fehlt mir.«

Garrett musterte ihre neue Klientin. Was Crease an Gefühlen zeigte, schien echt zu sein. Das hieß nicht, daß Crease keine Mörderin war, aber es brachte Garrett, die im Herzen eine Zynikerin war, dazu, ihr Urteil noch einmal zu überdenken. Sie sah auf die Uhr.

»Wir müssen bald vor Gericht erscheinen, deshalb sollten wir es für den Augenblick dabei belassen. Henry hat Sie über mein Honorar informiert?«

Crease nickte. »Ich lasse es Ihnen bis morgen überweisen.«

»Gut. Meine Sekretärin wird Ihnen die Prozeßvollmacht zur Unterschrift vorlegen.

Nun, ich weiß, daß Sie Polizistin waren, Sie dürften also ziemlich genau wissen, was Sie als Folge dieser Klageerhebung erwartet, aber ich will es Ihnen trotzdem noch einmal in aller Deutlichkeit sagen. Ihr Leben wird zur Hölle werden. Anders kann man es nicht ausdrücken, und ich halte nichts davon, für meine Klienten die Fakten zu beschönigen.«

Garrett hielt inne, um zu sehen, wie Crease aufnahm, was sie austeilte. Die Senatorin war angespannt, aber sehr konzentriert.

»Die Kaution wird das Problem sein. Bei einem Mordfall gibt es keine obligatorische Kaution, aber Riker muß den Richter überzeugen, daß er einen hieb- und stichfesten Fall hat, wenn er Sie nicht gegen Kaution freilassen will. Wenn er Erfolg hat, werden Sie zusammen mit Kriminellen eingesperrt. Ich muß Ihnen nicht sagen, wie das ist. Die gute Nachricht ist, daß wir eine echte Chance haben, Ihnen das Kittchen zu ersparen. Und ich meine, ganz zu ersparen.

Das heißt nicht, daß Ihr Leben normal sein wird. Die Geier der Presse werden vierundzwanzig Stunden am Tag über Ihnen kreisen, und die interessieren sich dann einen Dreck für Ihre politischen Ansichten. Außerdem werden Sie herausfinden, wer Ihre wahren Freunde sind.«

Garrett beugte sich vor. »Ich möchte Ihnen einen Rat geben. Die meisten Klienten sind nicht taff genug, um ihn zu beherzigen, aber ich glaube, Sie sind es. Was passiert ist, ist passiert. Sie können die Vergangenheit nicht rückgängig machen, so gern Sie das auch möchten, also verweilen Sie nicht bei dem Mord an Ihrem Gatten. Das ist meine Aufgabe. Dafür haben Sie einen Anwalt engagiert; damit Sie Ihr Leben weiterleben und die Problemlösung anderen überlassen können. Ich werde genug für uns beide tun.«

Garrett sah noch einmal auf die Uhr und stand auf. »Stanley Sax, der vorsitzende Richter, ist ein Freund von mir und sehr integer. Ich habe heute morgen mit ihm gesprochen. Er hat Ihre Vernehmung zur Anklage auf zehn Uhr dreißig festgesetzt. Ihr Fall wird der einzige auf der Tagesordnung sein, und wir werden zeitgleich mit der Vernehmung zur Anklage Kaution beantragen. Das ist zwar ungewöhnlich in einem Mordfall, aber dieser Fall ist auch ungewöhnlich wegen der Auswirkungen, die Ihre Inhaftierung auf die Vorwahlen hätte. Sie werden auf ›nicht schuldig‹ plädieren. Da die Presse in Mannschaftsstärke anwesend sein wird, müssen Sie es laut und deutlich sagen. Und dann kümmern Sie sich wieder um Ihren Wahlkampf und lassen mich meine Arbeit tun.«

2

Richard Quinn blätterte in einer Broschüre des Bay Reef Resort auf St. Jerome, als seine Sekretärin ihm sagte, daß Stanley Sax unterwegs zu ihm sei. Die Broschüre zeigte einen weißen Sandstrand, azurblaues Wasser und einen strahlend blauen Himmel. Das Hotel war neu, und er und Laura hatten ein Zimmer mit Meerblick reserviert. Es gab ein Kasino, einen riesigen Pool, ein Vier-Sterne-Restaurant, Wassersport und Tennis und vieles mehr. In den letzten Tagen schien sich Laura auf ihre Woche im Paradies sogar zu freuen.

Quinn legte die Broschüre weg, als Sax mit den Knöcheln an den Türstock klopfte.

»Kommen Sie rein, Stan«, sagte Quinn fröhlich. »Was gibt's?«

Sax erwiderte Quinns Lächeln nicht. Er ließ sich in einen Sessel vor Quinns Schreibtisch fallen.

»Ich habe eine Überraschung für Sie.«

»Oh?« sagte Quinn vorsichtig.

»Ich weiß, daß Sie erst im nächsten Monat zu den Mordfällen wechseln sollen, aber es hat sich etwas ergeben, für das ich Sie brauche. Ced Riker hat Ellen Crease des Mordes an ihrem Gatten angeklagt.«

»Was?«

»So habe ich auch reagiert. Er trat gestern vor die Anklagejury. Crease wird von Mary Garrett vertreten. Garrett hat mich angerufen und um eine beschleunigte Kautionsanhörung gebeten, weil es Auswirkungen auf den Wahlkampf hätte, wenn Crease bei normaler Terminierung der Anhörung eine Woche im Gefängnis sitzen müßte. Ich möchte, daß Sie den Fall übernehmen.«

Aus den Augenwinkeln heraus spähte Quinn auf die St.-Jerome-Broschüre. Er war Stanley Sax etwas schuldig, aber er sah in dieser Woche allein mit Laura seine beste

Chance, um seine kränkelnde Ehe wieder in Schwung zu bringen.

»Ich kann es nicht tun, Stanley. Ich habe zugesagt, in zwei Wochen bei einer Tagung auf St. Jerome einen Vortrag zu halten. Erinnern Sie sich? Laura kommt mit mir.«

»Das ist kein Problem. Ich habe die Vernehmung zur Anklage und die Kautionsanhörung für zehn Uhr dreißig heute vormittag angesetzt. Sie übernehmen die Anhörung, und ich kümmere mich in Ihrer Abwesenheit um alle Notfälle.«

»Ich weiß nicht, Stan. Für meinen ersten Mordfall ist das eine ziemlich große Sache.«

»Ich will Ihnen was sagen, Dick. Jeder Fall mit einer potentiellen Todesstrafe ist eigentlich zu groß für jeden von uns. Nur Gott sollte über Leben und Tod entscheiden, aber wir haben die Arbeit am Hals.

Es stimmt natürlich, daß Sie im Rampenlicht stehen werden, wie es nicht der Fall wäre, wenn der Angeklagte irgendein elender Junkie wäre. Wenn Sie einen Fehler machen, wird es jeder im Land erfahren. Aber das wird Ihnen nichts ausmachen. Soll ich Ihnen sagen, warum?«

Quinn starrte ihn nur an.

»Ich kenne Sie, Dick. Ich weiß, wie gewissenhaft Sie sind, und daß Sie sich für Ihre Fehler viel härter bestrafen, als es sonst jemand könnte. Und das ist der Grund, warum ich Sie für diesen Fall möchte. Sie gestatten sich selbst keinen Fehler. Sie werden dafür sorgen, daß beide Seiten einen fairen Prozeß erhalten.«

Quinns Gerichtsdiener drückte auf einen Knopf unter seinem Tisch, und ein Licht auf dem Schreibtisch in Quinns Arbeitszimmer blinkte rot auf, um ihn wissen zu lassen, daß beide Parteien im Fall *der Staat gegen Crease* im Gerichtssaal versammelt waren. Quinn zog seine Robe an und öffnete die Tür, die direkt zur Richterbank führ-

te. Als er eintrat, schwang der Gerichtsdiener den Hammer, befahl allen Anwesenden in dem gesteckt vollen Gerichtssaal aufzustehen und verkündete, daß der ehrenwerte Richter Quinn den Vorsitz bei dieser Verhandlung führen werde. Quinn bemerkte mehrere Presseleute im Zuschauerraum und sah die Scheinwerfer der TV-Kameras, die durch die Glastüren des Gerichtssaals hereinstrahlten.
»Setzen Sie sich«, sagte Quinn, sobald er Platz genommen hatte. Cedric Riker blieb stehen, aber seine Stellvertreter nahmen ihre Plätze zu beiden Seiten des Anklägers ein. Es handelte sich um eine schwarze Frau und einen asiatischen Mann. Vor ihnen türmten sich Gesetzbücher. Sie wirkten jung und nervös.
Riker sah alles andere als nervös aus. Er war herausgeputzt und gierig auf jede Sekunde Publicity, die dieser Fall ihm bringen würde. Quinn hätte wetten mögen, daß Riker im Korridor eine Pressekonferenz abgehalten hatte. Der Marmor und das polierte Holz des Gerichtssaals verliehen Rikers Worten Autorität und machten einen guten Eindruck auf all die Wähler, die ihn in den Elf-Uhr-Nachrichten sehen würden.
Am Tisch der Verteidigung saßen Mary Garrett und ihre Klientin. Garrett trug Schwarz und eine Perlenhalskette. Keiner von Garretts Mitanwälten war bei ihr am Tisch, aber Quinn nahm an, daß für den Notfall einer oder zwei im Publikum saßen. Auch türmten sich vor Garrett keine Gesetzbücher. Quinn hatte gehört, daß Garrett ein enzyklopädisches juristisches Wissen besaß und dafür berühmt war, Fälle aus dem Gedächtnis mit exakten Band- und Seitenangaben zitieren zu können. Sie hatte Quinn bereits eine knappe, aber äußerst präzise formulierte Stellungnahme zur Frage der Kaution vorgelegt. Es beeindruckte Quinn, daß sie in so kurzer Zeit einen Schriftsatz von solcher Qualität abliefern konnte.

Ellen Crease saß stumm neben Garrett. Sie trug ein graues City-Kostüm und eine cremefarbene Seidenbluse. Abgesehen von kleinen Diamant-Ohrsteckern hatte sie keinen Schmuck angelegt. Quinn ließ den Blick einen Augenblick auf der Angeklagten ruhen. Crease war keine Schönheit im klassischen Sinne, aber sogar in einem so konservativen Kostüm verströmte sie eine animalische Sexualität, die jeden Mann in ihren Bann zog.

»Mr. Riker und Mrs. Garrett, Richter Sax hat mir den Fall *der Staat gegen Crease* übertragen. Ich möchte beide Anwälte darauf hinweisen, daß ich in zwei Wochen bei einer juristischen Tagung auf St. Jerome sprechen werde. Das heißt, daß ich ungefähr eine Woche lang nicht in Portland sein werde. In dieser Zeit wird Richter Sax sich um alle eventuell auftretenden Notfälle kümmern. Ist das ein Problem für die Anwälte?«

Beide schüttelten den Kopf.

»Gut. Nun, Mr. Riker, soweit ich weiß, sind wir heute morgen hier, um die Vernehmung zur Anklage und die Kautionsanhörung durchzuführen.«

»Euer Ehren, wir haben vor, die Angeklagte zum Tatbestand des heimtückischen Mordes in zwei Fällen zu vernehmen, aber das Volk erhebt wegen der Schwere des Falles Einspruch gegen diese kurzfristige Ansetzung der Kautionsanhörung.«

Garrett war aufgesprungen, noch bevor Riker seinen Satz beendet hatte.

»Euer Ehren, Senatorin Crease befindet sich mitten im Wahlkampf für die heiß umkämpfte republikanische Nominierung für den U.S.-Senat. Ihr Gegner ist ein politischer Verbündeter von Mr. Riker, der meiner Mandantin zugunsten seines politischen Lagers bereits genug geschadet hat, indem er während des Wahlkampfs diese fadenscheinige Anklage erhebt. Die Senatorin eine Woche lang zu inhaftieren würde ihr unsagbaren Schaden zufügen. Wegen dieser absurden Vorwürfe mußte sie bereits einen ganzen Tag Wahlkampftermine absagen.«

»Ich wehre mich gegen die Andeutung, daß diese Klageerhebung politisch motiviert ist«, sagte Riker selbstgerecht zu Quinn. »Ich war es nicht, der der Angeklagten die Morde zur Last legt. Diese Mordanklage wurde vom Volk dieses Staates mittels einer rechtmäßig eingesetzten Anklagejury vorgelegt.«

»Unsinn, Richter«, entgegnete Garrett schnaubend. »Eine Anklagejury ist ein Werkzeug des Staatsanwalts. Jeder weiß, daß Mr. Riker jeden seiner Stellvertreter feuern würde, der keine Anklageerhebung gegen den Papst wegen Mordes an J.F.K. durchbringen könnte.«

Um die Anhörung nicht aus dem Ruder laufen zu lassen, fuhr Quinn scharf dazwischen: »Mrs. Garrett und Mr. Riker, ich will, daß diese Sticheleien sofort aufhören. Dies kann ein langer und strittiger Fall werden; er soll von allen Beteiligten mit Höflichkeit und Anstand geführt werden. Habe ich mich klar ausgedrückt?«

»Natürlich, Euer Ehren«, versicherte Riker dem Richter beflissen, um sich bei Quinn einzuschmeicheln. Garrett nickte nur.

»Gut. Nun, Mr. Riker, ich nehme an, Sie haben eine Kopie von Mrs. Garretts Stellungnahme zur Frage der Kaution erhalten.«

»Das schon, aber erst so kurz vor dem Gerichtstermin, daß ich noch keine Gelegenheit hatte, sie zu lesen.«

»Erklären Sie mir, warum es Ihrer Ansicht nach der Gerechtigkeit dienen würde, Senatorin Crease mitten in ihrem Wahlkampf eine Woche lang einzusperren«, befahl Quinn dem Ankläger.

Garrett unterdrückte ein Lächeln. Daß Quinn ihre Klientin als Senatorin Crease und nicht als Angeklagte ansprach, war ein kleiner, aber wichtiger Sieg.

»Der Angeklagten werden zwei Fälle von heimtückischem Mord zur Last gelegt«, polterte Riker, und es war sofort klar, daß er sich in das Thema der korrekten Fristsetzung für eine Kautionsanhörung nicht eingearbeitet hatte. »Die Anklagen sind schwerwiegend. Bei der Angeklagten besteht Fluchtrisiko, und sie ist eine potentielle Gefahr für andere.«

»Die Frage, ob bei Senatorin Crease ein Fluchtrisiko besteht oder ob sie eine Gefahr für andere ist, ist von Bedeutung für die Höhe der festzusetzenden Kaution, falls ich zugunsten einer Kaution entscheide. Sie ist irrelevant für die Frage, ob die Kautionsanhörung zeitgleich mit Senatorin Creases Vernehmung zur Anklage durchgeführt wird. Haben Sie noch andere Argumente, die Sie vorbringen möchten?«

»Nein, Euer Ehren.«

»Dann muß ich Ihnen mitteilen, daß ich die Argumente in Mrs. Garretts Stellungnahme für überzeugend befinde und es der Gerechtigkeit für dienlich erachte, die Kautionsanhörung heute vormittag durchzuführen.

Die Frage, ob Kaution gewährt wird, ist dadurch noch nicht berührt. Im Augenblick habe ich dazu noch keine Meinung; wir werden darüber verhandeln, nachdem Senatorin Crease zur Anklage vernommen wurde.«

Quinn führte die Anklagevernehmung sehr schnell durch. Er las die Anklageschrift vor und klärte Senatorin Crease über ihre Rechte auf. Dann bat er sie um ihre Stellungnahme zu den Vorwürfen, daß sie Martin Jablonski angeheuert habe, damit er ihren Mann ermorde, und dann Jablonski ermordet habe, weil er Mitwisser ihrer Verwicklung in den Mord an Lamar Hoyt war.

Crease stand während der Anklageverlesung. Als Quinn sie nun fragte, wie sie plädiere, straffte sie die Schultern und sah Quinn in die Augen. Trotz der gespannten Atmosphäre im Gerichtssaal wirkte Crease zuversichtlich und ohne Angst. Als sie sprach, klang ihre Stimme fest und entschlossen.

»Ich habe meinen Gatten sehr geliebt, Euer Ehren. Ich hätte ihm nie etwas zuleide tun können. Ich weiß nicht, was hinter diesen Anschuldigungen steckt, aber sie sind falsch, und ich bin unschuldig.«

Einen Augenblick lang ließ sich Quinn vom Feuer in Creases Augen gefangennehmen. Dann wandte er den Blick ab und tat so, als würde er in den Unterlagen vor ihm auf dem Tisch lesen.

»Nun gut«, sagte Quinn. »Wir vermerken, daß Sie sich in beiden Anklagepunkten nicht schuldig bekennen. Nun zur Frage der Kaution. Mr. Riker, ich glaube, es liegt nun an Ihnen, mich davon zu überzeugen, daß es eindeutige und stichhaltige Beweise für Senatorin Creases Schuld gibt, die eine Inhaftierung ohne Kaution rechtfertigen würden. Wie wollen Sie das tun?«

»Diese Anhörung kommt für mich sehr überraschend, Euer Ehren. Ich bin im Augenblick noch nicht in der Lage, Zeugen aufzurufen.«

»Wann könnten Sie Ihre Zeugen hierhaben, Mr. Riker?«

Garrett war sicher, daß Riker ihr keine Gelegenheit geben würde, seine Zeugen schon vor dem eigentlichen Prozeß auseinanderzunehmen, und sie lächelte, als er sagte: »Das kann ich noch nicht sagen. Vielleicht könnte ich dem Gericht die Polizeiberichte anstelle persönlicher Zeugenaussagen vorlegen?«

»Das würde mir die Gelegenheit für ein Kreuzverhör nehmen, Euer Ehren«, warf Garrett dazwischen.

»Da stimme ich Ihnen zu«, sagte Quinn. »Mr. Riker, wenn Sie Ihre Zeugen nicht aufrufen und einem Verhör durch Mrs. Garrett unterziehen wollen, muß ich Kaution in diesem Fall für angemessen erachten und mich der Frage nach der Höhe der Kaution zuwenden.«

Riker machte ein sehr unbehagliches Gesicht. Er trat von

einem Fuß auf den anderen. Einer seiner Stellvertreter versuchte ihm etwas zuzuflüstern, aber Riker winkte ab. »Sie haben mich in eine unmögliche Lage gebracht, Euer Ehren«, beschwerte sich Riker.

»Es tut mir leid, daß Sie das so empfinden, Mr. Riker, aber Sie müssen mir schon sagen, ob Sie Zeugen aufrufen oder über die Höhe der Kaution verhandeln wollen.«

»Lassen Sie uns mit der Verhandlung über die Höhe der Kaution fortfahren«, sagte Riker widerwillig. »Die Angeklagte ist eine wohlhabende Frau, die in jedes Land fliegen kann, einschließlich solcher ohne Auslieferungsverträge mit den Vereinigten Staaten. Sie besitzt sogar ein eigenes Flugzeug. Damit besteht ein Fluchtrisiko. Außerdem ist sie eine ehemalige Polizistin. Sie weiß, wie man eine Waffe benutzt. Sie könnte eine Gefahr für unsere Zeugen sein.«

Garrett stand auf und wandte sich an Quinn.

»Euer Ehren, bis zum Inkrafttreten von Mr. Hoyts Testament hat Mrs. Crease nur sehr beschränkten Zugriff auf sein Vermögen. Sie verdient zwar ein Senatorinnengehalt, aber das macht sie kaum zu einer reichen Frau. Darüber hinaus steckt Senatorin Crease mitten im Wahlkampf. Das ist, neben ihrer völligen Unschuld, der Grund, warum wir so hart um Kaution kämpfen.«

»Würde die Senatorin als Bedingung für die Kautionsgewährung ihren Paß bei Gericht abliefern?«

»Natürlich.«

Quinn ging noch einmal Creases Lebenslauf durch, der Garretts Schriftsatz beigefügt war, und traf dann eine Entscheidung.

»Anstatt eine Kaution festzusetzen, werde ich Senatorin Crease auf ihre Versicherung hin, daß sie zur Verhandlung erscheinen wird, auf freien Fuß setzen ...«

»Aber Euer Ehren ...«, stammelte Riker.

»Bitte unterbrechen Sie mich nicht, Mr. Riker. Wenn ich fertig bin, erhalten Sie Gelegenheit, Ihren Kommentar zu Protokoll zu geben.«

Quinn diktierte nun eine Reihe von Bedingungen für Creases Freilassung und gab dann Riker die Chance, seinem Ärger Luft zu machen. Als der Bezirksstaatsanwalt seine wütende Suade beendet hatte, setzte Quinn Ankläger und Verteidigung eine Frist für das Einbringen von Anträgen und bestimmte vorläufige Termine für die Vor- und die Hauptverhandlung. Als alle Entscheidungen getroffen waren, schwang der Gerichtsdiener wieder den Hammer, jeder im Gerichtssaal erhob sich, und Quinn kehrte in seine Amtsräume zurück. Sobald Quinn den Saal verlassen hatte, brach Mary Garrett in ein breites Grinsen aus. »So weit, so gut, Ellen.«

»Der Richter hat einen sehr fairen Eindruck gemacht.«

»Das hat er wirklich.«

»Ist er auch der Richter für die Hauptverhandlung?«

Garrett nickte. »Das war heute mein erstes Mal vor Quinn. Es ist eine Überraschung, daß er zum Richter in Mordsachen berufen wurde. Vor seiner Ernennung war er Spezialist für Vertragsrecht bei *Price, Winward.* Aber was ich bis jetzt gesehen habe, gefällt mir. Er macht einen intelligenten Eindruck und ist entscheidungsfreudig.«

»Glauben Sie, er zeigt sich kooperativ? Riker scheint er nicht zu mögen.«

Garrett hörte auf zu lächeln. »Glauben Sie nur nicht, daß Quinn irgendein windelweicher Liberaler ist, der die Verteidigung bevorzugt. Meines Wissens ist er nur seinem Berufsethos verpflichtet und entscheidet die Fälle streng nach dem Gesetz. Das heißt, wenn er den Eindruck gewinnt, daß Riker recht hat, wird er zu seinen Gunsten entscheiden, ob er ihn nun mag oder nicht. Quinn kann ein harter Brocken sein. Er hat eben erst

Richter Gideon ins Gefängnis geschickt, obwohl jeder im Gericht auf eine Bewährungsstrafe wettete.
Andererseits müssen wir uns nicht mit einem Richter herumschlagen, der Teil der Anklagevertretung ist. Wir können damit zufrieden sein, daß wir den bestmöglichen Richter haben. Er ist intelligent, er ist moralisch und er wird uns einen fairen Prozeß gewähren. Und jetzt liegt's an mir, dafür zu sorgen, daß dieser Prozeß für Sie gut ausgeht.«

3

Quinn fand Laura vor dem Computer in ihrem häuslichen Büro im ersten Stock. Sie trug ein Flanellnachthemd und hatte die Nickelbrille, die sie zum Lesen benutzte, auf der Nase.
»Noch bei der Arbeit?« fragte Quinn.
»Es geht um dieses Immobiliengeschäft in Maui«, antwortete Laura, ohne den Blick vom Monitor zu nehmen. »Es gibt alle möglichen Probleme, und natürlich mußte unser Klient sich bis zum allerletzten Augenblick Zeit lassen, um uns Bescheid zu sagen.«
»Ellen Crease wurde des Mordes an Lamar Hoyt angeklagt. Stan Sax hat mir den Fall zugewiesen.«
Laura hob den Kopf und drehte sich vom Bildschirm weg.
»Das wird dich auf Trab halten«, sagte Laura.
»Hattest du nicht mal einen Rechtsstreit mit Hoyt?«
»BestCo. Wir hatten ihn verklagt. Ich zwang ihn zu einer eidesstattlichen Erklärung.«
»Wie war er denn so? Ich bin ihm ein paarmal begegnet, aber wir haben uns nie richtig unterhalten.«
Laura dachte nach. Dann drehte sie sich ganz um und schob die Brille hoch.
»Hoyt war ein echter Cowboy. Am liebsten hätte er es à la

High Noon mit uns ausgeschossen, als sei so ein Prozeß ein Revolverduell des neunzehnten Jahrhunderts. Auf mich hat er den Eindruck eines Mannes gemacht, der glaubt, er könne jede Situation nur mit der Macht seiner Persönlichkeit meistern.« Laura dachte einen Augenblick nach und fügte dann hinzu: »Er hatte so eine Art urwüchsigen Charme, aber er war auch ein echter Chauvi. Er konnte den Blick nicht von meinem Busen lassen.«

»Hat er sein Geld nicht mit Bestattungsunternehmen verdient?«

»Ja, aber nur am Anfang. Er hat ziemlich schnell diversifiziert. Hoyt hatte seine Finger in vielen Geschäften«, ergänzte Laura mit einem Grinsen, »und unter einigen Röcken.«

»Hat er Senatorin Crease betrogen?«

»Angeblich.«

»Ich frage mich, ob sie es wußte.«

»Wenn *ich* es weiß, dürfte *sie* zumindest eine Ahnung gehabt haben.«

»Es überrascht mich, daß sie es hingenommen hat. Was ich gehört habe, ist das nicht ihr Stil.«

»Manche Frauen ertragen für zwanzig Millionen Dollar einiges. Sie war Nummer drei. Vielleicht wollte sie nicht die Ex-Nummer drei werden.«

Laura hielt inne. »Hat das Auswirkungen auf unsere Reise nach St. Jerome?«

»Auf keinen Fall. Stan wird für mich einspringen, solange ich nicht da bin. Ich habe ihm gesagt, daß ich den Fall nicht übernehmen kann, wenn ich die Reise absagen müßte. Ich freue mich schon darauf, ein paar Tage ungestört mit dir verbringen zu können.«

»Ich mich auch«, entgegnete Laura. Er bückte sich und küßte sie, und sie erwiderte den Kuß.

»Jetzt aber Schluß mit der Schmuserei«, sagte Laura.

»Wenn ich mich nicht gleich wieder an die Arbeit mache, sitze ich die ganze Nacht hier.«

Quinn lächelte und gab Laura ein letztes Küßchen auf die Wange. Sie schien sich wirklich auf die Reise nach St. Jerome zu freuen. Vielleicht merkte sie jetzt, wie schwer sie gearbeitet hatte und wie gut ihr die Erholung tun würde. Quinn hoffte, daß die Aussicht auf die gemeinsame Zeit etwas mit Lauras guter Laune zu tun hatte. Als er wieder nach unten ging, um sich etwas zu essen zu machen, hatte er ein Grinsen auf dem Gesicht.

Teil 2

Die Bucht der verlorenen Seelen

12. Kapitel

»Kann ich Ihnen vor dem Start noch etwas zu trinken bringen?« fragte die Stewardeß.

Quinn war in Gedanken versunken, und er achtete nicht auf die Stewardeß und die Passagiere, die sich an seinem Gangplatz in der ersten Klasse vorbeidrängten, während die Crew letzte Startvorbereitungen für den Flug von New York nach St. Jerome traf. Als er merkte, daß die Stewardeß mit ihm sprach, sah Quinn sie mit verständnisloser Miene an, und sie wiederholte die Frage mit einem freundlichen Lächeln.

»Scotch mit Eis, bitte«, antwortete Quinn, ohne ihr Lächeln zu erwidern. Die Stewardeß wandte sich nun dem Passagier auf der anderen Seite des Gangs zu, und Quinn sah traurig zu dem leeren Fensterplatz neben sich. Gestern nachmittag hatte Laura ihm gesagt, daß sie nicht nach St. Jerome würde mitfliegen können.

»Liebling, ich habe wirklich schlechte Nachrichten«, hatte sie ihm bei einem mittäglichen Anruf aus ihrem Büro in seinen Amtsräumen gesagt. »Eine Gruppe von Geschäftsleuten aus Florida plant ein ähnliches Eigentumswohnungsprojekt wie das in Maui. Sie haben gehört, was ich für Eddi Meyers getan habe, und sie haben ähnliche Probleme. Das Geschäft soll dieses Wochenende abgeschlossen werden, und ich muß am Dienstagnachmittag nach Florida fliegen, damit wir uns am Mittwoch zusammensetzen können. Sie wollen mich während der gesamten Verhandlungen bis Samstag dabeihaben.«

Quinns Reaktion war verblüfftes Schweigen gewesen. Die Tagung auf St. Jerome fand von Donnerstag bis Samstag statt. Quinn sollte am Donnerstag sprechen. Er hatte es so geplant, daß er und Laura am Dienstag abfliegen und jeden Tag außer Donnerstag für sich haben würden. Wenn Laura von Dienstag bis Samstag in Miami bleiben mußte, konnte sie unmöglich mit ihm kommen.

»Kann das denn nicht ein anderer für dich übernehmen«, hatte er gefragt, aber Laura hatte geantwortet, die Klienten hätten darauf bestanden, daß sie die Sache persönlich übernehme, und einen großen Vorschuß bezahlt, um sich ihre Dienste zu sichern.

»Gib ihnen einen Korb«, hatte Quinn geblafft, unfähig, seine Wut und seine Enttäuschung zu verbergen. »In Miami muß es doch Hunderte von Anwälten geben, die ihren verdammten Vertrag überprüfen können.«

»Ich weiß, wie sehr du dich auf diesen Urlaub gefreut hast«, hatte Laura ruhig geantwortet. »Ich mich ebenfalls. Aber damit bekomme ich in Florida einen Fuß in die Tür. Weißt du, wie viele solcher Eigentumswohnungsgeschäfte dort abgeschlossen werden?«

»Das ist mir egal, Laura. Dieser Urlaub ... Ich hatte so sehr gehofft ...«

Quinn konnte den Satz nicht beenden.

»Tut mir leid, Dick. Aber hier geht's nicht nur um mich. Du warst doch auch Partner bei Price. Wie soll ich erklären, daß ich ein solches Honorar ablehne und einen potentiellen Kunden verliere?«

Am liebsten hätte Quinn sie daran erinnert, daß sie auch ein Partner in ihrer Ehe war. Statt dessen legte er auf, nachdem er ihr versichert hatte, daß er sie verstehe, jedoch in einem Ton, der sie merken ließ, daß er es nicht tat.

Das Gedränge der an Bord kommenden Passagiere ließ langsam nach. Um sich etwas abzulenken, zog Quinn das In-Flight-Magazin aus dem Sitznetz und schlug das Kreuzworträtsel auf. Das Rätsel vor dem Start zu lösen, war ein Ritual, dem Quinn sich bei jedem Flug widmete.

»Entschuldigen Sie. Ich glaube, der Fensterplatz ist der meine.«

Als Quinn den Kopf hob, sah er eine Frau im Gang stehen. Sie war etwa einssechzig groß und trug ein weißes T-Shirt unter einer roten Sportjacke. Ihre Jeans wurden an der Taille von einem leuchtend gelb-roten Gürtel mit einer ungewöhnlichen, einer Muschel ähnlichen Silberschnalle gehalten.

»Ich habe den Platz 2A«, erklärte sie und zeigte Quinn ihr Ticket.

»Natürlich«, sagte Quinn und stand ungelenk auf. Als die Frau sich an ihm vorbeidrückte, lächelte sie ihn entschuldigend an. Quinn schätzte sie auf Mitte Zwanzig. Sie trug kein Make-up und sah müde aus. Ihre glatten, schwarzen Haare waren zu einem Pferdeschwanz zusammengefaßt. Hier und dort hatten sich Strähnen aus dem Band gelöst und verstärkten den Eindruck einer erschöpften Reisenden. Sie hatte eine kleine Nase, volle Lippen und mandelförmige braune Augen. Insgesamt wirkte sie leicht orientalisch. Als die Frau sich setzte, brachte die Stewardeß Quinn seinen Drink.

»Kann ich Ihnen auch etwas bringen?« fragte die Stewardeß die Frau auf dem Fensterplatz. Die Frau warf einen schnellen Blick auf Quinns Drink.

»Ist das Scotch?« fragte sie ihn.

»Ja.«

»Dann möchte ich auch so einen.«

Die Stewardeß ging weg, um ihr das Gewünschte zu holen.

»Ich brauche jetzt einen steifen Drink«, sagte sie und warf Quinn ein müdes Lächeln zu. »Ich habe einen Nonstopflug aus Italien hinter mir.«

»Urlaub?« fragte er höflich.
»Schön wär's«, antwortete sie mit einem angenehmen Lachen. »Ich war in Bologna, um Lederlieferanten für mein Geschäft zu besuchen.«
»Was machen Sie?«
»Ich bin Präsidentin von Avalon Accessoires, Hersteller der besten handgemachten Gürtel im ganzen Universum«, erwiderte die Frau stolz. Dann ließ sie dramatisch die Schultern sinken. »Aber manchmal wünschte ich mir, ich hätte einen Partner. All diese Reisen bringen mich um. Wenn ich nicht im Laden bin, sitze ich in einem Flugzeug.«
»Verkaufen Sie Ihre Gürtel in einem Laden?«
»Eigentlich habe ich gar keinen Laden. Das ist nur so eine Redensart. Ich produziere die Gürtel in einer kleinen Firma. Und verkaufe sie über Accessoiresläden und Versandhäuser. Aber ich arbeite auch mit einigen Modeschöpfern zusammen. Sie zeigen mir ihre Kollektionen für die jeweilige Saison, und ich mache Gürtel, die dazu passen.« Die Frau deutete auf ihren Gürtel. »Der gehört zu Gretchen Nyes Frühjahrskollektion. Gefällt er Ihnen?«
»Er ist mir gleich aufgefallen, als Sie sich setzten. Er ist sehr hübsch.«
»Hübsch?« wiederholte die Frau mit gespielter Entrüstung. »Eigentlich müßten Sie sagen, daß er eine verblüffend innovative Kombination von Machart und Farbe ist, die einen von den Socken haut. ›Nett‹ verkauft Gretchen Nyes Originale nicht für zweitausend Dollar pro Stück.«
Quinn lachte. »Ich wollte ja sagen, daß er verblüffend innovativ ist. Es ist nur falsch herausgekommen.«
»Es ist Ihnen verziehen.«
Die Stewardeß brachte der Frau den Drink, als das Flugzeug anrollte. Sie trank einen großen Schluck und saß dann während des Starts still da. Quinn sah, daß ihre

Knöchel weiß waren vor Anspannung. Kaum waren sie in der Luft, kippte sie den Rest ihres Scotch.

»Egal, wie oft ich es auch mitmache, es macht mir immer noch angst«, vertraute sie Quinn an. »Ein Freund von mir kam bei einem Flugzeugabsturz ums Leben.«

»Das ist schrecklich.«

»Ja. Es hat mich sehr mitgenommen. Jedesmal wenn ich fliege, bin ich das reinste Nervenbündel.«

Die Stewardeß kam vorbei, und die Frau bestellte einen zweiten Drink. Quinn ebenfalls.

»Machen Sie Urlaub auf St. Jerome?« fragte die Frau.

Die Frage erinnerte Quinn daran, daß Laura nicht bei ihm war, und das entspannte Gefühl, das die Unterhaltung mit der Frau ausgelöst hatte, verließ ihn wieder.«

»Leider nicht. Allerdings werde ich mir den Strand nicht entgehen lassen.«

»Und was arbeiten Sie?«

»Ich bin Richter.«

Die Frau wirkte beeindruckt. »Ich habe noch nie einen Richter kennengelernt.«

Quinn lächelte. »Na ja, so sehen wir aus.«

Sie lachte. »Wo sind Sie Richter?«

»In Portland, Oregon.«

»Ich habe gehört, daß Portland eine wunderschöne Stadt ist. Irgendwann würde ich gern mal hinfahren.«

»Mir gefällt's dort.«

Plötzlich machte die Frau ein verwirrtes Gesicht. »Aber auf St. Jerome können Sie nicht Richter sein, oder?«

»Nein, richten kann ich nur in Oregon.«

»Das habe ich mir gedacht. Aber was haben Sie dann auf der Insel zu tun?«

»Ich spreche bei einer juristischen Tagung. Ich hoffe nur, ich kann mein Publikum bei Laune halten. Was ich zu sagen habe, wird im Vergleich zu den weißen Stränden vor dem Hotel schrecklich langweilig wirken.«

»Ich bin mir sicher, daß Sie das schaffen, Richter … Aber ich kenne Ihren Namen ja gar nicht. Ich heiße Andrea. Andrea Chapman.«

»Richard Quinn«, sagte er, und sie gaben sich die Hände. »Eigentlich Dick. Und nennen Sie mich nicht Richter. Das gilt nur für den Gerichtssaal.«

»Okay, Dick. Wohnen Sie in The Palms?«

»Nein, im Bay Reef Resort.«

»Ach, das ist das neue. Als ich das letzte Mal auf der Insel war, wurde es gerade fertiggestellt.«

»In den Broschüren sieht es wunderbar aus. Haben Sie geschäftlich auf St. Jerome zu tun?«

»Meine Güte, nein. Die Reise ist ausschließlich zur Erholung. Ein Freund von mir hat auf der Insel eine Villa. Er läßt mich dort wohnen, wenn ich mal von allem weg will.«

»Ein Mann?«

Andrea kicherte. »Freddy ist schwul. Durch und durch. Aber er ist ein guter Freund und einer meiner besten Kunden. Wir haben uns vor fünf Jahren bei einer Lederwarenmesse in Mailand kennengelernt. Er hat einen Versandhandel, und er legt sich für meine Gürtel mächtig ins Zeug.«

Liegt die Villa in der Nähe des Hotels?«

»Nein, auf der anderen Seite von St. Jerome. Sie müßten sie sehen. Das Haus ist unglaublich. Die Böden bestehen aus verschiedenfarbigem Marmor, die Wände sind aus Glas, und für den Ausblick könnte man sterben. Die Villa steht auf einer Klippe direkt über dem Meer. Wenn ich aufwache und die Vorhänge aufziehe, komme ich mir vor, als würde ich im All schweben.«

»Klingt phantastisch.«

»Ist es auch.« Andrea beugte sich zu Quinn und senkte die Stimme. »Es gibt auch eine Geschichte über diese Villa. Wie Freddy sie bekommen hat. Der Vorbesitzer war irgendein guatemaltekischer Drogenkönig, aber er wurde auf Rhode Island verhaftet. Er schenkte seinem Anwalt in Boston die Villa als Teil des Honorars, und Freddy hat sie von dem Anwalt für einen Apfel und ein Ei gekauft. Der wollte einfach nur Geld sehen.«

Andrea senkte die Stimme noch mehr.

»Als ich das letzte Mal dort war, fand ich hinter einer Kachel im Bad eine Tüte Koks. Es hat mir eine Heidenangst eingejagt.«

»Kann ich mir vorstellen. Haben Sie sie der Polizei übergeben?«

»Auf St. Jerome? Sie machen wohl Witze. Ich würde nicht mal in die Nähe eines Inselpolizisten gehen, wenn man mich ermorden wollte. St. Jerome ist großartig, aber jeder – und ich meine jeder – in der Regierung ist korrupt. Wenn ich der Polizei von dem Koks erzählt hätte, wäre ich jetzt im Gefängnis oder arm wie eine Kirchenmaus.«

»Was haben Sie getan?«

»Den Stoff so schnell wie möglich in der Toilette runtergespült. Dann habe ich die Schüssel geschrubbt, um sicherzugehen, daß ja kein Stäubchen mehr übrig ist. Es war Gott sei Dank mein letzter Tag auf St. Jerome. Wenn es mein erster gewesen wäre, hätte ich mich wahrscheinlich sofort ins nächste Flugzeug gesetzt. Trotzdem habe ich in der Nacht kein Auge zugetan. Ich habe drauf gewartet, daß Gouverneur Alvarez' Gestapo die Tür eintritt und mich ins Gefängnis wirft.«

Quinn lachte. »Wenn Sie so viel Angst hatten, warum kommen Sie dann jetzt zurück?«

»Sie würden das nicht fragen, wenn Sie schon mal auf St. Jerome gewesen wären. Es ist wahrscheinlich die schönste Insel der Welt. Außerdem hat Freddy mir geschworen, daß das Haus jetzt sauber ist. Er hatte genauso viel Angst wie ich, als ich ihm von dem Koks erzählte. Können Sie sich vorstellen, was es einen Amerikaner kosten würde, sich aus so einer Drogengeschichte freizukaufen?«

Chapman hielt inne. »Sagen Sie mal, müssen Sie eigentlich die ganze Zeit arbeiten?«

»Die ersten beiden Tage nicht.«

Quinn merkte, wohin diese Unterhaltung führen konnte, und sein Ehering wurde ihm plötzlich schwer am Finger. Er beschloß, Andrea zu verstehen zu geben, daß er verheiratet war.

»Meine Frau wollte eigentlich mitfliegen, aber in letzter Minute ist ihr was dazwischengekommen. Sie ist Anwältin, und in ihrer Kanzlei hat sich etwas Unvorhergesehenes ergeben.«

»Das ist schade. Sie hätte St. Jerome bestimmt geliebt. Es gibt hier viel zu tun, wenn man sich auskennt.«

»Was zum Beispiel?«

»Schnorcheln oder tauchen Sie?«

»Nein. Ich bin ein lausiger Schwimmer.«

»Zum Schnorcheln muß man nicht gut schwimmen können. Und es gibt hier diese fabelhaften Riffs, wo man all die tropischen Fische sehen kann. So leuchtende Farben haben Sie noch nie gesehen«, sagte Andrea aufgeregt. »Stahlblau, irisierendes Grün. Es ist bunter als eine Modenschau von Missoni.«

»Das klingt großartig. Gibt es diese Riffs auch in der Nähe meines Hotels?«

»Sicher. Aber die besten sind auf meiner Seite der Insel, weg von den Hotels, wo Freddys Villa ist, bei der Cala de Almas Desoladas.«

»Wie bitte?« fragte Quinn, der kein Spanisch sprach.

»Die Bucht der verlorenen Seelen. Freddy sagt, die heißt so, weil dort um siebzehnhundert herum ein Schiff gestrandet ist. Der Kapitän war verliebt in eine wunderschöne Frau. Sie wollten heiraten. An ihrem Hochzeitstag wurde die Braut von Piraten entführt. Der Kapitän verfolgte die Piraten nach St. Jerome, als plötzlich ein schrecklicher Sturm über die Insel hereinbrach und das Schiff des Kapitäns und das der Piraten ins Verderben riß. Alle wurden getötet, auch der Kapitän und seine Braut.

Freddy hat mir erzählt, wenn man nachts zu der Bucht geht, kann man manchmal die Seelen des Kapitäns und seiner Braut hören, die sich übers Wasser zurufen. Ist das nicht traurig und romantisch?«

»Ja, sehr.«

»Es steckt allerdings mehr dahinter. Freddy sagt, daß in der Bucht immer wieder Menschen auf geheimnisvolle Weise verschwinden. Nicht oft. Ein- oder zweimal, ungefähr alle zehn Jahre. Immer dann, wenn Liebende am Jahrestag des Unglücks in der Bucht sind. Sie schwimmen zum Riff hinaus. Und von einem Augenblick auf den anderen sind sie verschwunden. Die Einheimischen glauben, daß die verlorenen Seelen andere Seelen holen, um Gesellschaft zu haben.«

»Wahrscheinlich bekommen sie einfach Krämpfe«, erwiderte Quinn lächelnd.

»Jetzt spricht aber der Jurist aus Ihnen«, bemerkte Andrea tadelnd. »Juristen sind so unromantisch.« Sie hielt inne, als wisse sie nicht so recht, ob sie weiterreden sollte. »Wollen Sie etwas wirklich Unheimliches hören?«

»Klar.«

»Als ich das letzte Mal auf St. Jerome war, an dem Tag, als ich den Koks fand, ging ich bei Sonnenuntergang runter in die Bucht und blieb dort, weil ich die verlorenen Seelen hören wollte. Zuerst habe ich nur gehört, was man normalerweise nachts am Strand hört, die Brandung und den Wind. Bald nach Sonnenuntergang wurde es kühl, und ich fing an zu frieren. Ich wollte eben aufbrechen, als etwas sehr Merkwürdiges passierte.«

Andrea hielt inne. Sie schien weit weg zu sein.
»Was ist denn?« fragte Quinn besorgt.
»Ich habe gerade an die Stimmen gedacht. Nur daß es eigentlich gar keine Stimmen waren. Es klang eher wie ein Stöhnen, und es war so traurig.«
Quinn war ein durch und durch rationaler Mensch mit dem strikt logischen Verstand eines Vertragsanwalts, in dem es keinen Platz für das Übernatürliche gab.
»Glauben Sie nicht, daß es vielleicht der Wind hätte sein können?« fragte er nachsichtig.
»Ich wußte, daß Sie das sagen würden. Jeder, dem ich diese Geschichte erzähle, reagiert so. Aber wenn Sie dabeigewesen wären, würden Sie wissen, daß es nicht der Wind war. Diese Geräusche ...« Andrea erschauderte. »Es ging mir durch und durch.« Sie schüttelte den Kopf. »Ich weiß nicht, wie ich es sonst beschreiben soll. Und was für ein Gefühl es bei mir ausgelöst hat. Erst hatte ich Angst, und dann plötzlich fühlte ich mich so verloren und allein.«
Andrea hielt gedankenverloren inne.
»Was, wenn es stimmt? Es wäre so tragisch. Zwei Liebende, die einander so nahestehen, aber in alle Ewigkeit durch ein wütendes Meer getrennt sind.«
Quinn fiel nichts ein, was er sagen könnte, ohne gönnerhaft zu klingen, und deshalb schwieg er. Er wollte Andrea nicht verletzen. Er mochte sie. Sie war so anders als Laura. Quinn dachte daran, wie Laura auf die Geistergeschichte reagieren würde, und lachte.
»Sie glauben mir nicht. Ich weiß. Niemand tut es.«
»Tut mir leid. Ich habe nicht über Sie gelacht.«
»Ach, das ist schon okay«, lachte Andrea. »Kein Mensch nimmt mein Erlebnis in der Bucht ernst. Ich bin daran gewöhnt. Wissen Sie was, ich habe da eine Idee. Sie könnten die verlorenen Seelen selber hören. Ich könnte Sie in die Bucht bringen.«

»Ich weiß nicht.«
Es war schon eine Weile her, daß er einen Tag allein mit einer anderen Frau als Laura verbracht hatte, und bei der Vorstellung beschlich ihn ein unbehagliches Gefühl, vor allem, wenn er daran dachte, wie die Dinge zwischen ihnen standen.
»Ach, kommen Sie. Es würde Ihnen bestimmt gefallen. Und es ist kein Ort, den Touristen normalerweise zu sehen bekommen. Die bleiben meistens bei ihren Hotels. Freddy hat mir gesagt, daß es dem Gouverneur so lieber ist. Ein Stückchen weg von The Palms und Bay Reef gibt es eine Menge Armut. Arme sind schlecht für den Tourismus, und deshalb hat Gouverneur Alvarez die Straßen nur auf einem Teil der Insel teeren lassen. Sie müssen über einen unbefestigten Pfad fahren, um zur Villa und zur Bucht zu kommen. Und der führt durch diese Barackensiedlungen.«
Quinn wußte, daß er sich zum Narren machte. Er glaubte keine Sekunde an die verlorenen Seelen, aber die Bucht und das Riff mit den tropischen Fischen klangen faszinierend, und er hatte zwei Tage nichts zu tun. Einen davon in Gesellschaft einer attraktiven Frau zu verbringen, erschien ihm plötzlich eine gute Idee.
»Die Einladung klingt verlockend«, bemerkte Quinn vorsichtig.
Andrea drehte sich zu ihm um und legte ihm die Hand auf den Arm.
»Ich bestehe darauf. Ich bringe Ihnen sogar das Schnorcheln bei. Es wird Ihnen bestimmt gefallen. Na, was sagen Sie?«
»Ich …«
»Ein Nein akzeptiere ich nicht. Ich lasse Sie nicht wieder von St. Jerome weg, ohne Ihnen Schnorcheln beigebracht zu haben. Ich kann Sie morgen nachmittag gegen vier im Hotel abholen. So haben wir beide Zeit, den

Jet-lag zu verdauen und ein bißchen Schlaf nachzuholen. Vom Hotel bis zur Bucht dauert es ungefähr eine Dreiviertelstunde. Ich nehme einen Picknickkorb mit. Wir können ein bißchen schwimmen. Ich habe die Schnorchelausrüstung und ich bringe es Ihnen bei. Dann essen wir was und warten auf den Sonnenuntergang.«

Andrea grinste schelmisch. »Wissen Sie was? Wenn wir die verlorenen Seelen hören, und Sie das Geräusch nicht erklären können, müssen Sie mich zum Abendessen einladen. Aber wenn Sie mir eine rationale Erklärung liefern können, bin ich dran. Was halten Sie davon?«

Quinn traf eine Entscheidung. Er würde die Einladung annehmen und sich amüsieren. Vielleicht half ihm ein Abend mit Andrea über seine melancholische Stimmung hinweg. Aber Quinn wollte nicht, daß jemand von der Tagung ihn mit Andrea wegfahren sah: Richter mußten sogar den Anschein von Unschicklichkeit vermeiden.

»Warum erklären Sie mir nicht, wie ich zur Bucht komme, und wir treffen uns dort. Ich kann mir ein Auto mieten.«

Andreas Lächeln wurde breiter. »Dann kommen Sie also?«

»Ich komme. Und wenn Sie gewinnen, können wir die Geister mit dazu einladen. Ich zahle ihnen auch ihr Essen.«

Quinns erster Blick auf St. Jerome war durch einen dünnen weißen Wolkenschleier gefiltert. Blendendweißer Strand, kristallklares blaues Wasser, kleine Buchten voller schwankender Palmen mit smaragdgrünen Blättern. Als das Flugzeug unter die Wolkendecke sank und Quinn einen unbehinderten Blick auf die Insel hatte, war er überzeugt, das Paradies gefunden zu haben. Nach den langen Tagen mit grauem Himmel und Regen, die

Portland ihm geboten hatte, war der Anblick der Sonne, der Palmen und des klaren blauen Wassers richtiggehend euphorisierend.

Die Euphorie fand ein Ende, als die Flugzeugluke aufging und eine dicke Suppe heißer, klebriger Luft Quinn entgegenströmte. Eine solch allumfassende Hitze hatte er noch nie erlebt. Sie prallte vom Geländer der Fahrtreppe ab, die auf den Boden führte, ließ den schwarzen Asphalt schmelzen und verrührte den Teer zu einem klebrigen Brei, der ihm die Schuhe von den Füßen zu ziehen drohte, während er das kurze Stück vom Flugzeug zu dem einstöckigen Terminal ging, das vor ihm in den Hitzewellen flimmerte.

Der limonengrüne Außenanstrich des Terminals war von der salzschweren Seeluft angefressen. An einer Wand hing das Poster eines lächelnden, schnurrbärtigen Mannes in Uniform. Quinn verstand die spanischen Worte auf dem Plakat nicht. Ein langer Riß lief quer über das Poster. Es sah aus, als sei die Beschädigung mit einem Messer angerichtet worden. Zwei Soldaten mit automatischen Waffen lehnten an der Wand neben dem Poster. Quinn fielen auch mehrere andere Soldaten auf, die ähnlich bewaffnet waren.

»Wozu die vielen Kanonen?« fragte Quinn.

Andrea senkte die Stimme.

»Die Soldaten sind zum Schutz der Touristen hier. Gouverneur Alvarez läßt Drogenschmuggler die Insel gegen eine Gebühr benutzen. Vor ungefähr fünf Jahren ließ er sechs Dealer hinrichten, die versucht hatten, ihn zu betrügen. Es waren Mitglieder des südamerikanischen Kartells. Ein paar Wochen später wurden zur Vergeltung sechs Touristen aus dem Hinterhalt niedergeschossen. Die Wirtschaft der Insel ist vom Tourismus abhängig. Das Massaker hatte katastrophale Auswirkungen.«

»Wenn man Ihnen zuhört, klingt St. Jerome ziemlich gefährlich.«
»Ach, Sie brauchen sich keine Sorgen zu machen. Seitdem ist nichts mehr passiert. Freddy hat mir erzählt, daß ziemlich viel Geld den Besitzer gewechselt und Alvarez das Problem gelöst hat.«
»Dieser Alvarez scheint ein ziemlicher Ganove zu sein.«
Andrea machte ein bestürztes Gesicht. Sie drehte hastig den Kopf, um festzustellen, ob jemand die Bemerkung des Richters gehört hatte.
»Hier kritisiert man Gouverneur Alvarez nicht«, schärfte ihm Andrea ein. »Genießen Sie den Strand und vergessen Sie die Politik. Auf St. Jerome ist das kein gesundes Gesprächsthema.«
Die Luft im Terminal war stickig. Quinn sah sich nach dem Gepäckförderband um, bis er zwei Schwarze in Shorts und schweißfleckigen Hemden bemerkte, die die Koffer von einem Karren hoben und an einer der Wände aufstapelten. Er holte sich sein Gepäck und sah sich nach der Zollkontrolle um.
Die vorherrschende Sprache auf den Schildern im Terminal war Spanisch, die Verkehrssprache der Insel, aber es gab auch Übersetzungen in Englisch, Französisch, Deutsch und Japanisch. Quinn hörte Brocken fast aller dieser Sprachen in der Schlange der Touristen, die vor den Zollbeamten anstanden. Der stämmige, schläfrig dreinblickende Mann, der Quinn kontrollierte, sprach gebrochenes Englisch. Nach ein par flüchtigen Fragen lächelte er Quinn an und hieß ihn auf St. Jerome willkommen.
»Im Prospekt hieß es, daß das Bay Reef Resort einen Pendeldienst zwischen Flughafen und Hotel unterhält«, sagte Quinn zu Andrea.
»Machen Sie sich um mich keine Gedanken. Freddys Fahrer holt mich ab.«

Ein brandneuer, klimatisierter Minibus mit dem Logo des Bay Reef Resort wartete am Bordstein.
»Dann bis morgen um vier in der Bucht«, sagte Quinn vor dem Einsteigen.
»Um vier.«

Die Klimaanlage im Bus ließ Quinn die kräftezehrende Hitze vergessen. Zwei Paare mittleren Alters waren die einzigen anderen Fahrgäste. Ihrem Akzent nach waren es Australier, die gemeinsam hier Urlaub machten. Quinn wandte seine Aufmerksamkeit den Königspalmen mit ihren dicken, braunen Stämmen und den breiten grünen Blättern zu, die die Straße beschatteten. Hinter den Palmen rauschten Wellen an einen weißen Sandstrand. Wohin er auch blickte, sah er das Meer oder üppige tropische Vegetation. St. Jerome war so schön, wie die Broschüre des Bay Reef Resort versprochen hatte.
Nach einer fünfzehnminütigen Fahrt tauchte auf der Seite zum Meer eine weiße Mauer auf. Etwa eine Meile fuhren sie an dieser Mauer entlang. Dann hielt der Bus vor einem Wachhäuschen und wartete, während ein Schwarzer in einem sauberen, weißen, kurzärmeligen Hemd und brauner Hose ein mit schwarzen Eisenspitzen besetztes Tor öffnete. Fette schwarze Buchstaben auf einem Kupferschild an der Säule neben dem Tor identifizierten die Enklave als das Bay Reef Resort.
Der Bus fuhr ein kurzes Stück eine breite, mit pinkfarbenen Bougainvilleen und Palmen gesäumte Straße entlang und blieb dann vor einem einstöckigen weißen Gebäude stehen. Links sah Quinn eine Reihe eleganter Läden. Rechts erhoben sich zweigeschossige Häuschen, die die Hotelsuiten beherbergten. Hohe Hecken blokkierten die Sicht in allen Richtungen.
Quinn stieg aus und zeigte sein Gepäck einem Träger, der ihn durch ein Bogenportal in die Empfangs-

halle führte. Ihm fiel auf, daß es so gut wie keine Türen gab. Der Grund war offensichtlich. Als er durch das Portal trat, kühlte ihn die Brise, die vom Meer hereinwehte.

Die Lobby des Bay Reef hatte einen rot-gelben Terrazzoboden und Dutzende verschiedener blühender Topfpflanzen. Hinter dem Empfangsbereich befand sich eine breite, gepflasterte Terrasse. Gäste in Shorts und Badeanzügen aßen an weißgedeckten Tischen im Schatten von Seetraubenbäumen zu Mittag. Zwischen den Bäumen spannten sich Lichterketten, die das Open-air-Restaurant nach Sonnenuntergang beleuchteten.

Nachdem Quinn sich angemeldet hatte, führte ihn ein Page zu seiner Suite. Ein extrabreites Himmelbett beherrschte das Schlafzimmer. Der Anblick machte ihn traurig. Er hatte es ausdrücklich bestellt, nachdem er in der Broschüre Fotos der Suite gesehen hatte. Er hatte sich vorgestellt, wie er und Laura sich in diesem Bett vergnügen würden.

Quinn gab dem Pagen ein Trinkgeld, räumte seine Kleider in den Schrank und schaltete die Klimaanlage und den Deckenventilator ein. Der Richter war müde von dem neunstündigen Flug, aber er wollte sich nicht hinlegen. Gleich nachdem er geduscht und sich Shorts und ein T-Shirt angezogen hatte, schlenderte er hinaus auf den Balkon. Oleander, Kokospalmen und Seetraubenbäume waren großzügig entlang des Strandes angepflanzt, um den Badenden, die sich in der Sonne räkelten, ein wenig Schatten zu bieten. Links konnte er die schilfgedeckte Bar am Ende der Terrasse erkennen. Braunhäutige Kellner und Kellnerinnen eilten mit Tabletts voller Getränke zwischen der Bar und den Gästen hin und her. Das Meer vor der Hotelanlage war mit Segelbooten, Katamaranen und spritzenden, lachenden Urlaubern gesprenkelt. Quinn sah auf die Uhr. Laura sollte inzwischen angekommen sein. Er ging wieder hinein, legte sich aufs Bett und rief Laura in ihrem Hotel an.

»Hi«, sagte Quinn, als man ihn durchgestellt hatte. »Ich wollte nur mal hören, ob du gut angekommen bist.«

»Ohne Probleme. Wie war dein Flug?« fragte Laura.

»Der Flug war okay.«

»Entspricht St. Jerome deinen Erwartungen?«

»Ja, voll und ganz. Es ist sogar noch schöner, als ich es mir vorgestellt habe. Die Hotelanlage ist unglaublich.«

»Du weißt, daß ich gern bei dir wäre, nicht?«

Quinn hätte Laura gern gesagt, daß sie ihren neuen Klienten ablehnen oder die Angelegenheit einem anderen aus der Firma hätte übergeben können, wenn sie wirklich mit ihm hätte kommen wollen, aber er wollte keinen Streit anfangen. Deshalb sagte er nur: »Ich weiß, Liebling.« Dann fügte er hinzu: »Du fehlst mir«, was stimmte.

»Du fehlst mir auch. Vielleicht können wir ja bald mal miteinander verreisen. Nur wir beide.«

Quinn wollte sie an den Crease-Prozeß und seine anderen Fälle erinnern, die ihn fast das ganze Jahr in Anspruch nehmen würden, aber er tat es nicht.

»Das wäre toll«, antwortete er mit so viel Begeisterung, wie er aufbringen konnte. »Ich liebe dich.«

»Ich liebe dich auch«, erwiderte Laura, bevor sie auflegte.

Danach lag Quinn auf dem Rücken und starrte die langen Flügel des Ventilators an, der sich langsam über seinem Kopf drehte. Ihm fiel ein, daß er weder Andrea Chapman noch seine Pläne für den nächsten Tag erwähnt hatte. Quinn fragte sich, warum er es vergessen hatte. Er hatte ein schlechtes Gewissen, weil er Andrea nicht erwähnt hatte, aber jetzt konnte er nichts mehr tun.

Quinn ging noch einmal auf den Balkon hinaus. Laura fehlte ihm sehr. Am Strand waren so viele glückliche Paare, die sich miteinander vergnügten. Er wünschte, er würde mit Laura in der Sonne liegen, einen Roman lesen und sich mit Banana-Daiquiris betrinken. Aber Laura arbeitete, und er war allein.

13. Kapitel

Die Hitze und das Licht der Sonne weckten Laura Quinn. Es war eine angenehme Abwechslung zu dem Wecker, der sie in Portland aus dem Bett scheuchte. Sie streckte sich und drehte sich dann zu der Uhr auf dem Nachtkästchen um. Es war acht Uhr dreißig. Laura konnte sich nicht mehr erinnern, wann sie das letzte Mal an einem Wochentag so spät noch im Bett gelegen hatte.
Laura drehte sich wieder auf den Rücken und plante, einen geruhsamen Morgen zu verbringen. Ihr Kunde hatte ihr die Nachricht hinterlassen, daß man sie um zehn kontaktieren würde. Das ließ ihr Zeit für eine Dusche und ein gemütliches Frühstück. In T-Shirt und Slip, in denen sie geschlafen hatte, stieg sie aus dem Bett. Es war heiß in Miami, aber Laura hatte die Klimaanlage ausgeschaltet, denn nach der grauen Kälte des Winters in Oregon wollte sie die Wärme genießen.
Laura suchte sich eine freie Stelle auf dem Teppich, die breit genug für ein paar Dehnübungen war, und führte dann das Training durch, das sie auch jeden Morgen zu Hause machte. Die vertrauten Übungen erinnerten sie an Quinn, der normalerweise duschte und sich rasierte, während sie trainierte. Ihr Gatte fehlte ihr, und ein schlechtes Gewissen verdrängte die angenehmen Gefühle.
Laura machte fünfzig Kniebeugen und zwanzig Liegestütze. Die Hitze in Florida und die Übungen brachten sie ins Schwitzen. Sie zog sich aus und ging ins Bad. Quinn hatte bei seinem Anruf aus St. Jerome so ein-

sam geklungen, aber was ihr wirklich Sorgen machte, war seine Reaktion, als sie ihm gesagt hatte, daß sie nicht mitfliegen könne nach St. Jerome. Er hatte geklungen, als fühle er sich verraten und im Stich gelassen, und sie mußte zugeben, daß er sich durchaus zu Recht so fühlte.

Zuneigung für Quinn beschlich Laura. Überfiel und überrumpelte sie. Das war etwas, das sie nicht erwartet hatte, als sie damals gemeinsam an dem *Remington*-Prozeß arbeiteten. Vor der *Remington*-Sache hatte Laura so gut wie nie an Quinn gedacht. Er sah zwar recht nett aus, war aber nicht so attraktiv, daß man für ihn schwärmen konnte. Außerdem war er schüchtern und linkisch. Laura wußte, daß Quinn im College Basketball gespielt hatte, aber sie konnte sich noch immer nicht vorstellen, daß er das mit Anmut getan hatte. Natürlich war Quinn sehr intelligent, manchmal sogar genial, aber das waren fast alle Anwälte bei *Price, Winward.* Man wurde nicht in die Firma aufgenommen, wenn man nicht schon im Studium ein Überflieger war, und man wurde nicht Teilhaber, wenn man sein Talent nicht in der realen Welt bewiesen hatte.

Laura drehte die Dusche ab. Während sie sich abtrocknete, dachte sie an ihr erstes Mal mit Quinn. Es war in einem Hotelzimmer. Während ihrer Zeugenbefragungen im *Remington*-Fall wohnten sie im Adolphus in Dallas. Sie hatte nur ein kleines Zimmer, aber Quinn war bereits Teilhaber und hatte eine Suite. Es war das Ende eines anstrengenden, fünfzehnstündigen Arbeitstages. Sie saßen im Wohnzimmer der Suite unter einem großen Oberlicht und gingen ihre Niederschriften der Zeugenaussagen durch, die sie von neun bis fünf in der Kanzlei von Remingtons Anwälten aufgenommen hatten. Es war eine klare Nacht, und Laura erinnerte sich an den Augenblick, als sie den Kopf auf die Couchlehne gelegt und durch das Oberlicht auf ein Sternenmeer und einen strahlend weißen Viertelmond hinausgesehen hatte.

Quinn war an diesem Tag brillant gewesen. Er hatte dem Geschäftsführer von Remington das Kreuz gebrochen, und sie waren beide aufgeregt. Als sie ihre Attaché-Köfferchen packten und die Kanzlei von Remingtons Anwälten verließen, hatten sie beide Blut geleckt.

Stunden später saßen Quinn und Laura, erschöpft von dem langen Arbeitstag und beschwipst vom Wein, den sie zum Abendessen getrunken hatten, nebeneinander auf der Couch, als Laura etwas sagte, das ihnen beiden lustig vorkam. Was normalerweise nur ein Kichern ausgelöst hätte, reichte ihnen in ihrem ausgepowerten Zustand für einen heftigen Lachanfall. Nachdem sie sich beruhigt hatten, fanden sie sich eng aneinandergeschmiegt wieder. Laura erinnerte sich, mit welcher Sehnsucht Quinn sie angesehen hatte, kurz bevor ihre Lippen sich berührten.

Am Morgen nach ihrem ersten Sex litt Laura Gewissensqualen. Quinn war kein besonders guter Liebhaber, aber er liebte sie aufrichtig. Soviel wußte Laura. Während sie gemeinsam im Dunkeln lagen, gestand Quinn ihr die Gefühle, die sich im vergangenen Jahr in ihm entwickelt hatten. Er erzählte ihr, daß er sich in sie verliebt habe, aber zu schüchtern gewesen sei, um es ihr zu sagen. Er war Teilhaber, und sie nur Angestellte. Er machte sich Gedanken um den äußeren Schein, sorgte sich wegen des Altersunterschieds. Aber er sei rettungslos in sie verliebt, gestand er ihr und setzte sich damit einer Zurückweisung aus.

Quinns Ehrlichkeit beeindruckte Laura, aber Vertrautheit machte ihr angst. Lauras Vater hatte sie und ihre Mutter abgöttisch geliebt, das hatte Laura zumindest geglaubt. Dann hatte er sie verlassen. Wie konnte Laura da Quinns Gefühlen trauen? Wie konnte sie ihren eigenen trauen? Laura hatte schon mit Männern geschlafen, aber sie hatte sich nie gestattet, ihre Gefühle vor einem Mann bloßzulegen. Quinn wollte das. Er brauchte es.

Laura hatte Quinn gesagt, daß sie nicht überstürzt eine ernsthafte Beziehung beginnen wolle. Quinn hatte sich sofort zurückgezogen. Sie konnte den Schmerz in seinen Augen sehen. Und seine hängenden Schultern erinnerten sie an den besiegten Geschäftsführer. Der Gedanke, daß sie ihn verletzt hatte, bestürzte sie.

In der Woche nach ihrer Rückkehr aus Texas dachte Laura lange und intensiv über ihre Gefühle für Quinn nach. Bei der gemeinsamen Arbeit hatte sie gelernt, Quinn zu bewundern und zu respektieren, aber liebte sie ihn? Ihre Gefühle waren von dem Leben, das sie geführt hatte, so durcheinandergeworfen, daß sie zweifelte, ob sie diese Frage je würde beantworten können. Auch wenn es Liebe wirklich gab, wußte sie doch, daß sie nicht ewig währte. Ihre Mutter hatte ihren Vater geliebt, und ihr Vater hatte gesagt, daß er ihre Mutter liebe, aber jetzt liebten sie sich nicht mehr. Laura war überzeugt, daß Liebe eine Lüge sein konnte. Trotzdem empfand sie für Quinn etwas, das sie noch für keinen anderen Mann empfunden hatte. Er war sanft und rücksichtsvoll und er achtete ihre juristischen Fähigkeiten. Bei ihm fühlte sie sich sicher und aufgehoben. Waren das die Gefühle, die jemand hatte, der liebte?

Laura schlug vor, ein wenig mehr Zeit miteinander zu verbringen. Quinn war sofort einverstanden. Er drängte sie nicht und schien zu verstehen, warum es ihr schwerfiel, sich gefühlsmäßig zu binden. Wenn Laura an ihre gemeinsame Zukunft dachte, stellte sie sich vor, daß sie beide mit demselben Elan und demselben Erfolg zusammenarbeiten würden wie im *Remington*-Fall. Nur daß sie in ihren Gedanken ebenfalls Teilhaberin bei *Winward, Price* war. Als sie in die Heirat einwilligte, war sie noch im-

mer nicht sicher, ob ihre Gefühle für ihn Liebe waren, aber sie waren so, wie sie glaubte, daß Liebe sein mußte.
Laura fuhr im Aufzug in die Lobby hinunter und genehmigte sich im Hotelrestaurant frisch gepreßten Orangensaft, Müsli und Kaffee. Beim Essen fragte sie sich, was zwischen ihr und ihrem Gatten passiert war. Es war nichts Dramatisches vorgefallen. Keine Affäre, Quinn trank nicht wie ihr Vater und hatte keine Depressionen. Er war noch immer der Mann, den sie geheiratet hatte, aber irgendwann in den vergangenen Jahren war ihre Ehe eingeschlafen.
Wer war schuld daran? Laura meinte, daß ihr Problem mit Quinns Ernennung zum Richter angefangen hatte. Als Quinn ihr sagte, daß der Gouverneur ihm das Amt angeboten habe, war sie verblüfft. Laura wußte zwar, daß Dick Patrick Quinns Sohn war. Jeder wußte das. Sie wußte, daß er im Grunde seines Herzens ein Intellektueller war, dem die Juristerei wegen ihrer rationalen Strenge Spaß machte, und nicht wegen des Geldes und des Kitzels des Wettstreits, der sie daran faszinierte. Was sie nicht verstehen konnte, war, wie jemand, der sich ihren Traum, Teilhaber bei *Price, Winward* zu werden, erfüllt hatte, den wieder aufgeben konnte, um Richter zu werden. Als Angestellte verdiente sie schon beinahe so viel wie ein Richter am Oregon Supreme Court. Und war sie erst einmal Teilhaberin, würden sie miteinander über dreihunderttausend Dollar pro Jahr verdienen. Wie konnte Quinn das Prestige und die finanzielle Sicherheit seiner Position so einfach aufgeben? Laura versuchte, die Motivation ihres Gatten zu verstehen, aber sie konnte nicht akzeptieren, was er tun wollte. Hätte sie sich noch stärker bemühen sollen, Quinns Gefühle zu verstehen? Der Gedanke nagte an ihr. Hatte sie den Respekt für Quinn verloren, nur weil sein Job weniger einbrachte als der ihre? War das fair?

Laura kehrte in ihr Zimmer zurück. Um Viertel nach zehn hatte ihr Kunde noch immer nicht angerufen. Sie suchte sich den Brief heraus, in dem sich der Vorschußscheck und das Erste-Klasse-Ticket befunden hatten. Der Brief war mit Federal Express an die Kanzlei geschickt worden, und im Briefkopf war eine Telefonnummer angegeben. Außerdem hatte Jerome Ross, der Mann, mit dem sie am Telefon gesprochen hatte, den Brief unterschrieben. Sie griff zum Hörer, hielt dann aber inne. Ross würde sie anrufen, wenn er soweit war.

Laura ging zum Fenster und sah auf den Ozean hinaus. Seit Quinns Ernennung zum Richter und ihrem Aufstieg zur Teilhaberin hatte Laura ihr berufliches Engagement verstärkt. Arbeitete sie so schwer, um sich einen Ruf zu erwerben und sich der Kanzlei würdig zu erweisen, oder versteckte sie sich hinter ihrer Arbeit? Eines war sicher, sie und Quinn hatten sich auseinandergelebt, und sie mußte sich endlich entscheiden, was sie tun wollte. Es gab zwei Möglichkeiten: den Riß wieder kitten oder sich trennen.

Um halb elf rief Laura die Nummer von SeaCliff Estates an. Es klingelte zweimal. Dann sagte ihr eine Stimme vom Band, daß es unter dieser Nummer keinen Anschluß gebe. Laura wählte noch einmal, weil sie glaubte, sich beim ersten Mal verwählt zu haben. Sie hörte dieselbe Nachricht noch einmal. In ihrem Nachtkästchen lag ein Telefonbuch. Da sie jedoch weder einen Eintrag für SeaCliff Estates noch für Jerome Ross finden konnte, rief sie die Rezeption an.

»Hier Laura Quinn aus Zimmer 517. Ich habe eine Reservierung für fünf Nächte. Ich muß die Firma anrufen, die sie für mich gemacht hat, aber ich habe die Nummer verlegt. Hat man Ihnen die gegeben, als die Reservierung gemacht wurde?«

»Lassen Sie mich kurz nachsehen, Mrs. Quinn.«

Einen Augenblick später nannte man ihr dieselbe Nummer wie auf dem Briefkopf.
»Sind Sie sicher, daß es keine anderen Nummern für diese Firma gibt?« fragte Laura.
»Das ist die einzige.«
»Danke.«
»Ach, Mrs. Quinn. Haben Sie gesagt, die Reservierung ist für fünf Nächte?«
»Ja. Ich fliege am Samstag wieder ab.«
»Wir haben nur eine Reservierung für zwei Nächte. Gestern und heute.«
»Da muß ein Fehler passiert sein.«
»So steht es hier.«
Laura dachte einen Augenblick nach. Dann fragte sie: »Haben Sie irgendwelche Nachrichten für mich?«
»Ihr Fach ist leer.«
Laura legte auf. Sie rief in Portland an und fragte nach Mort Camden, einem anderen Teilhaber von Price, Winward. Sie redeten ein paar Minuten, dann sagte Camden, daß er sie zurückrufen werde. Jerome Ross hatte sich noch immer nicht gemeldet, als Camden zwanzig Minuten später anrief.
»Da stimmt was nicht, Laura. Der Vorschußscheck ist auf ein Konto ausgestellt, das erst vor einer Woche bei einer Bank in Miami eröffnet wurde, aber da sind nur hundert Dollar drauf.
»Hundert Dollar? Der verdammte Vorschuß beträgt zwanzigtausend.«
»Ich weiß nicht, was ich sagen soll, aber irgendwas stinkt hier gewaltig. Ich glaube, Sie sollten den ersten Flieger zurück nach Portland nehmen.«
»Was meinen Sie, was da los ist, Mort?«
»Keine Ahnung. Vielleicht hat sich da jemand einen Scherz mit Ihnen erlaubt.«
»Ein ziemlich teurer Scherz. Das Erste-Klasse-Rückflug-

ticket und die Hotelreservierung kosten ein paar tausend Dollar.«

»Ich weiß nicht, was ich sagen soll.«

Laura warf den Aktenordner zu Boden. Sie war stinkwütend.

»Ich checke sofort aus. Bis morgen dann.«

Gleich nachdem Camden aufgelegt hatte, wählte Laura die Nummer der Fluggesellschaft. Das Telefon klingelte. Sie hatte vor, sich einen Platz in der nächsten Maschine nach Portland zu reservieren, aber dann fiel ihr etwas ein und sie legte wieder auf. Sie hatte Quinn weh getan, als sie Geschäftliches ihrem gemeinsamen Urlaub vorgezogen hatte. Es war erst Mittwoch vormittag, und St. Jerome war nicht weit von Miami entfernt.

Laura ließ den Arm sinken. Quinn hatte ihr einige gute Jahre geschenkt. Der verletzte Ton in seiner Stimme, als sie ihm sagte, daß sie nicht nach St. Jerome mitkommen könne, war ein Beweis, daß er sie immer noch liebte. Wenn sie wollte, daß ihre Ehe überlebte, mußte sie jetzt handeln. Laura rief die Fluggesellschaft an und bat um einen Platz in der nächsten Maschine nach St. Jerome.

14. Kapitel

Andrea hatte recht gehabt: Der Unterschied zwischen dem touristischen Teil St. Jeromes und der anderen Seite der Insel war groß. Das Bay Reef und The Palms waren Orte, wo die Reichen in modischer Kleidung Hummer und Kaviar aßen, Golf spielten und sich, kühle Drinks nippend, am Pool sonnten. Puerta del Sol, die farbenfrohe Hauptstadt, war voller eleganter Läden und teurer Restaurants. Die Gebäude waren frisch gestrichen und leuchteten sonnengelb, fröhlich blau und festlich rot, und die Ladenbesitzer begrüßten jeden mit einem Witz und einem Lächeln. Die Armut war auf Anordnung von Gouverneur Alvarez aus den makellosen Straßen der Hauptstadt verbannt worden. Zugegeben, die Taxis waren schrottreif, und es gab immer wieder einige Bettler, die es geschafft hatten, den allgegenwärtigen Polizeistreifen zu entkommen, aber das war Lokalkolorit, der Stoff für kleine Dritte-Welt-Anekdoten, die man zu Hause Nachbarn und Freunden erzählen konnte.

Das zweite Gesicht St. Jeromes sah ganz anders aus. Die einzige Teerstraße der Insel war ein Oval, das durch Puerta del Sol und hinter den Hotels vorbei zum Flughafen verlief und dann in einem Bogen zu den Touristenzentren zurückkehrte. Sieben Meilen hinter der Hauptstadt zweigte ein unbefestigter Weg zur anderen Seite der Insel ab. Dieser Feldweg war die einzige gerodete Fläche in einem Dschungel aus hoch aufragenden Bäumen, deren Kronen zusammenwuchsen und einen dichten Blätterbaldachin bildeten, der das Sonnenlicht aussperrte und dunkle Schatten auf die schmale Straße warf. Die Luft war erfüllt vom süßen Geruch blühender Pflanzen und dem feuchten Modergestank faulender Vegetation. Quinn sah nur wenige Menschen auf seiner vierzigminütigen Fahrt quer durch die Insel, und mehr als einmal schaute er nervös auf die Tankanzeige, weil er keine Lust hatte, mitten in diesem dichten Dschungel liegenzubleiben.

Auf den Vorschlag des Empfangschefs hin hatte Quinn sich einen Landrover gemietet, und er erkannte sehr schnell den Sinn dieser Empfehlung. Die Straße war in einem schlechten Zustand. Quinn spürte jedes Schlagloch in seinen Nieren, und die von den dicken Reifen aufgewirbelte Staubfahne nahm ihm im Rückspiegel die Sicht.

Der Dschungel lichtete sich und verschwand dann ganz, als die Straße sich zum Meer neigte und zu einer Zivilisation, die ganz anders war als das, was Touristen auf St. Jerome normalerweise zu Gesicht bekamen. Für etwa eine halbe Meile drängelten sich zu beiden Seiten der Straße verrostete Wellblechhütten und einige solidere Gebäude aus Betonblöcken. Etliche der Häuser hatten farbenfrohe Vorhänge anstelle von Türen. Keines hatte Glasfenster, aber einige der Betonbauten besaßen Lamellenläden vor den Fensteröffnungen. Eine ausgehungerte Ziege stand festgebunden vor einer Hütte, und dürre Hühner liefen zwischen den Bauten umher und pickten im Staub.

Auf einer staubigen Fläche spielten Kinder mit einer Blechdose Fußball. Sie hielten inne, als sie den Landrover hörten, und sahen ihm nach. Ein alter Mann mit verfilzten grauen Haaren lächelte und winkte Quinn zu, und Quinn winkte zurück. Was von den Zähnen des alten Mannes noch vorhanden war, war faulig und gelb. Sein Hemd und seine Hose waren in einem ähnlichen

Zustand. Die Kleidung der Fußball spielenden Kinder war zerrissen und schmuddelig. Alle Leute, die er zwischen den Hütten sah, gingen barfuß. Eine Gruppe Frauen in bunten Röcken und Blusen, die Haare mit farbenfrohen Tüchern bedeckt, gingen neben der Straße her und balancierten Blecheimer mit Früchten auf dem Kopf. Auch sie blieben stehen, um dem Rover nachzusehen. Bis auf den alten Mann mit den faulen Zähnen lächelte niemand.

Nach dem Dorf kam eine Kurve, hinter der die Ansammlung von Hütten verschwand, dann verlief die Straße wieder gerade. Quinn fand das Dorf auf der Karte, die Andrea für ihn gezeichnet hatte. Nach ihrer Skizze zweigte vier Meilen nach dem Dorf ein schmaler Hohlweg in Richtung Meer ab. Quinn schaute von der Karte hoch und sah im Rückspiegel einen Jeep mit zwei Soldaten, der schnell näherkam. Der Jeep scherte aus, um Quinn zu überholen, bremste dann aber und fuhr neben dem Rover her. Der Soldat auf dem Beifahrersitz musterte Quinn. Er machte ein mürrisches Gesicht und hielt ein automatisches Gewehr im Schoß. Quinn warf ihm ein nervöses Lächeln zu, doch der Soldat lächelte nicht zurück. Sein kalt abschätzender Blick war einschüchternd, und Quinn wandte sich ab. Nach dem, was Andrea ihm erzählt hatte, wußte er nicht so recht, ob Touristen auf St. Jerome wirklich sicher waren. Die Landschaft zu beiden Seiten der Straße war flach und sandig und völlig verlassen. Wenn ihm hier etwas passierte, würde es keine Zeugen geben.

Der Jeep fuhr noch ein paar Sekunden neben dem Rover her, scherte dann vor ihm wieder ein und brauste davon. Erst als der Jeep außer Sicht war, entspannte sich Quinn wieder.

Der Weg zur Bucht befand sich genau dort, wo er nach Andreas Skizze sein sollte. Ein kurzes Stück verlief die Sandpiste flach, stieg dann bis zur Kuppe eines Hügels an und endete dort. Quinn hielt an und stieg aus. Er stand am Rand einer hohen Klippe. Unter ihm war das Meer, das die Klippe von drei Seiten einschloß. Ein Überhang versperrte ihm die Sicht auf den Strand, so daß er nur einen schmalen Streifen Sand direkt am Wasser sehen konnte. Quinn sah sich nach Andreas Auto um, entdeckte aber nirgends ein anderes Fahrzeug. Er sah auf die Uhr. Es war erst ein paar Minuten nach vier. Quinn nahm sein Handtuch und schloß den Rover ab. Einen Augenblick später entdeckte er einen schmalen Kiespfad, der sich an der Klippenflanke nach unten schlängelte. Er trug weite, khakifarbene Bermudashorts über einer blauen Badehose im Boxerschnitt und ein T-Shirt mit einer bunten Weltkarte auf dem Rücken. Die Sohlen seiner Sandalen waren glatt, und er rutschte zweimal auf den kleinen Steinchen aus.

Nach der Hälfte des Weges entdeckte er Andrea, die unten auf einer großen Decke lag. Neben ihr war ein Handtuch, einige Kleidungsstücke, ein großer Picknickkorb und Schnorchelausrüstung. Während des Fluges hatte Andrea müde ausgesehen, und die Kleidung hatte ihre Figur verhüllt. Jetzt trug sie eine Sonnenbrille und einen Bikini, der nicht mehr war als drei kleine, gelbe Stoffstückchen. Ihre sportliche Figur beeindruckte Quinn. Andrea hatte glatte, muskulöse Beine und eine schmale Taille. Knapp unterhalb des Bikinioberteils konnte er ihre Rippen sehen, dann ihren flachen Bauch. Andreas einziger Makel war eine blasse, halbmondförmige Narbe an der rechten Hüfte unterhalb des Bandes, das ihren Bikinislip hielt. Der Anblick von Andreas fast nacktem Körper erregte Quinn. Bevor er Zeit hatte, über seine Gefühle nachzudenken, richtete Andrea sich auf und winkte.

Quinn winkte zurück und stieg dann langsam den Rest des Weges hinab, damit seine Erektion verschwinden konnte.
»Sie haben mich gefunden«, sagte Andrea lächelnd.
»Ihre Beschreibung war ausgezeichnet, und sie hatten recht wegen dieses Fleckchens hier. Es ist sehr schön.«
»Warten Sie, bis Sie das Riff sehen.«
Quinn setzte sich auf die Decke und beäugte nervös die Schnorchelausrüstung.
»Ich bin kein guter Schwimmer. Sind Sie sicher, daß ich das schaffe?«
»Wenn Sie nur ein bißchen schwimmen können, können Sie schnorcheln. Man muß nur mit dem Gesicht im Wasser ein bißchen herumpaddeln. Ein Kinderspiel. Sie werden schon sehen. Ich lasse Sie schon nicht absaufen.«
Andrea stand auf. Quinn konnte den Blick nicht von ihren Brüsten nehmen, die sich unter dem dünnen Stoff ihres Oberteils bewegten. Für eine Sekunde stellte er sich vor, daß sie nackt neben ihm in der heißen Sonne lag.
»Ich gehe mich abkühlen. Kommen Sie doch mit.«
Andrea streckte die Hand nach Quinn aus, und er faßte sie. Ihre Haut war warm und glatt, und sie ließ ihre Hand einen Augenblick in der seinen ruhen, bevor sie ihn zu sich zog. Quinn rappelte sich hoch und stolperte zu ihr. Ihre Körper berührten sich. Andrea lachte. Quinn wurde wieder steif. Es war ein aufregendes, aber auch verstörendes Gefühl. Er war sicher, daß nichts zwischen ihnen passieren würde, aber insgeheim wünschte er es sich doch.
Quinn warf T-Shirt und Shorts auf die Decke. Andrea lief zum Wasser. Quinn folgte ihr, wie verzaubert von ihren muskulösen Schenkeln und der Art, wie die Bewegung ihrer Hinterbacken den Stoff ihres Slips wellte. Quinn

fragte sich, wie Andrea wohl im Bett sei. Sie wirkte so unbekümmert, und er stellte sich vor, daß sie beim Sex locker und spontan wäre. Dann fiel ihm ein, wie hastig und unbefriedigend der Sex mit Laura geworden war, und er bekam ein schlechtes Gewissen.

Andrea rannte in die Brandung, wurde langsamer, je höher das Wasser stieg, und tauchte dann mit einem Kopfsprung ein, als es ihr bis zur Taille reichte. Als sie wieder an die Oberfläche kam, waren ihre langen, schwarzen Haare naß und glänzten im grellen Sonnenlicht.

»Kommen Sie doch rein.«

Quinn ging ins Wasser. Nach dem, was er aus Oregon kannte, erwartete er, daß das Meer eiskalt sein würde, aber als das Wasser seine Haut berührte, war es wie eine kühle Dusche an einem heißen Sommertag. Anfangs war das Wasser flach und der Sand glatt. Dann faßten Strähnen dunkelgrünen Tangs nach seinen Knöcheln, verfingen sich zwischen seinen Zehen und verdeckten den Sand. Unvermittelt sackte der Meeresgrund ab, und Quinn stolperte in hüfthohes Wasser. Eine kleine Welle erfaßte ihn, und er hätte beinahe das Gleichgewicht verloren. Als er wieder sicheren Stand hatte, hockte er sich hin und ließ sich von den Wellen umspülen. Quinn war noch immer nicht an die sengende Hitze gewöhnt, und das Wasser fühlte sich großartig an. Er schloß die Augen, streckte sich im Wasser flach aus und wedelte mit den Armen. So schwamm er linkisch eine kurze Strecke. Doch bald war er außer Atem, und er drehte sich auf den Rücken. Im Gegensatz zum Süßwasser in einem Pool trug ihn das Salzwasser, und Quinn entspannte sich ein wenig.

Andrea war eine hervorragende Schwimmerin, und sie kraulte mit anmutigen Bewegungen auf ihn zu.

»Tut gut, nicht?«

»Großartig. Die Sonne ist wirklich heiß.«

Andrea drehte sich auf den Rücken und schloß die Augen.
»Das ist der schönste Platz auf der ganzen Welt, finden Sie nicht auch?«
Das Wasser drang in Andreas Bikinioberteil, und der Stoff hob und senkte sich mit der Bewegung des Meeres. Sie ließ sich neben Quinn treiben, und er sah, wie das Wasser ihren Busen unter dem Stoff umspülte. Andrea öffnete die Augen und ertappte Quinn, wie er sie anstarrte. Er errötete, und sie lächelte. Ihre Blicke trafen sich, und Andrea drehte sich zu Quinn um. Sie legte ihm die Arme um den Hals. Quinn erstarrte. Er wußte, was passieren würde, und er wußte, daß er es stoppen mußte, aber er konnte es nicht. Er wollte nicht.
Andreas Lippen waren kalt und schmeckten salzig. Ihr Kuß war sanft. Sie lockte ihn mit den Lippen und er reagierte. Der Kuß war lang und tief. Quinn schloß die Augen und gab sich ganz dem Gefühl hin. Als ihr Busen seine Brust berührte, nahm Quinn ihn in die Hand. Einen Augenblick lang ließ Andrea sich von ihm den Busen streicheln, dann löste sie sich lächelnd von ihm. Quinn war verwirrt. Andreas Finger strichen ihm sanft wie eine Feder über die Wange. In Quinn mischte sich Verlangen mit schlechtem Gewissen.
»Die Sonne geht bald unter«, sagte Andrea. »Wenn du schnorcheln willst, sollten wir es jetzt tun.«
Quinns Mund war trocken vor sexueller Erregung. Er nickte nur stumm, dankbar für die Gelegenheit, verarbeiten zu können, was eben passiert war, und sich zu überlegen, was er später passieren lassen wollte, wenn die Sonne untergegangen war und sie wieder auf der Decke lagen, die Andrea so umsichtig ausgebreitet hatte.
Andrea schwamm behende ans Ufer, und er folgte ihr mit ungeschickten Kraulbewegungen. Er war ein langsamer Schimmer und nutzte die Zeit im Wasser, um sich zu

beruhigen. Andreas Kuß hatte Quinn aus der Fassung gebracht und in ihm Lust auf mehr geweckt. Er lebte an der Westküste, sie im Osten. Nach der Woche in St. Jerome würden sie sich wahrscheinlich nie wiedersehen. Wenn er mit Andrea schlief, brauchte Laura das nie zu erfahren. Aber *er* würde es wissen, und er hatte keine Ahnung, wie sich das auf seine Ehe auswirken würde.

Andrea legte bereits ein paar Flossen, eine Taucherbrille und einen Schnorchel zurecht, als Quinn ans Ufer geschwommen kam. Sie hielt die Brille in die Höhe. »Das ist das Wichtigste beim Schnorcheln«, belehrte sie ihn. Quinn war noch immer verwirrt, aber Andreas Tonfall war so neutral, als wäre nichts zwischen ihnen passiert. »Ohne sie sieht man unter Wasser nichts. Aber mit Brille kann man sehr klar sehen.«

Quinn konzentrierte sich auf das, was Andrea sagte, um sich abzulenken.

Sie hielt den Schnorchel in die Höhe. »Das ist eigentlich nur ein an einem Ende gebogenes Rohr mit einem Mundstück. Mit dem Schnorchel kann man atmen, ohne den Kopf zu heben, wenn man mit dem Gesicht unter Wasser schwimmt.«

Andrea setzte sich in den Sand und zog ihre Flossen an. Quinn machte es ihr nach. Er versuchte aufzustehen, hatte aber Schwierigkeiten damit. Als er schließlich auf den Füßen war, machte er ein paar vorsichtige Schritte und fiel beinahe hin.

»O Gott«, sagte er mit einem unsicheren Lächeln, »ich komme mir wie ein Clown im Zirkus vor.«

»Du machst das sehr gut.« Andrea gab ihm Brille und Schnorchel. »Laß uns ein Stück hinauswaten.«

Quinn kämpfte sich durch die Brandung. Er sah, daß Andrea ihre Maske und den Schnorchel aus dem Wasser hielt, und er machte es ihr nach. Als sie bis zum Bauch in den Wellen standen, sagte Andrea: »Du mußt in die Maske spucken, die Spucke auf dem Glas verreiben und dann abspülen. Das verhindert, daß das Glas beschlägt, wenn du unter Wasser bist.«

Quinn tat es. Andrea setzte die Brille auf und klemmte den Schnorchel unter das dicke schwarze Gummiband, das die Brille am Kopf festhielt.

»Atme durch das Mundstück«, sagte Andrea, »dann bück dich und tauch das Gesicht ins Wasser. Bleib einfach stehen. Ich will, daß du dich ans Atmen durch den Schnorchel gewöhnst. Ich halte dich fest, damit du dich voll darauf konzentrieren kannst.«

Quinn beugte sich zögernd vor, bis die Maske unter Wasser war. Andreas Griff war fest und erregte ihn wieder, und deshalb konzentrierte er sich ganz auf ihre Anweisungen. Er tauchte das Gesicht ins Wasser und versuchte, durch das Mundstück zu atmen, hatte aber sofort den Mund voller Wasser. Der Salzgeschmack versetzte ihn in Panik, und er richtete sich spuckend auf. Andrea zeigte ihm, wie er atmen mußte, um kein Wasser in den Mund zu bekommen. Nach ein paar Versuchen schaffte er es.

Das erste, was Quinn verblüffte, war die Klarheit, mit der er die Unterwasserwelt sehen konnte. Ein kleiner Krebs krabbelte über einen Stein auf dem sandigen Boden. Dann schoß ein leuchtend türkis- und indigoblauer Fisch an seiner Maske vorbei, und Quinn erschrak. Er richtete sich auf und spuckte das Mundstück aus.

»Hast du das gesehen?« fragte er aufgeregt. »Dieser Fisch ... das war unglaublich.«

Andrea lachte. »Du hast ja noch gar nichts gesehen. Warte, bis wir am Riff sind.«

Andrea blieb noch eine Weile im flachen Wasser nah am Ufer, um Quinn das Schwimmen mit dem Schnorchel beizubringen. Die Erinnerung an den phantastischen Fisch spornte Quinn an, und er lernte schnell. Schließlich bedeutete sie Quinn, zum Riff hinauszuschwimmen.

»Meinst du, daß ich schon soweit bin?« fragte er ängstlich.

»Keine Frage. Auf geht's.«

Anfangs fürchtete sich Quinn, den flachen Uferbereich zu verlassen, aber schon bald schwamm er mit langsamen, aber stetigen Bewegungen in tieferes Wasser. Es irritierte ihn, wie weit entfernt der Meeresboden wirkte und daß er immer weiter abfiel, aber die Schönheit der Welt unter ihm hielt ihn davon ab, umzukehren. Bald sah er hinunter auf zerklüftete Korallenbänke mit Strömen weißen Sandes in den Zwischenräumen, in den die Wellenbewegung des Wassers Muster gezeichnet hatte. Die Korallen waren geformt wie Knubbel und Säulen, Finger und Fächer. Andrea zeigte ihm einige runde, graue Felsbrocken, die mit einem Gewirr von Furchen überzogen waren, so daß sie wie ein menschliches Gehirn aussahen. Quinn schwamm zu einer Korallenklippe, von der Tang in langen Strähnen wehte. Auf dem Fels klebten braune Korallen, die wie das Geweih eines großen Hirsches geformt waren, und schlanke, rötlich-braune Säulen, die hoch ins Wasser ragten wie die Finger eines Ertrinkenden.

Quinn bemerkte zwei kleine Plastiktüten mit Brotresten, die Andrea sich an den Bikinislip gebunden hatte. Er sah zu, wie sie eine der Tüten öffnete und Brot herausnahm. Andrea bedeutete Quinn, nach unten zu sehen. Direkt unter sich sah er ein weites Feld weißlich-brauner Korallen, aber kein Lebenszeichen. Andrea ließ das Brot fallen. Die Brocken sanken ungestört nach unten, bis sie fast die Korallen berührten. Plötzlich wimmelte es im Wasser von vielfarbigen Fischen. Leuchtendgelb, grellrot, stahlblau und neongrün huschten sie unter ihm umher. Andrea gab Quinn die andere Tüte. Er öffnete sie schnell, um den Tanz tropischer Fische lebendig zu halten.

Quinn zerbröselte ein Stück Brot und ließ die Brocken fallen. Eine leuchtendgelbe Meerbarbe schoß aus einem Loch und schnappte sich eine Krume, während ein Korallenfisch mit einem fetten weißen Körper und breiten schwarzen Streifen einen anderen Brocken verschlang.
Quinn war so gefesselt vom Spiel der Farben, daß er Andrea ganz vergaß. Als er sich wieder an sie erinnerte, suchte er die Oberfläche nach ihr ab. Sie war nirgends zu sehen. Strampelnd richtete Quinn sich auf und drehte sich im Kreis. Der endlose Ozean und der grenzenlose Himmel wichen der Küstenlinie, dem Strand und der hohen Klippe, dann kamen wieder Ozean und Himmel ins Blickfeld. Quinn fing an, sich Sorgen zu machen. Eben war sie noch neben ihm gewesen. Er drehte sich wieder, als Andrea etwa einen Meter vor seinem Gesicht auftauchte. Quinn fing an zu lachen, aber Andrea schrie. Quinn erstarrte. Irgend etwas zog Andrea wieder unter Wasser, und ohne zu überlegen tauchte Quinn ihr nach. Durch das Glas seiner Brille sah er, daß Andrea verzweifelt strampelnd an den Armen eines Mannes in Taucherausrüstung zerrte.
Quinn packte den Arm, der um Andreas Kehle geschlungen war, und versuchte, ihn von ihrem Hals zu lösen. Andreas Augen hinter der Maske waren weit aufgerissen vor Angst. Quinn setzte seine ganze Kraft ein, und der Griff des Tauchers lockerte sich. Dann drang Salzwasser in Quinns Schnorchel. Er würgte, Panik erfaßte ihn, und er schoß nach oben. Als sein Kopf über Wasser kam, spuckte er das Mundstück aus, holte tief Luft und tauchte wieder. Andrea und der Taucher entfernten sich immer weiter. Sie wehrte sich nicht mehr und sah in den Armen des Tauchers wie eine Puppe aus. Quinn machte ein paar verzweifelte Schwimmzüge auf Andrea zu, obwohl er wußte, daß er sie nicht retten konnte. Er hob den Kopf

aus dem Wasser und tauchte noch einmal, doch Andrea und der Taucher waren verschwunden.
Quinn tauchte auf und suchte den Horizont ab. Die Sonne ging bereits unter, die Luft war plötzlich kühl, und der so verblüffend schöne Ozean hatte sich in einen furchterregenden Abgrund verwandelt. Andrea war gekidnappt worden, und er konnte der nächste sein. Nackte Angst trieb Quinn ans Ufer. Bei jedem Beinstoß erwartete er, eine Hand an seinem Knöchel zu spüren. Er wollte nach unten sehen, um seinen Angreifer zu suchen, aber er hatte Angst anzuhalten.
Das Ufer schien meilenweit entfernt, und seine Lunge brannte. Obwohl er mit ganzer Kraft schwamm, schien der Strand nicht näherzukommen. Er kämpfte sich weiter, aber die Arme wurden ihm schwer, und er konnte kaum noch die Beine bewegen. Er wollte eine Pause machen, aber die Angst trieb ihn weiter. Und als er schon dachte, seine Lunge und seine Arme würden ihn im Stich lassen, spülte eine Welle ihn ins flache Wasser, und er watete ans Ufer.
Das panische Schwimmen hatte Quinn erschöpft. Keuchend fiel er in den Sand. Als er sich ein wenig erholt hatte, richtete er sich auf die Knie auf und übergab sich. Dann warf er sich wieder lang hin und fühlte plötzlich Freude in sich aufsteigen, weil er noch am Leben war. Doch dieses Gefühl wurde schnell verdrängt von der Angst um seine Sicherheit und dem schlechten Gewissen, weil er Andrea nicht hatte retten können.
Quinn suchte den Strand und das Meer nach Andrea oder dem Taucher ab, aber er war völlig allein. Er zog sich hastig an und sammelte alles zusammen, was er in die Bucht mitgebracht hatte. Die Sonne war schon fast untergegangen. Quinn eilte den Pfad hoch. Der Landrover war das einzige Fahrzeug weit und breit. Wenn Andrea nicht zur Bucht gefahren war, mußte Freddys Villa

ganz in der Nähe sein. Dort würde er ein Telefon finden, von dem aus er die Polizei benachrichtigen konnte.
Andrea hatte Quinn gesagt, daß die Villa direkt auf einer Klippe stand. Zwischen Dorf und Bucht hatte er nirgends eine Abzweigung bemerkt, also ließ er das Dorf hinter sich und fuhr in die andere Richtung weiter. Er nahm an, daß Andrea in der Hitze nicht weit gegangen war. Nachdem er zwei Meilen gefahren war, ohne irgendwo eine Abzweigung zu sehen, fragte er sich, ob Andrea zur Bucht gebracht worden war und sie sich darauf verlassen hatte, daß er sie wieder zur Villa fuhr.
Kurz darauf tauchte eine weitere Ansammlung von Hütten am Straßenrand auf. Quinn wurde langsamer und suchte jemanden, den er nach dem Weg zur Villa fragen konnte. Etwa in der Mitte des Dorfes entdeckte er einen Betonbau, der etwas größer war als die übrigen Gebäude. Ein Schild baumelte am Vordach einer kleinen Veranda. Quinn vermutete, daß das Haus einen Laden beherbergte. Er wollte schon anhalten, als er am anderen Ende der Veranda einen Coca-Cola-Automaten entdeckte. Die Soldaten aus dem Jeep saßen daneben und tranken Limonade. Als der Rover sich dem Laden näherte, ließen sie die Flaschen sinken und musterten ihn.
Quinn fiel ein, daß er nur sehr wenig über Andrea wußte, und sie in der kurzen Zeit, die sie sich kannten, immer wieder von Drogen gesprochen hatte. Da war der Dealer, dem die Villa gehört hatte, in der sie wohnte, und das Kokain, das sie dort gefunden hatte. Andrea wußte außerdem über Gouverneur Alvarez' Drogenbeziehungen Bescheid. Wenn der Mord an Andrea etwas mit Drogen zu tun hatte, waren bestimmt die Behörden darin verwickelt.
Aber auch wenn Andreas Tod nichts mit Drogen zu tun hatte, war es vielleicht nicht klug, den Soldaten von dem Mord zu berichten. Er war ein verheirateter Mann und

allein mit einer attraktiven Frau in einer einsamen Bucht gewesen. Andrea hatte gesagt, daß Korruption auf St. Jerome weit verbreitet sei. Die Soldaten konnten versuchen, ihn zu erpressen.

Aber auch wenn die Soldaten ehrlich waren, konnte es ein Fehler sein, mit ihnen zu reden. Falls die Polizei Laura befragte, würde sie ihnen sagen, daß ihr Gatte nichts von seinen Plänen, den Tag mit Andrea zu verbringen, erwähnt hatte, als sie miteinander telefonierten. Würde die Polizei ihm glauben, wenn er behauptete, ein Taucher sei wie aus dem Nichts erschienen und habe Andrea verschwinden lassen? Die Geschichte klang sogar in seinen Ohren phantastisch. Die Polizei konnte zu dem Schluß kommen, daß Quinn und Andrea ein Liebespaar waren, das sich gestritten hatte, und daß Quinn sie ermordet hatte – aus Angst, Andrea könnte seine Ehe und seine Karriere ruinieren.

Quinn stellte sich vor, in einem luftlosen Raum auf dem Polizeirevier in Puerta del Sol zu sitzen und erklären zu müssen, was in der Bucht passiert war. Er und Andrea hatten zwar kein Verhältnis gehabt, aber er wußte, daß es soweit gekommen wäre. Es würde ihm schwerfallen, Fragen nach Andrea zu beantworten, ohne sich das Verlangen anmerken zu lassen, das er für sie empfand.

Quinn konnte sich hören, wie er versuchte, eine einleuchtende Erklärung für das Vorgefallene abzugeben. Er konnte die Schweißflecken spüren, die sich auf seinem Hemd bildeten, während ein Polizist freundlich nickte, um sein Vertrauen zu gewinnen. Er würde Quinn fragen, ob er ein Boot gesehen habe, zu dem der Taucher hätte schwimmen können. »Und die Klippe, Señor. Sie sagen, Sie hätten niemanden die Klippe hochsteigen sehen. Wie konnte dann der Taucher aus der Bucht verschwinden?«

Quinn traf eine schnelle Entscheidung. Er würde ins Bay

Reef Resort zurückkehren und dem Hotelmanager oder einem der Organisatoren der Tagung alles erklären. Vielleicht gab es bei der Tagung sogar einen Anwalt aus St. Jerome, an den er sich wenden konnte. Quinn wendete und hoffte, daß die Soldaten ihm nicht folgten.

Als Quinn das Bay Reef erreichte, war es bereits dunkel, und er war zutiefst niedergeschlagen. Er gab das Auto ab und betrat die Lobby. Vor Hitze und vor Angst hatte er sein T-Shirt durchgeschwitzt. Als er über den Terrazzoboden ging, stellte er sich vor, daß jeder ihn anstarrte. Quinn erschrak, als jemand seinen Ellbogen berührte.
»Richter Quinn?« fragte ein stämmiger Mann in einem Hawaiihemd. Vor Erschöpfung sah Quinn nur verschwommen. Er erkannte den Mann nicht, zwang sich aber zu einem Lächeln.
»Cliff Engel. Wir haben uns bei der ABA-Tagung in Chicago kennengelernt.«
»Ach ja, richtig«, antwortete Quinn und erinnerte sich dunkel daran, daß er mit Engel nach einer Ausschußsitzung einmal zu Mittag gegessen hatte.
»Waren Sie unten am Strand?« fragte Engel, als er den Bund von Quinns Badehose aus seinen Shorts ragen sah.
»Ja. Und ich bin ziemlich fertig«, erwiderte Quinn hastig. »Die Sonne nimmt einen ganz schön mit. Ich habe mir gedacht, ich lege mich ein bißchen hin.«
»Ach, schade. Ich hatte gehofft, Sie würden gemeinsam mit mir und Nancy einen Drink nehmen und zu Abend essen. Wir sind mit den Lyles hier. Sie kennen Gary von der ABA. Er ist einer meiner Partner.
»Tut mir leid«, sagte Quinn und ließ sein Lächeln etwas breiter werden, »aber ich bin wirklich kaputt. Wir sehen uns ja morgen.«
»Klar doch. Ich freue mich schon auf Ihren Vortrag. Vielleicht können wir ja danach den Drink nehmen.«

»Klingt gut.«
Engel schüttelte Quinn die Hand und ging dann in Richtung Bar davon. Als Engel ihn berührt hatte, war Quinn überzeugt gewesen, er sei ein Polizist, der ihn verhaften wollte. Sein Herz klopfte heftig.
Quinn zwängte sich neben zwei französischsprechenden Paaren in einen Aufzug und stellte sich an die Rückwand. Er konnte es kaum erwarten, in sein Zimmer zu kommen. Er wollte kalt duschen, um den Kopf wieder klar zu bekommen, und sich dann seine nächsten Schritte überlegen.
Quinn öffnete die Tür zu seinem Zimmer und erstarrte. Laura saß in einem Sessel und sah in T-Shirt und Shorts kühl und wunderschön aus.
»Was ... was machst du denn hier?«
Laura lachte. »Du solltest dein Gesicht sehen.«
»Ich ... ich dachte, du bist die ganze Woche in Miami.«
»Freust du dich denn nicht, mich zu sehen?« fragte sie grinsend.
»Natürlich«, log Quinn.
Laura stand auf und kam auf ihn zu. Unter anderen Umständen wäre Quinn hocherfreut gewesen, Laura zu sehen. Vor zwei Tagen war er noch am Boden zerstört, als sie ihre gemeinsame Reise auf dieses Inselparadies absagte. Doch jetzt wollte er alles andere, als Laura in seinem Hotelzimmer zu haben, und der Gedanke, daß sie mit ihm ins Bett wollte, entsetzte ihn.
Laura wollte ihm die Arme um den Hals legen, aber er bremste sie.
»Du bist so sauber, und ich schwitze wie ein Schwein«, sagte er. »Heb dir den Kuß auf, bis ich geduscht habe.«
Laura schnupperte. »Du riechst wirklich ein bißchen streng.«
Quinn lachte gekünstelt auf und zwang sich zu einem Grinsen. »Und, was war in Miami los?«

Laura folgte Quinn ins Bad und erzählte ihm, was ihr in Miami passiert war, während er sich zum Duschen auszog. Er hörte nur mit halbem Ohr zu. Was, überlegte er, sollte er seiner Frau über seinen Tag am Strand erzählen, wenn sie ihn danach fragte.

»Ich war stinksauer, wie du dir vorstellen kannst«, schloß Laura. »Mort riet mir heimzufliegen. Das wollte ich auch, aber dann dachte ich daran, daß du allein hier auf St. Jerome bist. Ich hatte wirklich ein schlechtes Gewissen, weil ich dir den Urlaub ruiniert habe. Zum Glück war gleich in der ersten Maschine heute morgen noch ein Platz frei.«

»Na, das ... das ist großartig.«

»Was hast du den ganzen Tag gemacht?«

»Ich, äh, ich habe mir ein Auto gemietet und bin auf der Insel herumgefahren.«

»Was Interessantes gesehen?«

»Eigentlich nicht. Die Leute hier sind ziemlich arm. Bis auf die Hauptstadt gibt's hier nicht viel zu sehen. Aber das Hotel ist klasse.«

»Wie ist das Essen, ich hab nämlich einen Bärenhunger.«

»Gut. Reserviere uns doch einen Tisch im Plantation Room, während ich mich dusche. Es ist ein Vier-Sterne-Restaurant.«

Es war halb acht. Laura konnte einen Tisch für acht Uhr bekommen. Quinn ließ sich Zeit mit dem Duschen, um überlegen zu können, was er Laura von dem Mord und Andrea erzählen sollte. Am liebsten wollte er ihr seine Untreue gestehen und sie um Rat fragen, aber er wollte Laura auch vor einer Verwicklung in diesen Alptraum bewahren, und er hatte Angst vor ihrer Reaktion, wenn er ihr sagte, was zwischen ihm und Andrea passiert war.

Als Quinn sich fertig rasiert hatte, war es Zeit zum Essen. Viele der Anwälte, die an der Tagung teilnahmen, saßen im Plantation Room, und Quinn kannte einige von Veranstaltungen der American Bar Association. Nach dem Essen machten Quinn und Laura zusammen mit Cliff Engel, Gary Lyle, deren Frauen und zwei weiteren Paaren einen Kneipenbummel durch Puerta del Sol. Quinn war froh, daß die Truppe sie mitgeschleift hatte. Laura und Cliff Engel begannen ein Gespräch über Immobilien-Transaktionen, und während die anderen von Drink zu Drink ausgelassener wurden, nutzte Quinn die Zeit, um sich zu überlegen, was er tun sollte.

Es war zwei Uhr morgens, als Quinn und Laura in ihr Hotelzimmer schwankten. Laura war angeheitert, Quinn hatte die Drinks, die man ihm aufgedrängt hatte, kaum angerührt. Er hatte Angst, in betrunkenem Zustand etwas Falsches zu sagen.

»Gary Lyle ist ein Arsch«, sagte Laura und ließ sich voll angezogen aufs Bett fallen. »Aber ich mag seinen Freund Cliff.«

»Der scheint ganz in Ordnung zu sein«, entgegnete Quinn, während er sein Jackett auszog und sich auf die Bettkante setzte, um die Schuhe aufzubinden.

Laura setzte sich auf und legte ihrem Gatten den Arm um die Schultern.

»Du warst schweigsam heute abend.«

»Wirklich? Bin wahrscheinlich einfach nur müde.«

Laura lehnte sich an Quinn. Sie schob die Hand in sein Hemd und streichelte ihm die Brust.

»Ich hoffe doch, nicht zu müde.«

Bevor Quinn etwas sagen konnte, verschmolzen Lauras Lippen mit den seinen. Laura drückte Quinn aufs Bett und knöpfte ihm das Hemd auf. Dann schob sie sich die Träger ihres Kleids von den Schultern und schüttelte es ab. Quinns Kehle war trocken. Es war so lange her, daß Laura sexuelle Initiative gezeigt hatte.

Laura zog BH und Slip aus. Ihr Busen war hoch und fest,

ihre Haut cremefarben. Sie sank zwischen Quinns Beinen auf die Knie und öffnete ihm die Hose. Er rührte sich nicht, als sie sie ihm von den Beinen streifte und dann dasselbe mit seiner Unterhose machte. Er schloß die Augen und spürte Lauras heißen Atem auf seinem Penis. Und plötzlich schwamm er in Gefühlen. Da war das Gefühl von Haut auf Haut, als Laura sich an ihn drückte und an seinem Körper hochglitt. Er roch ihre Haare. Er schmeckte ihre Lippen und ihre Zunge. Dann sah er Andreas angststarres Gesicht, als sie aus dem Wasser auftauchte.

Quinn öffnete die Augen. Er schwitzte. Er drückte Laura fest an sich. Laura konnte Andreas Schrei nicht hören, aber den schnellen Schlag seines Herzens mußte sie gehört haben, denn sie wich zurück und sah Quinn an.

»Was ist denn los?«

Quinn wollte gestehen, sich von seiner Last befreien. Aber wie sollte er Laura erzählen, was in der Bucht passiert war? Das Bett bewegte sich, als sie vor ihm zu Boden sank und seine Hände in die ihren nahm. Sie sah so besorgt aus. Da erkannte Quinn mit kristallener Klarheit, daß dies der Wendepunkt ihrer Ehe war. Laura war seine Frau, aber seit Monaten war er sich nicht mehr sicher, ob sie ihn noch liebte. Wenn sie es tat, würden sie diese Tragödie gemeinsam durchstehen. Wenn nicht, würde sein Geständnis den dünnen Faden, der sie noch verband, durchtrennen.

Laura drückte seine Hand. »Dick?«

Quinn konnte seine Angst und seine Verzweiflung nicht länger für sich behalten. Er brauchte Hilfe, und er hoffte inständig, daß Laura der Mensch war, der sie ihm gewähren würde.

»Es ist etwas passiert. Heute«, stammelte Quinn. »Etwas sehr Schlimmes. Ich ... ich war mit einer Frau zusammen.«

»Was?«
»Eine, die ich im Flugzeug kennengelernt habe. Sie saß im Flieger aus New York neben mir. Ihr Name war Andrea Chapman. Sie ist tot. Sie wurde ermordet.«
Laura starrte Quinn nur an, sie war zu verblüfft, um zu reden. Quinn schaute zu Boden, als er Laura erzählte, wie er Andrea kennengelernt und sie ihn eingeladen hatte, einen Tag mit ihr in der Bucht der verlorenen Seelen zu verbringen. Und dann erzählte er ihr, wie Andrea ums Leben gekommen war.
»Von einem Augenblick auf den anderen war sie verschwunden. Erst dachte ich, sie wollte nur ein Spielchen mit mir treiben, bis ich sie schreien hörte.« Quinn schüttelte den Kopf, um das Bild loszuwerden. »Ich habe versucht, sie zu retten. Ich bin getaucht und habe den Mann am Arm gepackt, aber dann habe ich Wasser geschluckt und mußte auftauchen. Ich bekam keine Luft mehr.« Quinn hielt inne. Das Atmen machte ihm Schwierigkeiten, als sei er wieder unter Wasser. »Als ich dann das zweite Mal tauchte, waren Andrea und der Taucher schon fast nicht mehr zu sehen. Und beim dritten Mal waren sie ganz verschwunden.«
»Hast du es der Polizei gesagt?«
»Nein. Ich hatte Angst.«
»Wovor?«
»Andrea hat von Drogen geredet. Und gesagt, daß die Polizei korrupt ist. Daß sie mit den Drogendealern zusammenarbeitet. Der Mord könnte etwas mit Drogen zu tun haben. Und ...«
Quinn beendete den Satz nicht. Laura sah ihn eindringlich an.
»Ist zwischen euch beiden etwas passiert?«
Quinn antwortete nicht. Er ließ den Kopf noch tiefer sinken.
»Habt ihr ... Wart ihr ... intim miteinander?« fragte Lau-

ra und benutzte diese sachliche Umschreibung, weil sie eine Barriere zwischen ihren Gefühlen und ihrer Angst darstellte.
»Wir haben nicht ... Soweit ist es nicht gekommen«, antwortete Quinn, und seine Stimme war kaum mehr als ein Flüstern.
»Wie weit ist es gekommen?«
Quinn versuchte, die Frage zu beantworten, konnte es aber nicht. Laura stand auf und ging vom Bett weg.
»Ich weiß nicht, wie das passieren konnte«, sagte Quinn ohne Überzeugung. Seine Augen flehten um Vergebung, aber davon war in Lauras starrer Miene nichts zu sehen. »Es war nur ein Kuß. Wir ... wir haben uns nur einmal kurz berührt.«
Quinn wollte ihr sagen, daß nichts passiert wäre, daß er ihr treu geblieben wäre, aber diese Lüge blieb unausgesprochen.
Laura stand auf und zog sich einen Bademantel an. Dann ging sie im Zimmer auf und ab. Je länger das Schweigen dauerte, desto kleiner kam Quinn sich vor. Laura setzte sich in einen Sessel vor dem Fenster. Sie dachte wie eine Anwältin, damit sie nicht wie eine Frau denken mußte.
»Wie sicher bist du, daß man dich nicht mit dem Mord in Verbindung bringen kann?« fragte Laura.
»Ich weiß es nicht. Ich glaube nicht, daß ich Fingerabdrücke hinterlassen habe, aber sicher bin ich mir nicht. Und wenn, dürfte die Polizei von St. Jerome kaum die Technik für einen Abgleich haben, außer ich werde zum Verdächtigen.«
»Gab es Zeugen? Irgend jemand, der weiß, daß du mit dieser Frau zusammenwarst?«
»Ich glaube nicht.«
Quinn erzählte Laura von den Soldaten im Jeep und den Leuten im Dorf.

»Aber sie haben mich nicht zusammen mit Andrea gesehen. Im Flugzeug saß ich neben ihr. Vielleicht hat ein anderer Passagier gehört, wie wir uns verabredet haben, aber ich bezweifle es.«
»Wie sicher bist du dir wegen der Korruption auf St. Jerome?«
»Andrea war in dem Punkt sehr bestimmt. Und ich habe es auch von anderen gehört. Einer der Organisatoren der Tagung hat bei einem Gespräch Andeutungen in diese Richtung gemacht.«
»Ausgehend von dem, was du über die Regierung von St. Jerome weißt, wäre es vermutlich ein Fehler, zur Polizei zu gehen, vor allem, da du es nicht gleich getan hast. Das sieht sehr verdächtig aus. Und wenn du zur Polizei gehen würdest, könntest du ihr nicht mal etwas Vernünftiges sagen.«
»Du hast recht. Ich bin mir ja nicht mal sicher, ob der Taucher ein Mann oder eine Frau war.«
»Wenn herauskommen würde, daß du mit dieser … dieser Frau in der Bucht warst, und der Mord … Wenn du unter Verdacht geraten würdest … das wäre katastrophal für deine Karriere.«
»Dann meinst du also, ich soll nichts sagen.«
»Es ist ein Glücksspiel. Wer weiß, wann die Leiche entdeckt wird. Mit ein bißchen Glück bist du dann schon wieder daheim, und niemand kann dich mit dem Verbrechen in Verbindung bringen.«
»Danke, Laura.«
»Dank mir nicht«, entgegnete Laura barsch. »Ich tue das ebensosehr für mich wie für dich. Glaubst du, ich will in deine schmutzige Affäre mit hineingezogen werden oder gar Schwierigkeiten mit der Polizei bekommen?«
Laura ging zum Schreibtisch und griff zum Telefon.
»Was machst du?«

»Ich buche mir einen Platz in der nächsten Maschine nach Portland.«

»Verlaß mich nicht. Bitte. Ich brauche dich.«

»Daran hättest du denken sollen, als du mich betrogen hast.«

»Tu das nicht, Laura. Ich liebe dich. Wir müssen das in aller Ruhe besprechen.«

»Das werden wir auch, aber jetzt bin ich nicht ruhig. Ich bin wütend, und ich brauche eine gewisse Zeit ohne dich, um mir zu überlegen, was ich will. Wir können reden, wenn du wieder nach Hause kommst. Im Augenblick ist mir schon dein Anblick zuwider.«

15. Kapitel

Quinns Flugzeug landete am Freitag abend um acht Uhr dreißig in Portland. Laura kannte seine Flugnummer und seine Ankunftszeit, aber sie holte ihn nicht ab. Quinn suchte sich ein Taxi.

Im Haus brannte Licht, als das Taxi in Hereford Farms ankam. Quinn bezahlte den Fahrer und trug seine Koffer zur Tür. Laura öffnete ihm, bevor er auf die Klingel drücken konnte. Sie trug dunkle Jeans und einen schwarzen Rollkragenpullover. Sie war frisiert, trug aber kein Make-up. Unter ihren Augen zeigten sich dunkle Ringe, und sie war blasser als gewöhnlich. Er zwang sich zu einem Lächeln, doch sie erwiderte es nicht.

»Wir müssen reden«, sagte sie ohne Umschweife.

Quinn ließ sein Gepäck in der Diele stehen und folgte ihr ins Wohnzimmer. Sie setzte sich in einen Lehnsessel, er auf die Couch.

»Du weißt nicht, was du mir angetan hast«, sagte sie.

»Laura, ich …«

»Nein, laß mich jetzt reden.« Sie senkte den Blick. Die Hände in ihrem Schoß waren so ineinander verkrampft, daß die Knöchel weiß wurden. »Ich habe dir vollkommen vertraut. Du kannst dir nicht vorstellen, wie schwer das für mich ist. Ich weiß, daß wir Probleme hatten. Ich weiß, daß das Zusammenleben mit mir nicht gerade einfach ist. Aber ich war mir ganz sicher, daß ich dir vertrauen kann.«

Tränen traten Laura in die Augen, und sie wischte sie wütend weg. Quinn war schockiert. Laura hatte noch nie geweint. Bei diesem Anblick zog Quinns Magen sich zusammen. »Du weißt nicht, wie schwer es mir gefallen ist, mich in dich zu verlieben. Ich hatte mir geschworen, mich nie einem Mann so hinzugeben, wie meine Mutter es getan hat.«

Laura schüttelte den Kopf, vor Zorn versagte ihr die Stimme. Quinn sah hilflos zu, er wußte, daß er nichts sagen konnte.

»Ich will nicht mehr mit dir leben.«

»Du willst die Scheidung?« fragte Quinn ungläubig.

»So weit habe ich noch nicht gedacht. Vorerst möchte ich nur allein leben.«

»Kannst du mir nicht verzeihen? Siehst du denn nicht, wie leid es mir tut? Ich liebe dich, Laura.«

»Ich weiß nicht, ob ich dir das glauben kann. Im Augenblick will ich dich nicht in meiner Nähe haben. Ich habe dir das Bett im Gästezimmer gemacht. Du kannst hier wohnen, bis du etwas anderes gefunden hast.«

Quinn war verzweifelt.

»Tu mir das nicht an. Du zerstörst unsere Ehe.«

Laura riß den Kopf hoch.

»Komm mir nur nicht so. Es hat dich niemand gezwungen, mit dieser Frau zu gehen.«

Quinn sah, daß Laura so wütend war, daß er nichts sagen konnte, um sie umzustimmen.

»Ich werde mir für eine Weile eine Wohnung besorgen«, sagte er leise. »Ich tue, was du willst, solange du mir nur versprichst, daß du darüber nachdenkst, was wir haben. Egal, was ich getan habe, ich liebe dich noch immer und will nicht, daß unsere Ehe in die Brüche geht.«

Teil 3

Eine Woche in der Hölle

16. Kapitel

Es war kurz vor drei am Sonntagnachmittag nach seiner Rückkehr aus St. Jerome, als Quinn sich bei dem Wachposten am Empfang des Multnomah-County-Gerichtsgebäudes in die Anwesenheitsliste schrieb und dann mit dem Aufzug in seine Amtsräume im fünften Stock fuhr. Er war deprimiert und ein bißchen verkatert, weil er am Abend zuvor zu viel getrunken hatte. Quinn trank selten viel, aber Laura hatte nicht auf seine Anrufe reagiert, und seine kleine Mietwohnung mit dem häßlichen Mobiliar war ihm aufs Gemüt geschlagen.

Quinn hängte seinen Regenmantel auf und schaltete die Kaffeemaschine ein. Er war hier, um gründliche juristische Recherchen zu betreiben, und er hoffte, daß das Koffein ihm die Spinnweben aus dem Hirn wischen würde. Die Vorverhandlung im Fall *Crease* war für den Montagnachmittag angesetzt. Die Verteidigung hatte verschiedene Anträge gestellt. Quinns Entscheidung bei drei von diesen würde schwerwiegende Auswirkungen auf den Prozeß haben. Mary Garrett hatte Quinn gebeten, jene Beweismittel nicht zuzulassen, die erst bei der Durchsuchung des Tatorts eine Woche nach der Schießerei sichergestellt worden waren. Ellen Creases Verteidigerin beantragte außerdem die Nichtzulassung gewisser Zeugen, da sie nur wiedergeben könnten, was sie vom Hörensagen kannten.

Der Staatsanwalt hatte nur einen wichtigen Antrag gestellt. Mary Garrett wollte Beweismittel vorbringen, die sich auf Martin Jablonskis frühere Verbrechen bezogen.

Cedric Riker wehrte sich gegen die Zulassung dieses Beweismittel.

Quinn ordnete die Unterlagen für die einzelnen Anträge in separate Stapel, während der Kaffee durchlief. Dann goß Quinn sich eine Tasse ein und begann, das Material für den Antrag auf Nichtzulassung der verspätet am Tatort gefundenen Beweismittel zu lesen. Drei Stunden später arbeitete er sich durch die Polizeiberichte über Martin Jablonskis kriminelle Vorgeschichte, um eine Vorstellung zu bekommen, wie er den Antrag des Bezirksstaatsanwalts behandeln sollte. Den handgeschriebenen Bericht des Portlander Polizeibeamten J. Brademas über einen sechs Jahre zurückliegenden, extrem gewaltsamen Hauseinbruch hatte er bereits entziffert und begann eben mit dem Bericht des Beamten K. Raptis über einen noch älteren Überfall auf einen Schnapsladen, als er im Vorzimmer das Telefon klingeln hörte und auf seinem Apparat ein Licht aufblinken sah.

»Hallo.«

»Spreche ich mit Richard Quinn?«

»Ja.«

»Mein Name ist Kyle Fletcher. Ich bin Detective in der Abteilung Vermißte Personen.« Quinn richtete sich auf, plötzlich hellwach. »Ich untersuche das Verschwinden einer Frau namens Andrea Chapman. Kommt Ihnen der Name bekannt vor?«

Quinns Herz schlug schneller.

»Richter Quinn, sind Sie noch dran?«

»Äh, ja. Ich habe nur eben nachgedacht«, sagte Quinn, um Zeit zu schinden, während er hektisch überlegte, warum ein Polizist ihn wegen Andrea Chapman anrief.

»Diese Frau verschwand vor etwa einer Woche während eines Urlaubs auf der Karibikinsel St. Jerome. Sie waren zur selben Zeit dort wie sie.«

»Das stimmt. Ich hielt einen Vortrag bei einer juristischen Tagung.«
Quinn wollte nicht mehr an St. Jerome denken. Daß er der Polizei nichts von dem Mord an Andrea gesagt hatte, quälte ihn. Detective Fletchers Anruf bot Quinn die Gelegenheit, die schrecklichen Dinge zu erzählen, die in der Bucht passiert waren.
»Soweit ich weiß, saß Andrea Chapman auf dem Flug von New York zu der Insel neben Ihnen. Ich habe Ihren Namen aus der Passagierliste.« Quinn hörte ein tiefes Seufzen. »Ich sitze hier und versuche, jeden aus der Ersten Klasse anzurufen. Und dann geht's weiter mit der Economy. Wenn Sie mir sagen könnten, was Sie von dieser Frau wissen, wäre das eine große Hilfe.«
Quinn wollte die Wahrheit sagen, aber er hatte auch Angst. So viel Zeit war schon vergangen. Wenn er jetzt gestand, Zeuge des Mordes gewesen zu sein, konnte das unberechenbare Folgen für ihn haben.
»Okay, jetzt weiß ich, wen Sie meinen. Ich konnte mich erst nicht an ihren Namen erinnern. Die Frau, die auf dem Flug von New York nach St. Jerome neben mir saß, war eine Gürteldesignerin. Sie trug einen sehr attraktiven Gürtel, den sie für irgendeine Kollektion entworfen hatte.«
»Das ist sie. Worüber haben Sie geredet?«
»Nicht sehr viel. Worüber man mit einem Sitznachbarn während eines Fluges eben redet. Einen Teil der Zeit habe ich ein Buch gelesen.«
»Erzählen Sie einfach, was Sie noch wissen.«
»Ich glaube, sie erwähne, daß Sie eben von einer Messe für Lederfabrikanten in Bologna, Italien, zurückgekehrt war. Wir haben uns über ihre Arbeit unterhalten. Das ist so ziemlich alles, was ich noch weiß, außer daß sie nicht gerne flog, obwohl sie es aus beruflichen Gründen häufig tun mußte.«

»Hat sie Ihnen erzählt, was sie in St. Jerome vorhatte?«
Quinn schwitzte. Jetzt war die letzte Gelegenheit, Fletcher zu erzählen, was passiert war, aber er konnte es nicht.
»Sie wollte in der Villa eines Freundes wohnen«, sagte Quinn. »An den Namen erinnere ich mich nicht.«
»Das paßt zu dem, was ich bis jetzt habe. Hat sie erwähnt, ob sie auf der Insel jemanden treffen wollte oder dort jemanden kannte?«
Quinn spürte Übelkeit in sich aufsteigen, und er hoffte, daß seine Stimme ihn nicht verriet.
»Ich kann mich nicht erinnern, daß sie etwas dergleichen gesagt hat. Ich hatte den Eindruck, daß sie einfach nur ausspannen wollte.«
»Sonst noch etwas, an das Sie sich erinnern?«
»Nein, ich glaube, das ist alles.«
»Sagen Sie, haben Sie sie nach dem Flug wiedergesehen? Auf der Insel?«
Quinn erstarrte. »Was haben Sie gesagt?« fragte er, um sein Zögern zu überdecken. »Sie waren für einen Augenblick weg.«
»'tschuldigung. Muß an der Verbindung liegen. Ich fragte, ob Sie Miss Chapman nach der Landung noch einmal gesehen haben. In Ihrem Hotel vielleicht?«
»Nein. Nach dem Flughafen nicht mehr.«
»Okay. Und vielen Dank.«
Quinn wußte, daß er jetzt auflegen sollte, aber die Frage brannte ihm auf der Zunge.
»Äh, was ist denn passiert? Ich meine, was vermuten Sie, daß passiert ist? Sie machte einen sehr sympathischen Eindruck.«
»Sicher wissen wir nur, daß sie am Tag nach der Landung am späten Nachmittag an den Strand ging. Wir glauben, daß sie dort jemanden treffen wollte, weil sie zwei Schnorchelausrüstungen mitnahm. Aber die Polizei

vor Ort hat das Dienstpersonal befragt, und ihnen gegenüber hat sie nicht erwähnt, daß sie jemanden treffen wollte.
Von der Polizei auf St. Jerome weiß ich, daß es viele sichere Strände auf der Insel gibt. Aber dann gibt es auch andere mit starken Strömungen. Ein Schwimmer könnte aufs offene Meer hinausgezogen werden. Alle paar Jahre ertrinkt da mal ein Tourist. Es sind zwar Warnschilder aufgestellt, aber die Leute beachten sie nicht. Die Einheimischen glauben, daß so etwas passiert ist.«

»Und Sie? Was glauben Sie?«

»Es gibt keinen Grund, was anderes anzunehmen. Bis auf die zweite Schnorchelausrüstung natürlich. Die Beamten fanden ihre Decke und ihre Sachen zusammen mit einer Ausrüstung, nicht zwei. Und die Bucht, in der sie das Zeug fanden, ist angeblich sicher. Andererseits verschwanden dort im Lauf der Jahre immer mal wieder Leute. Also wer weiß? Aber vielen Dank, daß Sie Zeit für mich hatten, Richter. Ich lasse Sie jetzt wieder an Ihre Arbeit gehen.«

Quinn legte auf. Seine Hände waren schweißfeucht, und er atmete schwer. Er hatte eben einen Polizeibeamten angelogen. Wenn man ihn je mit Andrea in Verbindung brachte ... Aber das würde nicht passieren. Wenn sie wüßten, daß er derjenige war, der Andrea getroffen hatte, dann hätte der Detective ihn eingehender befragt. Oder nicht? Was, wenn sie Bescheid wußten, und dieses Gespräch nur eine Falle war? Vielleicht war es aufgenommen worden? Quinn bekam Kopfschmerzen. Er massierte sich die Schläfen. Er hätte dem Detective sagen sollen, was er wußte, aber alles, was er hätte sagen können, hätte ihn belastet. Er konnte nicht zurückrufen, erkannte er plötzlich. Der Detective hatte ihm weder seine Telefonnummer genannt noch die Stadt, aus der er anrief.

Der Anruf des Detectives hatte Quinn Kraft gekostet. Er

ging ins Bad und nahm zwei Aspirin. Während er sie schluckte, betrachtete er sein Bild im Spiegel. Er sah blaß und mitgenommen aus. Seit seiner Rückkehr von der Insel war der Mord für ihn zu etwas beinahe Irrealem geworden. Andrea verfolgte ihn zwar noch in seinen Träumen, aber ihre Züge verschwammen bereits, und es gab Zeiten, in denen Quinn überhaupt nicht an St. Jerome dachte. Der Anruf des Detectives hatte Quinn gezwungen, sich das Grauen in der Bucht und seine feige Reaktion darauf wieder ins Bewußtsein zurückzurufen.

17. Kapitel

1

Die Anwälte waren bereits auf ihren Plätzen, als Quinn am Montagnachmittag den Gerichtssaal betrat, um die Vorverhandlung im Fall *Crease* zu eröffnen. Cedric Riker zeigte eine strahlende Miene. Er liebte es, wenn der Zuschauerraum voll und die Presse anwesend war. Mary Garrett wirkte sehr konzentriert. Sie trug ein betont sachliches, graues Nadelstreifenkostüm.

Doch es war Ellen Crease, die Quinn am eingehendsten betrachtete. Ihr schwarzes Kleid reflektierte ihre gedrückte Stimmung, aber sie wirkte nicht ängstlich. Crease saß nicht mit Hängeschultern da oder starrte zu Boden, wie Frederick Gideon es getan hatte. Von dem Augenblick an, in dem Quinn auf dem Richterstuhl Platz nahm, saß sie mit straffen Schultern und geradem Rücken da und wirkte gelassen, zuversichtlich und selbstsicher.

Quinn ließ seinen Blick einen Augenblick zu lange auf Crease ruhen. Sie spürte das Interesse des Richters und sah zu ihm hin. Quinn errötete und senkte die Augen auf einen Schriftsatz. Nachdem er die Fassung wiedergewonnen hatte, sah er Lamar Hoyt junior den Gerichtssaal betreten. Quinn bemerkte, daß Junior Crease höhnisch angrinste, daß Crease errötete vor Zorn, aber seinem Blick lange genug standhielt, um ihn merken zu lassen, daß sie sich nicht einschüchtern ließ, bevor sie sich wieder dem Gericht zuwandte. Auf der Rückbank des Zuschauerraums entdeckte Quinn Ryan Clark. Quinn hatte Benjamin Gages Verwaltungsassistenten bei einer Wohltätigkeitsveranstaltung der Republikaner kennengelernt. In Anbetracht von Gages Interesse am Ausgang des Falls war Quinn nicht überrascht, Clark zu sehen.

»Guten Tag, meine Damen und Herren«, sagte Quinn. »Fürs Protokoll: Dieser Termin ist angesetzt, um die von den Prozeßbeteiligten gestellten Anträge zu diskutieren. Gehe ich recht in der Annahme, daß nur der Antrag auf Nichtzulassung der in Senatorin Creases Schlafzimmer gefundenen Beweismittel eine Anhörung von Zeugen verlangt, und ich über Mrs. Garretts Einwand gegen die Aussagen von Karen Fargo und Chonchita Jablonski nach Verlesen der von Ihnen eingereichten Schriftsätze und eidlichen Erklärungen entscheiden werde?«

»Das stimmt, Euer Ehren«, sagte Mary Garrett. Riker nickte nur.

»Dann tragen Sie bitte Ihre Positionen vor. Anschließend werden wir den Zeugen für den Nichtzulassungsantrag hören.«

Riker setzte sich und zog sich einen Notizblock heran.

»Wir bitten das Gericht, all jene Beweismittel nicht zuzulassen, die anläßlich einer richterlich nicht angeordneten Untersuchung des Schlafzimmers meiner Klientin gefunden wurden, die von Detective Anthony und dem Forensik-Experten Gary Yoshida erst nach Freigabe des Tatorts durchgeführt wurde«, sagte Garrett.

»Ich möchte eines klarstellen«, warf Quinn dazwischen. »Wenn ich Sie recht verstehe, haben Sie keine Einwände gegen die Vorlage von Beweismitteln, die am Abend des Mordes im Schlafzimmer gefunden wurden?«

»Richtig«, erwiderte Garrett. »Die Polizei war zu jener Zeit rechtmäßig dort. Das Schlafzimmer war Schauplatz eines Verbrechens, es gab zwei Leichen. Die Sachlage änderte sich jedoch, als das Schlafzimmer für Senatorin Crease wieder freigegeben wurde. Von diesem Zeitpunkt an wäre es die Pflicht der Polizei gewesen, sich einen Durchsuchungsbefehl für das Schlafzimmer zu beschaffen.«

»Verstehe. Aber warum halten Sie diese Durchsuchung für unrechtmäßig?«

»Erstens wurde die Durchsuchung ohne richterliche Anordnung durchgeführt, obwohl die Polizei genügend Zeit hatte, sich eine zu beschaffen. Zweitens wurde James Allen, der Hausmeister, dazu genötigt, das verschlossene Schlafzimmer für die Beamten zu öffnen. Schließlich hatte Mr. Allen nicht die Befugnis, die Beamten in das verschlossene Schlafzimmer seiner Arbeitgeberin zu lassen.«

»Vielen Dank, Mrs. Garrett«, sagte Quinn, während er sich einige Notizen machte. »Mr. Riker?«

Riker stand langsam auf, hielt, der größeren Wirkung willen, inne und schüttelte dann den Kopf.

»Euer Ehren, dieser ganze Antrag ist eine lächerliche Zeitverschwendung. Es gibt eine allgemein anerkannte Bestimmung, die es der Polizei erlaubt, eine Durchsuchung auch ohne richterliche Verfügung durchzuführen, wenn unvorhergesehene Bedingungen eine sofortige, nicht genehmigte Durchsuchung notwendig machen, um die Vernichtung von Beweismaterial zu verhindern. Wenn Detective Anthony und Officer Yoshida mit der Durchsuchung gewartet hätten, wäre das in diesem Fall wichtigste Beweismaterial vernichtet worden. Auch wenn derart dringende Umstände nicht vorgelegen hätten, war das Betreten des Schlafzimmers völlig legal. Die Angeklagte war auf Wahlkampfreise in Eastern Oregon. In ihrer Abwesenheit war Mr. Allen für das Haus verantwortlich. Er hatte die Befugnis, Leute in das Schlafzimmer zu lassen, und er ließ Detective Anthony und Officer Yoshida aus freien Stücken hinein. Die Gerichte haben schon vor Jahren anerkannt, daß Dritte es

Ermittlungsbeamten rechtsgültig erlauben können, die Wohnung eines Angeklagten zu durchsuchen und darin gefundene Beweismittel sicherzustellen. Dies ist eine Ausnahme zu der Bestimmung, daß sich die Polizei vor einer Durchsuchung eine richterliche Anordnung beschaffen muß. Die durchsuchende Person muß hinreichende Gründe für die Annahme haben, daß sich an dem zu durchsuchenden Ort Beweismittel für ein Verbrechen befinden.

»Soweit ich das verstehe«, sagte Quinn, »lautet die Position der Verteidigung, daß die Person, die die Einwilligung gab, nicht die tatsächliche Befugnis dazu hatte.«

»Wir widersprechen dieser Behauptung, aber es würde auch keinen Unterschied machen, wenn die Verteidigung recht hätte, Euer Ehren. Auch wenn Mr. Allen nicht tatsächlich befugt war, die Beamten in das Schlafzimmer zu lassen, so schien er doch diese Befugnis gehabt zu haben. Wie das Gericht weiß, ist eine Durchsuchung ohne richterliche Anordnung legal, wenn ein Polizeibeamter den berechtigten Eindruck hat, daß eine Person die Befugnis hat, der Durchsuchung zuzustimmen, auch wenn es sich erweist, daß der Beamte sich geirrt hat.«

»Nun gut. Rufen Sie doch bitte Ihren ersten Zeugen auf, Mrs. Garrett.«

»Senatorin Crease ruft James Allen auf, Euer Ehren.«

James Allen legte den Eid ab und setzte sich in den Zeugenstand. Er machte ein unbehagliches Gesicht.

»Mr. Allen, welche Stellung bekleiden Sie?«

»Ich arbeite … arbeitete als Hausmeister für Mr. Lamar Hoyt – bis zu seinem Tod. Ich bin jetzt in gleicher Funktion bei Mrs. Crease beschäftigt.«

»Erinnern Sie sich noch an den Vorfall einige Tage nach dem Mord an Mr. Hoyt, als Detective Anthony und Officer Yoshida ins Haus kamen und Ihnen sagten, sie wollten das Schlafzimmer noch einmal betreten?«

»Ja, Ma'am.«

»Hat einer der Herren Ihnen einen Durchsuchungsbefehl gezeigt?«

»Nein.«

»Welchen Grund gaben Sie an, warum sie das Zimmer noch einmal sehen wollten?«

»Detective Anthony sagte, es gebe noch einige Ungereimtheiten in der Ermittlung, die abgeklärt werden müßten, und daß sie sich dazu das Schlafzimmer noch einmal ansehen müßten. Genaueres sagte er nicht.«

»Wo war Senatorin Crease an diesem Tag?«

»Auf Wahlkampftour in Eastern Oregon.«

»Was haben Sie Detective Anthony gesagt, als er sie bat, sich das Schlafzimmer noch einmal ansehen zu dürfen?«

»Ich sagte ihm, daß Mrs. Crease mir die strikte Anweisung gegeben habe, niemanden ins Schlafzimmer zu lassen außer das Reinigungspersonal, das für den nächsten Tag erwartet wurde.«

»Was geschah, als Sie Detective Anthony sagten, Sie hätten strikte Anweisung, niemanden außer das Reinigungspersonal ins Schlafzimmer zu lassen?«

»Er sagte mir, daß Mrs. Crease sicher nicht die Absicht gehabt habe, der Polizei den Zutritt zu verwehren. Er sagte, wahrscheinlich wolle sie nur die Presse fernhalten.«

»Was ist dann passiert?«

»Ich sagte dem Detective, daß er vermutlich recht habe, daß ich ihn aber nicht ins Schlafzimmer lassen könnte, ohne vorher mit Mrs. Crease gesprochen zu haben; und deshalb versuchte ich, sie in ihrem Hotel in Pendleton anzurufen. Leider war sie nicht zu erreichen.«

»Was passierte, als Sie dem Detective sagten, daß Sie die Senatorin nicht erreichen konnten?«

Allen machte ein nervöses Gesicht. Er leckte sich die Lippen. »Äh, nun, an diesem Punkt wurde Detective Anthony ziemlich aufgeregt. Er erinnerte mich daran, daß er in dem Mordfall an Mr. Hoyt ermittle, und sagte, daß alle Spuren im Schlafzimmer vom Reinigungspersonal vernichtet würden, wenn ich sie nicht ins Zimmer ließe.«

»Sie sagten, Detective Anthony wurde aufgeregt, als Sie sich weigerten, ihn ins Zimmer zu lassen. Bitte beschreiben Sie sein Verhalten.«

»Sein Ton wurde scharf, und er kam mir sehr nahe. Er war ziemlich hartnäckig.«

»Wie reagierten Sie, als sein Verhalten sich änderte?«

»Ich ... ich wollte die Ermittlungen nicht behindern, und deshalb gab ich Detective Anthony den Schlüssel zum Schlafzimmer.«

»Danke, Mr. Allen. Ihre Fragen, Mr. Riker.«

Riker stand auf und ging zu James Allen.

»Guten Tag, Mr. Allen«, sagte er in einem Ton, der Ernsthaftigkeit vermissen ließ. Allen nickte.

»Es liegt doch in Ihrem Interesse, Dinge zu sagen, die der Angeklagten helfen, nicht?«

»Wie bitte, Sir?« fragte Allen, offensichtlich empört über die Frage.

»Die Angeklagte zahlt Ihnen Ihr Gehalt. Sind Sie nicht abhängig von ihr, was Ihren Lebensunterhalt, Ihr Dach über dem Kopf betrifft?«

»Ich habe die Wahrheit gesagt, Mr. Riker«, erwiderte Allen sehr würdevoll.

»Natürlich. Aber was ich gesagt habe, stimmt, oder etwa nicht?«

Allen wollte etwas sagen, überlegte es sich dann aber anders und sagte nur ganz knapp: »Ja.«

Riker schlug eine dicke Mappe auf und blätterte in den Papieren. Er zog ein Blatt heraus und sah zum Zeugen hinüber.

»Mr. Allen, wurden Sie je wegen eines Verbrechens verurteilt?«
Allen wurde blaß und antwortete mit zitternder Stimme: »Ja.«
»Was für ein Verbrechen war das?«
»Tot... Totschlag.«
»Sie haben bei einer Rauferei in einer Bar einen Mann erstochen, nicht?«
Allen sah aus, als müßte er sich gleich übergeben.«
»Bitte, belehren Sie den Zeugen, daß er antworten muß, Euer Ehren«, bat Riker den Richter.
»Bitte beantworten Sie die Frage«, forderte Quinn den Zeugen auf.«
»Das stimmt«, antwortete Allen.
»Haben Sie das gewußt?« fragte Garrett Crease.
»Ja, aber ich habe es vergessen. Das ist eine uralte Geschichte. James ist schwul. Als er achtzehn war, wurde er von zwei Männern angegriffen. Sie wollten Schwule verprügeln. James hatte ein Messer und wehrte sie ab. Lamar meinte, es wäre Notwehr gewesen, wenn James sie nicht verfolgt hätte, nachdem sie von ihm abgelassen hatten, und einen von ihnen getötet hätte. Lamar wollte James helfen, als er aus dem Gefängnis kam, und stellte ihn ein. Seitdem war er nicht mehr in Schwierigkeiten.«
»Sie sind der Hausmeister des Hoytschen Anwesens, richtig?« fragte Riker Allen.
»Ja.«
»Wenn Mr. Hoyt und die Angeklagte abwesend waren, waren Sie für das Haus verantwortlich, nicht?«
»Ja.«
»Deshalb hatten Sie auch den Schlüssel zu allen Zimmern, einschließlich des Schlafzimmers?«
»Ja.«
»Und sie konnten in jedes Zimmer des Hauses, um zu putzen oder etwas zu holen, richtig?«

»Ja.«
»Und gehörte es nicht sogar zu Ihren Aufgaben, Leute wie das Reinigungspersonal in die verschiedenen Zimmer des Hauses zu lassen, nicht zuletzt in das Schlafzimmer, wenn Mr. Hoyt und die Angeklagte abwesend waren?«
»Ja.«
»Mr. Allen, mochten Sie Mr. Hoyt?«
»Ja, Sir.«
»Sie haben mehr als zwanzig Jahre für ihn gearbeitet?«
»Ja.«
»Und Sie wollen, daß sein Mörder zur Rechenschaft gezogen wird?«
»Ja.«
»Wie reagierten Sie, als Detective Anthony Ihnen sagte, daß, falls Sie ihm und Officer Yoshida den Zutritt zum Schlafzimmer verweigerten, dies zur Vernichtung von Beweismitteln führen könnte, die zur Überführung des Mörders von Mr. Hoyt dienen könnten?«
»Ich … nun, für so etwas wollte ich nicht verantwortlich sein.«
»Sie wollten also, daß die Beamten das Schlafzimmer betreten, nicht?«
»Ich … ich vermute … ja. Ich wollte behilflich sein.«
»Vielen Dank, Mr. Allen«, sagte Riker, bevor er sich vom Zeugen abwandte und zu seinem Platz zurückkehrte. Quinn bemerkte Rikers zufriedenes Lächeln und die Besorgnis, die kurz über Garretts Gesicht huschte.
»Wenn Sie gestatten, Euer Ehren«, sagte Garrett.
»Natürlich.«
»Mr. Allen, Ihre Anweisungen von Senatorin Crease waren ziemlich eindeutig, nicht? Hat Sie Ihnen nicht aufgetragen, das Schlafzimmer verschlossen zu halten und niemanden außer das Reinigungspersonal hineinzulassen?«

»So lauteten meine Anweisungen.«

»Sie hat auch für die Polizei keine Ausnahme gemacht, oder?«

»Nein.«

»Sie haben den Beamten deutlich gemacht, wie Ihre Anweisungen lauteten?«

»Ja.«

»Und erst als Sie Detective Anthony den Zutritt verweigerten, wurde er aufgeregt und Ihnen gegenüber scharf und fordernd?«

»Ja.«

»Hatte sein Tonfall etwas mit Ihrer Entscheidung zu tun, ihm den Schlafzimmerschlüssel zu geben?«

»Nun, er ist Polizist und schien sehr verärgert über mich zu sein. Ich hatte nicht den Eindruck, ihm den Zutritt weiter verweigern zu können.«

»Nichts weiter.«

Riker war bereits auf den Beinen. »Mr. Allen, hat die Angeklagte Ihnen spezifisch die Anweisung erteilt, die Polizei nicht ins Schlafzimmer zu lassen?«

»Nein.«

»Sie haben also nie mit der Angeklagten besprochen, was Sie tun sollten, falls ein Polizist ins Haus käme und das Schlafzimmer betreten wollte, um etwaige Beweismittel zu sichern, die zur Überführung von Lamar Hoyts Mörder führen könnten?«

»Nein.«

»Bevor Sie Detective Anthony den Schlüssel gaben, haben Sie sich da überlegt, was die Angeklagte Ihnen gesagt hätte, falls Sie sie in Pendleton erreicht hätten?«

»Ich ... Ja, das habe ich getan.«

»Hatten Sie den Eindruck, daß die Angeklagte den Mörder Ihres Gatten überführt sehen wollte?«

»Natürlich.«

»Sie kamen also zu dem Schluß, daß sie die Ermittlungen

auf keinen Fall behindern wollte, nicht? Daß sie der Polizei bereitwillig Zutritt zu diesem Schlafzimmer gewähren würde, wenn dies zur Überführung des Mörders beitragen könnte?«

Allen senkte den Kopf und sagte so leise »ja«, daß Quinn ihn kaum verstehen konnte.

»Und das war der Grund, warum Sie Detective Anthony den Schlüssel gaben, nicht? Nicht, weil er scharf mit Ihnen redete, sondern weil Sie erkannten, daß seine Erregung aus dem Wunsch herrührte, den Mord an Ihrem Arbeitgeber aufzuklären? Habe ich nicht recht?«

»Ich ... Ich vermute ... Ja, das hatte viel damit zu tun.«

»Vielen Dank, Mr. Allen«, sagte Riker mit einem selbstzufriedenen Lächeln.

Quinn fragte Mary Garrett, ob sie noch weitere Fragen an den Zeugen habe. Garrett überlegte kurz, ob sie versuchen sollte, Allen zu rehabilitieren, aber der Schaden war bereits angerichtet. Sie entließ den Zeugen. Allen nahm im hinteren Teil des Gerichtssaals Platz. Er machte ein bestürztes Gesicht.

»Hat uns das sehr geschadet?« fragte Crease flüsternd.

»Riker hat seine Arbeit gut gemacht. Wir können argumentieren, daß Allen die Zustimmung zur Durchsuchung abgenötigt wurde, aber Riker kann dagegenhalten, daß er nur tat, was er für das Richtige hielt, und daß er davon ausging, daß Sie der Durchsuchung ebenfalls zugestimmt hätten.«

»Würde es etwas bringen, wenn Sie mich als Zeugin aufrufen?« fragte Crease. »Ich habe Allen eindeutig aufgetragen, das Schlafzimmer immer verschlossen zu halten, außer für die Putzfrauen.«

»Riker würde Sie fragen, ob sie die Absicht hatten, auch Polizeibeamte draußen zu halten, die mit der Aufklärung des Mordes an Ihrem Gatten beschäftigt waren«, entgegnete Garrett. »Wir beide wissen, was Sie auf diese Frage antworten würden.«

»Noch weitere Zeugen, Mrs. Garrett?« fragte Quinn.

»Nein, Euer Ehren.«

»Dann sind Sie an der Reihe, Mr. Riker.«

»Der Staat ruft Lou Anthony, Euer Ehren.«

Der Gerichtsdiener ging in den Korridor und kehrte mit dem Detective zurück. Dann nahm er Anthony den Eid ab und führte ihn zum Zeugenstand. Quinn hatte den Eindruck, daß der Detective sehr verlegen wirkte und es vermied, Ellen Crease direkt anzusehen.

»Detective Anthony, sind Sie der Beamte, der die Ermittlungen im Mordfall Lamar Hoyt leitet?« fragte Riker, nachdem er ihn seine berufliche Stellung hatte beschreiben lassen.

»Ja, Sir.«

»Waren Sie am Abend des siebten Januar am Tatort?«

»Ja, Sir.«

»Haben Sie die Angeklagte befragt und mit dem Leichenbeschauer, der Spurensicherung und den anderen Ermittlern gesprochen?«

»Ja, Sir.«

»Zu welchem Schluß kamen Sie am Abend der Schießerei bezüglich der Verantwortlichkeit der Angeklagten für den Tod ihres Gatten und Martin Jablonskis?«

»Am Abend des siebten Januar kam ich zu dem Schluß, daß ein Einbrecher, den wir später als den Ex-Sträfling Martin Jablonski identifizierten, ins Haus von Mr. Hoyt und der Angeklagten eingebrochen war, um es auszurauben, und dabei Mr. Hoyt erschossen hatte. Ich kam darüber hinaus zu dem Schluß, daß die Angeklagte Mr. Jablonski aus Notwehr erschoß.«

»Glaubten Sie, daß Mr. Jablonski allein arbeitete?«

»Zu diesem Zeitpunkt, ja.«

»Kam Ihnen später der Verdacht, daß Mr. Jablonski angeheuert wurde, um in das Haus einzubrechen und Mr. Hoyt zu erschießen?«

»Ja.«

»Was brachte Sie zu dieser Ansicht?«

»Bei einer Durchsuchung von Mr. Jablonskis Wohnung fanden wir zehntausend Dollar, die Jablonski nach Angaben seiner Frau kurz vor dem Einbruch erhalten hatte.«

»Erhielten Sie im Anschluß an die Sicherstellung des Geldes Kenntnis von Indizien, die die Beschreibung des Schußwechsels von seiten der Angeklagten in Zweifel zog?«

»Ja, Sir. Gary Yoshida, einer unserer Forensik-Experten, erzählte mir, daß das Muster der Blutspritzer am Tatort der Beschreibung des Schußwechsels durch die Angeklagte widersprach.«

»Wann informierte Officer Yoshida Sie über das Muster der Blutspritzer?«

»Am vierzehnten Januar, eine Woche nach dem Schußwechsel.«

»Sagte Ihnen Officer Yoshida, er müsse den Tatort besuchen, um seinen Verdacht bezüglich des Blutspritzermusters zu bestätigen?«

»Ja. Er sagte, er müsse den Tatort dreidimensional sehen. Seine ersten Schlüsse hatte er aus einer Untersuchung anhand von Fotos gezogen, und er hatte das Gefühl, das sei nicht genug.«

»Als Officer Yoshida Ihnen sagte, er müsse das Schlafzimmer noch einmal sehen, um seinen Verdacht bezüglich der Blutspritzer zu bestätigen, sind Sie da mit ihm sofort zu dem Anwesen gefahren?«

»Ja.«

»Warum so schnell?«

»Seit dem Mord war schon einige Zeit vergangen, und wir hatten den Tatort für die Angeklagte eben wieder freigegeben. Wir fürchteten beide, daß am Tatort schon

Veränderungen vorgenommen worden sein könnten. Ich hatte den Eindruck, daß Zeit von entscheidender Bedeutung war.«

»Was ist auf dem Anwesen passiert?«

»Mr. Allen, der Hausmeister, ließ uns ein. Er sagte uns, daß das Schlafzimmer tags darauf geputzt werden sollte. Ich bat ihn darum, mich und Officer Yoshida in das Schlafzimmer zu lassen, damit wir alle eventuellen Beweismittel sichern konnten, bevor der Reinigungstrupp sie zerstörte. Er gab seine Zustimmung, und wir führten unsere Untersuchung durch.«

»Warum haben Sie sich keinen Durchsuchungsbefehl für das Schlafzimmer beschafft?«

»Es gab keinen Grund dafür. In der Polizeiakademie lernen wir die Gesetzeslage zu Durchsuchungen und Festnahmen, und wir werden in Schulungen immer wieder auf den neuesten Stand gebracht. Soweit ich informiert bin, ist ein Durchsuchungsbefehl nicht nötig, wenn eine dazu befugte Person die Einwilligung zu der Durchsuchung gibt.«

»Glaubten Sie, daß Mr. Allen die Befugnis hatte, Ihnen das Betreten des Schlafzimmers zu gestatten?«

»Ja, Sir. Er war der Hausmeister. Er hatte den Schlüssel. Die Angeklagte war unterwegs auf Wahlkampftour. Er war der einzige im Hause.«

»Keine weiteren Fragen. Danke, Detective«, sagte Riker.

»Was halten Sie von Anthony? Ist er ein ehrlicher Bulle?« fragte Garrett Crease flüsternd.

Crease dachte einen Augenblick nach. Dann beugte sie sich zu ihrer Anwältin.

»Lou ist eine ehrliche Haut. Er lügt nicht.«

Garrett sah den Zeugen an.

»Wenn ich Ihre Aussage richtig verstehe, Detective, fuhren Sie mit Officer Yoshida zu dem Anwesen, James Allen empfing sie, sie sagten ihm, sie wollten das Schlafzimmer betreten, er sagte, natürlich, und führte sie nach oben, um sie einzulassen. Ist das richtig so?«

»Nein, Ma'am, so ist es nicht passiert.«

Garrett sah ihn erstaunt an. »Oh! Welchen Teil habe ich da falsch verstanden?«

»Als ich Mr. Allen anfangs bat, mich und Officer Yoshida ins Schlafzimmer zu lassen, war er nicht sicher, ob er uns hineinlassen durfte.«

»Hat er Ihnen im Gegenteil nicht deutlich erklärt, daß das Zimmer verschlossen sei und Senatorin Crease ihn angewiesen habe, das Zimmer nur für den Reinigungstrupp aufzuschließen?«

»Ja, Ma'am.«

»Haben Sie das ›Nein‹ akzeptiert?«

»Nein, weil die Angeklagte nicht annehmen konnte, daß wir uns das Zimmer noch einmal ansehen müßten, als sie nach Eastern Oregon abreiste. Ich nahm an, daß sie die polizeiliche Ermittlung nicht würde behindern wollen.«

»Nun, Detective, nahmen Sie zu der Zeit nicht auch an, daß Senatorin Crease Martin Jablonski möglicherweise angeheuert hatte, damit er ihren Gatten tötete?«

»Das war eine Theorie.«

»Wenn die zuträfe, hätte sie doch jeden Grund, die polizeiliche Ermittlung zu behindern, nicht?«

Anthony zögerte, bevor er antwortete. »Das nehme ich an.«

»Und jeden Grund, Ihnen den Zutritt zum Tatort verwehren zu wollen.«

Anthony wußte nicht, was er sagen sollte.

»Ich nehme an, Ihr Schweigen bedeutet Zustimmung, Detective«, sagte Garrett.

»Einspruch«, sagte Riker, dem die Richtung von Garretts Befragung offensichtlich nicht paßte. »Detective Anthony hat nicht einfach zugestimmt. Mrs. Garrett legt ihm die Worte in den Mund.«

»Stattgegeben«, sagte Quinn. »Detective, wir brauchen ein Ja oder ein Nein fürs Protokoll.«

»Ich nehme an, Sie hätte Grund gehabt, uns den Zutritt zum Zimmer zu verweigern, wenn sie die Mörderin wäre.«

Garretts Lippen zuckten. Es war schlechter Stil, im Gerichtssaal zu grinsen, wenn man einen Punkt gemacht hatte, und deshalb mußte sie ein breites Lächeln unterdrücken.

»Es stimmt doch, daß Mr. Allen versuchte, Senatorin Crease telefonisch zu erreichen, um sich von ihr die Einwilligung zu Ihrem Zutritt geben zu lassen, daß er aber nicht mit ihr sprechen konnte?«

»Ja.«

»Dann wiederholte er, daß seine Anweisungen lauteten, niemanden außer das Reinigungspersonal ins Zimmer zu lassen?«

»Ja.«

»Das ärgerte Sie, nicht?«

»Ich war nicht verärgert.«

»Sie wurden nicht aufgeregt und hoben Ihre Stimme?«

»Ich ... ich machte mir nur Sorgen wegen des Reinigungspersonals und ich war mir sicher, daß ... ich meine, na ja, ich hatte den Eindruck, daß Senatorin Crease uns eingelassen hätte, wenn wir sie gefragt hätten. Daß Sie nichts gegen einen polizeilichen Zutritt gehabt hätte.«

»Obwohl Sie eben sagten, daß sie jeden Grund gehabt hätte, die Polizei nicht hineinzulassen, wenn sie eine Mörderin wäre.«

»Ich ... Ehrlich gesagt, das kam mir gar nicht in den Sinn, daß sie sich weigern könnte.«

»Sie wollten einfach nur in das Schlafzimmer.«

»Ja.«

»Also haben Sie Druck auf Mr. Allen ausgeübt.«

»Nein.«
»Sie sind ihm also nicht auf die Pelle gerückt?«
»Vielleicht bin ich das.«
»Sie klangen nicht verärgert?«
»Ich … vielleicht. Ich machte mir Sorgen.«
»Sie haben Mr. Allen dazu gebracht, daß er seine Meinung änderte, nicht?«
»Er änderte seine Meinung. Ich konnte ihn nicht dazu zwingen. Ich habe es auch nicht getan. Es war seine Entscheidung.«
»Wollen Sie Richter Quinn damit sagen, daß Sie nicht Ihre Macht als Polizist und Ihre Größe dazu benutzt haben, Mr. Allen einzuschüchtern?«
»Nein, so war es nicht.«
Garrett zögerte einen Augenblick. Dann sagte sie: »Keine weiteren Fragen, Euer Ehren.«
Quinn musterte den Detective. Er klang ein wenig verwirrt, aber er klang auch wie ein ehrlicher Polizist. Der Richter zweifelte nicht daran, daß Anthony einen gewissen Druck auf Allen ausgeübt hatte, um ihn zu einer Meinungsänderung zu bewegen, aber es war ein Unterschied, ob der Detective einfach nur seine Überredungskunst benutzte oder den Hausmeister dazu nötigte, ihm die Schlafzimmertür zu öffnen. Doch die Grenze zwischen Überredung und Nötigung konnte sehr dünn sein, wenn derjenige, der ein Ergebnis will, ein Polizeibeamter ist.
»Unser nächster Zeuge wird ziemlich viel Zeit in Anspruch nehmen, Euer Ehren«, sagte Cedric Riker. »Jetzt wäre eine gute Gelegenheit für eine Unterbrechung.«
»Wer ist der Zeuge?«
»Officer Yoshida. Er wird erklären, warum hier zwingende Gründe und dringende Umstände für die Untersuchung vorlagen.«

»Gut. Die Sitzung ist für heute geschlossen. Wir sehen uns morgen vormittag um neun Uhr wieder.«

2

Quinn wollte nicht in seine triste Wohnung gehen, und deshalb blieb er in seinen Amtsräumen, um an Fällen zu arbeiten, zu denen er wegen des Falles *Crease* nicht gekommen war. Die Gänge des Gerichtsgebäudes waren verlassen, als Quinn kurz vor sieben das Licht in seinem Büro ausmachte und die Tür abschloß. Die Böden des Gerichtsgebäudes bestanden aus Marmor, die Decken waren sehr hoch. Auch die leisesten Geräusche wurden verstärkt. Abends war die Stille in den düsteren Hallen gespenstisch. Quinn ging den Korridor entlang. Die Aufzüge befanden sich hinter der nächsten Ecke. Kurz vor dem Ende des Korridors blieb Quinn stehen. Er glaubte, Schritte gehört zu haben. Er lauschte, aber alles war still. Vielleicht drehte ein Wachposten im Stock darunter seine Runde. Geräusche in abendlich leeren Gebäuden verbreiteten sich oft auf merkwürdige Weise.

Quinn bog um die Ecke. Zu beiden Seiten der breiten Marmortreppen befanden sich Aufzüge. Eben als der Richter den Abwärts-Knopf drückte, um einen zu rufen, ließ ein merkwürdiges Geräusch ihn den Atem anhalten. Er trat zurück und spähte den verlassenen Gang in beide Richtungen entlang. Quinn schrak hoch – die Klingel, die die Ankunft des Aufzugs anzeigte, ertönte.

Quinn fuhr in die Eingangshalle hinunter. Das leere Gerichtsgebäude hatte ihm angst gemacht, und die dunklen, verlassenen Straßen wirkten bedrohlich. Es hatte aufgehört zu regnen, aber ein steifer Wind ließ Quinn seinen Mantelkragen hochstellen. Im Laufschritt legte er die drei Blocks zwischen dem Gerichtsgebäude und

dem Parkhaus, in dem das County Stellplätze für die Richter angemietet hatte, zurück.
Auf der Heimfahrt versuchte Quinn, über die eben gehörten Aussagen nachzudenken, doch er ertappte sich dabei, daß er über Laura nachdachte und darüber, wie allein er den ganzen Abend sein würde. Er beschloß, gleich bei Laura anzurufen. Eine Woche war vergangen, seit sie ihn gebeten hatte auszuziehen. Vielleicht war sie jetzt bereit, über ihre Zukunft zu reden.
Quinn öffnete die Tür und schaltete das Licht an. Er schloß und verriegelte die Tür. Ein Mann in einer schwarzen Sturmhaube, Rollkragenpullover und Jeans trat aus seinem Schlafzimmer und richtete eine Waffe auf Quinn.
»Bleiben Sie ruhig«, sagte der Mann. »Ich bin nicht hier, um Ihnen was zu tun oder Sie auszurauben, aber ich werde Ihnen weh tun, wenn Sie nicht tun, was ich Ihnen sage. Wenn Sie klug sind, bin ich in ein paar Minuten wieder weg und Ihnen ist nichts passiert. Haben Sie mich verstanden?«
»Ja«, antwortete Quinn und versuchte, so neutral wie möglich zu klingen, um dem Bewaffneten nicht merken zu lassen, welche Angst er hatte.
Der Eindringling deutete auf einen Sessel, der vor einem niedrigen Couchtisch stand.
»Setzen Sie sich.«
Quinn gehorchte.
»Wie starb Andrea Chapman?« fragte der Mann.
»Ich habe der Polizei gesagt, daß ich nichts darüber weiß.«
Der Mann griff hinter sich und zog einen braunen Umschlag aus dem Hosenbund. Er warf ihn auf den Tisch.
»Machen Sie ihn auf«, befahl er.
Quinn riß die Lasche auf.
»Jetzt nehmen Sie die Fotos heraus.«

Quinn zog drei großformatige Schwarzweißabzüge heraus. Alle drei Aufnahmen zeigten Quinn und Andrea in der Bucht der verlorenen Seelen. Quinn drehte sich der Magen um. Der Mann spannte den Hahn und richtete die Waffe auf Quinns Kopf. Quinn erbleichte.

»Ich wiederhole, wie starb Andrea Chapman?«

»Sie wurde ermordet«, stammelte Quinn.

»Ja, aber wie wurde sie ermordet?«

»Ertränkt. Sie wurde ertränkt.«

Die Sturmhaube hatte einen Schlitz für den Mund, und Quinn sah, daß sich die Lippen des Mannes zu einem brutalen Grinsen verzogen.

»Ich habe gehört, daß Ertrinken eine friedliche Art des Sterbens ist, wenn man es erst einmal akzeptiert hat. Andrea hatte es nicht so einfach.«

Der Mann hielt inne, als würde er sich an etwas Schönes erinnern. Als er dann wieder sprach, tat er es in einem Ton, den zwei Vertraute untereinander benutzen.

»Andreas Haut war glatt und ihr Körper sehr straff. Es hätte Ihnen Spaß gemacht, mit ihr zu spielen. Ich hatte Spaß. Oh, anfangs hat sie geschrien und gebettelt, aber dem habe ich bald ein Ende gemacht. Wollen Sie wissen, wie?«

Nun war das Grinsen des Mannes breit und selbstzufrieden. Quinn zog sich der Magen zusammen, und die Galle stieg ihm hoch. Der Mann kicherte.

»Haben wohl nichts übrig für grobes Vorspiel, was? Ist mir fast das liebste. Nach einer Weile war Andrea bereit, alles zu tun, was ich wollte, hat sogar ihre eigenen kleinen Sexspiele erfunden, nur um Schmerzen zu vermeiden.«

Der Mann hielt inne. Er betrachtete Quinn neugierig und hielt den Blick des Richters gefangen, wie ein Hypnotiseur es mit seinem Opfer macht. Plötzlich verschwand das Lächeln.

»Leider hatte ich etwas zu erledigen, und deshalb war ich gezwungen, Andrea brutal zu vergewaltigen. Dann nahm ich mir ein scharfes Jagdmesser und habe meiner Kreativität als Fleischer freien Lauf gelassen.«

Quinn würgte und mußte seine ganze Selbstbeherrschung zusammennehmen, um sich nicht zu übergeben.

»Keine Angst, Richter. Sie müssen sich davon keine Fotos anschauen. Und wenn Sie tun, was ich Ihnen sage, werden weder Sie noch sonst jemand irgend etwas von meinem Werk zu Gesicht bekommen. Aber wenn Sie ungehorsam sind, wird das schreckliche Folgen für sie haben.

Sagen Sie mal, Richter, was glauben Sie, würde passieren, wenn die Polizei von St. Jerome einen anonymen Anruf mit Informationen darüber erhält, wo Andrea Chapmans Leiche zu finden ist? Was glauben Sie, würde passieren, wenn die Polizei von St. Jerome Abzüge von diesen Fotos bekommt? Wissen Sie, daß es zwischen den Vereinigten Staaten und St. Jerome einen Auslieferungsvertrag gibt? Wissen Sie, daß die Strafe für Mord auf St. Jerome der Galgen ist?«

Quinn konnte kaum noch atmen. Er fühlte sich, als sei sein Körper zu Wasser geworden.

»Was wollen Sie von mir?« stammelte Quinn.

»Nur eine Sache. Wenn Sie die erledigen, passiert Ihnen nichts. Wenn nicht, wird Andreas Leiche gefunden, die Polizei von St. Jerome bekommt diese Bilder, und Sie werden in einem rattenverseuchten Gefängnis auf St. Jerome vor sich hin faulen, bis man Sie im Gefängnishof aufhängt. Jetzt fragen Sie mich, was diese eine Sache ist.«

Quinn zögerte.

»Na, kommen Sie. Sie schaffen es schon. Fragen Sie mich, wie Sie Ihr Leben retten können.«

»Was wollen Sie von mir?«

»Tun Sie alles in Ihrer Macht Stehende, damit Ellen

Crease für den Mord an ihrem Gatten verurteilt wird. Sobald die Jury den Schuldspruch abgegeben hat, wird Andrea Chapmans Leiche für immer verschwinden und alle Abzüge der Fotos, die Sie in Händen halten, werden vernichtet.«

»Ich ... ich kann den Prozeß nicht manipulieren. Sie könnte zum Tode verurteilt werden.«

»Sie ebenfalls. Haben Sie ein Alibi für den Tag, an dem Andrea starb? Können Sie erklären, wohin Sie in Ihrem gemieteten Auto gefahren sind?« Der Mann ging zu Quinn und streckte die Hand aus.

»Geben Sie mir die Fotos, Richter.«

Quinns Hand zitterte, als er die Fotos aufhob. Der Mann nahm sie und ging zur Tür.

»Sie wissen, was Sie zu tun haben, um Ihr Leben zu retten. Halten Sie den Mund, tun Sie es, und Sie überleben.«

Die Tür schloß sich, und der Mann war verschwunden. Quinn kämpfte gegen die Übelkeit an, aber es half nichts. Er rannte ins Bad und übergab sich heftig. Dann sank er auf den Boden. Quinn erinnerte sich an Andreas Lächeln, ihr Lachen. Unwillkürlich sah er sie vor sich, wie sie aufs Wasser zulief. Und darüber legte sich das Bild ihres zerschlagenen, verstümmelten Körpers. Quinn kniff die Augen zusammen und versuchte, das Bild zu verscheuchen. Er lehnte sich an die Wand und atmete tief durch.

Nach einer Weile richtete Quinn sich wieder auf, formte seine Hände zu einer Schale, trank gierig Wasser aus der Leitung und bespritzte sich das Gesicht. Er hatte seine Fassung schon beinahe wiedererlangt, als ihm der Anruf des Detectives einfiel. Quinn hatte ihm gesagt, daß er Andrea nach Verlassen des Flughafens nicht mehr gesehen hatte. Die Fotos würden ihn vernichten.

Quinn ging in die Küche und goß sich ein Glas Scotch

ein, das er in einem Zug austrank. Der Alkohol brannte ein wenig von seiner Angst weg. Quinn ging mit der Flasche ins Wohnzimmer, schenkte sich nach und ließ sich auf die Couch sinken. Dann ging er alles noch einmal durch, was ihm passiert war, seit Andrea sich im Flugzeug neben ihn gesetzt hatte.

Das erste, was ihm einfiel, jagte ihm einen Schauer über den Rücken. Bis zu diesem Abend hatte er geglaubt, daß der Mord an Andrea Chapman nichts mit ihm zu tun habe. Jetzt wußte er, daß man Andrea ermordet hatte, um ihm eine Falle zu stellen. Nur so ergab das einen Sinn, was Laura im Miami passiert war. Die Leute, die Crease verurteilt sehen wollten, hatten von Quinns Reise nach St. Jerome gewußt. Sie hatten Laura mit einem fetten Vorschuß nach Miami gelockt, um dafür zu sorgen, daß der Erste-Klasse-Platz neben Quinn frei sein würde. Man hatte ihn von Anfang an zum Narren gehalten.

3

Frank Price musterte Quinn, als er ihn in die Wohnung ließ. Die Krawatte des Richters hing auf Halbmast, seine Anzugjacke war zerdrückt, und er hatte Flecken auf seinem zerknitterten, weißen Hemd. Sein Gesicht war teigig, und er hatte dunkle Schatten unter den Augen.

»Für jemanden, der eben auf Urlaub in einem tropischen Paradies war, siehst du aber nicht gut aus.«

»Zu viel Arbeit«, murmelte Quinn ohne Überzeugung.

Price warf ihm einen skeptischen Blick zu.

»Wie steht's mit dir und Laura?« fragte Price, während er ihn ins Wohnzimmer führte.

»Gut. Alles in Ordnung«, sagte Quinn.

Erst nachdem er geantwortet hatte, fiel Quinn auf, daß Price ihn nach dem Zustand seiner Beziehung mit Laura gefragt und sich nicht nur konventionell nach dem Gesundheitszustand seiner Frau erkundigt hatte. Quinn fragte sich, ob Laura mit Frank gesprochen hatte. Price musterte ihn eingehend.

»Wir haben uns getrennt«, gestand Quinn.

Plötzlich sah man Price seine achtzig Jahre an.

»Das tut mir leid«, sagte er.

Quinn hörte ein leichtes Zittern in Prices Stimme. Quinn wußte, daß der alte Mann ihn liebte und ihm von Herzen eine gute Ehe wünschte. Er sah, wie sehr seine Trennung von Laura Frank schmerzte.

»Ich habe eine eigene Wohnung. Nur vorübergehend.«

»Willst du darüber reden?«

Quinn schüttelte den Kopf. »Wir stehen das schon durch. Ich liebe sie noch immer. Und ich glaube, sie liebt mich.«

»Wenn du meine Hilfe brauchst, ich bin immer für dich da.«

»Das weiß ich.«

»Ich habe Kaffee aufgesetzt, aber du siehst aus, als könntest du was Stärkeres gebrauchen.«

»Kaffee ist gut.«

Price kam mit zwei Bechern dampfenden Kaffees wieder ins Wohnzimmer.

»Ich bin hier, weil ich einige Informationen brauche, und zwar vertraulich«, sagte Quinn zu ihm.

»Ja?«

Quinn legte seine großen Hände um den Becher, um sie zu wärmen.«

»Ich führe gerade die Vorverhandlung in Ellen Creases Fall. Kennst du sie?«

»Wir sind uns bei politischen Anlässen begegnet, und ich kenne Leute, die sie kennen. Aber Freunde sind wir nicht.«

»Was ist mit ihrem Mann, Lamar Hoyt?«

»Er war ein wichtiger Finanzier der republikanischen Partei. Ich habe mal mit ihm zu Abend gegessen.«

»Frank, kannst du dir jemanden vorstellen, der Ellen Crease haßt? Ich meine was sehr Ernstes. Etwas, das diese Person dazu bringen würde, Crease wirklich schwer schaden zu wollen.«

Price war diese Frage offensichtlich unangenehm.

»Das ist absolut vorschriftswidrig, Dick. Daß du dich als Richter über den Hintergrund einer Angeklagten informierst, deren Fall du verhandelst. Hättest du was dagegen, mir zu sagen, was dich zu diesem Besuch veranlaßt hat?«

»Ich ... ich kann dir nicht erklären, warum ich hier bin. Du mußt es mir einfach glauben, daß die Information, um die ich dich bitte, wesentlich ist für eine Entscheidung, die ich zu treffen habe.«

»Dick, wenn du in irgendeiner Weise in Schwierigkeiten bist ...«, fing Price an.

»Frank, ich weiß, daß ich dir trauen kann. Ich kann mich dir nur nicht anvertrauen.«

»Hat das irgendwas mit Laura zu tun?«

»Nein«, log Quinn.

Price zögerte zwar, aber er konnte deutlich sehen, wie verzweifelt Quinn war.

»Ellen Crease war schon immer sehr streitlustig, und sie hat sich einige politische Feinde gemacht, auch in ihrer eigenen Partei. Wir hatten nie etwas gegen ihren Ehrgeiz, solange sie aggressiv gegen die demokratische Partei vorging, auch wenn ich und andere ihre Methoden gelegentlich für zweifelhaft hielten, aber ich kann dir sagen, daß sie sich in der Partei nicht gerade beliebt gemacht hat, als sie gegen einen amtierenden republikanischen Senator ins Feld zog.«

»Wie konnte sie es sich überhaupt erlauben, gegen Gage zu kämpfen?«

»Crease hatte das Gefühl, daß sie niemandem Rechenschaft schuldig ist. Sie hat eine sehr treue Gefolgschaft auf der äußersten Rechten und außerdem das Geld ihres Gatten.«

»Kannst du dir jemanden vorstellen, der so verärgert ist über Crease, daß er versuchen würde, sie umbringen zu lassen?«

»Warum mußt du das wissen?«

»Was, wenn der Mann, der in das Hoytsche Haus einbrach, eigentlich Ellen Crease umbringen wollte und nicht Lamar Hoyt? Crease wäre dann unschuldig.«

»Dick, ist dir bewußt, was du hier tust? Um Himmels willen, du bist Richter. Du mußt unparteiisch bleiben. Du darfst nicht Detektiv spielen, wie du es jetzt tust. Genaugenommen verletzt du deinen Eid, indem du dich in diesem Fall auf eine Seite schlägst.«

»Ich weiß das, und ich kann dir nicht erklären, warum ich dir diese Fragen stelle. Bitte, Frank, ich brauche deine Hilfe.«

»Wo hast du dich denn hineingeritten?«

Quinn wandte den Blick ab. Price war sehr besorgt. Einen Augenblick lang befürchtete Quinn, er würde das Gespräch abbrechen. Doch dann sagte Price: »Ich kann mir zwei Leute vorstellen, die das Motiv und den Charakter hätten, um das zu tun, was du andeutest. Lamar Hoyt junior war von klein auf Lamars ständiges Sorgenkind. Er ist verantwortungslos und für seine Gewalttätigkeit bekannt. Ich weiß von zwei Anklagen, die Lamar außergerichtlich regeln konnte, indem er den Klägern Geld anbot. Und Junior hat, was den Haß auf seine Stiefmutter angeht, nie ein Blatt vor den Mund genommen. Ich nehme an, du weißt, daß er das Testament angefochten hat?«

Quinn nickte.

»Dann wäre da noch Benjamin Gage. Kennst du die

Gerüchte über ... über seine Verwicklung in Otto Keelers Tod?«
»Ich habe ihnen nie viel Beachtung geschenkt.«
»Ich habe keine Ahnung, ob etwas Wahres dahintersteckt, aber sie verstummen einfach nicht. Gage hat sein Vermögen in der Computerindustrie mit einer Firma namens StarData gemacht. Otto Keeler und Gage gründeten die Firma gemeinsam. Eine Weile schien es, als würde StarData es schaffen, aber es gab ein ernstes Finanzierungsproblem. Und als es für die Firma am schlimmsten aussah, brannte das StarData-Gebäude nieder. Otto Keeler wurde bei dem Brand getötet. Gage übernahm die alleinige Kontrolle über die Firma und benutzte die Millionen, die die Firma von Keelers betriebsbezogener Lebensversicherung und von der Feuerversicherung erhielt, um StarData finanziell zu sanieren. Der Ursprung des Feuers war unzweifelhaft Brandstiftung, und es wurde nie ein Grund ermittelt, warum Keeler in der Nacht des Feuers in dem Gebäude schlief. Es gab zwar nie irgendwelche Indizien, die Gage mit dem Feuer hätten in Verbindung bringen können, aber die Polizei nahm ihn ein lange Zeit sehr genau unter die Lupe.
Abgesehen von Gage und Lamar junior kann ich mir niemanden vorstellen, der einen Grund für das hätte, was du andeutest.«
Quinn stand auf. Er wirkte erschöpft und weit weg. Price faßte Quinn an den Schultern.
»Laß mich dir helfen, Dick.«
Quinn lächelte traurig. Dann umarmte er Price.
»Ich danke dir, Frank. Aber diese Sache muß ich allein durchstehen.«
Quinn ließ Price los und ging zur Tür.
»Wenn du es dir anders überlegst ...«, sagte Price.
»Ich weiß«, erwiderte Quinn.

18. Kapitel

Officer Yoshida, in welcher Funktion sind Sie bei der Polizei beschäftigt?«

»Ich bin Kriminalist im forensischen Labor der Oregon State Police in Portland.«

»Bitte informieren Sie Richter Quinn über Ihre akademische Ausbildung.«

Yoshida wandte sich Quinn zu. Er hatte schon des öfteren vor Gericht ausgesagt und wirkte im Zeugenstand völlig entspannt.

»Ich habe die Portland State University mit einem Bachelor of Science in Chemie im Jahr 1989 abgeschlossen und kehrte dann an die P.S.U. zurück, um mich in den Fächern genetische Biologie und forensische DNS-Analyse zu spezialisieren. Von 1989 bis 1990 arbeitete ich als analytischer Chemiker. 1990 wurde ich dann als Polizeibeamter ins forensische Labor der Oregon State Police übernommen.«

»Haben Sie im Lauf der Jahre eine spezielle Ausbildung im Bereich Spurensicherung am Tatort und vor allem in der Analyse von Blutspuren erhalten?«

»Ja, Sir, ich nahm 1990 an einem Seminar über Todesfallermittlungen des obersten staatlichen Leichenbeschauers teil, 1991 an einem Trainingsprogramm zur Analyse von Blutspuren, 1992 an einem Fortgeschrittenenkurs zur Spurensicherung am Tatort, und ebenfalls 1992 absolvierte ich Grund-, Aufbau- und Fortgeschrittenenkurse in Serologie. Im Lauf der Jahre habe ich zahlreiche Artikel aus diesen Fachbereichen gelesen und habe an vielen Seminaren zu diesen Themen teilgenommen.«

»Gehört es zu Ihren Aufgaben, Tatorte von Verbrechen aufzusuchen und dort Beweismittel sicherzustellen?«

»Ja.«

»Wie viele Tatorte haben Sie schon untersucht?«

Yoshida lachte. »O Gott, das weiß ich nicht. Ich habe nicht mitgezählt. Es waren allerdings eine ganze Menge. Ich ermittle pro Jahr in mehreren Mordfällen. Und dann gibt es auch noch andere Tatorte.«

»Okay. Nun, Sie waren also einer der Kriminalisten, die an dem Abend, als Lamar Hoyt und Martin Jablonski erschossen wurden, das Hoytsche Anwesen aufsuchten.«

»Ja, das war ich.«

»Bitte beschreiben Sie Richter Quinn den Tatort.«

Yoshida verließ den Zeugenstand und ging zu einer großen Skizze des Tatorts, die er vorbereitet hatte. Die Skizze stand auf einer Staffelei.

»Der Tatort, um den es hier geht, ist das große Schlafzimmer im ersten Stock von Mr. Hoyts Haus. Um in dieses Zimmer zu gelangen, steigt man eine Treppe hinauf und geht dann in westlicher Richtung einen langen Gang entlang.«

Yoshida nahm einen hölzernen Zeigestab in die Hand und legte die Spitze auf den Teil der Zeichnung, der die Schlafzimmertür darstellte.

»Das Schlafzimmer selbst ist ein Rechteck. Die Tür zwischen Schlafzimmer und Gang befindet sich an der Ostwand in der südöstlichen Ecke des Schlafzimmers.«

Yoshida bewegte den Stab zur Badezimmertür.

»Die Nordwand des Gangs bildet die Südwand des Badezimmers. Beim Betreten des Schlafzimmers sieht man die Badtür, wenn man nach rechts schaut.«

Yoshida bewegte den Zeigestab weiter.

»Wenn man an der Tür steht und gerade ins Zimmer

schaut, sieht man die Westwand. Ein Großteil dieser Wand besteht aus einem Fenster mit Blick auf den Pool und einen Teil des Gartens. In der Mitte zwischen West- und Ostwand steht ein großes Doppelbett. Das Kopfbrett berührt die Nordwand. Dem Fuß des Bettes direkt gegenüber steht ein etwa zwei Meter zehn hoher Schrank. Er enthält einen Fernseher und steht mit dem Rücken an der Südwand. Nach meinen Informationen, die ich von den ersten Beamten am Tatort und im Verlauf eines Gesprächs mit dem Hausmeister James Allen erhalten habe, waren die Lichter in dem Zimmer ausgeschaltet und der Fernseher ebenso.«

»Was sahen Sie, als Sie den Tatort betraten?«

Yoshida deutete auf ein Strichmännchen zwischen dem kleinen Rechteck, das den Schrank darstellte, und dem etwas größeren, das das Doppelbett darstellte.

»Das erste, was ich sah, war die Leiche von Martin Jablonski. Er lag mit dem Gesicht nach unten, seine Füße berührten fast den Schrank, und sein Gesicht zeigte in Richtung des Bettes. Unter seinem Körper war eine Blutlache. Neben Mr. Jablonskis rechter Hand lag ein Revolver des Kalibers 45.«

»Konnten Sie feststellen, wie Mr. Jablonski ums Leben kam?«

»Ja, Sir. Die Angeklagte sagte den Ermittlungsbeamten, daß sie mit einem mit Hohlspitzgeschossen geladenen, kurzläufigen 38er Smith and Wesson zweimal auf Mr. Jablonski geschossen habe. Bei Mr. Jablonskis Autopsie wurden zwei Kugeln entdeckt, die im Körper stekkengeblieben waren. Die eine wurde aus dem Kopf extrahiert, die andere aus dem Oberkörper. Es handelte sich um die Art von Kugeln, die die Angeklagte beschrieben hat. Ballistische Tests ergaben, daß die beiden Schüsse aus der Waffe der Angeklagten, die am Tatort sichergestellt wurde, abgegeben worden waren.«

»Warum traten die Kugeln nicht wieder aus dem Körper aus?«

»Hohlspitzkugeln sind so geformt, daß sie im Körper steckenbleiben, im Gewebe herumirren und so größeren Schaden anrichten.«

»Haben Sie im Zimmer noch eine andere Leiche entdeckt?«

»Ja, Sir. Die Leiche von Lamar Hoyt lag ausgestreckt auf dem Rücken auf dem Bett. Man sagte mir, daß er im Bett erschossen worden sei, daß man aber die Angeklagte mit seinem Kopf in ihrem Schoß vorgefunden habe. Aus dem Muster der Blutspritzer auf der östlichen Seite des Bettes schloß ich, daß er vermutlich aufrecht im Bett sitzend erschossen worden war. Dann fiel er zur Seite auf den westlichen Teil des Bettes. Die Angeklagte zog ihn noch mehr zur Seite, als sie sich hinsetzte und seinen Kopf auf ihren Schoß nahm.«

»Haben die ballistischen Tests ergeben, daß der 45er Revolver neben Mr. Jablonski die Waffe war, mit der Lamar Hoyt erschossen wurde?«

»Ja.«

»Nun, Officer Yoshida, hat die Angeklagte erklärt, was am Abend dieses Schußwechsels passiert war?«

»Ja, Sir.«

»Bitte sagen Sie dem Gericht, wie Ihnen das Szenario des Schußwechsels geschildert wurde.«

»Gemäß der Version der Angeklagten hatten sie und Mr. Hoyt Geschlechtsverkehr. Die Angeklagte hatte die dem Fenster zugewandte Seite des Bettes. Sie gab an, daß sie nach Beendigung des Verkehrs aufstand, zuerst zum Fenster und dann am Fuß des Bettes vorbei ins Badezimmer ging und dort das Licht anschaltete.

Nachdem sie im Bad fertig war, zog sie ihr Nachthemd an, schaltete das Badlicht aus und ging wieder vor dem Bett vorbei. Sie stieg auf ihrer Seite ins Bett und unterhielt sich eine Weile mit Mr. Hoyt. Während dieser Unterhaltung ging die Tür auf, und Mr. Jablonski drang in das Zimmer ein. Die Angeklagte behauptete, sie habe gesehen, daß Mr. Jablonski bewaffnet war, und sich seitlich aus dem Bett gebeugt, um den 38er, den sie unter dem Bett aufbewahrte, zu holen. Sie hörte drei Schüsse und kam feuernd wieder hoch. Mr. Jablonski stürzte zu Boden, und sie wandte sich ihrem Gatten zu, konnte jedoch nur noch dessen Tod feststellen.«

»Officer Yoshida, als Sie den Tatort am Abend des Verbrechens untersuchten, fiel Ihnen da irgend etwas auf, das die Version der Angeklagten in Zweifel hätte ziehen können?«

Yoshida schaute verlegen drein.

»Die Hinweise waren da. Ich habe sie nur nicht bemerkt.«

»Zu welchem Schluß kamen Sie am Abend des Verbrechens?«

»Daß die Angeklagte die Wahrheit sagte.«

Yoshidas Verlegenheit wurde noch stärker. Er sah zu Quinn hoch und versuchte zu erklären, warum er das, was er am Tatort vorfand, zu dem Zeitpunkt nicht richtig hatte interpretieren können.

»Jeder dachte, wir hätten es hier mit einem Einbruch zu tun, der schiefging. Ich meine, Jablonski war tot, es stand außer Frage, daß die Schüsse, die Mr. Hoyt getötet hatten, aus seiner Waffe stammten. Ich schätze, ich ging einfach davon aus, daß es nichts zu finden gab.«

»Ist nach dieser ersten Besichtigung des Tatorts etwas passiert, das Sie dazu brachte, Ihren ersten Eindruck in Frage zu stellen?« fragte Riker.

»Ja, Sir. Ich habe mir die Beweismittel ein zweites Mal angesehen, als ich meinen Bericht verfaßte.«

»Als Sie die Beweisstücke neu untersuchten, fanden Sie etwas, das Sie beim ersten Mal übersehen hatten?«

»Ja.«

»Was war das, Officer Yoshida?«

»Auf zwei der Fotos entdeckte ich ein Blutspritzermuster, das mir am Tatort selbst nicht aufgefallen war. Und das brachte mich dazu, die Schilderung der Angeklagten, wie sie Martin Jablonski erschossen habe, anzuzweifeln.«

»Sagten Sie Detective Anthony, daß Sie den Tatort noch einmal aufsuchen müßten?«

»Ja. Ich mußte alles noch einmal dreidimensional sehen, um meinen Verdacht zu bestätigen.«

»Hatten Sie das Gefühl, daß Zeit von grundlegender Bedeutung war?«

»Ja. Seit dem Schußwechsel war bereits eine Woche vergangen, und ich fürchtete, daß die Blutspuren vernichtet oder manipuliert werden könnten.«

»Können Sie dem Richter erklären, was die Analyse der Blutspuren ergeben hat, die für diesen Fall relevant sind?«

»Natürlich«, sagte Yoshida zu Riker, bevor er sich dem Richter zuwandte. »Wenn ich Sie bitten würde, die Form eines Blutstropfens zu beschreiben, der zu Boden fällt, würden Sie wahrscheinlich sagen, daß er aussieht wie eine Träne, aber das ist ein populärer Irrtum. Tatsächlich sieht ein fallender Blutstropfen wie eine Kugel aus. Die Art der Oberfläche, auf die der Tropfen auftrifft, und der Winkel, in dem er auftrifft, beeinflussen das Muster, das der Tropfen macht, wenn er diese Oberfläche trifft.

Wenn ein Blutstropfen genau im rechten Winkel nach unten fällt, hinterläßt er ein Muster, das wie ein Kreis aussieht. Je mehr sich der Winkel, in dem er die Oberfläche trifft, von der Vertikalen zur Horizontalen verändert, desto länglicher wird das Muster. Es gibt eine Gleichung, mit der man bei gegebener Breite und Länge des

Blutflecks den Auftreffwinkel berechnen kann. Dies hilft dem Forensiker herauszufinden, ob ein Opfer stand oder saß, als sein Blut auf die Oberfläche spritzte. Durch Untersuchung der Form des Blutstropfens nach dem Auftreffen kann man auch die Richtung bestimmen, aus der das Blut kam.«

Yoshida stellte Vergrößerungen von zwei Tatortfotos auf die Staffelei. Das erste war von der Westseite des Zimmers in Richtung Gang aufgenommen. Es zeigte Martin Jablonskis Leiche vor dem Schrank. Das zweite Foto war eine Großaufnahme der Westfront des Schranks. Auf dem ersten Foto erkannte Quinn auf der Seite des Schranks in einer Höhe von etwa einem Meter achtzig über dem Boden eine Verfärbung. Auf der Nahaufnahme war die Verfärbung deutlich als eine Ansammlung feiner Blutspritzer zu erkennen.

»Wenn eine Person so heftig getroffen wird, daß Blut spritzt, kann das Blut mit langsamer, mittlerer und hoher Geschwindigkeit spritzen«, erklärte Yoshida. »Bei einem Schlag auf die Nase spritzt das Blut nur mit langsamer Geschwindigkeit und nicht sehr weit. Bei stärkerer Krafteinwirkung, zum Beispiel, wenn ein Gegenstand wie ein Knüppel oder ein Ziegelstein benutzt wird, spritzt das Blut mit mittlerer Geschwindigkeit.

Schüsse erzeugen Hochgeschwindigkeits-Spritzmuster mit einem hohen Anteil extrem feiner Blutflecken. Das Resultat ist eine nebelartige Verteilung wie aus einer Spraydose. Wegen ihrer geringen spezifischen Dichte fliegen diese Partikel in der Horizontalen selten weiter als neunzig bis einhundertzwanzig Zentimeter.«

Yoshida legte die Spitze des Zeigestabs auf das Spritzmuster in der ersten Vergrößerung.

»Die erste Kugel, die Mr. Jablonski abbekam, traf ihn an der rechten Schläfe. Aus dem Spritzmuster an der Seite des Schranks schließe ich, daß Jablonski, als diese Kugel ihn traf, mit der rechten Seite des Kopfes ungefähr dreißig Zentimeter von der Seite des Schranks entfernt mit dem Gesicht zum Bett stand. Als die Kugel Mr. Jablonski im Schläfenbereich traf, spritzte sein Blut auf die Westfront des Schranks. Er mußte nahe am Schrank stehen, damit das Blut darauf spritzen konnte.

Und hier liegt das Problem«, fuhr Yoshida fort. »Ich habe die Winkel berechnet. Damit die Kugel in dem Winkel in Mr. Jablonskis rechte Schläfe eindringen konnte, der das Blutspritzermuster auf der Westfront des Schranks hinterlassen würde, mußte der Schuß aus dem Badezimmer gekommen sein, nicht von der Westseite des Bettes.«

Eine Bewegung im Gang vor dem Gerichtsaal lenkte Quinn ab. Er wurde blaß, der Atem stockte ihm. Die Frau, die an der Tür vorbeigegangen war, hatte eine starke Ähnlichkeit mit Andrea Chapman.

Cedric Riker nahm eine braune Papiertüte in die Hand und wandte sich an Yoshida. Quinn versuchte sich zu beruhigen, damit er weiter der Zeugenaussage folgen konnte. Die Frau konnte nicht Andrea gewesen sein, sagte er sich. Andrea Chapman war tot. Die Frau, die er gesehen hatte, ähnelte Andrea nur. Sie war schnell vorbeigegangen, und die Entfernung zwischen Richterbank und Korridor war beträchtlich. Das Glas in der Tür hatte das Bild der Frau wohl verzerrt. Quinn richtete seine Aufmerksamkeit wieder auf den Zeugen.

»Officer Yoshida, ich gebe Ihnen Beweisstück 113 des Staates. Was ist das?«

Yoshida zog ein weißes Nachthemd aus der Tüte. Die Vorderseite war mit getrocknetem Blut durchtränkt, die Rückseite nur von einem feinen Sprühnebel bedeckt.

»Das ist das Nachthemd der Angeklagten. Labortests haben ergeben, daß das Blut auf Vorder- und Rückseite das ihres Gatten ist.«

»Wo befand sich, nach Angaben der Angeklagten, dieses Nachthemd, als Lamar Hoyt von Mr. Jablonski erschossen wurde?«

»Sie behauptete, sie habe es getragen.«

»Steht die Indizienlage in Einklang mit der Einlassung der Angeklagten, sie habe das Nachthemd getragen?«

»Nein.« Yoshida hielt das Nachthemd in die Höhe und zeigte Quinn die Rückseite. »Dies ist ebenfalls ein Hochgeschwindigkeits-Spritzmuster. Wenn die Angeklagte das Nachthemd in dem Augenblick getragen hätte, als Mr. Hoyt erschossen wurde, müßte dieser Sprühnebel die Vorderseite des Nachthemds bedecken. Ich schließe daraus, daß die Angeklagte das Nachthemd nicht anhatte, als Mr. Hoyt erschossen wurde. Ich glaube, es lag mit der Rückseite nach oben auf dem Bett.«

»Welche Schlüsse konnten sie anhand der Blutspritzeranalyse auf die Art und Weise ziehen, wie die Schußabgabe vonstatten ging?«

»Ich schließe daraus, daß die Angeklagte das Nachthemd nicht trug, als es zu den Schüssen kam. Ich glaube, daß sie nach dem Geschlechtsverkehr das Nachthemd mit der Vorderseite nach unten auf dem Bett liegen ließ. Dann ging sie ins Badezimmer. Sie war im Bad, als Mr. Jablonski vor dem Bett und links von dem Schrank stand. Mr. Jablonski gab drei Schüsse ab, die Mr. Hoyt trafen und töteten. Dann feuerte die Angeklagte ihren ersten Schuß auf Mr. Jablonskis Schläfe aus der Nähe der Badezimmertür ab. Dieser Schuß verursachte das Hochgeschwindigkeits-Spritzmuster auf der Seite des Schranks. Sofort nach diesem Schuß drehte Jablonski sich zur Badezimmertür und wurde von vorne getroffen. Die zweite Kugel hinterließ keine Blutspritzer, weil Mr. Jablonski dicke Kleidung trug und die Kugel im Körper blieb. Anschließend stürzte Mr. Jablonski zu Boden, wo

er mit dem Kopf zum Bett und den Füßen knapp vor dem Schrank liegenblieb.«
»Ich habe keine weiteren Fragen an Officer Yoshida«, sagte Riker.
Mary Garrett begann ihr Kreuzverhör, aber Quinn hatte Mühe, ihm zu folgen. Yoshidas Zeugenaussage hatte ihn verblüfft. Quinn war zu einem vorläufigen Entschluß gekommen, wie er mit der Forderung des Erpressers, er solle für eine Verurteilung von Ellen Crease sorgen, umgehen wollte, aber diese Entscheidung basierte zum Teil auf dem Glauben, daß Ellen Crease unschuldig und von ihren Feinden in eine Falle gelockt worden war. Yoshidas Aussage änderte alles. Er mußte herausfinden, ob es in Yoshidas Interpretation der Blutspuren einen Fehler gab.
»Wir haben keine weiteren Zeugen«, sagte Riker, als Yoshidas Befragung beendet war. Quinn sah auf die Uhr. Es war schon fast Mittag.
»Dann wollen wir die Sitzung für heute beenden und morgen die Plädoyers hören. Das Gericht tritt um zwei Uhr wieder zusammen. Vormittags habe ich etwas zu erledigen.«
Quinn wandte sich seiner Protokollführerin zu.
»Miss Chan, bitte kommen Sie in mein Amtszimmer.«
Quinn verließ die Richterbank. In seinem Büro zog er sofort die Robe aus. Als Garrett Yoshida befragt hatte, war ihm ein Gedanke gekommen. Er rief eben Fran Stuart, als Margaret Chan zur Tür hereinkam.
»Fran«, sagte Quinn über die Gegensprechanlage, während er Chan einen Stuhl zuwies, »bitte bringen Sie mir die Akte *der Staat gegen Schwartz.*«
Quinn ließ den Knopf der Gegensprechanlage los und wandte sich der Protokollführerin zu.
»Können Sie mir heute noch eine Abschrift von Gary Yoshidas Zeugenaussage vorlegen?« fragte Quinn.

»Natürlich. Bis fünf Uhr dürfte ich damit fertig sein.«
»Bitte bringen Sie sie mir, sobald Sie sie haben.«
Chan ging, als Fran Stuart ihm die *Schwartz*-Akte auf den Tisch legte. Quinn dankte ihr, und sie kehrte ins Vorzimmer zurück. Ein Pflichtverteidiger hatte im *Schwartz*-Prozeß den Angeklagten vertreten. Quinn erinnerte sich noch, eine Anweisung zur Bezahlung eines vom Gericht ernannten Gutachters der Verteidigung aus dem Fonds für mittellose Angeklagte unterschrieben zu haben. Dieser Gutachter war Spezialist für Blutspuren, und Quinn war damals von seiner Aussage beeindruckt gewesen. Name, Adresse und Telefonnummer des Mannes standen auf der Zahlungsanweisung. Quinn notierte sich die Daten und griff zum Telefon.
»Paul Baylor?« fragte Quinn, als am anderen Ende abgehoben wurde.
»Ja.«
»Hier spricht Richter Quinn vom Bezirksgericht des Multnomah County. Sie haben vor mir im Fall *der Staat gegen Schwartz* ausgesagt.«
»O ja, Euer Ehren. Was kann ich für Sie tun?«
»Ich hätte gern eine private Unterredung mit Ihnen. Die Sache ist vertraulich. Hätten Sie Zeit, sich morgen vormittag mit mir zu treffen?«
»Wollen Sie, daß ich ins Gerichtsgebäude komme?«
»Nein, ich dachte mir, ich komme zu Ihnen.«
»Natürlich.«
»Ist acht Uhr zu früh?«
»Nein, das ist in Ordnung. Äh, worum geht's denn?«
»Ich brauche ein Gutachten in einer Angelegenheit, in der es um Blutspritzer geht. Ich bringe Ihnen einige Fotos und ein Aussageprotokoll mit.«
»Gut. Bis morgen dann.«
»Nur noch eins. Bitte reden Sie mit niemandem über dieses Gespräch oder unser morgiges Treffen.«

Quinn legte auf und rief seine Sekretärin.
»Fran, bitte bringen Sie alle Beweisstücke des *Crease*-Falls in mein Büro. Ich möchte sie mir ansehen.«
Ein paar Minuten später stellte Fran Stuart einen großen Karton neben Quinns Schreibtisch auf den Boden.
»Ich hol mir jetzt mein Mittagessen, Richter. Soll ich Ihnen was mitbringen?«
»Ich habe mein Mittagessen dabei. Danke, Fran.«
»Ich schließe die Vordertür ab, damit Sie ungestört sind. Ich bleibe nicht lange weg.«
Fran Stuart schloß die Tür zu Quinns Büro. Einen Augenblick später hörte Quinn, wie auch die Tür zwischen Vorzimmer und Gang geschlossen wurde. In Quinns privatem Bad stand ein kleiner Kühlschrank. Quinn holte eine Dose Cola, eine braune Tüte mit einem Schinken-Käse-Sandwich und eine Tüte Kartoffelchips heraus. Er hatte sich das Sandwich am Morgen gemacht, aber jetzt hatte er keinen Appetit. Trotzdem zwang er sich, einen Happen zu essen. Er wußte, es wäre ein Fehler, das Mittagessen auszulassen. Er brauchte all seine Kraft, um das zu überstehen, was ihm bevorstand.
Beim Essen brütete Quinn über Yoshidas Zeugenaussage. Lautes und wiederholtes Klopfen an der Tür störte ihn in seinen Gedanken. Er wollte keine Gesellschaft, aber das Klopfen hörte nicht auf. Quinn ging ins Vorzimmer. In der Tür zum Gang befand sich ein Spion. Quinn sah hindurch. Das Blut wich ihm aus dem Gesicht, ihm wurde schwindlig. Die Frau im Gang war dieselbe, die am Gerichtssaal vorbeigegangen war. Quinn starrte angestrengt durch das Guckloch. Das Glas verzerrte ihr Bild, aber an ihrer Ähnlichkeit mit Andrea Chapman war nicht zu rütteln. Quinn öffnete die Tür.
Die Frau war Andrea, und sie war es wieder nicht. Andrea hatte lange, schwarze Haare gehabt. Die Haare dieser Frau waren blond und nackenkurz geschnitten. Außer-

dem trug sie eine Brille. Die Kleidung unter ihrem Regenmantel war konservativ und billig: ein tristes, farbloses Kleid, kein Schmuck, kaum Make-up.

»Sind Sie Richter Quinn? Richard Quinn?«

»Ja. Kann ich Ihnen helfen?«

»Ich ... mein Name ist Claire Reston. Ich muß mit Ihnen reden. Es ist sehr wichtig.«

Quinn sah in der Frau nichts von Andreas lockerer Selbstsicherheit. Sie waren fast gleich groß, aber Claire Reston hielt sich gebückt, und ihre hängenden Schultern waren nach vorne gezogen, als wollte sie sich dahinter verstecken. Außerdem hatte sie Schwierigkeiten, Quinn in die Augen zu sehen.

»Kommen Sie doch bitte herein«, sagte Quinn, der nicht wollte, daß man ihn mit der Frau sah.

Reston setzte sich auf einen der Stühle vor Quinns Schreibtisch. Sie faltete die Hände im Schoß.

»Ich ... ich weiß über Sie und Andrea Bescheid«, sagte Reston ohne Überzeugung.

»Über wen?«

Reston hob den Blick. Die dicken Gläser ihrer Brille vergrößerten ihre Augen. Quinn fand es schlimm, diese Frau anzulügen, aber er hatte keine andere Wahl.

»Andrea Chapman ist meine Schwester. Am ... am Tag vor ihrem Verschwinden hat sie mir von Ihnen erzählt.«

»Okay. Jetzt verstehe ich. Hören Sie, Miss Reston, ein Detective hat mich bereits wegen des Verschwindens Ihrer Schwester angerufen. Ich sage Ihnen, was ich ihm gesagt habe. Ich bin auf dem Flug nach St. Jerome neben Ihrer Schwester gesessen, aber nach der Landung habe ich sie nicht wiedergesehen.«

Reston senkte den Kopf. Sie schien den Tränen nahe zu sein.

»Das ist nicht wahr.« Restons Stimme zitterte; es war eine ungeheure Anstrengung für sie, Quinn zu widersprechen. »Sie hat mir Ihren Namen gesagt. Sie war aufgeregt. Sie wollte es nicht tun. Ich will, daß Sie das wissen.«

»Was tun, Miss Reston? Ich verstehe nicht.«

»Sie wollten, daß sie Sie verführt. Sie wollten Sie erpressen.«

»Wer wollte mich erpressen? Wovon reden Sie?«

»Sie hat mir sonst nichts gesagt. Nur daß man sie angeheuert hatte, damit sie einen Richter verführt. Sie hat mir Ihren Namen genannt. Sie war sehr nervös, sehr angespannt.«

»Miss Reston, ich kann Ihnen versichern, daß ich Ihre Schwester nach Verlassen des Flugzeugs nicht mehr gesehen habe. Wenn sie angeheuert wurde, um mir etwas anzutun, dann hat sie es sich vielleicht anders überlegt. Ich habe nur während des Fluges mit ihr gesprochen. Sie war freundlich, hat aber keinen Versuch gemacht, mich zu verführen. Ich bin verheiratet.«

Reston machte ein verwirrtes Gesicht.

»Haben Sie der Polizei gesagt, ich hätte etwas zu tun mit dem Verschwinden Ihrer Schwester?«

»Nein. Ich ... Andrea und ich ... Wir stehen uns nicht sehr nahe. Ich sehe sie ziemlich selten. Genaugenommen hat der Anruf aus St. Jerome mich überrascht. Ich wußte nicht einmal, daß sie verschwunden war, bis der Detective anrief und mich nach ihr fragte. Ich ... Na ja, ich wußte nichts außer Ihrem Namen und daß Sie Richter sind, und deshalb habe ich dem Detective nicht gesagt, was Andrea mir erzählt hatte.« Reston sah auf ihren Schoß. Ihr Mangel an Mut schien sie verlegen zu machen. »Dann habe ich von Senatorin Creases Prozeß in der Zeitung gelesen, und in dem Artikel stand auch der Name des Richters ...«

Reston brach ab. Sie sah sehr verunsichert aus, und Quinn glaubte, daß sein Bluff funktionieren würde.

»Miss Reston, es tut mir sehr leid, daß Ihre Schwester verschwunden ist. Sie machte einen sehr netten Eindruck. Aber ich kann Ihnen wirklich nicht weiterhelfen. Ich habe mich im Flugzeug ein wenig mit ihr unterhalten. Das ist alles. Ich habe wahrscheinlich erwähnt, in welchem Hotel ich wohne, aber sie hat mich nie angerufen. Und wenn doch, hat sie keine Nachricht hinterlassen.«

Reston setzte sich ein wenig aufrechter hin. Sie musterte Quinn.

»Ich ... ich glaube Ihnen nicht. Ich glaube, Sie wissen etwas über Andreas Verschwinden.«

Quinn hörte die Vorzimmertür auf- und zugehen. Reston sah über die Schulter in die Richtung des Geräusches. Sie stand schnell auf und öffnete die Tür zwischen Quinns Büro und dem Vorzimmer. Über Restons Schulter hinweg sah Quinn Fran Stuart.

»Ich wohne im Heathman Hotel in Zimmer 325. Sie ... Sie müssen ehrlich mit mir sein. Wenn Sie etwas wissen ...« Reston war wieder den Tränen nahe. »Ich gebe Ihnen Zeit bis morgen.«

Reston sah Stuart. Ihr Mut verließ sie, und sie stürzte an der Sekretärin vorbei.

»Wer war denn das?« fragte Stuart.

Quinn schüttelte den Kopf. »Vergessen Sie sie. Sie ist verwirrt. Es war nichts Wichtiges.«

Stuart wollte etwas sagen, überlegte es sich dann aber anders. Quinn schloß die Tür zu seinem Büro. Jetzt wußte er sicher, daß Andrea Chapman angeheuert worden war, um ihn erpreßbar zu machen.

19. Kapitel

1

Die Räumlichkeiten von Oregon Forensic Investigatons, dem Forensik-Labor von Paul Baylor, befanden sich in einem Industriepark ein paar Blocks vom Columbia River entfernt. Quinn mußte einige schmale, von Lagerhäusern flankierte Straßen abfahren, bis er die Einfahrt zum Parkplatz fand. Nachdem er sein Auto auf dem Besucherplatz abgestellt hatte, ging er eine Betonrampe hoch und folgte einem Laufgang, der an verschiedenen Firmen vorbeiführte. Eine Tür mit dem Namen des Labors öffnete sich in ein kleines Vorzimmer. Zwei Stühle standen an einem Beistelltisch mit einer Lampe und einigen Exemplaren von *Scientific American* und *Time.* In einer Wand des Vorzimmers befand sich eine Tür und ein Schiebefenster. Quinn spähte durch das Fenster und sah eine Empfangstheke mit einem Telefon sowie eine zweite Tür in der hinteren Wand. Die Tür zur Rezeption war verschlossen. Ein Schild über einem Knopf an der Wand forderte Quinn auf zu klingeln. Er drückte auf den Knopf und hörte irgendwo im Gebäude ein gedämpftes Summen. Augenblicke später gingen die Türen auf, und Paul Baylor begrüßte Quinn.

Baylor war ein schlanker, etwas weltfremd wirkender Afro-Amerikaner. Er hatte einen Bachelor of Science in Forensik und Kriminalistik der Michigan State University; zehn Jahre lang hatte er im staatlichen Forensik-Labor gearbeitet, bevor er zusammen mit einem zweiten ehemaligen staatlichen Kriminalisten seine private

Forensik-Beratungsfirma gründete. Quinn war von der langsamen, nachdenklichen Art beeindruckt gewesen, mit der Baylor auf die Fragen des Staatsanwalts antwortete, als er im Gerichtssaal als Gutachter auftrat. Er schien unparteiisch zu sein und hatte aufrichtig auf alle Fragen geantwortet, auch wenn die Antworten für den Angeklagten ungünstig waren. Baylor trug ein braunes Tweed-Sakko, ein weißes Hemd, eine tannengrüne Krawatte und eine dunkelbraune Hose. Nachdem er Quinn die Hand geschüttelt hatte, führte er ihn in ein enges Büro mit preiswerten Möbeln.

»Wie kann ich Ihnen helfen, Richter?« fragte er, als sie saßen. Quinn hatte einen Karton mit der Abschrift von Gary Yoshidas Aussage, diversen Polizeiberichten, einer Kopie von Yoshidas Skizze des Tatorts, einem kompletten Satz Tatortfotos, einschließlich der beiden mit den Blutspritzern auf der Seitenfront des Schranks, und einer braunen Tüte mit Ellen Creases Nachthemd bei sich. Er stellte den Karton auf Baylors Schreibtisch.

»Sie haben vielleicht gelesen, daß ich im Augenblick die Vorverhandlung im Fall *der Staat gegen Crease* führe.«

Baylor nickte.

»Kennen Sie Gary Yoshida?«

»Natürlich. Wir haben bei der Polizei einige Jahre zusammengearbeitet.«

»Was für einen Eindruck haben Sie von ihm?«

Baylor schien es nicht gerade zu behagen, ein Urteil über einen Kollegen abgeben zu müssen, aber er beantwortete die Frage:

»Gary leistet gute Arbeit, und er ist sehr aufrichtig.«

»Ist er ein Experte für Blutspuren?«

»Er weiß darüber Bescheid.«

»Kann man die Blutspritzeranalyse als exakte Wissenschaft bezeichnen?«

Baylor überlegte, bevor er auf die Frage antwortete.

»Die Blutspritzeranalyse ist sehr nützlich zur Rekonstruktion des Geschehens an einem Tatort, aber sie ist nicht wie eine Fingerabdruckuntersuchung. Es ist ein gewisses Maß an Subjektivität dabei. Ein Fingerabdruck läßt keinen Spielraum für Interpretationen, wenn man genügend Vergleichspunkte hat. Auf Blutspritzer trifft das nicht zu. Man kann sich nicht einfach einen isolierten Blutfleck ansehen und unwiderlegbare Schlüsse daraus ziehen. Man muß den Blutfleck im Kontext der gesamten Szenerie betrachten. Blutflecken sagen einem nur ganz allgemein, was passiert ist.«

»Zwei seriöse Experten können also dieselbe Szene betrachten und zu unterschiedlichen Schlüssen hinsichtlich des Vorgefallenen kommen?«

»Natürlich, in bestimmten Fällen.«

»Ich möchte, daß Sie sich die Beweismittel ansehen, die ich mitgebracht habe, und Officer Yoshidas Aussage lesen. Dann würde ich gerne von Ihnen hören, ob es eine Analyse der Indizien geben könnte, die Ellen Creases Version über den Schußwechsel in ihrem Schlafzimmer stützen würde.«

Baylor runzelte die Stirn. Er machte ein besorgtes Gesicht.

»Ziehen Sie Garys Ehrlichkeit in Zweifel?« fragte er.

»Nein, nein. Ich möchte nur wissen, ob es eine vernünftige Interpretation der Indizien gibt, die sich von seinen Schlüssen unterscheidet. Ich habe absolut keinen Zweifel daran, daß Officer Yoshida vor Gericht seine ehrliche Meinung gesagt hat. Ich will nur wissen, ob er sich irren könnte.«

»Ich nehme an, Gary konnte den Tatort besichtigen?«

Quinn nickte. »Er war zweimal dort.«

»Kann ich ihn besichtigen?«

»Nein. Außerdem wurde er, soweit ich weiß, bereits aufgeräumt.«

»Dann bin ich aber im Nachteil.«
»Das ist mir bewußt. Tun Sie einfach ihr Bestes. Und lassen Sie es mich wissen, ob die Tatsache, daß Sie den Tatort nicht besichtigen können, grundlegenden Einfluß auf Ihre Schlußfolgerungen hat.«
»Okay. Wann brauchen Sie das Ergebnis?«
»Eigentlich wollte ich darauf warten. Können Sie es sofort machen?«
Baylor sah ihn überrascht an. »Ich kann sofort anfangen. Es könnte eine Weile dauern.«
»Kann man hier in der Nähe irgendwo frühstücken?« fragte Quinn. Er hatte zwar keinen großen Appetit, aber in einem Restaurant konnte er die Wartezeit besser herumbringen.«
»Ja. Sue's Café ist ziemlich gut. Fahren Sie rechts aus dem Parkplatz und dann zwei Blocks runter.«
»Okay. In einer Stunde bin ich wieder da.«
»Mal sehen, was ich bis dahin tun kann. Ach, noch was. Soll ich einen Honorarantrag für ein vom Gericht bestelltes Gutachten einschicken?«
»Nein. Ich zahle das privat.«

Als Quinn zu Oregon Forensic Investigations zurückkehrte, fand er Paul Baylor in Hemdsärmeln, mit offenem Kragen und gelockerter Krawatte vor.
»Wie fanden Sie Sue's?« fragte Baylor, während er Quinn durch eine Tür in einen geräumigen Arbeitsraum führte. Die Wände bestanden aus ungetünchten Betonblökken, von der Decke hingen Neonröhren. Die Laborausrüstung, die auf diversen Holztischen stand, sah neu aus, und Quinn nahm an, daß Baylor und sein Partner ihr Kapital vor allem in diese Geräte investiert hatten.
»Es war ein guter Tip.« Quinns Blick fiel auf die Papiere und Fotos, die einen der Arbeitstische bedeckten. »Sind Sie fertig?«

»Ja. Es hat nicht so lange gedauert, wie ich dachte.«

»Konnten Sie irgendwelche Schlüsse ziehen?« fragte Quinn, und hoffte, dabei nicht so aufgeregt zu klingen wie er war.

»Ja.«

»Und?«

»Okay. Zum einen, ich kann Garys Befunden nicht widersprechen.«

»Soll das heißen, daß die Beweislage Ellen Creases Version des Schußwechsels entgegensteht?«

»Das habe ich nicht gesagt. Sehen Sie, wie ich zuvor schon gesagt habe, ist die Blutspritzeranalyse keine exakte Wissenschaft. In gewissen Situationen können zwei Leute aus denselben Indizien verschiedene Schlüsse ziehen. Garys Schlußfolgerungen sind stichhaltig. Doch Garys Analyse der Bedeutung der Blutspritzermuster auf dem Nachthemd und der Seitenfront des Schranks sind nicht die einzige Interpretation, die man anstellen kann.«

Creases Nachthemd lag mit der Vorderseite nach unten auf Wachspapier auf einem langen Tisch. Baylor führte den Richter hin.

»Das Spritzmuster auf der Rückseite des Nachthemds war das einfachste.« Baylor deutete auf den getrockneten Sprühnebel auf dem weißen Gewebe. »Im Transkript heißt es, das Labor habe den massiven Blutfleck auf der Vorderseite und den Sprühnebel auf dem Rücken als Lamar Hoyts Blut identifiziert, also akzeptiere ich das einfach. Keine Frage, daß es sich um ein Hochgeschwindigkeits-Spritzmuster handelt. So weit, so gut.«

»Nun, wenn ich das richtig verstanden habe, behauptete Crease, sie habe im Nachthemd auf dem Bett gesessen und sich mit ihrem Mann unterhalten, als Jablonski in das Schlafzimmer eindrang und Lamar Hoyt erschoß.«

»So habe ich es gehört.«

»Okay. Gary kommt nun zu dem Schluß, daß sie das Nachthemd nicht getragen haben konnte, weil das Hochgeschwindigkeits-Spritzmuster sich auf dem Rükken des Nachthemds befindet. Er schließt daraus, daß sie im Bad Jablonski auflauerte, während das Nachthemd mit der Vorderseite nach unten auf dem Bett lag. Das ist eine mögliche Erklärung für das Muster auf dem Rükken, aber es gibt auch eine andere, die mit Creases Geschichte übereinstimmen würde.«

Baylor griff nach zwei Holzstühlen und stellte sie nebeneinander. Dann winkte er Quinn.

»Stellen Sie sich neben diesen Aktenschrank und drehen Sie mir das Gesicht zu.« Baylor setzte sich auf den Stuhl neben Quinns linker Seite. »Sie sind Jablonski und ich bin Crease. Der Aktenschrank ist der Schrank am Tatort. Ich sitze auf meiner Seite des Bettes. Ich habe mein Nachthemd an. Der andere Stuhl ist die Betthälfte vor dem Bett. Das ist Lamar Hoyts Seite.

Jablonski kommt ins Schlafzimmer. Er geht zur Bettmitte und zur linken Seite des Schranks und hebt die Waffe, um Hoyt zu erschießen.«

Baylor beugte sich auf der rechten Seite nach unten.

»Ich hole die Waffe, die unter dem Bett liegt. Sehen Sie, wie mein Rücken nun plötzlich meinem Gatten zugewandt ist? Das Gewebe ist gedehnt. Wenn Sie schießen, solange ich noch so gebückt bin, und Hoyt im richtigen Winkel getroffen wird, spritzt das Blut über meinen Rükken, nicht auf die Vorderseite. Und wenn ich mich aufrichte, knittert das Gewebe ein bißchen, so daß es aussieht, als hätte es mit der Vorderseite nach unten auf dem Bett gelegen.«

Baylor richtete sich auf.

»Das heißt, Crease könnte die Wahrheit gesagt haben, als sie behauptete, sie habe das Nachthemd angehabt«, sagte Quinn langsam und mehr zu sich selbst als zu Baylor.

»Wenn ja, hätte sie also so über die Westseite des Bettes gebeugt sein müssen, um dieses Spritzmuster auf den Rücken zu bekommen? Sie hätte dann nicht im Bad sein können?«

»Ja. Aber Garys Erklärung ist ebenfalls korrekt.«

»Was ist mit dem Blut auf dem Schrank?«

»Das ist kniffliger, aber es gibt eine Möglichkeit, wie das Spritzmuster auf den Schrank hätte kommen können, wenn Crease von ihrer Seite des Bettes aus schoß. Lassen wir Jablonski wieder so stehen, wie Gary ihn plaziert hat. Er schießt, während Crease nach ihrer Waffe taucht. Creases Bewegungen lenken Jablonski ab. Er dreht den Kopf zum Fenster, den Körper aber nicht. Jetzt zeigt Jablonskis rechte Schläfe auf Creases Seite des Bettes. Machen Sie mal, drehen Sie den Kopf.«

Quinn gehorchte.

»Jetzt wird's schwierig.« Baylor hob die Hände und tat so, als würde er schießen. »Peng. Creases erster Schuß dringt in die rechte Schläfe ein, Hochgeschwindigkeits-Spritzer treten aus der Wunde aus, aber die Spritzer gehen nach vorne, von Jablonski weg und auf den Boden, und das Blut spritzt nicht weit, weil es nur eine geringe Menge ist und bei Hochgeschwindigkeit atomisiert wird. Wenn Jablonski nach dem zweiten Schuß zusammenbricht, wird er auf das Hochgeschwindigkeits-Spritzmuster fallen und es verwischen.«

»Wenn die Hochgeschwindigkeits-Spritzer aus der Kopfwunde auf dem Boden landeten, was verursachte dann das Spritzmuster auf der Seite des Schranks?«

»Aspiriertes Blut aus Jablonskis Lunge. Nach einem Schuß auf den Körper husten die Leute oft Blut. Wenn Jablonski nach dem Schuß auf den Körper seinen Kopf zum Schrank drehte, hätte er Blut auf den Schrank husten können, bevor er auf das Hochgeschwindigkeits-Spritzmuster aus der Kopfwunde stürzte ... Aspiriertes Blut kann Hochgeschwindigkeits-Spritzern ähneln.«

Quinn kam ein Gedanke: »Gibt es einen Unterschied zwischen Blut, das aus einer Kopfwunde spritzt, und aspiriertem Blut aus der Lunge?«

»Sie meinen, ob man das Blut am Schrank daraufhin untersuchen könnte, ob es aspiriertes Blut ist?«

»Genau.«

»Jetzt nicht mehr. Wenn man das Blut kurz nach dem Verbrechen untersucht hätte, hätte man möglicherweise Amylase, ein Enzym aus dem Speichel, entdeckt. Amylase hätte sich mit dem Blut vermischen können, als Jablonski hustete. Aber Amylase zersetzt sich in ein bis zwei Wochen, je nach Temperatur und Feuchtigkeit in der Umgebung, und ist dann nicht mehr nachweisbar. Außerdem wird in aspiriertem Blut nicht immer Amylase gefunden, oder es wird nicht entdeckt, weil die Menge unterhalb der Nachweisgrenze des verwendeten Tests liegt. Auch wenn Gary das Blut getestet hätte, gleich nachdem ihm dessen mögliche Bedeutung klargeworden war, bezweifle ich, daß er etwas herausgefunden hätte.«

»Man kann also nicht feststellen, ob es sich bei dem Blut am Schrank um aspiriertes Blut oder um Hochgeschwindigkeits-Spritzer handelt?«

»Richtig.«

»Und man kann nicht mit Sicherheit sagen, wo Ellen Crease sich befand, als sie auf Martin Jablonski schoß?«

»Ebenfalls richtig.«

Quinn ließ die Schultern sinken. Er hatte gehofft, Baylor würde Yoshidas Analyse entkräften. Aber er hatte es geschafft, die Situation noch verworrener zu machen.

2

Als Quinn in seine Amtsräume zurückkehrte, dröhnte ihm der Schädel. Wenn Baylor ihm gesagt hätte, die Blutspritzeranalyse beweise, daß Ellen Crease gelogen hatte, dann hätte Quinn das Verfahren seinen Gang nehmen lassen. Aber Baylor konnte nicht sagen, daß die Schüsse auf Martin Jablonski nicht genau so stattgefunden hatten, wie Crease sie beschrieben hatte.

Quinn gab Fran Stuart die Beweisstücke zurück und trug ihr auf, keinen Anruf zu ihm durchzustellen. Er sah sich noch einmal die verschiedenen Anträge der Prozeßparteien an. Soweit er das beurteilen konnte, war die Blutspritzeranalyse das Schlüsselindiz des Staatsanwalts. Wenn Quinn allen Anträgen Garretts stattgab, blieben als einzige Indizien Jablonskis Vorgeschichte als Einbrecher mit einer Neigung zur Gewalttätigkeit und die unbestreitbare Tatsache, daß Jablonski in Hoyts Haus eingebrochen war und Lamar Hoyt erschossen hatte. Wenn das der Stand der Dinge war, nachdem der Staat seinen Beweisvortrag abgeschlossen hatte, würde jeder Richter einem Antrag der Verteidigung auf Freispruch stattgeben müssen.

Quinn stützte den Kopf in die Hände. Er hatte in der Nacht zuvor nur wenig geschlafen und war jetzt so erschöpft, daß er nicht mehr klar denken konnte. Er mußte sich erholen und brauchte mehr Zeit, um sich seine Vorgehensweise zu überlegen, aber das Gericht trat in fünf Minuten wieder zusammen.

Als Quinn den Kopf hob, sah er Lincolns gerahmtes Zitat an der Wand. Lincolns Rat, sein Bestes zu geben und dabei zu versuchen, das Richtige zu tun, hatte ihm in seiner Entscheidung geholfen, eine Gefängnisstrafe gegen Frederick Gideon zu verhängen, obwohl jeder erwartet hatte, daß er dem Richter Bewährung zugestehen würde. Das Richtige zu tun war das Kernstück von Quinns persönlicher Philosophie. Das war etwas, das man tat, ohne an die Konsequenzen zu denken. Manchmal erforderte es Mut, das Richtige zu tun. Auf St. Jerome hatte Quinn keinen Mut gezeigt. Aus Eigennutz hatte er den Mord an Andrea nicht den Behörden gemeldet. Seine Feigheit schützte zwar ihn, half aber Andreas Mörder, ungestraft davonzukommen. Jetzt wollte er, daß Quinn ihm half, das Leben eines weiteren Menschen zu zerstören. Quinn beschloß, dies nicht zu tun. An diesem Nachmittag würde er mit dem Mut agieren, den er auf St. Jerome nicht gezeigt hatte.

»Bevor ich über diese Anträge entscheide, möchte ich den Vertretern beider Parteien für ihre exzellenten Schriftsätze und mündlichen Vorträge danken. Sie waren mir bei der Klärung einiger schwieriger Fragen von großer Hilfe.«

Quinn hielt inne. Cedric Riker lehnte sich zurück und sah aus, als sei er völlig sorgenfrei. Er war so egozentrisch, daß er sich gar nicht vorstellen konnte, einen Antrag nicht durchzubekommen. Wenn er verlor, fand er immer einen anderen, dem er die Schuld zuschieben konnte. Mary Garrett rutschte nervös auf ihrem Stuhl hin und her. Sie war selbstbewußt, besaß aber nicht die Egomanie Rikers und war sich deshalb durchaus im klaren, daß die Sache auf Messers Schneide stand. Ellen Crease beobachtete Quinn mit distanzierter Gelassenheit.

»Ich beginne mit der kompliziertesten Frage: Hat die Durchsuchung des Schlafzimmers der Angeklagten die Verfassungen Oregons und der Vereinigten Staaten verletzt? Es obliegt dem Staat zu beweisen, daß die Durchsuchung rechtmäßig war, weil die Durchsuchung ohne richterliche Anordnung durchgeführt wurde. Durchsuchungen ohne richterliche Anordnung sind als unrechtmäßig zu betrachten, außer der Staat kann das Vorliegen einer Ausnahme zu den Anordnungsbestimmungen in den Verfassungen Oregons und der Vereinigten Staaten nachweisen.

Mr. Riker hat argumentiert, daß dringende Umstände Detective Anthony und Officer Yoshida von der Pflicht zur Beschaffung eines Durchsuchungsbefehls entbunden hätten. Ich finde dieses Argument nicht überzeugend. Officer Yoshida konnte keine wissenschaftlichen Gründe vorlegen, warum die wenigen Stunden, die zur Beschaffung eines Durchsuchungsbefehls nötig gewesen wären, es wahrscheinlicher gemacht hätten, daß die Blutspuren entwertet oder vernichtet worden wären. Immerhin war seit dem Verbrechen bereits mehr als eine Woche vergangen. Es stimmt zwar, daß das Reinigungspersonal die Indizien zerstört hätte, aber das wurde erst für den folgenden Tat erwartet. Darüber hinaus erfuhren Detective Anthony und Officer Yoshida vom Kommen des Reinigungspersonals erst, nachdem sie die Entscheidung, das Haus ohne Durchsuchungsbefehl aufzusuchen, bereits getroffen hatten.«

Garrett beugte sich vor und hing förmlich an Quinns Lippen.

»Der Staat argumentiert, James Allens Einwilligung in das Betreten des Schlafzimmers durch die Polizei sei rechtsgültig gewesen. Ich befinde, daß Mr. Allen nicht die tatsächliche Befugnis hatte, diese Einwilligung zu geben. Sowohl er wie die Polizei waren sich bewußt, daß Senatorin Crease ihm die spezifische Anweisung erteilt hatte, niemanden außer das Reinigungspersonal in das Schlafzimmer zu lassen.

Allerdings befinde ich, daß es den Anschein hatte, als habe James Allen die Befugnis, der Polizei das verschlossene Schlafzimmer zu öffnen. Er hatte die Schlüssel zu dem Zimmer. Detective Anthony konnte gerechtfertigterweise annehmen, daß die Person, in deren Obhut Senatorin Crease das Haus hinterlassen hatte, ihn und Officer Yoshida in das Schlafzimmer lassen dürfe, wenn sie einen triftigen Grund dafür haben.«

Garrett ließ die Schultern sinken, und Riker lächelte.

»Trotz meiner Feststellung, daß James Allen scheinbar die Befugnis hatte, eine Durchsuchung des Schlafzimmers zuzulassen, kann ich die im Verlauf dieser Durchsuchung sichergestellten Beweismittel dennoch nicht zulassen.«

Riker schrak auf seinem Stuhl hoch. Er sah verblüfft drein. Garrett sah aus, als könne Sie nicht glauben, was sie da hörte.

»Ich befinde, daß Detective Anthony James Allen bewußt dazu nötigte, das Schlafzimmer zu öffnen, nachdem ihm Mr. Allen zuvor unmißverständlich gesagt hatte, er habe die Anweisung seiner Arbeitgeberin, niemanden außer das Reinigungspersonal in das Schlafzimmer zu lassen. Meines Erachtens war Detective Anthony nicht glaubwürdig, als er aussagte, er habe Mr. Allen nicht bewußt zu einer Einwilligung genötigt.«

Riker war aufgesprungen. »Euer Ehren«, setzte er an, aber Quinn schnitt ihm das Wort ab.

»Die Zeit für Argumente ist vorbei, Mr. Riker. Bitte setzen Sie sich.«

Riker ließ sich auf seinen Stuhl fallen.

»Was die anderen Anträge angeht, so habe ich die von den beiden Parteien eingereichten Schriftsätze gelesen sowie die vom Staat eingereichten eidesstattlichen Erklärungen mit den Angaben darüber, was Conchita Jablonski und Karen Fargo aussagen wollten, falls sie in den Zeugenstand gerufen würden. Ich werde nicht zulassen, daß Conchita Jablonski etwas aussagt, was sie von ihrem Gatten bezüglich des in ihrer Wohnung gefundenen Geldes gehört hat. Das ist reines Hörensagen.

Ähnlich schließe ich alle Aussagen aus, die Lamar Hoyt gegenüber Karen Fargo bezüglich des Zustands seiner Ehe und seines Wunsches, seine Frau für sie zu verlassen, gemacht haben könnte; auch diese Aussagen beruhen auf Hörensagen.«

Riker konnte den Richter nur mit offenem Mund anstarren. Sein Fall gegen Ellen Crease war völlig vernichtet.

»Schließlich werde ich der Verteidigung gestatten, Material bezüglich Mr. Jablonskis krimineller Vergangenheit vorzubringen, als Beweis für ihre Behauptung, daß er am Abend des Schußwechsels als Einbrecher mit räuberischer Absicht handelte. – Ich werde den Gerichtsbeschluß ausstellen lassen«, sagte Quinn im Aufstehen. »Mr. Riker, Sie haben dreißig Tage, um zu entscheiden, ob Sie mein Urteil vor dem Appellationsgericht anfechten wollen. Die Sitzung ist geschlossen.«

Kaum hatte Quinn die Richterbank verlassen, rauschte Cedric Riker mit seinen Assistenten im Schlepptau aus dem Gerichtssaal, und Ryan Clark ging den Korridor hinunter zu den öffentlichen Telefonen, um Benjamin Gage die schlechte Nachricht mitzuteilen. James Allen blieb sitzen. Er beobachtete Mary Garrett und Ellen Crease, die an ihrem Tisch den Ausgang des Verfahrens diskutierten. Allen sah verbissen und unschlüssig aus. Einen Augenblick später mischte er sich unter die Zuschauer und verließ den Saal.

»Was hat das zu bedeuten?« fragte Ellen Crease ihre Anwältin.

»Das bedeutet, daß wir alles gewonnen haben«, erwiderte Garrett, der die Ungeheuerlichkeit von Quinns Spruch erst allmählich bewußt wurde. »Er hat nichts zugelassen, was Riker hätte benutzen können, um Sie zu überführen. Er hat ihm absolut alles genommen.«

Garrett nahm ihr Attaché-Köfferchen in die Hand, und die beiden verließen den Gerichtssaal.

»Sie klingen überrascht.«

»Um Ihnen die Wahrheit zu sagen, ich bin es. Ich hatte gehofft, den Antrag auf Nichtzulassung der Zeugen Conchita Jablonski und Karen Fargo durchzubringen, aber der Antrag gegen die Blutspritzeranalyse war eher ein Schuß ins Blaue.«

»Heißt das, daß der Fall abgeschlossen ist? Daß ich frei bin?«

»Theoretisch steht die Anklage noch im Raum. Aber Riker hat nur die Wahl, in Revision zu gehen oder die Klage fallenzulassen und ...«

Garrett hielt inne, denn Lamar Hoyt junior kam auf sie zugestürmt.

»Das ist noch nicht vorbei, du Schlampe!« schrie er Crease ins Gesicht. »Ich fechte das Testament an und ich werde dir einen Zivilprozeß wegen schuldhafter Tötung anhängen.«

»Lassen Sie meine Klientin in Frieden«, herrschte ihn Garrett an.

»Halts Maul, du ...«

Plötzlich stand Junior auf Zehenspitzen, den linken Arm hinter dem Rücken in einem Hammerlock verdreht. Den Klammergriff angesetzt hatte ein großer Mann mit breiten Schwimmerschultern und schmaler Taille. Lange schwarze Haare fielen ihm in die Stirn. Seine blauen Augen wirkten schläfrig, und sein dichter schwarzer Schnurrbart war struppig. Der Mann sah weder wütend aus noch klang er aufgeregt, als er sagte: »Na, kommen Sie, Junior. Beruhigen Sie sich mal.«

»Ah, ah«, stammelte Junior, als der Mann ihm den Arm über die Höhe der Schulterblätter hochdrückte.

»Ich will Ihnen nicht weh tun«, sagte der Mann, »aber ich kann nicht zulassen, daß Sie die Senatorin und Mrs. Garrett bedrohen.«

»Loslassen! Aua!« keuchte Junior. Sein Gesicht war

schmerzverzerrt, und Garrett meinte, er würde gleich anfangen zu weinen, wenn der Mann ihn nicht losließ.
»Wenn ich Sie loslasse, benehmen Sie sich dann?«
»Ja!«
»Okay«, sagte der Mann und lockerte den Griff um Juniors Arm ein wenig. »Ich nehme Sie jetzt beim Wort und lasse Sie gehen. Aber wenn ich es tue, will ich, daß Sie so schnell von hier verschwinden, wie Ihre Beine Sie tragen können. Wenn Sie mich angelogen haben, breche ich Ihnen beide Arme. Verstehen wir uns?«
»Ja! Jaa! Lassen Sie mich los.«
Der Mann ließ Junior los und trat einen Schritt zurück. Junior faßte sich an die Schulter und beugte sich vor.
»Dann mal los. Nur nicht trödeln.«
Junior sah ihn böse an, hielt aber den Mund und ging zu den Aufzügen.
»Danke, Jack«, sagte Ellen Crease seelenruhig. Während des ganzen Vorfalls hatte sie keine Miene verzogen.
»Gern geschehen«, sagte der Mann und lächelte sie jungenhaft an.
Mary Garrett hatte den Mann während des ganzen Verfahrens hinten im Gerichtssaal sitzen sehen. Sie hatte angenommen, daß er ein Polizist war.
»Mary, das ist Jack Brademas«, sagte Crease. »Er ist Chef des Sicherheitsdienstes von Hoyt Industries. Jack beschützt mich, seit ich von dem Geld erfahren habe, das Martin Jablonski bezahlt wurde.«
»Freut mich, Sie kennenzulernen, Mr. Brademas.«
»Bitte nennen Sie mich Jack. Vor allem nach dem Coup, den Sie da eben vor Gericht gelandet haben. Ist Richter Quinns Urteil wirklich so gut für die Senatorin, wie es aussieht?«
»Noch besser«, erwiderte Garrett. »Der Fall ist so gut wie abgeschlossen.

3

Ced, hier Lou Anthony. Bin eben an meinen Schreibtisch zurückgekommen und habe Ihre Nachricht gefunden. Was ist in der Verhandlung passiert?«

»Quinn hat uns fertiggemacht.«

»Wie?«

»Er hat nichts von unserem Material zugelassen. Die Blutspuren nicht, Fargos Aussage über das, was Hoyt ihr gesagt hat, nicht. Gar nichts.«

»Das ganze Beweismaterial?« wiederholte Anthony, als könne er seinen Ohren nicht trauen.

»Jeden einzelnen Antrag hat er verworfen.«

»O Gott. Und wo stehen wir jetzt?«

»Mitten im All ohne Raumschiff. Quinn hat unseren Fall auseinandergenommen.«

»Können Sie nicht in Berufung gehen?«

»Schon, aber das wäre sinnlos. Das Appellationsgericht kann das Urteil eines Richters verwerfen, der das Gesetz falsch interpretiert, aber Quinn hat seine Entscheidung, die Blutspritzeranalyse als Beweismaterial nicht zuzulassen, mit seiner persönlichen Einschätzung Ihrer Glaubwürdigkeit begründet. Das kann das Gericht nicht revidieren.«

»Was soll das heißen, meiner Glaubwürdigkeit?«

»Er hat Sie einen Lügner geschimpft, Lou. Unmißverständlicher kann ich es nicht sagen.«

»Was hat er?«

»Er hat gesagt, Sie haben unter Eid gelogen, als Sie aussagten, James Allen nicht bewußt dazu gedrängt zu haben, Sie ins Schlafzimmer zu lassen.«

»Aber das habe ich nicht. Ich meine, ich habe den Kerl überredet, aber ich habe nie Druck auf ihn ausgeübt. Wir haben uns nur unterhalten.«

»So ist es vielleicht tatsächlich passiert, aber Quinn hat zu Protokoll gegeben, daß Sie ein Lügner sind. Das

Appellationsgericht kann eine Entscheidung nicht revidieren, die auf der richterlichen Einschätzung der Glaubwürdigkeit eines Zeugen beruht, außer es ist im Protokoll absolut kein Hinweis zu finden, der diese Einschätzung stützt.«

»Ich würde nie unter Eid lügen. Sie wissen das.«

»Ich weiß es, Lou, aber jeder, der Quinns Einschätzung liest, wird anders denken.«

4

Auf der Heimfahrt hörte Karen Fargo das Ende einer Nachrichtenmeldung über Ellen Creases Fall, aber nicht genug, um zu begreifen, was passiert war. Zu Hause schaltete Fargo sofort den Fernseher ein. Der Fall war der Aufmacher. Ein Reporter sprach über Richard Quinns dramatische Entscheidung, während auf dem Bildschirm eine triumphierende Ellen Crease zu sehen war, die ihren Anhängern von der Treppe des Gerichtsgebäudes aus zuwinkte.

»Ich will all den Leuten danken, die in diesen dunklen Tagen nicht aufhörten, an mich zu glauben«, sagte Crease den Reportern, die sie umringten. »Ich habe meinen Gatten geliebt. Ihn durch einen Akt sinnloser Gewalt zu verlieren war ein schwerer Schlag für mich, aber grundlos des Mordes an ihm angeklagt zu werden, war ein noch grausamerer Schlag. Ich danke Gott für Richter Quinns Mut.«

»Werden Sie jetzt Ihren Wahlkampf weiterführen, Senatorin?« rief ein Reporter.

Crease sah direkt in die Kamera. Ihr Mund war ein schmaler Strich. Als sie antwortete, sprach Entschlossenheit aus ihr.

»Ich habe nie damit aufgehört. Die republikanische Partei sollte nicht von einem Mann vertreten werden, der

Milde gegen Verbrecher zeigt, für Waffenkontrollgesetze eintritt, und dessen Sympathien jenen liberalen Kräften in unserer Gesellschaft gehören, die alle Werte pervertieren, die Amerika zum größten Land der Erde gemacht haben. Ich verkörpere die Werte unserer Partei, und die Wähler werden dies bei den Vorwahlen im Mai bestätigen.«

Im Bild war nun plötzlich Benjamin Gage zu sehen, der im Smoking und mit seiner schönen Frau am Arm das Benson Hotel zum Besuch einer Wohltätigkeitsveranstaltung betrat.

»Senator«, fragte ein Reporter von Channel Six, »wie ist Ihre Reaktion auf Richter Quinns Urteil in Ellen Creases Fall?«

Gage blieb stehen. Er sah ernst und nachdenklich aus.

»Ken, es ist wohl kaum angemessen, wenn ich einen Kommentar zu Ellen Creases Strafverfahren abgebe. Allerdings bin ich der Ansicht, daß es nicht einer gewissen Ironie entbehrt, wenn man Mrs. Creases Fall wegen eines jener Verfahrensfehler niederschlägt, über die sie sich in ihren Reden so oft mokiert hat. Es ist außerdem bedauerlich für die Wähler, wenn die Öffentlichkeit einer eindeutigen Klärung des Mordvorwurfs gegen Mrs. Crease beraubt wird, nur weil Beweismittel unterdrückt werden, von denen der Staat glaubt, daß sie seine Vorwürfe untermauern.«

»Sie haben also nicht den Eindruck, daß in Mrs. Creases Fall der Gerechtigkeit Genüge getan wurde?«

»Also, Ken«, erwiderte Gage mit geduldigem Lächeln, »Sie werden mir doch nicht die Worte in den Mund legen wollen. Die Aufklärung des Mordes an Lamar Hoyt überlasse ich der Polizei. Meine Aufgabe ist es, die Bevölkerung von Oregon im United States Senate zu vertreten.«

Gage wandte sich von dem Reporter ab und betrat das

Hotel. Der Reporter sprach noch einen Schlußkommentar, aber Karen Fargo hörte ihn nicht. Sie konzentrierte sich auf den Mann, der Senator Gage ins Benson folgte. Er war groß, gutaussehend und trug einen Smoking, und er hatte eine gezackte Narbe auf seiner rechten Wange. Fargo sah ihn nur wenige Augenblicke lang, aber er sah eindeutig wie der Mann aus, der ihr Geld und einen Job angeboten hatte, wenn sie nur der Polizei von ihrer Beziehung zu Lamar Hoyt erzählte. Arbeitete der Mann für Senator Gage? Sie fragte sich, ob der Filmausschnitt mit dem Mann mit der Narbe um elf noch einmal gezeigt werde würde. Sie beschloß, sich die Spätnachrichten anzusehen, um sicherzugehen, ob es sich wirklich um diesen Mann handelte.

Das Telefon klingelte. Fargo schaltete den Fernseher aus und hob ab.

»Miss Fargo?«

»Ja?«

»Hier ist Detective Anthony.«

»Ja?« fragte Fargo zögernd.

»Ich wollte Ihnen berichten, was vor Gericht passiert ist.«

»Ich … Es war in den Nachrichten. Der Richter hat die Beweismittel nicht zugelassen. Was bedeutet das?«

»Es bedeutet, daß Mr. Riker die Beweisstücke, die wir bei der zweiten Durchsuchung des Tatorts gefunden haben, nicht gegen Ellen Crease verwenden kann. Mr. Riker wird gegen den Beschluß zwar Revision einlegen, aber das kann dauern. Vielleicht Jahre.«

»Ich muß also nicht vor Gericht?«

»Es kann sein, daß Sie noch müssen, aber nicht in nächster Zukunft.«

Fargo atmete erleichtert aus. Sie würde Lamar zwar nie vergessen, aber sie hatte eine Heidenangst, vor Gericht auftreten zu müssen.

»Danke für Ihren Anruf«, sagte Fargo.

»Ich wollte nur sichergehen, daß Sie verstehen, was passiert ist«, erwiderte Anthony freundlich. »Rufen Sie mich ruhig an, wenn Sie irgendwelche Fragen haben.«

Fargo dachte an den Mann mit der Narbe. Sollte sie Detective Anthony von ihm erzählen?

»Detective ...«, fing sie an. Dann fiel ihr ein, daß sie ihr Geld und ihren Job verlieren konnte, wenn sie jetzt etwas sagte. Und es würde sie noch tiefer in eine Sache hineinziehen, die sie hinter sich lassen wollte.

»Ja?«

»Nichts. Ich wollte Ihnen nur noch mal danken.«

5

Quinn trug Fran Stuart auf, keine Anrufe zu ihm durchzustellen. Dann bat er sie, länger zu bleiben, damit sie seine Entwürfe und die endgültige Version seiner schriftlichen Urteilsbegründung im Fall *Crease* abtippen konnte. Quinn schloß die Tür und ließ sich in den Sessel hinter seinem Schreibtisch fallen. Ihm war schlecht, wenn er an seine Entscheidung dachte, und er hatte Angst vor den Konsequenzen.

Quinn suchte sich die Unterlagen zusammen, die er zum Abfassen seiner Begründung benötigte. Er brauchte eine Stunde, um die erste Fassung aufzusetzen und zu überarbeiten. Quinn gab sie seiner Sekretärin. Fran tippte sie schnell, und dann schickte Quinn sie zum Essen, während er an der Schlußfassung arbeitete. Es war schon nach sechs, die Nacht war hereingebrochen.

Gegen sieben kehrte Fran zurück und tippte die Schlußfassung. Quinn las sie durch.

»Gut so, Fran. Sie können nach Hause gehen. Ich unterzeichne die Begründung und lege sie Ihnen auf den Schreibtisch. Bitte legen Sie das Original ab und schicken Sie eine Kopie an Cedric Riker und eine an

Mary Garrett. Und vielen Dank, daß Sie so lange geblieben sind.«

Fran schloß die Tür. Quinn rieb sich die Augen. Dann ging er die Begründung ein letztes Mal durch, überprüfte die Fakten und kontrollierte die Passagen der Fälle, die er zitierte, und den Wortlaut der Gesetze, die er herangezogen hatte. Als er sich schließlich überzeugt hatte, daß er die Begründung auf eine Art formuliert hatte, die eine Aufhebung durch das Appellationsgericht unmöglich machen würde, setzte er seine Unterschrift darunter.

Quinn schloß die Augen und stützte den Kopf gegen die Rückenlehne. Aus der Befürchtung heraus, vor Angst nicht handeln zu können, hatte er jeden Gedanken an die Zukunft bis nach der Urteilsverkündung verschoben. Jetzt konnte er den Gedanken an seine Karriere nicht länger verdrängen. Quinns Leben war das Recht, aber er hatte seinen Eid verletzt, indem er zu Creases Gunsten entschied. Wenn er ehrlich geurteilt hätte, hätte er befinden müssen, daß Allens Einwilligung nicht erzwungen worden war. So wie er geurteilt hatte, hatte er das Vertrauen, das die Menschen dieses Staates in ihn setzten, verraten.

Quinn ließ den Blick über die Bände schweifen, die das Gesetz enthielten. Sein Vater hatte einige Urteile in diesen Büchern gefällt. Als Junge hatte er davon geträumt, seines Vaters Beispiel und dessen Lebensweg zu folgen. Jetzt erkannte er, daß die Fälle in dieser Sammlung nichts bedeuteten. Man konnte die schönsten Worte schreiben, aber sie waren sinnlos ohne den Willen und das Verlangen, sie zu befolgen. Quinn hatte das in ihn gesetzte Vertrauen verraten. Er hatte die Worte zu Staub werden lassen.

20. Kapitel

1

Am nächsten Morgen verschlief Quinn. Als er im Gerichtsgebäude eintraf, hatte Fran Stuart die Urteilsbegründung im Fall *Crease* bereits abgelegt und Kopien an die Prozeßparteien geschickt. Quinn sagte Stuart, daß er nicht gestört werden wolle. Er schloß die Tür zu seinem Büro und arbeitete den Entwurf zu einem Rücktrittsgesuch aus, das er an Stanley Sax schicken wollte. Den Brief zu schreiben war schwieriger, als er sich vorgestellt hatte. Es war fast, als würde ein Selbstmörder einen Abschiedsbrief schreiben. Immer wieder fing er neu an, und lange Zeit starrte er einfach nur in die Luft. Als Fran ihn um 11 Uhr 45 anklingelte, riß sie Quinn aus seinen Gedanken.

»Was ist, Fran?«

»Hier sind zwei Detectives der Portlander Polizei, die Sie sprechen wollen. Ich habe ihnen gesagt, daß Sie nicht gestört werden wollen, aber sie bestehen darauf, mit Ihnen zu sprechen.«

»Was wollen sie?«

»Das wollen sie mir nicht sagen.«

»Na gut. Schicken Sie sie rein. Ich rede mit ihnen.«

Die Tür zu Quinns Büro ging auf, und ein schlanker Schwarzer, den Quinn nicht kannte, folgte Lou Anthony ins Zimmer. Anthony sah aus wie jemand, der seinen Zorn nur mühsam unterdrücken konnte.

Quinn wurde rot, als ihm dämmerte, wie sehr der Detective ihn hassen mußte.

»Guten Morgen, Richter«, sagte Anthony mit bemühter Höflichkeit. »Das ist mein Partner, Leroy Dennis.«

Quinn nickte Dennis zu und fragte: »Was führt Sie zu mir?«

»Eine polizeiliche Angelegenheit. Ich möchte, daß Sie mit uns kommen.«

»Wohin?«

»Es ist ein Mord passiert, und ich möchte, daß Sie mich und Detective Dennis zum Tatort begleiten.«

»Wenn Sie einen Durchsuchungsbefehl brauchen, kann ich Ihnen den auch hier ausstellen.«

»Wenn ich einen Durchsuchungsbefehl bräuchte, wären Sie der letzte Richter, an den ich mich wenden würde«, blaffte Anthony. Dennis legte seinem Partner die Hand auf den Arm, und Anthony sah, verlegen wegen dieses Ausbruchs, zu Boden.

»Es gibt gewisse Dinge, die wir mit Ihnen besprechen müssen, und das können wir hier nicht tun«, sagte Dennis.

»Das klingt aber alles sehr geheimnisvoll, meine Herren.«

»Tut mir leid, aber mehr können wir nicht sagen, bis wir zum Tatort kommen«, sagte Dennis. »Dort wird Ihnen alles klar werden.«

Das Heathman Hotel lag nur wenige Blocks vom Gerichtsgebäude entfernt. Die Detectives schwiegen während des kurzen Spaziergangs, und Quinns Phantasie schlug Kapriolen. Als sie das Hotel erreichten, bemerkte der Richter mehrere Polizeiautos, die vor dem Eingang parkten. Dennis und Anthony führten Quinn durch die Lobby zur Rezeption, wo ein Beamter und ein bestürzt aussehender Mann Mitte Vierzig die Hotelunterlagen durchgingen.

»Mr. Abrams«, unterbrach sie Anthony. Der Mann, der

sich mit dem Polizisten unterhielt, hob den Kopf. »Haben Sie diesen Mann gestern abend hier gesehen?«
Abrams musterte Quinn und schüttelte dann den Kopf. »Das kann ich nicht sagen. Es war sehr viel los. Die Lobby war überfüllt.«
Plötzlich dämmerte es Quinn, warum die Detectives ihn ins Hotel gebracht hatten. Claire Reston, Andrea Chapmans Schwester, wohnte im Heathman. Anthony hatte gesagt, es sei ein Mord passiert. War Reston das Opfer? Wenn sie es war, wie kam die Polizei dann darauf, daß er etwas über ihren Tod wissen könnte?«
»Was ist denn hier los?« fragte Quinn.
»Das werden Sie gleich sehen«, erwiderte Dennis, während die Detectives Quinn zu den Aufzügen führten. Im Fahrstuhl drückte Anthony den Knopf für den dritten Stock. Reston hatte Quinn gesagt, sie wohne im Zimmer 325. Jetzt war Quinn sicher, daß man ihn zu Restons Leiche brachte. Ihm fiel ein, daß Fran Stuart nur wenige Zentimeter entfernt gestanden hatte, als Reston ihm ihr Hotel und ihre Zimmernummer nannte.
Die Tür zu 325 stand offen. Ein kräftiger Polizist bewachte den Eingang. 325 war eine Ecksuite. Kriminalisten des Forensik-Labors untersuchten das Wohnzimmer, sie fotografierten, nahmen Fingerabdrücke, maßen Abstände. Alles im Zimmer sah ordentlich aus, bis auf ein Tablett des Zimmerservice mit einem halb gegessenen Menü, das auf einem Couchtisch vor dem Fernseher stand.
Anthony führte Quinn durch die Menge zur Schlafzimmertür. Sie stand nur einen Spalt offen, aber Quinn konnte die Bettkante und einen nackten Fuß erkennen. Er wollte das Zimmer nicht betreten, aber er hatte keine andere Wahl.
»Kennen Sie diese Frau, Richter?« fragte Anthony, als er die Tür aufstieß. Das Schlafzimmer sah aus und roch wie

ein Schlachthaus. Vom Toilettentisch waren Gegenstände zu Boden geworfen worden, ein Stuhl war umgestoßen, und vom Bett waren die Laken abgezogen worden, die in einem Haufen auf dem blutfleckigen Teppich lagen. Das Blut auf dem Teppich war aber nichts im Vergleich zu der Menge, die die Matratzenauflage durchtränkte, auf der Claire Reston mit ausgestreckten Armen und Beinen lag. Ihre Hände waren ans Kopfbrett gefesselt, die Füße ans andere Ende. Sie war nackt. Ein Knebel war mit Klebeband an ihrem Mund befestigt, um ihre Schreie zu ersticken.

Quinns Knie gaben nach, und er lehnte sich an die Wand.

»Alles in Ordnung, Richter?« fragte Dennis, als er Quinns aschfahles Gesicht sah.

Quinn wollte sich vom Bett abwenden, aber er war wie gefesselt von diesem Bild zügelloser Gewalt.

»Es ist das erste Mal ... Ich habe schon Fotos gesehen, aber ...«

»Vielleicht sollten wir nach nebenan gehen«, sagte Dennis. »Wollen Sie ein Glas Wasser?«

»Bitte.«

Quinn wandte sich langsam vom Bett ab. Plötzlich erstarrte er. Die Haare auf Restons Kopf waren blond, aber ihre Schambehaarung war schwarz wie Andrea Chapmans Haare. Quinn reckte leicht den Kopf, damit er Restons Hüfte sehen konnte. Bei dem, was er da sah, drehte sich ihm der Magen um.

»Heh«, sagte Dennis und faßte Quinn am Ellbogen. »Jetzt kommen Sie. Atmen Sie mal tief durch.«

Quinn drehte sich um. Er atmete tief ein. Dennis führte ihn aus dem Zimmer, aber Quinn merkte nicht einmal, daß er sich bewegte.

Er versuchte zu verdauen, was er eben gesehen hatte. Nicht die Leiche oder die klaffenden Wunden, die sie bedeckten, nicht das Blut oder den Gestank, sondern die blasse, halbmondförmige Narbe, die Quinn auf der Hüfte der toten Frau gesehen hatte: eine Narbe genau wie die, die er auf Andrea Chapmans Hüfte in der Bucht der verlorenen Seelen gesehen hatte. Claire Reston sah nicht nur aus wie Andrea Chapman. Sie war Andrea Chapman. Andrea war auf St. Jerome nicht ermordet worden.

Dennis verließ mit Quinn das Zimmer 325 und führte ihn in die Nachbarsuite. Die Polizei hatte sie als vorübergehende Einsatzzentrale in Beschlag genommen. Anthony folgte ihnen. Im Wohnzimmer telefonierte ein Detective, zwei andere Beamte tranken Kaffee auf der Couch. Dennis brachte Quinn ins Schlafzimmer, und Anthony schloß die Tür. Der Richter ließ sich aufs Bett sinken und stützte den Kopf in die Hände.

»Muß ein ziemlicher Schock sein«, sagte Dennis mitfühlend, als er ins Bad ging, um Quinn ein Glas Wasser zu holen. »Diese arme Frau so zu sehen. Vor allem, da es Ihr erstes Mal ist. Mir wurde beim ersten Mal auch schwindlig. Konnte den ganzen Tag nichts essen.«

Quinns Sinne waren überladen von dem Grauen, das er nebenan gesehen hatte, und von der Erkenntnis, daß auf St. Jerome niemand ermordet worden war.

»Hier«, sagte Dennis und gab Quinn das Glas. Quinn nahm es dankbar an und trank einen Schluck. Dennis zog sich einen Stuhl ans Bett. »Seit wann kennen Sie sie, Richter?«

Dennis hatte die Frage so nebenbei gestellt, daß Quinn sie fast beantwortet hätte. Sollte er zugeben, daß er die tote Frau kannte? Sollte er zugeben, daß er sie als Claire Reston oder daß er sie als Andrea Chapman kannte? Wenn er zugab, daß die tote Frau Andrea war, wie sollte er erklären, daß die Narbe ihn darauf gebracht hatte, ohne zu verraten, daß er Andrea im Bikini gesehen hatte? Und wenn er das zugab, mußte er gestehen, daß er sich nach dem Flug auf St. Jerome mit ihr getroffen hatte. Quinn traf eine Entscheidung.

»Ich war eingeladen, Ende Februar bei einer juristischen Tagung auf St. Jerome zu sprechen. Meine Frau sollte mich begleiten, aber sie mußte in letzter Minute wegen einer unvorhergesehenen geschäftlichen Angelegenheit absagen. Eine Frau namens Andrea Chapman setzte sich im Flugzeug auf den Platz meiner Frau.«

Quinn hielt inne und trank einen Schluck.

»Vor ein paar Tagen erhielt ich einen Anruf von einem Detective, der Miss Chapmans Verschwinden untersuchte …«

»Von wo aus rief er an und wie hieß er?« fragte Anthony.

»Ich glaube, sein Familienname war Fletcher. Er nannte auch seinen Vornamen, aber ich kann mich nicht mehr erinnern. Falls er mir sagte, von wo aus er anrief, habe ich es vergessen. Ich glaube allerdings, er hat es nicht getan.«

»Diese Chapman war also verschwunden?« fragte Dennis.

»Von St. Jerome. Ich wußte nichts darüber.«

»Haben Sie die Chapman nach dem Flug noch einmal gesehen?« fragte Anthony.

»Na ja, im Flughafen, aber danach nicht mehr.«

»Sie wollten sagen, daß Sie die Verstorbene erst vor kurzem kennengelernt haben?« fragte Dennis.

»Ja. Sie kam während der Mittagspause der Vorverhandlung von Ellen Creases Fall in mein Büro. Sie sagte, sie heiße Claire Reston, und Andrea Chapman sei ihre Schwester. Sie wollte wissen, ob ich ihr etwas über das Verschwinden ihrer Schwester sagen könne.

»Warum glaubte sie, daß Sie etwas darüber wissen?« fragte Anthony.

Quinn erstarrte. Daran hatte er nicht gedacht.

»Ich, äh, ich nahm an, daß sie meinen Namen von dem Detective erfuhr, der mich angerufen hatte. Und der hatte meinen Namen aus der Passagierliste der Fluggesellschaft. Sie hat mir zwar nicht gesagt, woher sie meinen Namen kannte, aber der Detective hatte ihr wohl gesagt, daß ich neben ihrer Schwester saß.«

»Und bei dieser Gelegenheit haben Sie mit der Schwester gesprochen? In der Maschine und im Flughafen?«

Quinn spürte Panik in sich aufsteigen. Warum wiederholte Anthony die Frage? Konnte er beweisen, daß Quinn Andrea tags darauf wiedergesehen hatte? Quinn fragte sich, ob er den Detectives die Wahrheit sagen sollte, aber er war wie gelähmt und hatte sich mit seiner vorherigen Antwort bereits auf eine bestimmte Richtung festgelegt.

»Ja.«

»Nach dem Flug nicht mehr?«

»Nein. Danach nicht mehr.«

»Richter Quinn, ich werde Ihnen jetzt Ihre Rechte vorlesen«, sagte Anthony. Quinns Puls beschleunigte sich. So etwas würde Anthony nur tun, wenn er Quinn des Mordes an Claire Reston verdächtigte.

»Sie haben das Recht zu schweigen ...«

»Warum ist das nötig?« fragte Quinn.

»Das sage ich Ihnen, wenn ich fertig bin«, antwortete Anthony knapp. Quinn saß stumm da, während Anthony ihm seine Rechte vorlas, und überlegte, was die Polizei wissen konnte.

»Richter, ich frage Sie jetzt noch einmal. Haben Sie Andrea Chapman nach dem Flug auf St. Jerome wiedergesehen?«

Quinn fiel plötzlich auf, daß Anthony einen braunen Umschlag in der Hand hielt. Der Detective hatte ihn vor Quinn versteckt, während Dennis mit ihm redete. Jetzt zog Anthony das Foto, auf dem Quinn und Andrea auf der Decke in der Bucht miteinander redeten, aus dem Umschlag. Das Foto war mit einem Teleobjektiv aufgenommen. Wenn man es noch weiter vergrößerte, da war Quinn sicher, würde man die Narbe auf Chapmans Hüfte erkennen können, und die Polizei würde merken, daß Reston und Chapman ein und dieselbe Person waren, wenn sie es nicht schon wußte.

»Diese Fotos haben wir im Koffer der Toten gefunden, Richter Quinn. Können Sie sie uns bitte erklären?«

Quinn konnte kaum noch atmen.

»Soll ich Ihnen noch ein Wasser bringen, Richter?« fragte Dennis besorgt. »Alles in Ordnung?«

Quinn atmete tief durch. Er stand kurz vor dem Zusammenbruch.

»Haben Sie Chapman auf St. Jerome gevögelt?« fragte Anthony wütend. »Hat ihre Schwester Sie in Portland aufgespürt und gedroht, es Ihrer Frau zu erzählen?« Sie wußten also noch nicht, daß Reston und Chapman identisch waren, erkannte Quinn plötzlich. »Haben Sie sie aufgeschlitzt, um sie zum Schweigen zu bringen?«

»Nein. So war es nicht. Ich hatte keinen Sex mit Andrea.«

»Sie wollen uns weismachen, daß sie mit dieser Frau allein waren und nicht versucht haben, sie zu vögeln?«

Quinn wußte nicht, was er sagen sollte.

»Schon ein komischer Zufall, daß diese Chapman verschwindet, gleich nachdem Sie sie kennengelernt haben, dann ihre Schwester mit Ihnen redet und am nächsten Tag tot aufgefunden wird«, sagte Dennis.

»Sie müssen mir glauben«, flehte Quinn. »Ich habe Andrea im Flugzeug kennengelernt. Sie war sehr nett. Wir haben uns während des Fluges unterhalten. Sie erzählte mir, daß es auf der anderen Seite der Insel eine Bucht mit einem wunderschönen Riff gebe. Es ist die Bucht auf dem Foto. Wir haben den Nachmittag dort verbracht. Das ist alles.«

»Warum haben Sie uns das nicht gleich gesagt?« fragte Dennis.
»Ich hatte Angst, daß jemand glauben könnte, ich hätte etwas mit ihrem Verschwinden zu tun«, erwiderte Quinn lahm.
»Haben Sie diese Fotos schon einmal gesehen?« fragte Dennis.
»Nein.«
»Das ist komisch, daß Sie uns nicht gefragt haben, woher wir sie haben oder wer sie aufgenommen hat. Es schien Sie nicht einmal zu überraschen, sie zu sehen.«
Als Quinn nichts erwiderte, fragte Dennis: »Richter, können Sie uns sagen, wo Sie gestern abend zwischen sechs und acht waren?«
»Sechs und acht?« wiederholte Quinn begriffsstutzig.
»Ja, Sir.«
»Ich war im Gerichtsgebäude, in meinen Amtsräumen. Ich ... ich habe an der schriftlichen Begründung für den Fall *Crease* gearbeitet.«
»Kann das jemand bezeugen?«
»Meine Sekretärin, Fran Stuart. Sie war dort.«
»Die ganze Zeit?«
»Nein. Sie hat mir den ersten Entwurf abgetippt und ging dann irgendwann zwischen sechs und sieben zum Abendessen. Dann kam sie zurück und tippte die Schlußfassung. Ich glaube, gegen halb acht ist sie gegangen.«
»Also gab es zwischen sechs und acht eineinhalb Stunden, in denen Sie allein waren.«
Quinn nickte.
»Keine Putzfrau kam herein, niemand rief an?«
Quinn schüttelte den Kopf. Er kam sich völlig hilflos vor.
»Sehen Sie das Problem, das wir hier haben, Richter?« fragte Dennis. »Das Heathman ist nur ein kurzes Stück vom Gerichtsgebäude entfernt. Ich würde sagen, maxi-

mal fünf Minuten. Und im Hotel war viel los zwischen sechs und acht, der Zeitspanne, in der, wie der Leichenbeschauer schätzt, Claire Reston ermordet wurde. Es wäre ganz einfach für Sie gewesen, vom Gerichtsgebäude zum Hotel zu gehen, unbemerkt in den dritten Stock zu schleichen und ...« Dennis zuckte die Achseln. »Können Sie uns da weiterhelfen?«

»Sie glauben doch nicht ... Mein Gott, ich könnte doch nie so was ... so was Schreckliches tun, wie dieser armen Frau angetan wurde.«

»Unter Streß machen die nettesten Leute die schlimmsten Sachen, Richter«, sagte Dennis mitfühlend. »Sie hat Ihnen die Fotos gezeigt, und Sie sahen Ihre Ehe den Bach runtergehen. Wir sehen so was häufig. Wenn Sie es getan haben, sagen Sie es uns, damit wir Ihnen helfen können.«

»Diese ... diese Frau wurde nicht einfach nur getötet. Das war methodisch. Das war Folter.«

»Vielleicht sind Sie auf St. Jerome auf den Geschmack gekommen«, sagte Anthony barsch. »Der Kick, als Sie Chapman hilflos und flehend vor sich hatten. Gewisse Leute kann das ziemlich anmachen. Hat es Sie auch angemacht?«

Quinn starrte Anthony ungläubig an. Dann wandte er sich Dennis zu. Die beiden hatten mit ihm gespielt, und er war zu verwirrt und zu niedergeschlagen gewesen, um es zu merken. Sie glaubten wirklich, daß er eine hilflose Frau fesseln und quälen konnte.

»Meine Herren, ich habe versucht, kooperativ zu sein, aber jetzt ist mir klar ... Ich will diese Unterhaltung nicht mehr fortsetzen und Ihnen nur noch sagen, daß ich Claire Reston nichts getan habe. Ich will jetzt gehen. Ohne meinen Anwalt rede ich nicht mehr mit Ihnen.«

»Warum bleiben Sie nicht noch einen Augenblick sitzen und denken über alles nach, während ich mich mit De-

tective Anthony bespreche?« sagte Dennis und winkte Anthony ins Nebenzimmer.
Quinn ließ den Kopf in die Hände sinken. Er wollte den Detectives die Wahrheit sagen, aber er würde ihnen ein hervorragendes Mordmotiv liefern, wenn er ihnen gestand, daß die Tote dazu benutzt worden war, ihn zu erpressen. Dennis und Anthony würden glauben, daß Quinn aus Wut über ihren Verrat Reston ermordet hatte. Die Schlußfolgerung war logisch, wenn auch falsch.
Die Tür ging auf, und Dennis und Anthony traten wieder ins Zimmer.
»Wir lassen Sie jetzt gehen, Richter«, sagte Dennis zu Quinn. »Keiner von uns glaubt, daß Sie uns die Wahrheit gesagt haben, aber wir wollen diese Ermittlung nicht überstürzen. Ich würde Ihnen raten, sehr eingehend über Ihre Pflichten als Staatsbürger nachzudenken. Wenn Sie Informationen besitzen, die uns helfen könnten, den Mord an diesem armen Mädchen da drüben aufzuklären, dann müssen Sie es uns sagen. Sie sind Richter. Und es heißt allgemein, daß Ihnen das etwas bedeutet. Überlegen Sie, wie Sie sich in dieser Sache verhalten sollten.«

2

Fran Stuart sprang auf, als Quinn ins Vorzimmer kam. Sie wirkte sehr aufgeregt.
»Ich habe auf Sie gewartet. Ich wußte nicht, wo ich Sie erreichen kann.«
»Beruhigen Sie sich, Fran. Was ist denn los?«
»Es geht um Mr. Price. Er hatte einen Herzanfall. Richard Kahn hat angerufen, zehn Minuten nachdem Sie mit den Detectives weggegangen sind.«
»Ist er ...«
»Nein, Mr. Kahn sagte, sie hätten gerade in Mr. Prices

Büro über einen Fall geredet, als er plötzlich über Brustschmerzen klagte. Er ist im St. Vincent's Hospital. Wird gerade operiert.«

Quinn trank einen Kaffee in der Cafeteria des Krankenhauses, als eine große Frau mittleren Alters in schwarzem Rock und grauem Pullover an seinen Tisch kam.
»Richter Quinn?«
»Ja.«
»Ich bin Dr. Loerts. Ich habe Mr. Price operiert.«
»Bitte setzen Sie sich. Kann ich Ihnen einen Kaffee bringen?«
»Nein, danke«, erwiderte die Chirurgin mit erschöpftem Lächeln. Sie sah müde aus. Ihre roten Haare waren zu einem Pferdeschwanz zusammengefaßt, und sie rieb sich die Augen, kaum daß sie Platz genommen hatte.
»Mr. Price kommt wieder ganz in Ordnung. Wir haben bei ihm eine dreifache Bypass-Operation durchgeführt. Das klingt furchtbar, aber wir machen das tausendfach, für mein Team ist das eine Routineoperation.«
»Was ist passiert?«
»Drei von Mr. Prices Arterien waren verstopft, und so wurde das Herz nicht mehr ausreichend mit Blut versorgt. Wir haben eine Ader aus seinem Bein und eine aus seiner Brust entnommen und sie kurz vor und hinter den Blockaden an die Arterien angefügt. Wir haben die Verstopfungen also umgangen. Jetzt kommt wieder alles in Ordnung. Es wird ihm sogar besser gehen als vorher, weil sein Herz jetzt wieder ausreichend mit Blut versorgt wird.«
»Kann ich ihn sehen?«
»Im Augenblick noch nicht. Er liegt im Aufwachzimmer und wird wahrscheinlich noch ein oder zwei Stunden dort sein. Danach wird er in die koronare Intensivstation verlegt. Dort können Sie ihn sehen, aber er wird von der

Narkose noch sehr benommen sein. Wahrscheinlich wird er sich an Ihren Besuch nicht erinnern. Wenn er sich ausreichend erholt hat, verlegen wir ihn für den Rest seines Aufenthalts in den sechsten Stock. Der ist für Leute mit Herzproblemen reserviert. Ich vermute, daß wir ihn nächste Woche entlassen können.«

»Ich würde ihn gerne heute sehen, auch wenn er es nicht mitbekommt. Wann geht das?«

Die Ärztin sah auf die Uhr. »Wir werden ihn in ungefähr einer Stunde auf die Koronare verlegen. Sie können ihn nur kurz besuchen, aber so gegen sechs dürfte das möglich sein.«

»Sind Sie sicher, daß ... daß es meinem Vater gutgeht?«

Dr. Loerts stemmte sich vom Stuhl hoch. »Ihr Vater kommt wieder ganz in Ordnung, machen Sie sich keine Sorgen.«

3

Quinn konnte einfach nicht in die düstere Einsamkeit seiner Mietwohnung zurückkehren. Der einzige andere Ort, der ihm in den Sinn kam, war sein Amtszimmer, und er hatte vor, dort sein Rücktrittsgesuch fertigzuschreiben und seine Fälle für seinen Nachfolger zu ordnen. Wie benebelt fuhr er zum Gerichtsgebäude zurück. Dr. Loerts hatte ihm versichert, daß Frank wieder auf die Beine kommen würde, aber Frank war achtzig Jahre alt, und Quinn wußte, daß ihnen nicht mehr viele gemeinsame Jahre blieben.

Quinns Augen wurden feucht, und mit einem Kloß im Hals erinnerte er sich daran, wie er Dr. Loerts gefragt hatte, ob es seinem »Vater« gutgehe. Es war das erste Mal, daß er Frank Price als seinen Vater bezeichnet hatte, obwohl der stille, verschlossene Mann im Lauf der Jahre für ihn zu so etwas Ähnlichem geworden war.

Quinn erinnerte sich an den Tag, als er bei den Prices eingezogen war. Es war der Tag der Beerdigung seiner Eltern. Quinn hatte, noch im schwarzen Anzug und viel zu bestürzt, um sich umzuziehen, eben seine Wäsche eingeräumt, als Price in sein neues Schlafzimmer kam. Quinn sah ihn vor sich, wie er mitten im Zimmer stand, die Arme an den Seiten herabhängend, Verlegenheit im Gesicht. Quinn hatte einen Stapel weißer Unterhemden in der Hand.

»Ich weiß, daß du ziemlich fertig bist, deshalb werde ich mich kurz fassen«, hatte Frank gesagt. »Anna und ich haben keine Kinder. Wir hatten es nicht so vorgehabt. Es hat sich einfach so ergeben. Dein Vater und ich sind uns sehr nahegestanden. Er war ein großartiger Jurist und einer der besten Männer, die mir je begegnet sind. Als er deine Mutter heiratete, waren wir überglücklich, und sie wuchs uns so sehr ans Herz wie Pat. Natürlich können Anna und ich dir deine Eltern nicht ersetzen. Wir wollen es auch gar nicht versuchen. Aber wenn du uns brauchst, sind wir für dich da.«

Mit Anna freundete Quinn sich sehr schnell an, aber es dauerte Jahre, bis er sich in Frank Prices Nähe wohl fühlte. Jetzt, da er ihn beinahe verloren hätte, wurde ihm deutlich bewußt, was der launische alte Mann für ihn getan hatte, und er erkannte, was es bedeuten würde, auch Laura zu verlieren. Liebe war etwas Kostbares, das die Menschen nur selten besaßen. Wenn man sie einmal gefunden hatte, durfte man sie sich nicht wieder aus den Händen gleiten lassen. Quinn liebte Laura, und er hatte vor, um sie zu kämpfen. Er schwor sich, sie anzurufen, sobald er in seinem Büro war. Er wollte ihr sagen, wie sehr er sie liebte, und sie anflehen, ihn wieder aufzunehmen.

Das Gerichtsgebäude des Multnomah County stammte aus dem Jahr 1914; eine Zeit, in der es nur wenige Autos gab und Parken kein Problem war. Es hatte deshalb keine Garage. Für ranghohe Richter waren Parkplätze im Keller des Justice Center gegenüber des Gerichtsgebäudes reserviert, aber Quinns Parkplatz befand sich in einem Parkhaus drei Blocks entfernt, in dem das County Stellplätze angemietet hatte. Quinn hielt vor der Einfahrt an und schob seine Plastikkarte in den Schlitz. Die Schranke ging auf, und er fuhr hinein. Sein Stellplatz befand sich in der untersten Etage in der von der Einfahrt entferntesten Ecke. Die Decke über dem Platz war niedrig, da hier die Rampe von der darüberliegenden Etage herunterführte, und die Ecke lag immer im Dunkeln.

Es waren keine anderen Autos mehr da, als Quinn seinen Volvo abstellte, aber das überraschte ihn nicht, da es schon nach neun war. Er wußte, daß ein Wachmann in der Garage patrouillierte, aber er sah ihn nicht und nahm an, daß er auf einer anderen Etage seine Runde machte.

Quinns Attaché-Koffer lag auf dem Rücksitz des Autos. Er öffnete die Fahrertür, stieg aus und warf die Tür zu. Dann öffnete er die hintere Tür auf der Fahrerseite und beugte sich hinein, um seinen Koffer zu holen. Als er sich wieder aufrichtete, sah er im Seitenspiegel eine Bewegung. Quinn drehte sich um und hob instinktiv den Koffer. Was der Angreifer auch in der Hand hatte, es prallte seitlich davon ab, aber der Schlag war fest genug, um Quinn gegen das Auto zu schleudern.

Als Quinn den Koffer ein wenig senkte, sah er einen großen Mann in Jeans, einer dunkelblauen Windjacke, Handschuhen und einer Sturmhaube. In der rechten Hand hielt er einen Totschläger. Quinn war sicher, daß es der Mann war, der in seine Wohnung eingedrungen war. Quinn war größer und schwerer als der Angreifer, aber er war noch nie gut mit seinen Fäusten gewesen. Seine einzige Rauferei in der High School hatte er wegen seiner Größe und nicht wegen seiner Geschicklichkeit gewonnen. Quinn tänzelte wachsam, den Koffer wie einen Schild in der Hand. Der Angreifer kam langsam näher. Quinn rief um Hilfe. Als der Schrei von den Betonwänden widerhallte, täuschte der Angreifer mit der Hand, die den Totschläger hielt, einen Schlag vor. Quinn hob den Koffer, und der Mann trat ihm gegen das Schienbein. Quinn stöhnte auf. Sein rechtes Bein gab nach, und er ließ die Arme sinken, ohne den Koffer loszulassen. Der Angreifer schlug ihm mit dem Totschläger auf die linke Kopfseite. Quinn riß die Hände vors Gesicht und ließ den Koffer fallen. Der Mann boxte ihn in den Magen, um ihn zum Schweigen zu bringen. Quinn krachte gegen das Auto und schlug sich an der Dachkante den Kopf an. Er rutschte langsam zu Boden, aber der Angreifer zerrte ihn wieder hoch.

Quinn war fast ohnmächtig. Er hörte, wie die Fahrertür aufging, und spürte, wie der Angreifer ihn auf den Vordersitz stieß. Er wollte sich aufsetzen, aber sein Körper gehorchte ihm nicht. Er sah nur verschwommen. Er glaubte zu sehen, daß der Angreifer eine Pistole aus der Windjacke nahm und sie auf die Motorhaube legte. Quinn versuchte noch einmal, sich aufzurichten, aber grobe Hände packten ihn an den Beinen. Er hörte den Angreifer fluchen. Der Mann versuchte, Quinns Beine in das Auto zu stopfen.

Plötzlich dachte Quinn an seine Autoschlüssel. Mit der Sensorsteuerung im Schlüsselanhänger ließen sich die Türen des Volvo aus der Entfernung öffnen und schließen. Mit dem Schließen-Knopf ließ sich im Notfall auch die Alarmanlage auslösen. Quinn tastete in seiner Hosentasche nach dem Schlüsselbund. Als der Angreifer eines von seinen Beinen in das Auto geschoben hatte, drückte Quinn auf den Knopf und zählte bis drei. Die Schlösser an allen vier Türen klickten. Überrascht von dem scharfen Geräusch hielt der Angreifer inne. Die Alarmanlage plärrte los. Adrenalin pulsierte durch Quinns Körper. Er stieß mit beiden Beinen zu. Der Tritt traf den Mann voll und warf ihn nach hinten. Quinn schwang sich aus dem Auto und landete eine schlecht gezielte Rechte auf der linken Kopfseite des Angreifers. Doch der Schlag hatte keine Kraft, der Mann drehte sich mit ihm und jagte Quinn eine kräftige Linke in die Rippen. Quinn grunzte, und der Mann schlug ihm auf die Kehle.

»Heh! Was ist denn da los?« rief ein Wachmann vom anderen Ende der Garage. Der Angreifer sah kurz in die Richtung des Wachmanns, versetzte Quinn noch einen Tritt in den Bauch, der ihn zusammenklappen ließ, und rannte auf den Ausgang zu. Quinn krümmte sich über die Motorhaube des Volvo, als der Wachmann an ihm vorbeirannte. Er war übergewichtig und untrainiert. Er verfolgte den Angreifer ein kurzes Stück und kehrte dann zu Quinn zurück. Der Richter entdeckte die Pistole auf der Motorhaube. Er steckte sie ein, kurz bevor der Wachmann fragte: »Alles in Ordnung mit Ihnen?«

Quinn ließ sich gegen das Auto sinken. Seine Kehle tat ihm weh, und er hatte Schwierigkeiten mit dem Sprechen, deshalb nickte er nur.

»Sie hatten Glück, daß ich eben vorbeigekommen bin.« Der Wachmann faßte Quinn am Ellbogen und half ihm beim Aufstehen. Dann hob er Quinns Attaché-Koffer auf.

»War er hinter dem her?« fragte der Wachmann.

»Da ist nur eine Akte von einem meiner Fälle drin«, krächzte Quinn.

Der Wachmann merkte, in welchem Bereich des Parkhauses sie sich befanden.

»Sind Sie Richter?«

Quinn nickte.

»Glauben Sie, daß es ein Kerl war, den Sie verurteilt haben?«

»Nein. Der war wahrscheinlich hinter meiner Brieftasche her.«

Quinn setzte sich ins Auto und wartete, bis sich sein Atem normalisiert hatte. Er griff sich an den Kopf, wo der Totschläger ihn getroffen hatte, und zuckte zusammen. Auch der Hinterkopf, mit dem er gegen die Dachkante geknallt war, tat ihm weh, aber die Haut war noch intakt. Seine Rippen, das Schienbein und der Kopf schmerzten, und von den Schlägen in den Bauch war ihm ein wenig übel.

»Wollen Sie ins Krankenhaus?« fragte der Wachmann.

»Nein.«

Das Adrenalin hatte den ganzen Angriff surreal wirken lassen. Jetzt normalisierte sich der Pegel wieder, und Quinn begann zu zittern, als ihm dämmerte, daß er hätte getötet werden können.

»Ich möchte jetzt gerne in meine Amtsräume im Gerichtsgebäude.«

»Sind Sie sicher?«

»Ja.«

Er hatte Angst, in seine Wohnung zu gehen, die der Angreifer so einfach geknackt hatte.

»Ich bringe Sie rüber, damit Ihnen nicht noch was passiert.«

»Danke. Und danke, daß Sie mich gerettet haben.«

Während Quinn mit dem Wachmann zum Gerichtsgebäude ging, fragte er ihn: »Müssen Sie das melden?«

»Auf jeden Fall.«

»Es ist nur so, daß ich den Mann, der mich angegriffen hat, nicht identifizieren kann. Er trug eine Sturmhaube und Handschuhe. Und er hat nichts mitgenommen. Ich will nicht die Zeit der Polizei verschwenden, wenn ich ihr nichts sagen kann, das ihr weiterhilft.«

»Das ist ziemlich ernst. Vielleicht hat er ja noch jemand anderen überfallen. Außerdem sind das die Bestimmungen.«
»Wird die Polizei sofort mit mir reden müssen? Ich bin ziemlich müde. Ich würde meine Aussage lieber morgen machen.«
»Mal sehen, was ich tun kann.«
Der Wachmann fuhr mit Quinn bis in seine Etage. Quinn schloß die Tür zu seinem Büro auf. Während er sich im Bad das Gesicht wusch, hörte er den Wachmann an Frans Apparat den Vorfall melden.
Der Wachmann klopfte an den Türstock, und Quinn trat aus dem Bad.
»Für heute abend ist alles in Ordnung. Sie schicken morgen einen Streifenpolizisten vorbei.«
Der Wachmann ging. Als die Tür sich schloß, machte Quinn einen Schritt nach vorne, und die Waffe schlug gegen seinen Oberschenkel. Er zog sie aus der Tasche. Wenn tags darauf der Polizist kam, um ihn zu befragen, würde er sie ihm übergeben. Als er die Waffe betrachtete, kam ihm ein Gedanke. Er ging den Überfall noch einmal durch. Der Mann hatte einen Totschläger benutzt, also wollte er ihn nur k.o. schlagen. Als der Angreifer Quinn bewußtlos glaubte, legte er die Waffe auf die Motorhaube und versuchte, Quinns Beine in das Auto zu schieben. Warum? Warum hatte er die Waffe nicht benutzt?
Quinn fiel die Antwort ein. Ihm wurde übel. Die Polizei hatte Fotos von ihm und Andrea in der Bucht der verlorenen Seelen. Sie verdächtigten ihn des Mordes an der Frau im Heathman. Der Angreifer hatte vor, es so aussehen zu lassen, als habe Quinn in seinem Auto Selbstmord verübt. Er hätte Quinn die Waffe in die Hand gedrückt. Und wenn man die Leiche fand, hätte es so ausgesehen, als habe Quinn sich umgebracht, um der

Schande zu entgehen. Eine Untersuchung würde Quinn vielleicht entlasten. Ein Selbstmord hätte den Fall abgeschlossen.

Quinn hielt die Waffe in der Hand und dachte noch einmal an den Kampf im Parkhaus zurück. Er war geschlagen worden, aber er hatte sich gewehrt, und das hatte ihm gutgetan. Zum ersten Mal, seit dieser Wahnsinn angefangen hatte, hatte er nicht nur den Prügelknaben abgegeben. Er fragte sich, was er getan hätte, wenn er bei dem Angriff die Waffe gehabt hätte. Er kannte sich zwar mit Waffen nicht aus, glaubte aber, daß er geschossen hätte. Der Gedanke beunruhigte ihn. Seit dem Mord an Andrea Chapman hatte er viele Gefühle erlebt, aber Wut gehörte nicht dazu. Wut war überhaupt eine Empfindung, die Quinn nicht oft fühlte. Er hatte selten Grund, wütend zu sein, aber jetzt war er es. Irgend jemand spielte mit seinem Leben, und er hatte vor herauszufinden, wer das war.

Plötzlich erkannte Quinn, daß es noch jemand anderen gab, der in Gefahr war, jemand, der ein ebenso starkes Motiv hatte wie Quinn herauszufinden, wer hinter diesem Komplott steckte, und der außerdem die Mittel zum Zurückschlagen besaß. Er öffnete die Akte *Ellen Crease* und suchte sich das Formular heraus, das sie ausgefüllt hatte, damit sie ohne Kaution auf freien Fuß kam. Dann wählte er ihre Geheimnummer.

4

Zwei bewaffnete und uniformierte Wachen erwarteten Quinn direkt hinter dem Tor in einem Auto mit der Aufschrift eines privaten Sicherheitsdienstes. Als Quinn anhielt, öffnete sich die Beifahrertür des Wagens und ein Mann mit der Statur eines Football-Stürmers kam zum Tor.

»Bitte steigen Sie aus, Sir, und identifizieren Sie sich«, befahl er. Quinn bemerkte, daß er die Hand nicht vom Griff seines Revolvers im Gürtelhalfter nahm. Auch der Mann im Auto verfolgte jede von Quinns Bewegungen.

Ein grauer Nebel lag über Portland, und die Luft war kalt und feucht. Quinn schlotterte und zog die Schultern hoch. Er schob seinen Führerschein durch die Stangen des Tors. Als der Wachmann sich versichert hatte, daß Quinn war, wer er zu sein behauptete, ließ er ihn zu seinem Auto zurückkehren. Froh, wieder im Warmen zu sein, wartete Quinn, während der Wachmann über Funk mit dem Haus sprach. Augenblicke später hörte Quinn ein leises Summen. Das Tor schwang auf, und der Wachmann erklärte ihm, wie er zum Haus kam. Quinn fuhr durch das Tor. Im Nachthimmel hing ein trüber Viertelmond. Die Autoscheinwerfer durchdrangen den dichten Nebel kaum, der das Anwesen verhüllte. Zweimal sah er einen bewaffneten Posten auf seiner Runde.

Ein gutaussehender Mann in einem grauen Geschäftsanzug erwartete Quinn, als er vor der Villa anhielt.

»Kommen Sie rein, Richter«, sagte der Mann und streckte die Hand aus. »Ich bin Jack Brademas, Leiter des Sicherheitsdienstes von Hoyt Industries. Die Senatorin wollte mich bei der Besprechung dabeihaben.«

Quinn gab ihm die Hand, und Brademas führte ihn in die Bibliothek, in der Lou Anthony am Abend des Mordes mit Ellen Crease gesprochen hatte. Crease stand auf, als die Männer eintraten. Sie trug Jeans und eine weiße Bluse unter einem weiten Pullover. In einem Aschenbecher schwelte eine Zigarre.

»Sie sehen durchgefroren aus, Richter«, sagte Crease. »Wollen Sie Tee, Kaffee oder was Stärkeres?«

Quinn sah eine Kaffeemaschine und eine Teekanne nebst einigen Tassen und Untertassen aus feinem Porzellan auf einer Kirschholzanrichte.

»Kaffee, bitte.«
»Jack, sind Sie so freundlich?«
Quinn setzte sich Crease gegenüber in einen Sessel mit hoher Rückenlehne, und Brademas gab ihm eine Tasse. Die Senatorin wartete geduldig, während Quinn einen Schluck trank. Quinns Erschöpfung war offensichtlich, und in seinem Gesicht zeigte sich eine verfärbte Schwellung.
»Als Sie mich anriefen, klangen Sie so aufgeregt, daß ich diesem Treffen sofort zugestimmt habe«, sagte Crease. »Aber jetzt, nachdem ich etwas Zeit zum Nachdenken hatte, frage ich mich, ob es nicht gegen Ihr Berufsethos verstößt. Ich bin die Angeklagte in diesem Fall, den Sie verhandeln.«
»Die Sache geht weit darüber hinaus, Senatorin. An der Peripherie Ihres Falles passieren Dinge, von denen Sie noch gar nichts wissen. Wir sind beide in Lebensgefahr.«
»Das müssen Sie mir erklären.«
»Senatorin, Sie haben mächtige Feinde. Leute, die vor nichts zurückschrecken, auch vor Mord nicht, um Ihnen zu schaden. Meine Karriere als Richter haben sie bereits zerstört. Heute abend haben sie versucht, mich zu töten.«
»Was?«
»Am Montag abend brach ein Mann mit einer Sturmhaube in meine Wohnung ein. Er hatte Fotos von mir und einer jungen Frau, die meine Karriere und meine Ehe zerstören können. Der Mann drohte, die Fotos zu veröffentlichen, wenn ich Ihren Fall nicht so manipuliere, daß Sie wegen Mordes an Ihrem Gatten und Martin Jablonski verurteilt werden.«
»Aber Sie haben zu meinen Gunsten entschieden. Sie haben die Anklage niedergeschlagen.«
»Ja. Ich habe das einzige getan, was mir einfiel, um Sie zu schützen«, erwiderte Quinn leise. »Und deswegen wurde

eine Frau ermordet und ein Anschlag auf mein Leben verübt.«

»Richter, das wird ein bißchen verwirrend«, bemerkte Jack Brademas mitfühlend. »Wenn wir Ihnen helfen sollen, müssen wir genau wissen, was Ihnen zugestoßen ist. Am besten erzählen Sie uns alles ganz von Anfang an.«

Quinn berichtete von der Reise nach St. Jerome, der List, mit der man Laura nach Miami gelockt hatte, dem Besuch von Claire Reston, seiner Aufdeckung der zweiten möglichen Erklärung für die Blutspritzer auf dem Schrank, von dem Mord an Claire Reston und dem jüngsten Anschlag auf sein Leben.

»Ich glaube, daß Martin Jablonski angeheuert wurde, um Sie zu ermorden, Senatorin«, schloß Quinn. »Als er versagte, und Sie wegen des Mordes an Ihrem Mann verhaftet wurden, lockte man mich in die Falle. Und jetzt, da ich die Pläne der Erpresser durchkreuzt habe, versuchen sie, mir den Mord an Claire Reston anzuhängen und mich zu töten. Aber ich bin nicht das eigentliche Ziel dieser Leute. Sie sind es. Und das heißt, Sie sind ebenfalls in Gefahr.«

»Richter, ich weiß nicht, wie ich Ihnen für all die Opfer danken soll, die Sie für mich gebracht haben. Ich schulde Ihnen alles. Wahrscheinlich sogar mein Leben.«

Quinn senkte verlegen den Blick. Crease dachte einen Augenblick lang schweigend nach. Dann blies sie wütend eine Rauchwolke in die Luft und sagte:

»Benjamin Gage muß hinter dieser ganzen Sache stekken. Er und Junior sind die einzigen, die mich so hassen, daß sie mich tot sehen wollen, und Junior ist zu dumm, um ein so kompliziertes Komplott zu schmieden.«

Brademas nickte. »Ich komme zum selben Schluß.«

Er wandte sich an Quinn.

»Benjamin Gages Verwaltungsassistent ist ein Mann namens Ryan Clark. Er ist ein ehemaliger Marinesoldat. Als

Sie uns erzählten, daß ein Mann in Taucherausrüstung sich diese Chapman schnappte, dachte ich sofort an Gage. Für einen mit Clarks Fähigkeiten ist es ein Kinderspiel, eine solche Unterwasser-Entführung zu inszenieren.«

»Aber wie hat er es gemacht?« fragte Quinn. »Ich habe Andrea nie Luft holen sehen.«

»Das mußte sie auch nicht. An allen Tauchflaschen ist ein Atemventil für den Notfall befestigt. Sie konnte das an Clarks Flasche benutzen, solange sie unter Wasser war.«

»Was meinen Sie, Richter, was sollen wir jetzt tun?« fragte Crease.

»Um die Hintermänner dieses Komplotts aufzudecken, sollten wir meiner Ansicht nach die wahre Identität von Andrea Chapman oder Claire Reston oder wie diese Frau auch heißt herausfinden. Wenn wir wissen, wer sie wirklich ist, finden wir vielleicht eine Verbindung zwischen ihr und den Leuten, die hinter uns her sind.«

»Jack kann das erledigen, Richter«, sagte Crease. »Er war Polizist hier in Portland, bevor er für die Firma meines Gatten arbeitete. Wir kennen einander aus der Truppe. Er hat noch immer Kontakt ins Büro.

Jack, können Sie sich die Kopien der Ermittlungsberichte über den Mord im Heathman besorgen? Wir müssen wissen, wer die Ermordete war und wo sie wohnte. Und dann können wir versuchen herauszufinden, wie sie in diese Sache hineingeraten ist.«

»Ich habe die Information bis zum Nachmittag«, versicherte Brademas seiner Chefin.

»Gut. Vielleicht sollten Sie auch über die Informationen nachdenken, die Richter Quinn uns gegeben hat, und sich überlegen, ob es noch andere Ermittlungsrichtungen geben könnte.«

Brademas ging, und Crease wandte sich Quinn zu. »Sieht

so aus, als wären wir beide in größeren Schwierigkeiten, als uns lieb ist.« Crease seufzte schwer. »Wenn die Umfragen so bleiben, wie sie im Augenblick sind, ist meine politische Karriere vorbei. Retten kann ich sie nur noch, wenn ich beweisen kann, daß ich in eine Falle gelockt wurde. Ansonsten glauben die Leute, daß ich Jablonski angeheuert habe und nur wegen eines Verfahrensfehlers davongekommen bin.«

»Vielleicht hilft es, wenn ich an die Öffentlichkeit gehe und von dem Erpressungsversuch erzähle.«

»Das hilft nur etwas, wenn wir beweisen können, daß wir beide in eine Falle gelockt wurden, und wer hinter der Verschwörung steckt. Ansonsten klingt alles, was Sie sagen, wie ein Versuch, sich aus dem Reston-Mord herauszureden. Außerdem würde es Ihre Karriere zerstören, wenn Sie jetzt an die Öffentlichkeit gingen, und ich kann nicht zulassen, daß Sie das für mich tun.«

»Meine Karriere ist sowieso zu Ende. Ich trete morgen von meinem Amt als Richter zurück. Als ich überfallen wurde, wollte ich eben ins Gerichtsgebäude zurückgehen und mein Rücktrittsgesuch schreiben.«

»Tun Sie das nicht. Sie sind ein guter Richter. Wenn Sie zurücktreten, lassen Sie diese Schweinehunde gewinnen, die uns das eingebrockt haben. Sie haben Mut bewiesen, als Sie zu meinen Gunsten entschieden haben. Überlassen Sie diese Sache Jack und mir. Und geben Sie die Hoffnung nicht auf. Das würden Sie tun, wenn Sie zurücktreten.«

21. Kapitel

1

Als Quinn Stanley Sax' Büro betrat, starrte der vorsitzende Richter erstaunt den gelblich-blauen Fleck an, der sich über Quinns linke Gesichtshälfte ausgebreitet hatte.

»Alles in Ordnung?«

»Körperlich geht's mir gut. Gefühlsmäßig ... das ist was anderes.«

»Kann ich mir vorstellen. Sie sind *das* Gesprächsthema im Haus. Zuerst die Entscheidung im Fall *Crease*, dann dieser Überfall im Parkhaus.«

»Ich möchte eine Weile Urlaub nehmen, Stan.«

»Klingt einleuchtend. Wie lange?«

»Ich habe meinen Schreibtisch aufgeräumt, weil ich dachte, daß der *Crease*-Prozeß fast den ganzen Monat in Anspruch nehmen würde. Ich kann ein paar Tage freinehmen, ohne die Arbeit des Gerichts zu behindern. Ich schreibe Memos für alle meine Fälle, so daß jeder Richter, dem Sie sie zuweisen, sich sofort an die Arbeit machen kann.«

»Gut. So überfallen zu werden muß ziemlich angsteinflößend sein. Gehen Sie nach Hause und erholen Sie sich. Rufen Sie mich nächste Woche an und sagen Sie Bescheid, wie's Ihnen geht. Vielleicht sollten Sie mit Laura an die Küste fahren. Lily und ich haben uns oft einen kleinen Bungalow am Cannon Beach gemietet und bei heißen Grogs und einem guten Feuer im Kamin den Stürmen zugesehen.« Sax lächelte. »Ein wenig Romantik ist das beste gegen eine trübe Stimmung.«

Daß Sax ihn an seine unglückliche Ehe erinnerte, schmerzte, aber Quinn zwang sich zu einem Lächeln und sagte: »Danke für den Rat und für Ihr Verständnis.«

Sax winkte ab. Quinn verließ Sax' Büro und ging in seine Amtsräume. Fran Stuart betrachtete Quinns Gesicht. Bevor sie fragen konnte, sagte er: »Das sieht ziemlich übel aus, aber mir geht's gut.«

Fran gab Quinn einen Stapel Nachrichten. Als Quinn sie durchblätterte, um nachzusehen, ob eine von Crease oder Brademas darunter war, sagte seine Sekretärin: »Die meisten sind von Freunden, die wissen wollen, wie's Ihnen geht, oder von Reportern, die Sie interviewen wollen. Außerdem hat ein Officer Ramirez angerufen. Er wollte einen Termin für heute nachmittag ausmachen, um Ihre Aussage wegen des Überfalls aufzunehmen.«

Quinn sah auf die Uhr. Es war kurz nach drei. Er konnte ihn wahrscheinlich gegen halb fünf dazwischenschieben. Quinn ging auf sein Büro zu.

»Und Ihre Frau hat ein paarmal angerufen.« Quinns Herz machte einen Satz. »Sie wollte, daß Sie sie anrufen, sobald Sie da sind.«

Quinn war zu erschöpft gewesen, um Laura nach seinem Besuch bei Ellen Crease anzurufen. Ihre Anrufe machten Quinn besorgt. Meldete sie sich, um sich wieder zu versöhnen oder um die Scheidung zu verlangen?

»Ach«, sagte Fran. »Da war noch ein ungewöhnlicher Anruf. Erst vor zehn Minuten. Eine Frau namens Denise Ritter. Sie sagte, es sei dringend. Sie wollte mit Ihnen über diese Frau reden, die gestern im Heathman Hotel ermordet wurde. Sie sagte, sie sei die Schwester der Frau.«

»Ihre Schwester?«

»Ja. Sie klang sehr aufgeregt.«

»Danke, Fran.«
Quinn blätterte in den Nachrichten, bis er den Zettel mit Ritters Nummer gefunden hatte. Die Vorwahl war die von Seattle. Es klingelte zweimal, dann meldete sich eine Frauenstimme.
»Spreche ich mit Denise Ritter?« fragte Quinn.
»Ja.«
»Hier ist Richter Quinn.«
Quinn hörte nur Atmen am anderen Ende der Leitung.
»Mrs. Ritter?«
»Tut mir leid. Vielleicht hätte ich Sie nicht anrufen sollen.«
»Geht es um diese Frau, die gestern ermordet wurde?«
»Ja. Marie ist ... war meine Schwester.«
Quinn hörte, wie der Frau der Atem stockte. Dann hörte er ein Schluchzen.
»Alles in Ordnung?«
»Tut mir leid ... Ich bin heute morgen nach Portland geflogen, um Maries Leiche zu identifizieren.«
»Das muß schrecklich gewesen sein.«
»Die Detectives waren sehr nett, aber ...«
Ritter verstummte, und Quinn hörte sie sich schneuzen. Dann entschuldigte sie sich wieder.
»Mrs. Ritter, warum haben Sie mich angerufen?«
»Die Detectives haben mir ein Bild von Ihnen und Marie an einem Strand gezeigt.«
»Sie haben ihnen gesagt, daß die Frau auf dem Foto Marie war?«
»Ja.«
»Schien sie das zu überraschen?«
»Jetzt, da Sie es erwähnen, muß ich sagen, ja.«
»Was haben sie Sie gefragt, als Sie das sagten?«
»Sie wollten wissen, ob Marie Sie je erwähnt hatte, aber sie wollten mir nicht sagen, warum sie das fragten.«
Ritter zögerte. Dann sagte sie: »Richter, Marie und ich

standen uns nicht sehr nahe. Vor allem in den letzten Jahren nicht mehr. Ich hatte gehofft, Sie könnten mir sagen, was vorgefallen ist. Wie konnte das passieren?«

»Mrs. Ritter, ich würde ebenfalls gerne mit Ihnen über Marie reden. Wenn ich jetzt gleich nach Seattle fliege, würden Sie sich heute abend mit mir treffen?«

2

Kurz nach sechs landete die Maschine. Zwanzig Minuten später fuhr das Taxi, das Quinn sich am Sea-Tac-Flughafen genommen hatte, um eine Kurve, und der Richter sah die riesigen Glas- und Betontürme, die Seattles Stadtbild bestimmten. Seattle hatte durchaus seinen Anteil an interessanter Architektur: Die Space Needle überragte alles; der Pike Place Market, eine Ansammlung klappriger Stände, Läden und Restaurants, die wirkten, als würden sie mit Kleister zusammengehalten, schlängelte sich einen Hügel über der Elliott Bay hinauf. Doch die Gebäude Seattles waren bei weitem nicht so spektakulär wie seine Landschaft. Die »Emerald City«, die Smaragdstadt, erhob sich auf einem schmalen Landstreifen zwischen dem Puget Sound und dem achtzehn Meilen langen Lake Washington. Der riesige Mount Rainier dominierte die Landschaft östlich der Stadt, und im Westen lagen die zerklüfteten Gipfel der Olympic Mountains.

Kurz nach Erreichen des Stadtzentrums verließ das Taxi die Interstate und fuhr hügelabwärts auf den Pioneer Square Historic District zu, einem Viertel mit Häusern aus spätviktorianischer Zeit und dem frühen zwanzigsten Jahrhundert, das nach dem großen Feuer von 1889 erbaut wurde. Tag und Nacht wimmelte es in diesem Viertel von Menschen, die von seinen Galerien, Restaurants, Antiquitätenläden und Theatern angelockt wurden. Denise Ritter wollte Quinn in einer Espressobar an der Kreuzung First und James in der Nähe des ursprünglichen Pioneer Square treffen. Quinn sah den Totempfahl auf dem Platz, bevor er das Café entdeckte, ein dunkles, schmales Lokal zwischen einer Galerie für indianische Kunst und einer Esoterik-Buchhandlung. Im hinteren Teil der Espressobar saß eine Frau in einem Folklorekostüm, die nervös die Tür beobachtete.

Denise Ritter hatte nur wenig Ähnlichkeit mit ihrer Schwester. Sie war über einssiebzig groß und hatte Hängeschultern. Ihre Haare waren schwarz wie die von Marie, aber kraus und am Hinterkopf mit einer Haarspange zusammengefaßt, und ihre blauen Augen verbargen sich hinter einer Schildpattbrille mit starken Gläsern. Sie waren rotgeweint. Als Ritter Quinn auf sich zukommen sah, schien sie sich in sich selbst zurückzuziehen. Quinn brauchte einen Augenblick, bis er merkte, daß Marie ihre »Claire Reston«-Rolle nach ihrer realen Schwester geformt hatte.

»Ich bin Richard Quinn«, sagte der Richter, als er vor Ritters Tisch stand. Ritter streckte unsicher die Hand aus, und Quinn nahm sie. Ihre Haut war kalt, und sie sah erschöpft aus.

»Geht es Ihnen gut?« fragte Quinn, als er sich setzte.

»Nein«, erwiderte Ritter aufrichtig. »Marie so zu sehen, war wirklich ein Schlag für mich.«

Sie konnte nicht weiterreden, und Quinn war erleichtert, als ein dürrer Kellner in Jeans und T-Shirt an den Tisch kam. Quinn bestellte einen Kaffee. Ritter hatte einen Cappuccino vor sich stehen.

»Ich bin sehr froh, daß Sie bereit sind, mit mir zu reden«, sagte Quinn zu Ritter. »Unter den Umständen.«

»Ich tue das ebensosehr für mich wie für Sie. Marie war meine Schwester. Was ich allerdings nicht verstehe, ist Ihr Interesse.«

»Was hat die Polizei Ihnen von mir erzählt?«
»Daß Sie Marie kannten.«
»Haben sie gesagt, ich sei ein Verdächtiger?«
Die Frage überraschte Ritter. Sie schüttelte den Kopf und sah sich Quinn genauer an.
»Und Marie hat mich Ihnen gegenüber nie erwähnt oder von einem Richter erzählt, den sie kannte?«
Ritter starrte auf den Tisch. »Ich habe mit Marie selten über ihre Arbeit gesprochen.«
»Und was genau verstehen Sie denn unter Maries Arbeit?«
Ritter seufzte traurig. »Marie war ein Callgirl, Richter. Eine Prostituierte.«
Quinn hätte schockiert sein müssen, aber er war es nicht. Wenn jemand eine Frau brauchte, um einen Mann zu verführen, dann war es nur sinnvoll, eine Professionelle anzuheuern.
»Arbeitete Marie in Seattle?«
»Ja.«
»Hat sie je in Portland gearbeitet?«
»Ich weiß es nicht. Sie hat mir nie etwas davon erzählt, da ich etwas gegen Maries ... Lebensstil hatte, und weil sie das wußte, hat sie selten mit mir über ihre Arbeit gesprochen.«
»Ich möchte Ihnen sagen, daß ich bis zum heutigen Tag nicht wußte, daß Marie eine Prostituierte war«, sagte Quinn bestimmt. »Mir erzählte sie, sie sei Gürteldesignerin. Ich dachte, sie würde in der Modeindustrie arbeiten. Hat sie je etwas in der Richtung gemacht?«
»Marie? Nicht daß ich wüßte.«
»Hätten Sie etwas dagegen, mir etwas über Ihre Schwester zu erzählen?«
Ritter rieb sich die Augen. Ihre Lippen zitterten.
»Marie war zwei Jahre jünger als ich. Sie war immer schon rebellisch. Ich war eine gute Schülerin. Marie war

mindestens so intelligent wie ich, aber sie hat die Schule kaum geschafft. Sie hatte es mit Drogen und Jungs. Meine Eltern haben alles versucht. Schließlich gaben sie auf. Als Marie achtzehn war, wurde sie wegen Prostitution verhaftet, und meine Eltern warfen sie aus dem Haus. Dabei lebte sie damals eigentlich gar nicht mehr zu Hause. Danach wollten sie nichts mehr mit ihr zu tun haben.«

»Wissen Ihre Eltern, daß Marie tot ist?«

»Nein. Ich habe es ihnen nicht gesagt. Ich weiß nicht, was ich sagen soll. Sie haben Marie schon vor Jahren abgeschrieben.«

»Wie nahe standen Sie Ihrer Schwester?«

»Das ist schwer zu sagen. Als ich im College und auf der Universität war, sahen wir uns kaum. Nachdem ich dann nach Seattle zurückkam, um hier als Lehrerin zu arbeiten, trafen wir uns ein bißchen häufiger, aber nicht regelmäßig. Manchmal kam sie einfach vorbei, oder sie rief spontan an, und wir gingen miteinander zum Essen. Oft wenn sie anrief, dachte ich, sie würde es nur tun, weil sie einsam war, aber wenn ich sie fragte, tat sie immer sehr optimistisch und prahlte, wie toll ihr Leben sei.«

Ritter hielt inne und trank einen Schluck Cappuccino. Als sie den Kopf hob, hatte sie Tränen in den Augen.

»Es gab auch Zeiten, da tauchte sie unverhofft auf, völlig fertig wegen ihrer Drogen oder weil sie einen Platz zum Schlafen brauchte. Einmal habe ich ihr sogar einen Therapieplatz besorgt. Ich glaube, bei unseren letzten paar Begegnungen war sie clean, aber ich bin so naiv, daß ich wahrscheinlich gar nicht merkte, ob sie was nahm oder nicht.«

Quinn gab Ritter sein Taschentuch.

»Tut mir leid«, sagte sie. »Ich glaube, wirklich nahe standen wir uns gar nicht. Wir waren so verschieden. Aber sie war meine Schwester, und sie wirkte so verloren. Als wir uns das letzte Mal sahen, versuchte ich, sie zu einem normalen Job zu überreden. Aber sie lachte nur. Sie sagte, es gehe ihr großartig, und daß es noch viel besser würde. Und sie sah auch so aus. Sie trug teure Kleidung und Schmuck, den ich an ihr noch nie gesehen hatte.«

»Woher bekam sie ihr Geld? Sie sagten, sie sei Callgirl gewesen. War das ihr einziger Job? Hatte sie einen Zuhälter?«

»Nein, keinen Zuhälter. Soweit ich das mitbekam, arbeitete sie für einen Begleit-Service. Aber das war nur eine Fassade für einen Callgirl-Ring.«

Denise hielt inne. Sie sah plötzlich sehr nachdenklich aus.

»Unser letztes Treffen, von dem ich eben erzählt habe, als sie so teuer angezogen war, das war Mitte Februar. Sie war richtig in Hochstimmung, sehr aufgeregt, und das war komisch, weil ihr ihre Art des Geldverdienens eigentlich keinen Spaß machte. Das hatte sie mir zumindest mal erzählt.«

Quinn war Ende Februar auf St. Jerome gewesen. Er war sicher, daß Marie Ritters plötzliches Glück mit der Erpressungsgeschichte zu tun hatte.

»Hat Marie Ihnen erzählt, warum sie aufgeregt war, oder woher sie das Geld für die Kleider hatte?«

»Nicht genau. Sie erzählte nur, daß sie jetzt viel Geld verdiene, und daß dieses Geld nichts mit dem Begleit-Service zu tun habe. Daß es etwas sei, das sie nebenbei laufen habe. Aber was Genaues weiß ich nicht.«

»Hatte Ihre Schwester irgendwelche Freunde, mit denen ich reden könnte?«

»Marie erwähnte ein paarmal eine Frau namens Christy und eine andere namens Robin, aber mehr als die Vornamen weiß ich nicht.«

»Sprach Ihre Schwester je über ihre Kunden?«

»Ich habe Marie nicht gerade ermutigt, über ihre Arbeit

zu reden. Für mich war das ekelerregend, diese Art zu leben.« Denise schüttelte sich. »Ich kann's mir nicht einmal vorstellen.

Wenn sie über die Männer redete, mit denen sie zusammen war, dann meistens mit Verachtung, aber sie hat nie Namen genannt, und ich fragte auch nicht danach. Ein paar waren okay, wie sie sagte, aber über die meisten lachte sie nur. Wie gesagt, ich redete nicht gern über das, was sie tat, außer, um sie davon abzubringen.«

»Denise, hat Ihre Schwester je Kunden aus Portland erwähnt?«

»Nicht, soweit ich mich erinnere.« Ritter hielt inne. »Allerdings erzählte sie mal von einem Mann, mit dem sie sich öfters getroffen hatte und der in Oregon lebte. Er hatte irgendein Geschäft in Seattle. Irgendwas Komisches.«

»Können Sie sich erinnern, was es war?«

Ritters Gesicht hellte sich auf. »Sie sagte, er sei Bestattungsunternehmer. Marie fand das ziemlich lustig.«

Quinn spürte, wie ihn die Aufregung packte. »Denise, das ist wichtig. Hat sie diesen Mann beschrieben? Können Sie sich an irgend etwas erinnern, das sie von ihm erzählte?«

Ritter runzelte die Stirn und schüttelte dann den Kopf. »Ich kann mich nur an sein Geschäft erinnern.«

»Hat sie nie gesagt, wie alt er war?«

»Sie sagte nur, daß er sich nicht anziehe, wie man es von einem Leichenbestatter erwarten würde. Ich glaube, er zog sich ziemlich auffällig und modisch an und tanzte gern die ganze Nacht, und ich nahm deshalb an, daß er jung war, aber gesagt hat sie es mir nie.«

»Haben Sie eine Ahnung, wie ich mit Maries Begleit-Service Kontakt aufnehmen könnte?«

»Nein. Ich weiß ja nicht mal, wo Marie die letzten Monate wohnte.«

Ritter hielt inne. Dann sah sie Quinn direkt in die Augen.
»Seitdem Sie zur Tür hereingekommen sind, versuche ich schon, meinen Mut zusammenzunehmen, um Sie etwas zu fragen, Richter.«
»Dann schießen Sie los.«
»In welcher Beziehung standen Sie zu meiner Schwester?«
»Ich lernte sie in einem Flugzeug kennen, als ich zu einer Juristenkonferenz in die Karibik flog. Tags darauf waren wir zusammen an dem Strand, den Sie auf dem Foto gesehen haben. Ich glaube, Marie wurde angeheuert, um sich mit mir anzufreunden, mich zu verführen. Als die Polizei das Hotelzimmer durchsuchte, in dem Marie ermordet wurde, fand sie diese Fotos in ihrem Koffer, und sie brachte mich in das Hotelzimmer. Die Polizei dachte, daß ich sie möglicherweise ermordet habe, aber ich war es nicht. Ich könnte nie jemandem das antun, was Ihrer Schwester angetan wurde.«
Ritter verdaute diese Information. Dann atmete sie tief durch und sah Quinn direkt an.
»Die Detectives … Sie zogen das Tuch nur so weit zurück, daß ich das Gesicht sehen konnte, und ich war viel zu aufgeregt, um zu fragen. Hatte sie … mußte sie viel leiden?«
Quinn versetzte sich in das Hotelzimmer zurück. Einen Augenblick lang sah er Marie Ritters verstümmelten Körper vor sich.
»Ich fürchte, ja«, antwortete der Richter sanft.
Ritters Augen wurden feucht. Sie biß sich auf die Lippe.
»Bitte sagen Sie mir, was passiert ist.«
»Denise, das wollen Sie gar nicht wissen. Das bringt Ihnen nichts.«
»Bitte«, flehte Denise.
Quinn seufzte und beschrieb so taktvoll wie möglich, was

er in dem Hotelzimmer gesehen hatte. Als er damit fertig war, schwieg Ritter einen Augenblick fassungslos.
»Ich wußte, daß so etwas passieren würde, wenn sie weiter dieses Leben führte«, sagte sie schließlich. »Ich habe versucht, mit ihr zu reden, aber sie wollte nicht auf mich hören.«
»Man kann nur tun, was in seiner Macht steht. Machen Sie nicht den Fehler zu glauben, daß es Ihre Schuld war, oder daß Sie sie hätten retten können. Gewisse Leute wollen sich nicht retten lassen. Versprechen Sie mir, daß Sie sich diese Last nicht auf die Schultern laden.«
Ritter seufzte. »Nein, den Fehler werde ich nicht machen.«
»Gut. Das ist gut. Der Mörder hat Marie das Leben genommen. Lassen Sie nicht zu, daß er auch Ihres versaut.«

3

Den fünfzigminütigen Rückflug nach Portland bekam Quinn kaum mit. Er konnte an nichts anderes denken als an die Information, die Denise Ritter ihm gegeben hatte. Mary Garrett hatte vor der Vorverhandlung zu den Akten gegeben, daß sie nicht alle Polizeiberichte im Besitz der Staatsanwaltschaft habe einsehen können. Um dieses Problem zu lösen, war Quinn gezwungen gewesen, die Berichte zu lesen. So kannte er auch Detective Anthonys Unterredung mit Charles DePaul. Wenn Junior wußte, daß sein Vater sein Testament hatte ändern wollen, hätte er ein deutliches Motiv gehabt, um Martin Jablonski für den Mord an seinem Vater und Ellen Crease anzuheuern. Wenn Junior wußte, daß Crease von dem Testament nicht profitieren würde, wenn man sie wegen Mordes an ihrem Gatten verurteilte, hätte Junior auch ein Motiv für die Erpressung. Quinn erinnerte sich plötzlich an den Streit zwischen Junior und seinem Vater

in der Zentrale von Hoyt Industries, von dem Anthony bei seinem Gespräch mit Stephen Appling erfahren hatte. Hatten sie sich über das Testament gestritten?
Wie konnte er das Thema dieses Streits herausfinden? Nur Junior und sein Vater waren dabeigewesen. Quinn kam ein Gedanke. Karen Fargo mußte die Frau sein, die von Hoyts neuem Testament profitiert hätte. Sie war Hoyts Geliebte, als es zu dem Streit kam. Und Männer redeten mit ihren Geliebten über ihre Sorgen.
Quinns erster Gedanke war, Ellen Crease zu erzählen, was er in Seattle erfahren hatte. Jack Brademas konnte mit Fargo reden. Er war ein professioneller Ermittler, ein ehemaliger Polizist. Aber das würde nicht funktionieren. Fargo würde nie mit jemandem reden, der zu Ellen Crease gehörte. Quinn würde es selbst tun müssen.
Es regnete leicht, als Quinn um halb zehn landete. Er suchte sich Fargos Adresse im Telefonbuch heraus und fuhr vom Portland Airport direkt zu ihrem gelb-weißen Cape-Cod-Häuschen. Kurz nach zehn stellte der Richter sein Auto vor der Tür ab. Im Wohnzimmer brannte Licht. Quinn rannte über die Straße und stellte sich unter das Vordach über der Haustür. Er klingelte. Das Geräusch des Fernsehers verstummte, ein Vorhang bewegte sich. Augenblicke später ging die Tür so weit auf, wie die Sicherheitskette es zuließ.
»Miss Fargo?«
»Ja?« erwiderte sie argwöhnisch.
»Ich bin Richard Quinn. Ich bin Richter. Ich habe den Fall Ellen Crease verhandelt.«
Fargo kannte Quinn aus den Fernsehnachrichten über den Fall.
»Was wollen Sie von mir?«
Quinn lächelte, um Fargo die Befangenheit zu nehmen. »Es wäre schön, wenn ich reinkommen dürfte. Ich habe meinen Schirm vergessen.«

Wasser lief Quinn über das Gesicht und perlte seinen Regenmantel entlang. Fargo öffnete die Tür und ließ Quinn ein. Er strich sich mit der Hand das Wasser aus den Haaren.
»Ich entschuldige mich, weil ich so spät komme und vorher nicht angerufen habe. Aber ich würde sie nicht stören, wenn es nicht wichtig wäre.«
Fargo ging ins Wohnzimmer und deutete auf die Couch. Quinn zog seinen Regenmantel aus, damit er die Polster nicht volltropfte. Fargo setzte sich auf die Sesselkante und beobachtete Quinn.
»Sie wissen, daß ich in der Vorverhandlung gegen den Ankläger entschieden habe?«
Fargo nickte.
»Nun habe ich neue Informationen erhalten, die ich noch nicht hatte, als ich das Urteil fällte. Ich fürchte, ich kann Ihnen nicht sagen, worum es sich handelt. Ich hoffe, Sie verstehen das.«
»Natürlich.«
»Ich weiß, daß Lamar Hoyt und sein Sohn einen Streit hatten, kurz bevor Mr. Hoyt ermordet wurde. Es ist nun plötzlich wichtig geworden, daß ich den Anlaß dieses Streits kenne, aber niemand weiß, worüber sie geredet haben. Ich habe mich gefragt, ob Mr. Hoyt es vielleicht Ihnen erzählt hat.«
»Ja, das hat er. Ich ... ich habe nie jemandem was davon erzählt, weil ich dachte, es ist nicht wichtig.«
»Das ist schon okay, Miss Fargo. Sie könnten auch gar nicht verstehen, warum ich Bescheid wissen muß. Können Sie mir sagen, was Mr. Hoyt erzählt hat?«
»Ich erinnere mich nicht mehr an das Datum.«
»Das ist okay.«
»Ich erinnere mich noch, daß Lamar am frühen Abend zu mir kam. Er war sehr wütend auf seinen Sohn.«
»Warum?«

»Lamar glaubte, er würde Geld aus dem Bestattungsgeschäft auf die Seite schaffen; die Gewinne wurden immer weniger. Er ließ Junior überprüfen, und der Detektiv fand heraus, daß Junior weit über seine Verhältnisse lebte. Zu dem Streit kam es, als Lamar seinen Sohn mit den Ermittlungsergebnissen des Detektivs konfrontierte.«

»Erwähnte Mr. Hoyt irgend etwas Spezielles, das der Detektiv herausgefunden hatte?«

Fargo wurde rot. »Das meiste davon hatte mit Frauen zu tun.«

»Rendezvous?«

Fargo schüttelte den Kopf. »Davon gab's auch ein paar, aber Lamar sagte, daß Junior auch teure Prostituierte bezahlte. Außerdem glaubte er, daß Junior Kokain schnupfte. Das war alles ziemlich ekelhaft, und Lamar war wütend.«

4

Lauras Anrufe waren Quinn den ganzen Tag nicht aus dem Kopf gegangen, aber er war zu beschäftigt gewesen, um sie zurückzurufen, oder er hatte zuviel Angst davor. Wenn sie die Scheidung verlangte, wollte er es nicht hören, wenn er müde und erschöpft war. Aber wenn sie ihn zurückhaben wollte? Als er in seine Wohnung zurückkehrte, goß er sich einen harten Drink ein und wählte Lauras Nummer.

»Dick!« rief Laura mit offensichtlicher Erleichterung, als sie seine Stimme hörte. »Wo bist du? Ich habe den ganzen Tag versucht, dich zu erreichen.«

»Jetzt bin ich in meiner Wohnung, aber davor war ich in Seattle.«

»Was hast du denn da gemacht?«

»Es würde zu lange dauern, dir das zu erklären. Fran hat

mir gesagt, daß du ein paarmal angerufen hast. Was gibt es denn?«

»Ich muß dich sehen.« Lauras Stimme zitterte. »Kannst du nach Hause kommen?«

»Jetzt?«

»Ja. Bitte.«

In Lauras Stimme hatte Quinn kaum je einmal Unsicherheit gehört, und zum allerersten Mal hörte er sie nun flehen. Laura war ein Muster an Selbstsicherheit, immer überzeugt, daß sie recht hatte, immer diejenige, die forderte, nie die Bittende.

»Ich komme sofort.«

»Danke, Dick.«

Quinn legte auf und stand einen Augenblick still da. Er hatte ihr mehr sagen wollen, hatte Laura sagen wollen, daß er sie liebe, aber er konnte es nicht, weil er sich vor ihrer Reaktion fürchtete.

Laura sah angespannt aus, als sie Quinn die Haustür öffnete. Sie war zwanglos gekleidet, in einem blauen Trainingsanzug, aber sie hatte Make-up aufgelegt und sich sorgfältig frisiert. Er hoffte, daß das ein gutes Zeichen war.

»Zieh den Mantel aus. Und dann setz dich.« Laura deutete ins Wohnzimmer. »Ich hab dir einen Drink gemacht.«

Auf dem Beistelltisch neben der Couch sah Quinn ein Glas Scotch stehen. Er zog den Mantel aus und folgte Laura. Sie setzte sich ihm gegenüber, so daß der Couchtisch zwischen ihnen stand.

»Ich habe das geprobt, also laß mich jetzt einfach reden, okay? Als ich dich heiratete, schienen wir dieselben Ziele zu haben. Dann hast du die Kanzlei verlassen, um Richter zu werden. Es fiel mir schwer, das zu akzeptieren. Ich fühlte mich verraten. Es war nicht nur das Geld. Es ging um das Leben, das ich für uns beide geplant hatte. Ich konnte nicht verstehen, wie du die Teilhaberschaft sausenlassen konntest, etwas, das mir so erstrebenswert erschien. Ich glaube, nach dieser Entscheidung haben wir uns auseinandergelebt. Ich will damit nicht sagen, daß du daran schuld warst. Es ist einfach so passiert. Etwas hat sich in unserer Ehe verändert. Oder vielleicht habe ich mich verändert. Es ist unwichtig.

Es tat mir wirklich leid, als dieser Klient in Miami mich anforderte, aber ich war ehrlich davon überzeugt, daß ich es der Kanzlei schuldete, ihn zu übernehmen. Doch dann erwies sich der Auftrag als Schwindel. Ich war wütend. Und ich wollte nichts anderes als nach Portland zurückfliegen. Ich wollte eben bei der Fluggesellschaft anrufen, als mir einfiel, wie traurig du warst, als ich die Reise nach St. Jerome absagen mußte. Ich erinnerte mich an deine Stimme am Telefon. Du klangst so …«

Laura schüttelte den Kopf. »Ich hielt mit der Hand über dem Hörer inne. Es war … ich weiß auch nicht … als würde mir plötzlich ein Licht aufgehen, oder als würde ich plötzlich etwas deutlich hören, was vorher nur ein Murmeln gewesen war. Ich erkannte, wie sehr du leidest, und daß ich die Ursache dieses Leidens war. Ich fragte mich, was ich von unserer Ehe noch erwartete, und ich wußte die Antwort nicht. Deshalb kam ich nach St. Jerome. Ich wollte herausfinden, wie es um uns stand, indem ich dort mit dir Zeit verbringen wollte, weit weg von Portland und der Kanzlei und meiner Arbeit. Ich wußte, daß in unserer Ehe etwas schiefgelaufen war, und ich wollte wenigstens versuchen, es zu korrigieren. Aber nach meiner Ankunft ging alles in die Brüche.«

Laura hielt inne, um sich zu sammeln. Sie war jemand, der seine Gefühle für sich behielt, und Quinn sah, wie schwer es ihr fiel, sie nun preiszugeben.

»Am Mittwoch und am Donnerstag war ich geschäftlich

in Los Angeles. Heute haben mich zwei Detectives im Büro besucht. Sie erzählten mir von der Frau, die im Heathman ermordet wurde. Sie fragten mich über die Frau aus, die auf St. Jerome verschwunden ist. Sie zeigten mir Fotos von euch beiden am Strand.

Zuerst verstand ich nicht, worauf sie hinauswollten. Der schwarze Detective, Dennis, ist sehr gerissen. Als mir dann klar wurde, daß sie dich des Mordes an dieser Frau im Hotel verdächtigen, mußte ich eine Entscheidung treffen. Ich fragte mich, ob ich wirklich glaubte, daß du eine Frau auf die Art ermorden könntest, wie sie es mir von dieser armen Frau beschrieben. Ich mußte mir klarwerden, welche Art von Mann ich geheiratet hatte, und ich kam zu dem Schluß, daß du so etwas nie tun könntest.«

»Laura, in dieser Woche sind noch einige andere Dinge passiert, von denen du nichts weißt. Sie erklären, warum die Frau im Hotel ermordet wurde. Ich liebe dich sehr. Ich wünsche mir nichts sehnlicher, als mit dir wieder zusammenzusein. Und ich will dir nichts verheimlichen.«

Laura sah ihn abwartend an. Ihr argwöhnischer Blick ängstigte ihn. Und als er ihr dann von dem Erpressungsversuch durch den Mann mit der Sturmhaube, Claire Restons Besuch in seinem Büro und von seiner Entscheidung im Fall *Crease* berichtet hatte, war ihr Ausdruck unergründlich.

»Nachdem ich diese Beweismittel nicht zugelassen hatte, war ich auf das Schlimmste gefaßt, aber ich hätte mir nie träumen lassen, daß die Erpresser jemanden umbringen würden, um mir eine Falle zu stellen. Die Art, wie diese Frau gestorben ist …«

»Warum haben die Erpresser nicht einfach ihre Drohung wahrgemacht und die Fotos den Behörden auf St. Jerome geschickt?«

»Das konnten sie nicht, Laura. Andrea Chapman wurde auf St. Jerome ja gar nicht umgebracht.«

»Was?«

»Es war ein Schwindel. Die Frau, die auf St. Jerome Andrea Chapman spielte, und die Frau, die sich als Claire Reston ausgab, waren ein und dieselbe, eine Marie Ritter, ein Callgirl aus Seattle. Ritter hatte eine charakteristische Narbe auf der Hüfte. Ich sah sie in der Bucht und ich sah sie auf Restons Leiche im Hotelzimmer. Indem der Erpresser Ritter umbrachte, entledigte er sich einer Zeugin und stellte gleichzeitig mir eine Falle. Gestern abend wollte er die Sache dann endgültig zum Abschluß bringen, indem er versuchte, mich zu töten.«

Laura riß die Augen auf. »Fran hat mir gesagt, daß du im Parkhaus überfallen wurdest. Ich dachte, das war ein versuchter Raub.«

»Der Mann, der mich überfiel, war derselbe, der in meine Wohnung eingebrochen war.«

»Mein Gott, Dick. Hast du eine Ahnung, wer hinter diesem Komplott steckt?«

»Benjamin Gage hat einen Assistenten, der ein ehemaliger Marinesoldat ist. Für den wäre es kein Problem gewesen, diesen vorgetäuschten Unterwassermord auf St. Jerome zu inszenieren. Aber ich habe in Seattle mit Marie Ritters Schwester gesprochen. Sie erzählte mir, daß Marie einen Kunden hatte, der in Oregon lebt. Denise wußte zwar seinen Namen nicht, aber sie hatte den Eindruck, daß er jung war, und erinnerte sich, daß er Bestattungsunternehmer ist.«

»Lamar Hoyts Sohn.«

»Ja. Und ich habe außerdem erfahren, daß Junior und sein Vater kurz vor Hoyts Tod einen Streit hatten, weil Senior glaubte, daß sein Sohn Geld aus dem Bestattungsgeschäft auf die Seite bringe.«

»Dann glaubst du also, daß Junior hinter dem Ganzen steckt?«

»Darauf scheinen alle Indizien hinzuweisen, aber Lamar Hoyt junior und Ryan Clark haben beide die Größe und Statur des Mannes, der mich in der Garage überfiel.«

»Hast du das alles schon der Polizei gesagt?«

»Nein. Das von Junior habe ich erst heute erfahren, und ich kann nicht beweisen, daß Junior Ritter wirklich kannte. Marie hat Denise nie den Namen ihres Kunden genannt. Wenn Junior leugnet, Ritter zu kennen, können wir nicht beweisen, daß er lügt.«

»Und Hoyts Aussagen gegenüber Fargo sind Hörensagen.«

Quinn schloß die Augen und legte den Kopf in den Nacken.

»Ich weiß nicht, was ich tun soll, Laura.«

»Eines auf keinen Fall, nämlich aufgeben«, erwiderte Laura energisch. »Wir werden diese Sache durchstehen.«

Quinn öffnete die Augen und sah seine Frau hoffnungsvoll an.

»Heißt das, daß du mich zurückhaben willst?«

Laura ergriff Quinns Hand.

»Ich habe es zwar gut versteckt, Dick, aber ich habe immer Angst. Ich habe Angst, seit meine Eltern sich scheiden ließen. Angst, daß ich alles verliere, wenn ich nicht mehr arbeite als alle anderen. Daß ich irgendwann mal ende wie mein Vater.«

»Ich kann mir nur schwer vorstellen, daß dir irgendwas in die Hose geht, Laura.«

»Unsere Ehe wäre fast in die Hose gegangen, aber ich werde es nicht zulassen. Ich will dich zurückhaben. Ich will, daß wir versuchen … wieder so zusammenzusein … wie wir am Anfang …«

Quinn nahm Laura in die Arme, bevor sie den Satz beenden konnte. Sie erschauderte, und er ebenfalls. Quinn strich Laura über die Haare und küßte sie auf den Kopf. Sie hob das Gesicht, und Quinn küßte sie auf die Lippen. Der Kuß war erst zögernd und behutsam, doch dann lagen sie auf dem Teppich und Laura öffnete Quinns Gürtel. Quinn ließ sie nur für die wenigen Augenblicke los, die sie beide brauchten, um sich auszuziehen. Dann fielen sie übereinander her, und ihre Küsse waren so leidenschaftlich, daß sie sich beide wunderten, ob sie voneinander noch etwas übriglassen würden.

Nach dieser ersten so hitzigen Begegnung sammelten Quinn und Laura ihre Sachen zusammen und gingen nach oben ins Schlafzimmer. Beim zweiten Mal liebten sie sich weniger hektisch, und Quinn nahm sich Zeit, einen Körper wieder kennenzulernen, der ihm fremd geworden war. Danach sank er neben Laura aufs Bett. Ihre Hand fand die seine, und sie sagte: »Ich liebe dich.«

»Ich hätte nie geglaubt, daß ich das noch einmal von dir hören würde.«

»Aber jetzt habe ich es gesagt. Ich will, daß unsere Ehe Bestand hat, Dick. Ich will es mehr als alles andere. Egal, was von jetzt an passiert, ich werde zu dir halten.

5

Benjamin Gage hörte sich die Aufnahme von Richard Quinns Treffen mit Ellen Crease und Jack Brademas zum zweiten Mal an. Als die Minikassette sich dann nicht mehr drehte, schaltete Ryan Clark den Recorder ab. Gage machte ein mürrisches Gesicht.

»Können wir das verwenden?« fragte Gage.

»Nein. Die Aufnahme wurde illegal beschafft. Außerdem würden wir Quinn zwingen, an die Öffentlichkeit zu gehen.«

»Und er müßte zugeben, daß er Creases Fall manipuliert hat. Damit wäre sie diskreditiert.«

»Vielleicht aber auch nicht. Quinn würde behaupten, der Erpresser wollte ihn zwingen, Crease zu verurteilen. Jetzt, da es noch eine andere mögliche Erklärung für die Blutspritzer gibt, könnten viele Wähler zu dem Schluß kommen, daß man ihr eine Falle stellen wollte. Ich glaube nicht, daß wir uns dieses Risiko leisten können. Nicht jetzt, da Sie in allen Umfragen an der Spitze liegen.«

»Sie haben recht.« Gage nahm die Minikassette in die Hand. »Gibt es noch mehr dieser Art?«

»Noch eine. Die Information war nutzlos, aber was auf dieser Kassette zu hören ist, ist auf jeden Fall interessant.«

»Unser Mann scheint alles im Griff zu haben. Sorgen Sie dafür, daß man sich gut um ihn kümmert. Ich will, daß er sich für uns richtig ins Zeug legt.«

22. Kapitel

1

Als Lou Anthony am Samstag morgen zur Arbeit kam, fand er auf seinem Schreibtisch eine Nachricht von Denise Ritter, die ihn um Rückruf bat. Ritter klang nervös, als er am Telefon seinen Namen nannte.

»Gestern ist etwas passiert. Zuerst wollte ich gar nicht anrufen. Ich ... ich will niemanden in Schwierigkeiten bringen. Aber dann dachte ich an Marie. Daß das vielleicht hilft, ihren Mörder zu finden.«

»Den Mörder Ihrer Schwester zu finden, ist sehr wichtig für mich, Miss Ritter. Wenn Sie etwas wissen, das mir weiterhelfen könnte, sagen Sie es mir bitte.«

»Als Sie und Detective Dennis mich befragten, wollten Sie wissen, ob Marie je Richard Quinn erwähnt hatte. Das hat sie nicht. Sie hat nie gesagt, daß sie einen Richter kannte.«

Denise Ritter zögerte. Anthony wartete geduldig, bis sie weiterredete.

»Ich hoffe, ich habe nichts falsch gemacht, aber diese Frage ging mir einfach nicht mehr aus dem Kopf, und deshalb habe ich Richter Quinn angerufen. Er war gestern abend hier in Seattle.«

»Quinn hat Sie besucht?«

»Ja.«

»Worüber haben Sie geredet?«

»Vorwiegend über Marie. Er erzählte mir, wie sie sich auf St. Jerome kennenlernten ...«

»Er wußte, daß die Frau auf dem Foto, das ich Ihnen zeigte, Ihre Schwester war? Die Frau, die im Heathman ermordet wurde?«

»Er schien es zu wissen. Wieso?«

»Nichts. Ist nicht so wichtig. Reden Sie weiter.«

»Ich habe Richter Quinn etwas gesagt, das ich Ihnen nicht erzählt habe. Deshalb rufe ich an. Ich habe die ganze Nacht darüber nachgedacht. Richter Quinn schien es für wichtig zu halten, und deshalb dachte ich mir, daß Sie es ebenfalls erfahren sollten.«

»Was ist das, von dem Sie glauben, daß ich es wissen sollte?«

»Der Richter fragte mich, ob Marie je Kunden aus Portland hatte. Ich sagte ihm, daß Marie mir nie die Namen der Männer gesagt hat, mit denen sie zusammen war, daß sie mir aber von einem erzählt hat, der in Oregon lebt. Daran erinnert habe ich mich nur, weil Marie sagte, er habe einen komischen Beruf. Daß er Bestattungsunternehmer sei.«

Anthony und Ritter unterhielten sich noch ein paar Minuten. Der Detective dankte ihr eben, als Leroy Dennis zu Anthonys Schreibtisch geschlendert kam. Anthony winkte ihn auf einen Stuhl, verabschiedete sich von Ritter und legte auf.

»Das war eben Denise Ritter. Sie hat angerufen, um mir zu sagen, daß Richter Quinn gestern in Seattle war und sie über ihre Schwester ausgehorcht hat.«

»Im Ernst?«

»Im Ernst. Außerdem sagte sie, daß Quinn wußte, daß Andrea Chapman und Claire Reston ein und dieselbe waren. Aber das ist nicht das Wichtigste, was ich von Denise erfahren habe. Wie's aussieht, war einer der Kunden ihrer Schwester ein Bestattungsunternehmer aus Oregon.«

»O Mann.«

»Genau.«

»Was denkst du, Lou?«

»Was, wenn Junior herausgefunden hatte, daß sein Vater Karen Fargo heiraten und sein Testament zu ihren Gunsten ändern wollte? Steve Appling sagte, daß die beiden Lamars kurz vor dem Mord einen ziemlich üblen Streit hatten. Vielleicht hat Junior da von Seniors Plänen erfahren.«

»Du glaubst also, Junior könnte Jablonski angeheuert haben, damit er seinen Vater ermordet?«

»Und Crease. Wenn beide tot wären, würde er alles erben. Aber Jablonski hat die Sache vermasselt und sich selber eine Kugel eingefangen, und so ist Juniors Plan in die Hose gegangen. Dann wurde Crease verhaftet, und Junior sah seine zweite Chance. Wenn Crease für schuldig befunden würde, Jablonski zum Mord an ihrem Gatten angestiftet zu haben, könnte sie vom Testament nicht profitieren. Ich glaube, Junior hat Ritter benutzt, um Richter Quinn zu erpressen.«

»Verdammt, da könntest du recht haben.«

»Es würde auf jeden Fall Quinns Verhalten erklären. Diese Fotos riechen nach Erpressung, Leroy.

»Und Denise Ritter hat uns eben die Verbindung zwischen Junior und ihrer Schwester geliefert«, erwiderte Dennis nachdenklich. Dann runzelte er die Stirn. »Aber dein Szenario hat auch einige Haken, Lou.«

»Zum Beispiel?«

»Zum einen Jablonski. Er war lange im Gefängnis. Und wenn er frei war, verkehrte er nicht in Juniors Kreisen. Wie haben die beiden sich kennengelernt?«

»Ich weiß es nicht, aber wenn ich es herausfinde, werde ich Junior festnageln.«

»Und noch was«, fuhr Dennis fort. »Bevor du von dieser möglichen Beziehung zwischen Marie Ritter und Hoyt erfahren hast, hast du geglaubt, daß Crease ihren Gatten umgebracht hat.«

»Sie könnte immer noch dafür in Frage kommen«, entgegnete Anthony mürrisch. »Diese Blutspuren machen mir verdammtes Kopfzerbrechen.«
»Genau. Und vergiß Richter Quinn nicht. Wenn Ritter ihn erpreßte, hatte er ein starkes Motiv, sie zu töten.«
Anthony seufzte. »Ich muß zugeben, daß ich wirklich eine Stinkwut auf Quinn hatte, als er mich einen Lügner schimpfte, aber als Ritters Mörder kann ich ihn mir nur schwer vorstellen.«
»Quinn verhält sich wie ein Mann, der etwas zu verbergen hat.«
»Eindeutig. Der Richter hat in bezug auf Ritter gelogen, und er log weiter, als wir ihn mit den Fotos konfrontierten, aber als Ritters Mörder sehe ich ihn nicht. Unter den entsprechenden Umständen kann jeder zum Mörder werden. Ritter droht, Quinn zu ruinieren, sie droht, zu seiner Frau, zur Presse zu gehen. Quinn schlägt sie im Zorn. Ein Augenblick der Unbeherrschtheit – eine tote Frau! Aber das haben wir hier nicht. Marie Ritter wurde vergewaltigt und systematisch gefoltert. Mein Bauch sagt mir, daß Quinn nie so töten könnte.«
»Du glaubst also, daß der Richter Informationen über den Mord zurückhält, weil er erpreßt wird?«
»Nur so kann ich mir seine Verhaltensweise erklären. Quinn hatte diese Fotos auf jeden Fall schon einmal gesehen, bevor wir sie ihm im Heathman zeigten. Er hätte sich fast in die Hosen gemacht, als er sie sah, aber er hat nicht mal gefragt, woher oder wie wir sie bekommen haben. Und warum sollte er sonst in Seattle Detektiv spielen? Ich glaube, er versucht auf eigene Faust herauszufinden, wer Ritter umgebracht hat.«
Dennis dachte darüber nach, was Anthony eben gesagt hatte. Er runzelte die Stirn. Und plötzlich sprang er auf.
»Verdammt. Wenn wirklich jemand diese Fotos benutzt

hat, um Quinn zu erpressen, könnte das ein Glück für uns sein.«

»Ich kann dir nicht folgen.«

»Wenn Junior der Erpresser wäre, hätte er von Quinn verlangt, den Prozeß so zu manipulieren, daß für Crease ein Schuldspruch herauskommt.«

Anthony runzelte die Stirn: »Quinn hat den Fall aber zu Creases Gunsten gedreht.«

»Genau.«

»Damit sind wir wieder ganz am Anfang, und Crease ist unsere Hauptverdächtige.«

»Nicht unbedingt. Ich habe Quinn überprüft. Jeder sagt, daß der Mann ein Heiliger ist, und ich meine, wirklich jeder. Schau dir nur an, wie er diesen Richter aus Eugene ins Gefängnis geschickt hat. Jeder hatte gewettet, daß er ihm Bewährung geben würde. Es ist möglich, daß der Erpresser Quinn befahl, für eine Verurteilung Creases zu sorgen, daß Quinn es aber einfach nicht tun konnte.«

»Und was heißt das für uns?«

»Ich glaube, der Schlüssel zur Identifikation des Erpressers ist herauszufinden, was Quinn befohlen wurde, nicht, was er tatsächlich getan hat. Und dazu müssen wir den Richter fragen.«

2

Am Samstag vormittag schliefen Quinn und Laura bis halb zehn. Sie beschlossen, Frank Price im Krankenhaus zu besuchen. Danach wollte Quinn ins Gerichtsgebäude fahren. Seinen Rücktritt hatte er zwar verschoben, aber er mußte die Memos zu seinen Fällen vorbereiten, damit er in Urlaub gehen konnte.

Quinn wusch das Frühstücksgeschirr, als es an der Tür klingelte. Laura sah von der Zeitung hoch, als Quinn zur

Tür ging. Quinn spähte durch den Spion. Lou Anthony und Leroy Dennis standen auf der Schwelle.

»Guten Morgen, Richter«, sagte Dennis. »Dürfen wir reinkommen?«

»Worum geht's denn?« fragte Quinn argwöhnisch.

Dennis warf Laura einen Blick zu. Ihre Anwesenheit schien ihm unbehaglich zu sein.

»Vielleicht sollten wir vertraulich miteinander reden.«

»Ich habe vor meiner Frau nichts zu verbergen.«

Dennis zögerte. »Einige Fragen, die wir Ihnen stellen müssen ... sind von eher delikater Natur.«

»Ich wiederhole, ich habe vor meiner Frau nichts zu verbergen.«

Quinn führte die Beamten ins Wohnzimmer.

»Was wollen Sie wissen?« fragte er, als sie alle Platz genommen hatten.

»Denise Richter hat mich heute morgen angerufen und mir von Ihrem Ausflug nach Seattle erzählt«, sagte Anthony. »Was wollten Sie dort?«

»Sie hatte mich angerufen. Sie wollte mit mir über ihre Schwester reden.«

»Und da hüpfen Sie gleich in eine Maschine und fliegen nach Seattle?«

Quinn antwortete nicht.

»Warum haben Sie mir nicht gleich gesagt, daß Andrea Chapman und Claire Reston ein und dieselbe sind, als wir am Tatort waren?«

»Ich vermutete nur, daß die beiden Frauen dieselbe Person waren, als ich die Tote im Hotel sah. Ich war mir nicht sicher. Und ziemlich aufgeregt.«

»Das weiß ich noch gut«, sagte Dennis, »und ich kann nicht glauben, daß Sie wollen, daß die Person, die Marie Ritter zu Tode gequält hat, ungestraft davonkommt.«

»Das will ich nicht.«

»Aber so verhalten Sie sich nicht«, sagte Dennis.

»Wir glauben, daß Sie Informationen besitzen, die uns helfen könnten, Marie Ritters Mörder zu finden. Wir zählen auf Ihre Anständigkeit, Richter«, sagte Dennis. »Wir zählen darauf, daß Sie sich uns gegenüber öffnen.«

»Was für Informationen sollen das sein, die ich Ihrer Meinung nach besitze?«

»Ich will meine Karten auf den Tisch legen«, sagte Anthony zu Quinn. »Wir haben Indizien, die auf einen anderen Verdächtigen als Senatorin Crease hindeuten. Sie wissen, wen ich meine. Denise Ritter hat Ihnen gesagt, daß Ihre Schwester einen Kunden aus Oregon hatte, der Bestattungsunternehmer ist. Wenn Lamar Hoyt junior dieser Kunde ist, wird er unser Hauptverdächtiger.

Und jetzt kommen wir zu Ihnen, Richter. Ich habe auch früher schon vor Gericht verloren. Mann, jeder macht mal einen Fehler. Aber noch nie hat mir ein Richter vorgeworfen, unter Eid zu lügen. Als ich mich dann wieder beruhigt hatte, fragte ich mich, warum Sie so gehandelt haben. Es war ein Rätsel, bis wir diese Fotos von Ihnen und Ritter fanden. Dann fügte sich alles zusammen.«

»Lou und ich sind uns sicher, daß Sie erpreßt wurden, um Ellen Creases Fall zu manipulieren«, sagte Dennis, vom schnellen Wechsel der Gefühle aufs Quinns Gesicht beflügelt. »Was wir jetzt wissen müssen, ist, ob der Erpresser von Ihnen Creases Freispruch oder ihre Verurteilung wollte. Wir gehen davon aus, daß Junior eine Verurteilung Creases von Ihnen verlangt hätte. Falls Senatorin Crease die Erpresserin wäre, hätte sie wohl von Ihnen verlangt, daß Sie den Prozeß in Richtung eines Freispruchs manipulieren.«

»So sieht es also aus, Richter«, sagte Anthony zu Quinn. »Wenn Sie uns sagen, daß der Erpresser Creases Verurteilung wollte, konzentrieren wir uns auf Lamar Hoyt junior. Wenn Sie uns sagen, daß Sie den Befehl hatten, für einen Freispruch zu sorgen, gehen wir damit zum Staatsanwalt.«

»Und Sie würden Cedric Riker bitten, einen Antrag auf Aufhebung von Dicks Entscheidung zu stellen, mit der Begründung, daß sie mit betrügerischen Mitteln erreicht wurde«, bemerkte Laura.

»Ja, Ma'am«, erwiderte Anthony, ohne zu zögern. »Das müßten wir dann tun.«

»Und damit hätte mein Mann die Entlassung aus der Anwaltskammer, Strafverfolgung und die öffentliche Entehrung zu erwarten.«

»Da führt kein Weg dran vorbei.«

»Natürlich«, erwiderte Dennis schnell, »könnten wir in bezug auf die Strafverfolgung etwas machen.«

»Wie es die Polizei von Eugene bei Frederick Gideon gemacht hat?« fragte Laura.

Dennis riß überrascht die Augen auf.

»Detectives«, sagte Laura, »ohne Anwalt wird mein Mann keine weiteren Fragen beantworten.«

Dennis und Anthony ließen die Schultern hängen.

»Laura ...«, setzte Quinn an.

»Hör in diesem Fall auf mich, Dick.«

Quinn wollte zwar mit den Detectives reden, merkte aber, daß seine Frau recht hatte.

»Ich weiß die Art, wie Sie diesen Fall behandelt haben, und die Rücksicht, die Sie mir gegenüber gezeigt haben, durchaus zu schätzen«, sagte Quinn zu den Detectives. »Ich schließe nicht aus, daß ich später mit Ihnen reden werde. Aber Sie werden verstehen, was für eine schwierige Entscheidung das für mich ist.«

»Das weiß ich, Richter«, sagte Dennis.

»Lassen Sie mir nur etwas Zeit zum Nachdenken.«

»Cedric Riker vermutet ebenfalls, daß sie Creases Vorverhandlung manipuliert haben, und er will Ihren Kopf. Wenn es nach Riker ginge, würden wir Sie auf dem Revier mit Verhörlampe und Gummischlauch befragen. Mir wäre es lieber, wenn ich auf Ihren gesunden Menschenverstand vertrauen könnte, und Sie mit uns zusammenarbeiten, weil Sie es als das Richtige erkannt haben, aber sehr viel Zeit können wir Ihnen für diese Entscheidung nicht lassen.«

»Sie verstehen, in welcher Lage wir sind?« fragte Dennis. »Wir haben eine sehr gefährliche Person, die noch immer frei herumläuft. Diese Person hat Marie Ritter ermordet und ist verantwortlich für den Tod von Lamar Hoyt. Außerdem hat diese Person Sie überfallen. Vergessen Sie nicht, Richter, Sie sind der Schlüsselzeuge, und der Mörder weiß das. Er hat bereits versucht, Sie zu töten. Sie können sich darauf verlassen, daß er es noch einmal versuchen wird.«

Quinn dachte darüber nach. Wenn er zu Hause angegriffen würde, wäre auch Laura in Gefahr.

»Bevor Sie gehen ...«, sagte Quinn, »ich habe da noch etwas erfahren, das Ihnen vielleicht weiterhilft. Lamar Hoyt verdächtigte Junior, Geld aus dem Bestattungsgeschäft auf die Seite zu schaffen. Das war der Grund ihres Streits in der Zentrale von Hoyt Industries.«

»Woher wissen Sie das?«

»Karen Fargo hat es mir gestern abend erzählt.«

Anthony stieg die Röte ins Gesicht. »Verdammt, Richter, Sie sind nicht Sherlock Holmes. Halten Sie sich aus dieser Ermittlung raus. Haben Sie mich verstanden?«

Laura brachte die Beamten zur Tür. Dann kehrte sie ins Wohnzimmer zurück, wo sie Quinn völlig verzweifelt auf dem Sofa sitzen sah.

»Was soll ich nur tun?« fragte er, als Laura neben ihm saß.

»Wenn du vor der Polizei zugibst, daß du Ellen Creases Fall manipuliert hast, kannst du dich darauf verlassen, daß man dich zum Rücktritt zwingt, und du außerdem aus der Anwaltskammer entlassen und strafrechtlich verfolgt wirst.«

»Vielleicht verdiene ich es gar nicht, Richter zu bleiben, nachdem ich etwas vertuscht habe, was ich für einen Mord hielt. Und einen Fall manipuliert habe.

»Du hattest gute Gründe, auf St. Jerome nicht zu den Behörden zu gehen, und du hast dem Antrag auf Nichtzulassung des Materials stattgegeben, um Ellen Crease zu schützen.«

»Ich hätte die Polizei über den Erpressungsversuch informieren und den Fall an einen anderen Richter abgeben sollen.«

»Ja. Das hättest du tun sollen, aber du hast es nicht. Wir müssen uns mit dem beschäftigen, was wirklich passiert ist. Ich schätze, das Problem ist, daß alles, was du tust, dich in Gefahr bringt. Die ideale Lösung wäre es, wenn die Polizei den Mörder ohne deine Mithilfe verhaften könnte.«

»Ohne meine Hilfe wird sie das wahrscheinlich nie schaffen.«

3

Anthony setzte Leroy Dennis am Polizeirevier ab und fuhr zu Karen Fargos Haus. Er kam gut mit der Zeugin zurecht und hatte Dennis erklärt, daß Fargo mit ihm allein wahrscheinlich unbefangener reden würde.

»Ich komme eben von Richter Quinn«, sagte Anthony, als sie am Tisch in Fargos winziger Küche saßen. »Er sagt, er habe gestern abend mit Ihnen geredet, und Sie hätten ihm erzählt, warum Lamar und sein Sohn sich gestritten hatten.«

»Es war doch in Ordnung, mit ihm zu reden, oder?« fragte Fargo besorgt. »Er ist Richter.«

»Oh, natürlich. Nein, Sie haben schon das Richtige ge-

macht. Ich wollte nur wissen, ob Sie sich an sonst noch was erinnern, das Sie für wichtig halten.«
Fargo zögerte. Auf Anthony wirkte sie irgendwie aufgeregt. »Stimmt was nicht?« fragte er.
»Nein, ich ...« Fargo konnte Anthony nicht in die Augen sehen.
»Karen, wenn Sie etwas wissen, das uns in unseren Ermittlungen weiterhilft, müssen Sie es mir sagen. Es sind schon drei Menschen tot.«
»Ich habe nie gelogen. Alles, was ich Ihnen und der Anklagejury gesagt habe, stimmt, aber ...«
»Ja?«
Fargo machte ein verzweifeltes Gesicht.
»Ist es illegal, wenn jemand mich bezahlt hat, damit ich zu Ihnen gehe?«
»Jemand hat Sie bezahlt, damit Sie eine Aussage machen?«
Fargo erzählte Anthony vom Besuch des Mannes mit der Narbe.
»Wieviel haben Sie bekommen?« fragte Anthony.
»Fünftausend Dollar.«
»Hat dieser Mann, der Sie besuchte, Ihnen gesagt, wer er ist oder für wen er arbeitet?«
»Nein, aber ich habe ihn noch einmal gesehen.«
»Wo?«
»In den Abendnachrichten.«
»Hat der Sprecher seinen Namen erwähnt?« fragte Anthony aufgeregt.
»Nein. Er war nur kurz in einem Bericht zu sehen, aber ...«
»Ja?«
»Es war gleich nach Richter Quinns Entscheidung, dieses Beweismaterial nicht zuzulassen. Darum ging's in dem Bericht. Und dieser Mann, der bei mir war, der sah aus, als wäre er in Senator Gages Begleitung gewesen.«

4

Das Gerichtsgebäude war verlassen, als Quinn dort ankam. Er ging direkt in seine Amtsräume und setzte Kaffee auf. Während der Kaffee durchlief, ging Quinn in sein Büro und betrachtete den ganzen Papierkram, der auf seinem Schreibtisch verstreut lag. Das meiste gehörte noch zum Fall *Crease.* Quinn kehrte ins Vorzimmer zurück und stöberte im Aktenschrank hinter Fran Stuarts Schreibtisch. Als er sich die Akten der Fälle, die er zu bearbeiten hatte, herausgesucht hatte, war der Kaffee fertig.

Quinn goß sich eine Tasse ein und schloß die Tür seines Büros. Nachdem er sich im Radio einen Klassiksender eingestellt hatte, begann er die Unterlagen auf seinem Schreibtisch so zu sortieren, daß er sie in einigermaßen korrekter Ordnung in die Akte *der Staat gegen Crease* zurücklegen konnte. Quinn spannte ein Gummiband um die Polizeiberichte, die er gelesen hatte, als er über Cedric Rikers Antrag zur Nichtzulassung des Materials bezüglich Martin Jablonskis krimineller Vorgeschichte zu entscheiden hatte. Er wollte sie eben in den Faltordner stecken, in dem er alle Unterlagen zu diesem Antrag aufbewahrte, als ihm etwas Handschriftliches auf dem obersten Bericht ins Auge stach. Quinn zog das Blatt wieder heraus und musterte es. Es war der Bericht des verhaftenden Beamten über einen sechs Jahre zurückliegenden, von Jablonski begangenen Hauseinbruch. Jablonski war für dieses Verbrechen verurteilt worden und saß dafür bis zu seiner Freilassung im vergangenen Jahr im Gefängnis. Quinns Herz schlug schneller, als er den Bericht noch einmal las. Er versuchte sich zu beruhigen, damit er nüchtern überlegen konnte, was diese Entdeckung zu bedeuten hatte. Als er sich seiner Argumentation sicher war, rief er Ellen Crease an.

»Hier bei Crease«, sagte James Allen.

»Mr. Allen, hier Richter Quinn. Ist Senatorin Crease zu Hause?«

»Ja, Sir.«

Allen stellte Quinn durch. Augenblicke später meldete sich Ellen Crease. Quinn erzählte ihr von Juniors Beziehung zu Marie Ritter und was er von Karen Fargo erfahren hatte. Dann berichtete er von seiner Entdeckung in dem Polizeibericht und seinen Schlußfolgerungen, die er daraus gezogen hatte.

»O Gott«, sagte Crease, als Quinn geendet hatte. »Das ist ja kaum zu glauben.«

»Aber es klingt einleuchtend.«

»Ja, das tut es.«

Crease klang, als sei sie schockiert.

»Was meinen Sie, was wir jetzt tun sollten?« fragte Quinn.

Crease überlegte einen Augenblick.

»Das Gerichtsgebäude ist nur einen Block vom Justice Center entfernt. Warten Sie auf mich in Ihrem Büro. Ich komme zu Ihnen. Wir gehen gemeinsam zur Polizei.«

Während Quinn auf Crease wartete, ordnete er seine Akten. Das konzentrierte Arbeiten half ihm, die schrecklichen Ereignisse der letzten Tage zu verdrängen. Hin und wieder sah Quinn auf die Uhr. Er vermutete, daß Crease ungefähr eine halbe Stunde für die Fahrt in die Stadt brauchte. Gegen drei hatte er Crease angerufen, und jetzt war es schon halb vier. Quinn erwartete, daß jeden Augenblick das Telefon klingelte.

Um zehn vor vier hörte er die Tür zwischen Korridor und Vorzimmer aufgehen. Quinn ging zur Tür seines Büros. Er griff nach dem Knauf, hielt dann aber inne. Aus Sicherheitsgründen war in die Tür ein Spion eingebaut worden. Er spähte hindurch und sah den Mann, der ihn in der Garage überfallen hatte, leise die Tür zum

Gang schließen. Sein Gesicht war wieder hinter einer Sturmhaube verborgen, und er hatte ein großes Jagdmesser in der Hand.

Quinn verriegelte seine Tür im selben Augenblick, als der Mann nach dem Knauf griff. Quinn sah den Knauf sich langsam drehen. In seinem Büro befand sich noch eine zweite Tür, die zur Richterbank führte. Quinn erkannte, daß er dort hinaus in den Gerichtssaal und durch die Flügeltür in den Gang fliehen konnte.

Quinn wollte eben losrennen, als ihm die Waffe einfiel, die der Angreifer auf der Motorhaube seines Autos zurückgelassen hatte. Er hatte sie eigentlich der Polizei übergeben wollen, aber nie Gelegenheit dazu gehabt. Quinn lief um den Tisch herum und holte sich die Waffe. Er hatte noch nie geschossen und aus Fernsehen und Kino nur eine ungefähre Vorstellung, wie man eine Waffe benutzte, aber mit dem Ding in der Hand fühlte er sich besser.

Quinn öffnete die Tür zur Richterbank so leise wie möglich und huschte in den Gerichtssaal. Er schloß die Tür, schlich die Stufen vom Podium zur Schranke hinunter und hoffte dabei, daß der Mann im Vorzimmer nicht an diese Fluchtroute denken würde.

Regenwolken hatten den Himmel verdüstert, und nur sehr wenig Licht fiel durch die Fenster in den Gerichtssaal. Die schwache Gangbeleuchtung sickerte in den Saal. Die leeren Bankreihen lagen im Schatten. Quinn eilte zur Tür. Sie war verschlossen, aber er hatte einen Schlüssel. Als er auf den Gang trat, ging die Tür zu seinen Amtsräumen auf, und er und sein Angreifer standen sich plötzlich Auge in Auge gegenüber.

Beide Männer hielten einen Augenblick inne. Dann machte der Mörder einen Schritt auf Quinn zu. Quinn zielte mit seiner Waffe den Korridor entlang und schoß. In der Enge des marmornen Ganges hallte der Schuß wie

Kanonendonner. Quinn war ein schlechter Schütze. Die Kugel prallte von den Wänden ab. Der Mörder sprang in Quinns Vorzimmer zurück.

Das Gerichtsgebäude hatte einen quadratischen Grundriß. Der fünfte Stock bestand aus vier um eine offene Mitte angeordneten Korridoren. An der Frontseite des Gebäudes befanden sich die Fahrstühle und eine breite Treppe, die zum Haupteingang hinunterführte. Quinn wollte diese Treppe hinunterlaufen, aber dazu hätte er an der Tür zu seinen Amtsräumen vorbeigehen müssen, und so rannte er zu der Halle im hinteren Teil des Gebäudes. Von dort führten zwei geschlossene Fluchttreppen zum hinteren Korridor im Erdgeschoß. Wenn Quinn es ins Erdgeschoß schaffte, konnte er zu einer winzigen Nische rennen, von der ein Aufzug hoch zu den Arrestzellen führte. Wenn er so weit kam, konnte er über die Gegensprechanlage an der Wand der Nische Hilfe herbeirufen. Innerhalb von Sekunden wären dann bewaffnete Justizbeamte bei ihm.

Quinn setzte sich in Bewegung. Als er um die Ecke bog, hörte er hinter sich stampfende Schritte. Quinn riß die Tür des ersten Treppenhauses auf und sprang die Stufen hinunter. Auf dem Absatz des dritten Stocks rutschte er aus und schlitterte eine halbe Treppe hinunter, bevor er sich wieder fing. In der Sekunde, die er brauchte, um wieder sicheren Tritt zu fassen, lauschte er nach seinem Verfolger und glaubte das Geräusch näher kommender Schritte zu hören.

Quinn erreichte das Erdgeschoß. Der hintere Korridor des Gerichtsgebäudes war nur schwach beleuchtet. Er hielt die Waffe vor sich ausgestreckt. Sein Magen verkrampfte sich, sein Atem ging stoßweise. Seine Sinne waren aufs äußerste angespannt. Nun mußte er es nur noch bis zum Ende des Korridors schaffen.

Quinn rannte auf die Nische zu. In dem Augenblick, als

er sie erreichte, sprang die Tür des zweiten Treppenhauses auf und der Mann mit der Sturmhaube stürzte in den Gang. Quinn war sicher gewesen, in dem Treppenhaus, das er eben heruntergelaufen war, Schritte gehört zu haben. Waren vielleicht zwei Leute hinter ihm her? Quinn duckte sich rückwärts in die Nische und hob die Waffe, die auf halber Höhe war, als das Messer sie traf. Die Wucht des Aufpralls riß Quinn die Waffe und dem Angreifer das Messer aus der Hand und schleuderte Quinn nach hinten. Er stolperte über seine eigenen Füße und stürzte schwer zu Boden. Sein Kopf knallte gegen die Wand. Seine Sicht verschwamm. Er schüttelte den Kopf. Als er wieder klar sah, erkannte er, daß der Maskierte die Waffe in der Hand hatte.

Die Zeit verlangsamte sich, und ein Gefühl überwältigender Ruhe überkam Quinn, als er seinen Tod akzeptierte. Er sah, wie der Angreifer auf ihn zielte. Sein Blick traf den Quinns. Dann gab es einen Knall. Die Knie des Angreifers gaben nach, die Waffe fiel ihm aus der Hand, und die Vorderseite seiner Sturmhaube wurde feucht vom Blut. Der Angreifer kippte Quinn vor die Füße, und Ellen Crease trat mit einem rauchenden 38er Revolver in die Nische.

Die Tür des Aufzugs zu den Arrestzellen öffnete sich, und zwei Männer traten in die Nische. Sie trugen die hellgrünen Hemden und dunkelgrünen Hosen der Justizbeamten des Multnomah County. Der erste war Sergeant Art Bradford, ein großer Mann mit militärischer Bürstenfrisur, der in Quinns Gerichtssaal schon oft Gefangene bewacht hatte. Clyde Fellers, der zweite Beamte, war ein Schwarzer mit dicken Armen, fleischigem Nacken und mächtigem Bauch, der früher für Portland State Football gespielt hatte. Bradford und Fellers starrten den Toten an. Dann starrten sie Quinn an, der zusammengesunken auf einer Bank neben der Nische saß.

»Der Richter ist okay. Nur ein bißchen durcheinander«, sagte Ellen Crease.

Quinn hob den Kopf. Er war blaß und sprach leise.

»Der Tote hat mich vor zwei Tagen im Parkhaus überfallen. Und eben ist er in meine Amtsräume eingedrungen und hat mich bis hierher verfolgt. Senatorin Crease hat ihn erschossen.«

»Ich war mit Richter Quinn in seinen Amtsräumen verabredet«, erklärte Crease. »Ich fuhr mit dem Aufzug in den fünften Stock. Jemand lief eben um die Ecke herum, als ich in den Korridor kam, der zum Gerichtssaal des Richters führt. Da niemand in den Amtsräumen des Richters war, lief ich auf der Suche nach ihm die Hintertreppe hinunter.«

Crease verstummte. Auch sie sah mitgenommen aus.

»Ich mußte schießen. Er zielte auf den Richter.«

»Jemand sollte das Morddezernat benachrichtigen«, sagte Quinn. »Fordern Sie die Detectives Lou Anthony und Leroy Dennis an. Das hier hat mit einem ihrer Fälle zu tun. Und lassen Sie Anthony und Dennis ausrichten, daß ich weiß, wer Lamar Hoyt ermordet hat.«

»Sie können ihn jetzt umdrehen«, sagte Dr. Marylin Kinsey, die Stellvertreterin des Leichenbeschauers, zu Sergeant Bradford. Quinn, die Detectives Anthony und Dennis, Ellen Crease und die anderen in der Gruppe, die den Toten umringten, warteten gespannt, während Bradford die Leiche auf den Rücken drehte. Kinsey kniete sich hin und zog ihm die Sturmhaube ab.

»Sieht aus, als hätten Sie recht«, sagte Anthony zu Quinn.

Der Richter betrachtete das leblose Gesicht von Jack Brademas.

»Lassen Sie uns in Ihre Amtsräume gehen, damit Sie uns diesen Bericht zeigen können«, schlug Dennis vor.

Anthony, Dennis, Crease und Quinn fuhren in den fünften Stock. Quinn ging den anderen voraus in seinen Gerichtssaal und schaltete das Licht an. Während die anderen an dem Tisch Platz nahmen, an dem während der Vorverhandlung Garrett und Crease gesessen hatten, ging Quinn in sein Büro und holte den Bericht, der den Fall für ihn aufgeklärt hatte.

»Warum sagen Sie uns nicht, wie Sie darauf gekommen sind, daß Jack Brademas damit zu tun haben könnte«, sagte Dennis, als Quinn den Polizeibericht über Martin Jablonskis Einbruch auf den Tisch legte. Es war der Bericht, den Quinn am letzten Sonntag gelesen hatte, als dieser Detective anrief und ihn fragte, ob er Informationen über das Verschwinden von Andrea Chapman habe. Erst als Quinn darauf wartete, daß die Polizei im Gerichtsgebäude eintraf, dämmerte ihm, daß der Mann am Telefon gar kein Polizist hatte sein können. Der Vorfall auf St. Jerome war inszeniert gewesen. Andrea Chapman hatte nie existiert, und Marie Ritter verschwand auf St. Jerome nicht. Der Anruf des falschen Detective war Teil des Plans gewesen, ihn nervös und so zu einer leichten Beute für den Erpresser zu machen. Wahrscheinlich war der Anrufer Jack Brademas gewesen.

»Das ist der Polizeibericht über die Verhaftung, die Martin Jablonski vor sechs Jahren ins Gefängnis brachte«, sagte Quinn. »Das war das Verbrechen, für das er seine Strafe verbüßte, bis er letztes Jahr auf Bewährung freigelassen wurde. Es handelte sich um gewaltsames Eindringen in ein Privathaus. Ein nächtlicher Einbruch mit tätlichem Angriff auf die Hausbesitzer. Die angewandte Gewalt unterscheidet sich nur graduell von dem, was in Ellen Creases Haus passierte. Sehen Sie sich den Bericht an.«

Anthony und Dennis lasen den handgeschriebenen Bericht. Sie machten beide ein verdutztes Gesicht.

»Ich verstehe nicht ...«, begann Anthony. Dann sah er aus, als habe ihn ein Blitz getroffen. Er deutete auf das Ende des Berichts, wohin der verhaftende Beamte seine Unterschrift gesetzt hatte.
»J. Brademas«, las Dennis laut.
»Genau«, sagte Quinn. »Brademas kannte Jablonski. Er hatte ihn verhaftet. Ich glaube, er heuerte Jablonski an, damit er in die Hoytsche Villa einbrach und Lamar Hoyt und Senatorin Crease ermordete. Wäre Jablonski gefaßt worden, so hätte das Verbrechen seiner Vorgehensweise entsprochen, aber wahrscheinlich hatte Brademas vor, Jablonski nach dem Doppelmord ebenfalls umzubringen.«
»Mir wurde schlecht, als Richter Quinn mir von diesem Bericht erzählte«, sagte Crease. »Jack war mein Freund. Ich habe ihm zu seinem Job verholfen, und Lamar hat ihn sehr gut behandelt. Warum hat er das getan?«
»Ich glaube, ich weiß die Antwort«, sagte Lou Anthony. »Ihr Gatte verdächtigte Junior, Geld aus dem Bestattungsgeschäft auf die Seite zu bringen. Er ließ Jack Brademas der Sache nachgehen. Ich vermute, daß Brademas zu Junior ging und ihm einen Vorschlag machte. Für einen gewissen Anteil am Vermögen würde er Sie und Ihren Gatten umbringen lassen. In der Theorie mußte der Plan großartig ausgesehen haben. Junior hatte keine Verbindung zu Jablonski, und Jablonski war für seine Gewalttätigkeit bekannt. Aber weder Brademas noch Junior rechneten damit, daß Sie Jablonski töten würden. Unser Problem ist es jetzt zu beweisen, daß Junior Brademas' Partner war.«
Dennis stand auf. »Sie beide haben heute genug durchgemacht. Warten Sie hier, ich sehe kurz nach, ob es einen Grund gibt, Sie noch weiter hierzubehalten.
Dennis ging davon, und Crease sackte auf ihrem Stuhl zusammen. Sie sah erschöpft aus.

»Ich kann noch immer nicht glauben, daß Jack hinter der ganzen Sache steckte. Ich kannte ihn seit Jahren.«

»Wenn Junior gesteht, können Sie die Wahl vielleicht noch herumreißen«, sagte Quinn, um Crease etwas aufzumuntern.

»Diese Vorwahl zu gewinnen ist mir im Augenblick nicht so wichtig. Ich habe Lamar verloren. Und jetzt finde ich heraus, daß ich von jemandem verraten wurde, dem ich wirklich vertraut habe. Außerdem bin ich in den Meinungsumfragen so weit hinten ...«

Crease lächelte traurig und schüttelte den Kopf. Die Tür des Gerichtssaals ging auf, und Dennis kehrte zurück.

»Sie können gehen«, sagte der Detective. »Aber ich fürchte, es wird ein Spießrutenlaufen werden. Irgend jemand hat die Presse benachrichtigt.«

Quinn ging zur Tür des Gerichtssaals. Crease wollte ihm folgen, aber Anthony hielt sie zurück.

»Warten Sie einen Augenblick, Ellen. Ich schätze, ich bin Ihnen was schuldig, weil ich Ihnen das Leben so zur Hölle gemacht habe.«

»Ich habe keinen Groll gegen Sie. Ich weiß, daß Sie geglaubt haben, das Richtige zu tun.«

»Das stimmt, aber daß ich Sie verhaftet habe, könnte Sie die Wahl kosten. Deshalb denke ich, daß ich Ihnen was schuldig bin. Ich brauche Ihr Versprechen, daß Sie niemandem sagen, woher Sie diese Information haben.«

Crease versprach es ihm.

»Karen Fargo hat fünftausend Dollar erhalten, damit sie mir ihre Geschichte erzählt.«

»Von wem?«

Anthony wiederholte Fargos Beschreibung des Mannes. Kaum hatte er die Narbe erwähnt, sagte Crease: »Das ist Ryan Clark, Benjamin Gages Verwaltungsassistent, und der atmet nicht, ohne daß Gage es ihm befiehlt. Wenn er Fargo bestochen hat, dann steckt Gage dahinter.«

Teil 4

Politische Notwendigkeit

23. Kapitel

1

Henry Orchard schob die Kassette in den Videorecorder und drückte den PLAY-Knopf auf der Fernbedienung. Ellen Crease zog an ihrer Cohiba Panatela. Der Moderator der Abendnachrichten erschien auf dem Großbildschirm ihrer Heim-Videoanlage.

»Das sind die Samstagabendnachrichten auf Channel Six, aber das ist repräsentativ für die Berichte, die die anderen Lokalsender gestern abend als Aufmacher gebracht haben«, erklärte Creases Wahlkampfmanager der Senatorin. »Und die landesweiten Sender haben Zuspielungen der lokalen benutzt.«

Crease sah sich selbst, geschützt von einer Phalanx von Polizisten, das Gerichtsgebäude verlassen. Sie sah sich die hingestreckten Mikrofone und die Fragen der Reporter ignorieren. Dann kam Richter Quinn die Stufen des Gerichtsgebäudes herunter. Am Ende der Treppe blieb er stehen und wandte sich den Reportern zu.

»Das ist gut«, sagte Orchard und drehte lauter.

»Die Polizei hat mich gebeten, mich jeder Stellungnahme zu enthalten und auch keine Fragen zu beantworten, und ich werde mich daran halten – mit einer Ausnahme: Senatorin Ellen Crease hat mir heute abend das Leben gerettet; dies möchte ich bekanntgeben und mich für ihren Heldenmut bedanken.«

»Wie hat Sie Ihr Leben gerettet?« fragten mehrere Reporter gleichzeitig, während andere wissen wollten, was im Gerichtsgebäude passiert war, aber Quinn weigerte sich, noch mehr zu sagen. Die nächsten Bilder zeigten Quinns und Creases Autos bei der Abfahrt von der Szene, während eine Stimme aus dem Off den Zuschauern mitteilte, daß Senator Benjamin Gage jeden Kommentar zu dem Vorfall im Gerichtsgebäude verweigert habe.

»Und jetzt kommt, was uns schaden kann«, sagte Orchard.

»Auch wenn Senator Gage jeden Kommentar zu der Schießerei verweigerte, hatte die Kongreßabgeordnete Renata Camp, eine enge Verbündete von Senator Gage, das Folgende zu sagen.«

Auf dem Bildschirm erschien eine Frau Anfang Fünfzig mit kurzen grauen Haaren. Mit sehr ernstem Gesicht sagte sie in die Kamera:

»Ich möchte vorausschicken, daß ich sehr wenig über diese Schießerei von heute weiß. Ich weiß nur, daß der Mann, der versuchte, den Bezirksrichter Richard Quinn im Gerichtsgebäude des Multnomah County zu ermorden, ein langjähriger enger Freund und Vertrauter von Senatorin Ellen Crease und Leiter des Sicherheitsdienstes der Firma ihres Gatten war. Ich hoffe, daß die Behörden sich nun noch eingehender mit den Umständen von Lamar Hoyts Tod beschäftigen werden.«

»Soweit wir erfahren haben«, sagte ein Reporter zur Kongreßabgeordneten Camp, »hat Senatorin Crease Richter Quinn das Leben gerettet, indem sie Jack Brademas erschoß. Sie scheinen andeuten zu wollen, daß hier mehr und Schlimmeres dahintersteckt.«

»Ich sage nichts dergleichen. Ich finde es allerdings interessant, daß die Senatorin sich hinter einem Verfahrensfehler versteckt, um einer Untersuchung der gegen sie erhobenen Mordanklage zu entgehen, nachdem sie ihre ganze politische Karriere lang über die sogenannten juristischen Schlupflöcher hergezogen ist, die Mörder, Vergewaltiger und Kinderschänder benutzen, um ihrer Strafe zu entgehen. Und dann haben wir ihren guten Freund und Verbündeten, der versucht, den zuständigen Richter zu ermorden. Ich glaube, daß dies alles eine genaue Untersuchung verdient.«

Orchard schaltete ab.

»Den Rest brauchen Sie sich nicht anzusehen, außer Sie wollen.«

Crease winkte mit ihrer Zigarre ab.

»Geht alles in dieselbe Richtung«, fuhr Orchard fort. »Was weh tut, sind die Andeutungen und der Vorwurf, Sie würden sich hinter einem Verfahrensfehler verstecken, damit der Wähler nicht die Wahrheit über den Mord an Lamar erfährt.«

Orchard beugte sich zu Crease. »Es ist noch gut einen Monat bis zu den Vorwahlen, und in den Umfragen holen Sie schon wieder deutlich auf. Sie haben drei Möglichkeiten. Sie ziehen den Schwanz ein, Sie sitzen es aus, oder Sie wehren sich. Wenn Sie Möglichkeit A oder B wählen, können Sie den Wahlkampf gleich sein lassen und Urlaub machen.

Crease blies ein Rauchwolke zur Decke. Dann sah sie Orchard an.

»Wissen Sie, was ich als erstes tun werde, wenn ich im United States Senate sitze, Henry? Ich werde dafür sorgen, daß das Kuba-Embargo aufgehoben wird, damit ich diese Zigarren in der Öffentlichkeit rauchen kann.«

Orchard grinste breit. »Braves Mädchen! Und ich habe schon ein paar Ideen, wie wir Richter Quinns Aussage für uns ausschlachten können.«

»Heben Sie sich die bis morgen auf, Henry. Ich treffe mich heute abend mit Mary Garrett. Ich habe vielleicht etwas, das uns wieder ins Rennen bringt, aber ich muß mit ihr reden, bevor ich es Ihnen erzählen kann.«

»Was hat Garrett mit Ihrem Wahlkampf zu tun?«

»Das kann ich Ihnen noch nicht sagen. Aber sie werden

sehen, das Warten rentiert sich. Wenn ich beschließe, mit dem, was ich weiß, an die Öffentlichkeit zu gehen, muß ich sicher sein, daß ich mir nicht die Finger verbrenne. Also haben Sie Geduld bis morgen. Dann sehen wir weiter.«

2

Das Büro des Bezirksstaatsanwalts von Multnomah County war verlassen an diesem Sonntagnachmittag, und deshalb waren Leroy Dennis und Lou Anthony die einzigen, die Cedric Rikers Tirade mitbekamen.

»Können Sie mir sagen, was für eine Scheiße hier abläuft?« fluchte Riker, nachdem die beiden Detectives ihn über die samstägliche Schießerei im Gerichtsgebäude informiert hatten.

»Es ist verwirrend, Ced«, sagte Leroy Dennis dem Bezirksstaatsanwalt.

»Verwirrend?« brüllte Riker. »Was finden Sie daran verwirrend? Für mich sieht das nach simpler Arithmetik aus. Nach meiner Rechnung hat diese Schlampe jetzt zwei Leute umgebracht. Und normalerweise schicken wir Serienmörder in die Todeszelle. Was schlagt ihr zwei Genies jetzt vor? Daß wir ihr eine Schützenmedaille verleihen?«

»Hören Sie zu, was Leroy zu sagen hat, Ced«, erwiderte Anthony dem Staatsanwalt in versöhnlichstem Tonfall.

»Bin ganz Ohr.«

»Bis zum Samstag sah es so aus, als habe Senatorin Crease Jablonski bezahlt, damit er ihren Mann umbringt. Dann deutete die Indizienlage eher auf Lamar Hoyt junior hin. Und jetzt besteht die Möglichkeit, daß Senator Gage damit zu tun hat.«

»Gage? Wovon reden Sie? Beschuldigen Sie Benjamin Gage des Mordes?«

»Im Augenblick beschuldigen wir gar niemand.«
»Was für eine Erleichterung. Ben ist zufällig ein enger persönlicher Freund von mir und einer meiner treuesten Unterstützer. Ganz zu schweigen davon, daß er ein United States Senator ist.«
»Ich sage nur, daß eine Menge Indizien auf andere Leute als auf Senatorin Crease hindeuten. Wir haben vielleicht etwas überstürzt gehandelt, als wir sie verhafteten.«
»Lou, ich bin auf Ihr Anraten hin vor die Anklagejury getreten. Wollen Sie mir jetzt sagen, daß wir eine Unschuldige angeklagt haben?«
Anthony errötete. »Es könnte sein.«
»Inwiefern hat Senator Gage damit zu tun?«
»Ken Fargo bekam Geld, damit sie bei uns ihre Aussage machte. Am Tag, nachdem sie bei uns war, wurden fünftausend Dollar auf ihr Konto überwiesen und sie bekam in der Firma von einem von Gages Unterstützern einen Job. Heute morgen war ich mit Fargo in einem Fernsehstudio, um mir ein Video anzusehen, das Ryan Clark, Gages Verwaltungsassistenten, zeigt. Sie identifizierte ihn klar als den Mann, der sie bestochen hat.«
»Scheiße!« fluchte Riker und marschierte vor den Detectives auf und ab.
»Es gibt zwar viele Indizien, die Brademas mit Junior in Verbindung bringen«, sagte Leroy Dennis, »aber Brademas könnte Crease auch an Gage verkauft haben. Ich glaube, wir haben genug, um Gage zu einem Verhör vorzuladen.«
Riker wirbelte herum und starrte Dennis böse an.
»Sie werden einen United States Senator nicht aufs Revier schleppen.«
»Was schlagen Sie vor, wo wir ihn befragen sollten?« fragte Anthony seelenruhig.

»Verdammt«, murmelte Riker. Er marschierte zum Fenster und wieder zurück.
»Ich rufe Gage an. Und dann reden wir irgendwo mit ihm, wo die Presse uns nicht sieht.« Riker deutete mit dem Finger auf Anthony. »Ich will nicht, daß auch nur ein Wort hiervon nach draußen gelangt. Und unterdessen konzentrieren Sie sich auf Lamar Hoyt.«
Anthony sagte gar nichts. Er wußte, daß Riker in Gages Schuld stand. Jeder wußte das. Aber *er* stand nicht in Gages Schuld, und er hatte vor, jede Richtung zu verfolgen, in die seine Ermittlungen ihn führten.

3

Mary Garrett schloß die Tür ihres Büros hinter Crease und sah zu, wie die Senatorin das Zimmer durchquerte. Nach allem, was ihre Klientin durchgemacht hatte, hatte sie gewisse Zeichen der Erschöpfung erwartet, aber Crease wirkte gefaßt, selbstsicher und kampfeslustig. Crease hatte um dieses Treffen gebeten, und so wartete Garrett, daß ihre Klientin ihr sagte, was sie wolle.
»Mary, ich brauche Ihren Rat«, sagte Crease ohne Umschweife.
»Dafür bezahlen Sie mich.«
Crease erzählte ihrer Anwältin, was im Gerichtsgebäude passiert war. Danach zögerte sie und machte plötzlich ein besorgtes Gesicht.
»Jetzt kommt der schwierige Teil, Mary, weil es bedeuten könnte, das Vertrauen eines Menschen zu mißbrauchen, der sich um Hilfe an mich gewandt hat. Aber hier geht es auch um die politische Wirklichkeit, und die sieht im Augenblick so aus, daß ich keine Chance habe, die Vorwahlen zu gewinnen, wenn nicht bald etwas Dramatisches passiert.«
»Wenn die Polizei den Mord an Ihrem Gatten Jack Bra-

demas und Junior anlastet, dann dürfte das ziemlich dramatisch sein.«

»Wir wissen nicht, ob das passieren wird. Gage läßt bereits durch seine Strohmänner streuen, daß ich trotzdem schuldig und Jack Brademas mein Komplize gewesen sein könnte. Wenn Junior nicht gesteht, wird der Mord offiziell unaufgeklärt bleiben.«

»Wie wär's, wenn Sie damit an die Öffentlichkeit gehen, daß Gage Fargo dazu bestochen hat, ihre Aussage zu machen?«

»Ich habe darüber nachgedacht. Gage kann zugeben, daß er Fargo bezahlt hat, aber für sich in Anspruch nehmen, daß er damit der Polizei eine Zeugin geliefert hat. Einige Leute werden das zwar als schäbiges Verhalten betrachten, aber sie werden trotzdem nicht für mich stimmen, weil mein Name nicht reingewaschen wurde.«

Crease sah sehr unbehaglich drein. »Bevor ich jetzt weiterrede, brauche ich Ihr Versprechen, daß nichts davon dieses Zimmer verlassen wird, außer ich gebe meine Zustimmung.«

»Natürlich. Das fällt alles unter die Bestimmungen zur Vertraulichkeit zwischen Anwalt und Klient.«

»Würden diese Vertraulichkeitsbestimmungen auch Informationen abdecken, die ich Ihnen über kriminelle Handlungen einer anderen Person gebe?«

»Ja. Die decken alles ab, was Sie mir sagen, mit ein paar Ausnahmen, die hier aber irrelevant sind.«

»Würde dies auch zutreffen, wenn die Person, die diese kriminelle Handlung begangen hat, ein Richter wäre und er diese Handlungen in Ausübung seines Richteramts begangen hätte?«

Garrett runzelte die Stirn.

»Worum geht's hier, Ellen?«

Garrett hatte ihre Klientin noch nie so verunsichert gesehen.

»Ich komme mir schrecklich vor bei dieser Sache, aber meine politische Zukunft und mein Ruf stehen auf dem Spiel.«

Crease erzählte Garrett, was Richard Quinn ihr an dem Abend, nachdem er im Parkhaus überfallen worden war, anvertraut hatte. Garrett starrte sie ungläubig an, als sie ihr die Details des Erpressungsversuchs mitteilte. Als Crease ihr Paul Baylors alternative Interpretation der Blutspritzer erklärte, machte Garrett sich ausführliche Notizen. Und als Crease ihrer Anwältin sagte, daß Quinn ihr gestanden habe, die Vorverhandlung manipuliert zu haben, machte sie ein verblüfftes Gesicht.

»Das ist sehr schlimm. So etwas habe ich noch nie gehört.«

»Es ist passiert. Brademas heuerte Jablonski an, um mich und Lamar töten zu lassen, dann benutzte er dieses Callgirl, das Junior kannte, um den Richter zu zwingen, für meine Verurteilung zu sorgen.«

»Und Sie glauben, daß Junior Brademas' Komplize war?«

»Junior kommt am ehesten dafür in Frage, aber es gibt noch eine andere Möglichkeit. Benjamin Gage könnte von dieser Ritter erfahren haben, als er nach Schmutz suchte, den er im Wahlkampf gegen mich verwenden könnte. So muß er auch von Fargo erfahren haben.«

»Haben Sie irgendwelche Beweise dafür?«

»Nein, aber diese Erpressung erforderte viel Geld und eine umfangreiche Planung. Jack hätte sich so etwas ausdenken können, aber Junior nie. Egal, was ich ansonsten von Gage und Clark halte, daß sie sehr intelligent sind, ist nicht zu leugnen.«

»Sie haben mir noch immer nicht gesagt, was Sie von mir wollen, Ellen.«

»Einen Rat. Wenn ich eine Pressekonferenz abhalte und bekanntmache, daß ich Opfer einer Verschwörung wurde, könnte das die Wähler umstimmen. Aber Richter

Quinn vertraut mir. Mit seiner Entscheidung hat er mir das Leben gerettet. Ich will ihm nicht schaden. Und dann ist da noch das juristische Problem. Ich muß wissen, was mit Quinns Entscheidung passieren würde, wenn Riker erfährt, daß Quinn meinen Fall manipuliert hat. Würde ich mich noch einmal der Mordanklage stellen müssen?«

»Ich bin mir ziemlich sicher, daß das Urteil für nichtig erklärt wird, falls Quinn zugibt, daß er in seiner Entscheidung unaufrichtig war, aber Riker hätte echte Probleme, seine Anklage aufrechtzuerhalten. Auch wenn ein neuer Richter die Blutspritzer als Beweismittel zulassen würde, haben wir jetzt eine einleuchtende Erklärung dafür, und das ist das einzige konkrete Beweismittel, das der Staat hat, um Ihre Version des an diesem Mordabend Vorgefallenen zu widerlegen.

Dann sind da all diese neuen Indizien bezüglich Jack Brademas und Junior und Gages Bestechung von Fargo. Die Tatsache, daß jemand versucht hat, Quinn zu erpressen, um Ihre Verurteilung zu erreichen, läßt die Sache ebenfalls so aussehen, als würde jemand anders hinter dem Mord an Ihrem Gatten stecken.«

»Was passiert mit Richter Quinn, wenn ich mit der Information an die Öffentlichkeit gehe, daß er meinen Fall manipuliert hat?«

Garrett seufzte. »Dann ist er ruiniert. Auch wenn er den Fall in bester Absicht manipuliert hat, wird er seines Amtes enthoben. Vermutlich wird er auch aus der Anwaltskammer ausgeschlossen. Es könnte sogar sein, daß er strafrechtlich belangt wird.«

»Es wäre also Richter Quinns Untergang, wenn ich an die Öffentlichkeit gehe?«

»Ich fürchte, darauf läuft es hinaus.«

»Und wenn ich es nicht tue, gehen mein Ruf und meine politische Karriere den Bach hinunter.«

24. Kapitel

1

Henry Orchard und Ellen Crease saßen in der hintersten Sitznische eines schummrigen Restaurants in der Innenstadt und sprachen über den Wahlkampf.

»Ich weiß nicht, was ich tun soll, Henry.«

»Mit moralischen Argumenten kommen Sie hier nicht weiter, Ellen. Sie müssen diese Pressekonferenz abhalten und das Erpressungskomplott bekanntmachen. Anders haben Sie keine Chance, ein United States Senator zu werden.«

»Dann würde ich über die Leiche des Richters in die nationale Politik klettern. Ich würde ihn umbringen, ihn so tief eingraben, daß er wahrscheinlich nie mehr herauskrabbeln kann.«

»Was ist, wenn Gage hinter dem Mord an Lamar steckt? Wenn Sie nichts tun, gewinnt Gage. Dann würden Sie eventuell einen Mörder in den United States Senate schicken. Hier steht mehr auf dem Spiel als nur die Karriere eines einzelnen Menschen. Quinn wird es überleben. Sie haben Geld und Einfluß. Nach Ihrer Wahl können Sie ihm helfen.«

Crease lehnte den Kopf an die Rückwand und schloß die Augen.

»Wenn das alles nur nicht wahr wäre, Herny. Wenn Lamar noch am Leben wäre, und ich nie beschlossen hätte, diesen Hurensohn Gage herauszufordern.«

»Ja, wenn, aber so ist es nun mal nicht, Ellen. Und Sie müssen jetzt entscheiden, was Sie tun wollen. Die Zeit läuft uns davon. Die Vorwahl ist im Mai. Wenn wir den Schaden beheben wollen, den die Mordanklage gegen Sie angerichtet hat, müssen wir jetzt handeln. Ich stimme Garrett zu, Riker wäre ein Narr, Ihren Fall noch weiterzuverfolgen, nachdem Sie mit Ihrem Wissen an die Öffentlichkeit gegangen sind. Es stimmt, es wird Opfer geben, und Quinn wird dazugehören, aber wir reden von Ihrem Leben und davon, den Mörder Ihres Gatten vor Gericht zu bringen.

Aber warum besprechen Sie diese ganze Sache nicht mit Quinn? Vielleicht geht er ja mit Ihnen auf diese Pressekonferenz und erzählt jedem, wie Sie sein Leben gerettet haben und wie dieser Maskierte ihn zwingen wollte, Sie zu verurteilen. Wenn Quinn zur Hilfe bereit ist, könnte das genau das Tüpfelchen auf dem i sein, das wir noch brauchen.«

Crease seufzte. »Wie schnell können Sie diese Pressekonferenz organisieren?«

»Ich habe Sie am Donnerstagabend zur besten Zeit auf Sendung. Vielleicht sogar mit landesweiter Ausstrahlung.«

»Na, dann stehe Gott mir bei. Und er stehe Richard Quinn bei.«

2

Quinn warf noch zwei Scheite ins Feuer des steinernen Kamins im Wohnzimmer von Frank Prices Strandhaus.

»Ist dir warm genug?« fragte er Laura.

»Hm.«

Laura war dick eingepackt in einen Wollpullover und Jeans. Ein Glas Wein stand auf einem niedrigen Tisch vor ihr. Quinn setzte sich neben Laura auf den Boden, und gemeinsam sahen sie durch das riesige Panoramafenster hinaus zu dem Regen, der auf den Strand prasselte, und den weißen Gischtkronen, die über den aufgewühlten Sand rollten. Das Feuer knisterte, und Quinn spürte die Wärme auf seinem Gesicht. Er hatte gute Erinnerungen an dieses rustikale Blockhaus, in dem er als Jugendlicher viele Sommer verbracht hatte. Und er bedauerte es, daß er tags darauf schon wieder nach Portland zurückfahren mußte.

»Woran denkst du?« fragte Quinn. »Wenn's was Geschäftliches ist, kriegst du Schwierigkeiten.«

Laura lachte. »Ob du es glaubst oder nicht, aber seit wir die Küstenkette überquert haben, habe ich nicht mehr an die Kanzlei gedacht. Anscheinend blockieren die Berge die Gehirnwellen von *Price, Winward.*«

Quinn legte den Arm um Lauras Schultern. Auch er hatte ein Nachlassen der Spannung gespürt, während sich auf ihrer sonntäglichen Fahrt zur Küste die Landschaft veränderte; das großstädtische Häusermeer wurde von Farmland und Wald abgelöst. Als er und Laura dann vor Schüsseln dicker, dampfender Muschelsuppe in einem baufälligen Restaurant aus verwittertem Holz im Hafenviertel von Newport saßen, war er ein anderer Mensch. Eine Stunde nach dem Mittagessen liebten er und Laura sich beim Geräusch des Regens, der auf das Schindeldach des Strandhauses prasselte, und die Morde waren ein Universum entfernt.

Als sie am Montagmorgen aufwachten, braute sich über dem Pazifik ein Sturm zusammen, aber der Regen ließ sich Zeit bis drei. Quinn und Laura waren am Strand spazierengegangen, dann in die Stadt zum Mittagessen gefahren, und hatten den Nachmittag lesend vor dem Kamin verbracht.

»Wenn es nichts Geschäftliches war, warum dann dieser abwesende Blick in deinen Augen?«

Laura sah ein wenig schuldbewußt drein.

»Du bist mir nicht böse?« fragte sie neckisch.

»Red schon. Ich kenne dich. Wenn du jetzt nicht loswirst, was dir im Kopf herumgeht, dann brütest du die ganze Nacht.«

»Warum, glaubst du, hat Brademas Lamar senior erzählt, daß Junior Geld auf die Seite schafft?«

Quinn stöhnte.

»Du hast gesagt, du bist mir nicht böse.«

Quinn seufzte. »Brademas war der Chef von Hoyts Sicherheitsdienst. Er mußte es ihm sagen.«

»Ich weiß, aber wäre es denn nicht sinnvoller gewesen, wenn Brademas Hoyt im dunkeln gelassen hätte? Wenn Brademas Jablonski für den Mord an Hoyt und Senatorin Crease angeheuert hatte, damit er einen Anteil des Vermögens bekäme, wenn Junior erbte, ging er da nicht ein großes Risiko ein, indem er den Senior informierte? Was, wenn Hoyt die Polizei gerufen hätte, gleich nachdem er das mit Junior erfahren hatte? Was, wenn er noch am selben Tag sein Testament geändert hätte?«

»Ich verstehe, was du meinst. Vielleicht dachte Brademas sich den Plan erst aus, nachdem er mit Hoyt geredet hatte.«

»Das wäre eine Erklärung«, sagte Laura in einem Tonfall, an dem Quinn merkte, daß sie nicht wirklich überzeugt war. »Und da ist noch etwas. Dieser Besuch von Marie Ritter, bei dem sie sich als Claire Reston ausgab.«

»Was ist damit?«

»Was sollte das? Was sollte es für einen Zweck haben, daß Ritter sich als ihre Schwester ausgab?«

Quinn zuckte die Achseln. »Ich vermute, Brademas und Junior wollten mich einschüchtern, damit ich auf ihre Erpressung einging.«

»Aber du warst doch schon das reinste Nervenbündel. Sie hatten gedroht, dir einen Mord anzuhängen. Und du hattest Angst, von der Anwaltskammer ausgeschlossen, entehrt und in einem rattenverseuchten Gefängnis auf St. Jerome eingesperrt zu werden. Ritters Besuch war zuviel des Guten.«

»Moment mal. Ritter sagte mir, wo sie wohnte, genau in dem Augenblick, als Fran Stuart ins Büro kam. Brademas und Junior wollten sich so einen Zeugen schaffen. Nach dem Mord an Ritter konnte Fran bestätigen, daß Ritter sehr aufgeregt war, als sie meine Amtsräume verließ, und daß ich die Nummer ihres Hotelzimmers kannte.«

»Das klingt einleuchtend, aber was, wenn du Ritters Verkleidung durchschaut und erkannt hättest, daß Claire Reston und Andrea Chapman ein und dieselbe waren? Dann hättest du gewußt, daß Ritter auf St. Jerome nicht ermordet wurde. Brademas und Junior hätten damit ihr Druckmittel verloren. Warum Marie Ritter zu dir schicken, als alles so gut lief? Warum das Risiko eingehen?«

»Sie gingen wahrscheinlich davon aus, daß ich sehr durcheinander war und gar nicht merken würde, daß Reston und Chapman ein und dieselbe waren. Und sie hatten recht. Wenn ich die Narbe auf Ritters Hüfte nicht gesehen hätte, würde ich immer noch glauben, daß Claire und Andrea zwei verschiedene Frauen waren. Sie sind zwar ein Risiko eingegangen, aber in Anbetracht meines Zustandes kein sehr großes.«

Laura kuschelte sich an Quinn. »Du hast wahrscheinlich recht.«

Quinn küßte Laura. »Auch wenn ich nicht recht habe, mir ist es egal. Ich will nicht mehr an Ellen Crease, Lamar Hoyt junior und senior und Jack Brademas denken.«

Laura küßte Quinn. »Ich bin eine schlechte Ehefrau. Ich verspreche dir, den Fall und alles, was auch nur entfernt damit zu tun hat, nicht mehr zu erwähnen, solange wir hier sind.«

»Gut. Weil nämlich auch nur der kleinste Versprecher streng bestraft wird.«
»Oh? Und was tust du mir dann?«
»Hm. Ich denke da zum Beispiel an Vergewaltigung.«
Laura klimperte mit den Wimpern. »Soll das heißen, daß du mich vergewaltigst, wenn ich irgendwas sage, das mit Recht zu tun hat?«
»Wetten?«
Laura lächelte verführerisch und flüsterte: »Habeas Corpus.«

3

Lamar Hoyt junior wohnte im achten Stock einer Eigentumswohnanlage aus Backstein und Glas in der Nähe der Vista Bridge. Anthony zeigte dem Wachmann seine Marke und schärfte ihm ein, die Ankunft der Detectives und vier uniformierter Beamter nicht nach oben zu melden. Als sie vor Juniors Wohnung standen, positionierten sich die Beamten zu beiden Seiten der Tür, und Dennis drückte auf die Klingel. Er mußte fünfmal läuten, bevor eine wütende, schlafheisere Stimme antwortete: »Wer da?«
Anthony hielt seine Marke vor das Guckloch und sagte: »Polizei. Machen Sie auf.«
Die Tür öffnete sich in ein riesiges Wohnzimmer mit niedrigen, modernen Möbeln aus poliertem Metall, Glas und glatten Hölzern. Durch ein vom Boden bis zur Decke reichendes Fenster, das die gesamte Außenwand der Wohnung einnahm, sah Anthony die Lichter Portlands. Die anderen Wände waren mit gerahmten Plakaten und Bildern mit Skimotiven dekoriert. Auf einem gläsernen Couchtisch standen leere Bierflaschen, eine halbvolle Flasche Rotwein und ein offener Lieferservicekarton mit den schäbigen Überresten einer Pepperoni-Käse-Pizza.

»Nicht schlecht, Junior«, sagte Anthony.
»Ach, Scheiße«, erwiderte Junior, als er den Detective erkannte.
Junior trug einen dunkelblauen Seidenbademantel, der von einem Gürtel in der Taille locker zusammengehalten wurde. Der Mantel klaffte und zeigte Juniors haarige Beine, seine behaarte Brust und ein Stück eines leuchtend roten Minislips.
»Dürfen wir hereinkommen, Mr. Hoyt?« fragte Dennis.
»Nein, dürfen Sie nicht.«
»Ich fürchte, wir müssen darauf bestehen«, erwiderte Dennis geduldig.
»Ich rufe meinen Anwalt an.«
»Vielleicht sollten Sie das tun«, bemerkte Anthony, »sagen Sie ihm, er soll Sie auf dem Innenstadtrevier treffen.«
»Auf dem Rev ... Es ist mitten in der Nacht. Wenn Sie keine richterliche Anordnung haben, gehe ich nirgendwohin.«
Dennis lächelte und gab Hoyt eine Kopie des Durchsuchungsbefehls.
»Was soll denn das?«
»Warum reden wir nicht drinnen weiter?«
Junior trat von der Tür zurück. Dennis bemerkte eine Eßecke vor dem Panoramafenster, die relativ sauber war. Er steuerte Junior dorthin. Anthony setzte sich ans Kopfende eines großen Eßtisches, und Dennis nahm neben ihm Platz.
Zwei Uniformierte setzten sich neben Junior und beobachteten ihn argwöhnisch.
»Wir haben eine neue Spur im Mord an Ihrem Vater, und wir brauchen Ihre Hilfe, Mr. Hoyt«, sagte Dennis.
»Was für eine neue Spur?«
Anthony zog ein Autopsiefoto von Marie Ritter aus einem braunen Umschlag und gab es Junior.

»O Gott!« rief Junior und ließ das Foto sofort wieder fallen, als er sah, was es zeigte.

»Das ist aber eine komische Reaktion für jemanden, der in einem Bestattungsinstitut arbeitet«, sagte Dennis zu Junior.

»Sie kennen diese Frau nicht zufällig, mh?« fragte Anthony.

Junior zwang sich, das Foto noch einmal anzuschauen. Zuerst sah er verwirrt aus, dann änderte sich seine Miene. Als er den Kopf hob, huschte sein Blick nervös zwischen den Detectives hin und her.

»Ihr seid Perverslinge, wißt ihr das?«

»Nicht so pervers wie die Person, die das da getan hat«, entgegnete Anthony und deutete auf Marie Ritters verstümmelten Körper. »Das ist ein Callgirl namens Marie Ritter. Sie wurde vor ein paar Tagen im Heathman ermordet. Soweit ich weiß, waren Sie einer ihrer Kunden.«

Juniors Gesicht zuckte. Er warf noch einen ängstlichen Blick auf das Autopsiefoto.

»Hören Sie, ich will ehrlich mit Ihnen sein. Ich, äh, habe diese Frau gekannt, aber nicht hier. Ich kannte sie in Seattle. Und nicht als Marie Ritter. Sie nannte sich Crystal. Alle Huren haben Hurennamen.« Junior zwang sich zu einem Lächeln, aber Anthony und Dennis reagierten nicht darauf. »Aber ich wußte nicht, daß sie tot ist.« Junior zappelte nervös hin und her.

»Normalerweise mache ich so was nicht, wissen Sie. Ein Freund von mir hat mich auf sie gebracht. Was Exotisches, hat er gemeint. Normalerweise bezahle ich für Sex nicht, wenn Sie wissen, was ich meine.«

»Ich bin mir sicher, daß Sie genug abkriegen, Junior«, sagte Anthony. »Aber mehr als Ihr Liebesleben interessiert uns, wann Sie Marie Ritter das letzte Mal gesehen haben. Können Sie uns das sagen?«

»Ah. Mal sehen. Muß irgendwann im Januar gewesen sein. Ende Januar.«
»So kurz nach dem Tod Ihres Vaters?« fragte Dennis.
»So viel zur Trauerzeit«, ergänzte Anthony.
»He, diese Scheiße muß ich mir nicht gefallen lassen«, rief Junior, der halb aufgesprungen war und Anthony böse anstarrte. »Vor allem von einem Kerl, der unfähig ist, den Mörder meines Vaters zu finden.«
Anthony wurde blaß und wollte ebenfalls aufstehen, aber Dennis legte ihm die Hand auf den Arm.
»Entspannen Sie sich, Mr. Hoyt«, sagte Dennis. »Ich bin mir sicher, meinem Partner kam es nur etwas merkwürdig vor, daß Sie sich so bald nach dem Hinscheiden Ihres Vaters mit einem teuren Callgirl abgegeben haben.«
»Na ja, ist eben passiert«, erwiderte Junior mürrisch. Er setzte sich wieder. »Ich war geschäftlich in Seattle und habe sie angerufen.«
»Sie direkt?«
»Nein. Sie arbeitet für einen Begleitservice. Ich habe es über den arrangiert.«
»Ich wette, Crystal war nicht gerade billig wie Fensterglas. Wenn Sie mir das Wortspiel verzeihen«, sagte Anthony.
»Sie halten sich wohl für sehr witzig!«
»Woher haben Sie das Geld für diese teuren Spielzeuge, Mr. Hoyt?« fragte Dennis.
Junior lachte heiser auf. »Ihr seid zwei erbärmliche Beamte. Für einen wie mich sind ein paar Hunderter pro Nacht gar nichts. Ich verdiene 'ne Stange mit meinen Bestattungsinstituten.«
»Sie scheinen aber auch 'ne Stange auszugeben«, bemerkte Dennis beiläufig. Er klang nicht im geringsten beleidigt von Juniors Ausbruch. »Wein, Weib und Gesang, haha. Wissen Sie, ich habe Ihre Kreditwürdigkeit

überprüfen lassen, und Sie sind mit so ziemlich jeder Kreditkarte, die's gibt, am Limit und Ihr Kontostand …« Dennis schüttelte betrübt den Kopf, und Junior wurde blaß.

»Wissen Sie noch, wo Sie am Mittwoch abend waren?«

»Mittwoch?« fragte Junior nervös. »Warum wollen Sie das wissen?«

»An diesem Abend wurde Miss Ritter – Crystal – ermordet.

»He, ich habe nichts damit zu tun.«

»Natürlich nicht«, sagte Dennis beschwichtigend, »aber es würde uns helfen, wenn wir Sie als Verdächtigen ausschließen könnten. Sehen Sie, im Augenblick sind Sie der einzige, der mit diesem Fall in Verbindung steht und Miss Ritter kannte.«

»Ich … ich bin mir ziemlich sicher … Ja, am Mittwoch war ich allein. Ganz allein zu Hause.«

»Niemand hat angerufen oder Sie besucht?« fragte Dennis.

»Nein.«

»Das ist aber schlecht. Sind Sie sicher, daß Sie zu Hause waren und nicht im Heathman bei Miss Ritter?«

»Absolut.«

Dennis lächelte. »Na ja, das werden wir noch früh genug herausfinden. Die Laborberichte dürften bald fertig sein.« Dennis schüttelte betrübt den Kopf. »Wissen Sie, es ist einfach nicht mehr fair. Früher konnte ein einigermaßen gewitzter Gauner davonkommen, einfach indem er Handschuhe trug, um keine Fingerabdrücke zu hinterlassen. Aber heutzutage mit dieser DNS-Analyse, da brauchen Sie nur ein bißchen zu spucken oder ein winziges Härchen oder ein kleines bißchen Samen zu hinterlassen, und schon sind Sie dran.«

»Auf dieser Frau werden Sie weder Abdrücke noch DNS von mir finden.«

»Mr. Hoyt«, fragte Anthony, »glauben Sie, Ihnen fällt noch ein bißchen mehr über diesen Streit ein, den Sie mit Ihrem Vater hatten? Den in der Zentrale von Hoyt Industries? Bei unserem ersten Gespräch sind Sie ziemlich unbestimmt geblieben, was den Grund für die Meinungsverschiedenheit zwischen Ihnen und Ihrem Vater anging.«

»Ich habe jetzt genug. Erst knallen Sie mir das Foto einer toten Frau auf den Tisch, dann deuten Sie an, daß ich sie getötet haben soll, und jetzt fragen Sie mich nach einem Streit, von dem ich Ihnen bereits erzählt habe …«

»Lassen Sie mich Ihnen weiterhelfen. Sie kennen doch Jack Brademas, den Leiter des Sicherheitsdienstes von Hoyt Industries, nicht? Vermutlich wissen Sie bereits aus dem Fernsehen alles über die Umstände seines Todes.«

Junior antwortete nicht. Er sah verzweifelt aus.

»Wir wissen, daß Brademas Ihrem Vater gesagt hat, daß Sie Geld aus den Bestattungsinstituten auf die Seite bringen. Das war der Grund für diesen Streit mit Ihrem Vater.«

»Das ist Blödsinn, völliger Blödsinn, und ohne Anwalt rede ich mit Ihnen nicht mehr.«

»Wie Sie wollen«, sagte Dennis, »aber es könnte für Sie von Vorteil sein, wenn Sie mit uns zusammenarbeiten. Dann könnten wir dem Staatsanwalt sagen, er soll Sie erst mal in Ruhe lassen.«

»Dem Staatsanwalt? Wollen Sie mich eines Verbrechens beschuldigen?«

»Haben Sie etwas getan, weswegen Sie sich Sorgen machen müßten?«

»Nein, habe ich nicht«, erwiderte Junior, sah aber dabei verwirrt und ängstlich aus. »Und jetzt verschwinden Sie von hier.«

»Wir gehen, aber Sie müssen mit uns kommen, während diese Beamten hier Ihre Wohnung durchsuchen.«

»Bringen Sie ihn ins Schlafzimmer, damit er sich was anziehen kann«, befahl Anthony zwei Uniformierten. Die beiden stellten sich neben Junior. Er zögerte, und Anthony sagte: »Wir können Sie auch so mitnehmen, wie Sie sind, und in die Ausnüchterungszelle stecken, wenn Ihnen das lieber ist.«

Junior riß sich los und marschierte wütend aus dem Zimmer.

25. Kapitel

1

Lou Anthony und Leroy Dennis trafen Cedric Riker am Dienstag nachmittag um drei Uhr in Benjamin Gages Haus. Gage führte Anthony und Dennis in sein Arbeitszimmer, wo Riker mit einem Drink in der Hand sie erwartete. Es sah aus, als habe ihr Eintreffen einen gemütlichen Plausch zwischen zwei alten Freunden unterbrochen.

»Gentlemen, ich weiß, daß Sie sehr beschäftigt sind, am besten sagen Sie mir deshalb gleich, wie ich Ihnen helfen kann.«

»Kennen Sie eine Frau namens Karen Fargo, Senator?« fragte Anthony schnell, damit Riker nicht das Fragen übernehmen konnte.

»Nein. Ich glaube nicht, daß ich sie je getroffen habe.«

»Aber Sie wissen, wer sie ist?« fragte Dennis.

Dennis lächelte entwaffnend, aber Ryan Clark hatte seinen Chef über die beiden Detectives ins Bild gesetzt, und so wußte Gage, daß er es nicht mit Trotteln zu tun hatte.

»Natürlich. Ich habe den Fall Crease sehr aufmerksam verfolgt.«

»Haben Sie ihr je Geld gezahlt, Senator?« fragte Dennis.

»Moment mal«, warf Riker dazwischen, »wir sind nicht hier, um ...«

Gage brachte Riker mit einer energischen Handbewegung zum Schweigen.

»Ich habe großen Respekt vor dem Gesetz, Ced. Ich will völlig ehrlich mit diesen Männern sein.«

Damit wandte Gage sich an Dennis. »Ich hoffe, ich habe nichts Falsches getan, indem ich Miss Fargo drängte, mit dem, was sie wußte, zur Polizei zu gehen, aber ich hatte den Eindruck, daß ihre Zeugenaussage zur Ergreifung des Mörders von Lamar Hoyt beitragen könnte. War es illegal, Miss Fargo eine Arbeit zu beschaffen, nachdem Ellen Crease sie gefeuert hatte? War es falsch von mir, ihr bei Miete und Lebensunterhalt zu helfen, bis sie wieder auf eigenen Füßen stehen konnte?«

»Niemand wirft Ihnen vor, etwas Illegales getan zu haben, Senator«, versicherte Riker Gage.

»Das freut mich, denn nachträglich habe ich mich gefragt, ob ich damit nicht verbotenes Terrain betreten habe.«

»Mr. Clark, das ist Ihr Assistent, nicht?« fragte Anthony.

»Mein Verwaltungsassistent. Ein wahrer Patriot. Ein ehemaliger Marinesoldat mit höchsten Auszeichnungen.«

»Wissen Sie zufällig, wo er sich am vergangenen Mittwoch aufhielt?«

»Ich fürchte, das müssen Sie ihn selber fragen. Ich bin mir sicher, daß er all Ihre Fragen beantworten wird.«

»Wissen Sie, wo wir ihn erreichen können?«

»Natürlich.«

Gage nannte ihnen eine Telefonnummer.«

»Senator, kannten Sie oder Mr. Clark Marie Ritter oder Martin Jablonski?«

Gage lächelte geduldig. »Ich kann nur für mich selber sprechen. Ich kenne natürlich Mr. Jablonskis Namen, aber ich kann Ihnen versichern, daß ich ihn nie persönlich getroffen habe. Die andere Person, die sie genannt haben, ist mir nicht bekannt. Für Mr. Clark kann ich nicht sprechen. Sie müssen ihn selber fragen.«

Riker stand auf. »Vielen Dank, daß Sie sich für uns Zeit genommen haben.«

»Aber immer, Ced. Ich bin ein großer Freund der Polizei.«
Gage brachte die Detectives und den Bezirksstaatsanwalt zur Tür. Danach kehrte der Senator in sein Arbeitszimmer zurück und rief Ryan Clark an.
»Wie war's?« fragte Clark.
»Ein Kinderspiel.«

2

Das Signallicht am Anrufbeantworter blinkte hektisch, als Quinn und Laura am späten Dienstagnachmittag von ihrem Strandurlaub nach Hause zurückkehrten.
»Wahrscheinlich Reporter«, sagte Quinn, als er die letzten Taschen vom Auto ins Haus trug.
»Oder mein Büro«, entgegnete Laura und drückte auf den Abspielknopf.
In bezug auf die ersten vier Nachrichten hatten sie recht, aber die fünfte war von Ellen Crease.
»Richter, ich habe so ziemlich überall versucht, Sie zu erreichen, aber niemand wußte, wo Sie sind. Ich muß Sie unbedingt so schnell wie möglich sprechen. Bitte rufen Sie mich sofort zurück.«
»Was sie wohl will?« fragte Laura.
»Ich rufe sie besser an. Sie klang ziemlich aufgeregt.«
Quinn wählte die Nummer, die Crease hinterlassen hatte. James Allen nahm den Anruf entgegen. Quinn nannte seinen Namen, und einen Augenblick später hatte er Ellen Crease in der Leitung.
»Ich habe eben Ihre Nachricht erhalten. Laura und ich haben uns seit Sonntagvormittag an der Küste verkrochen. Was ist denn los?«
»Wir müssen reden.«
Crease klang sehr angespannt.

»Worüber?«
»Es geht um etwas, das wir nicht am Telefon besprechen sollten. Können Sie zu mir kommen?«
»Jetzt?«
»Sofort.«
»Hat das denn nicht bis morgen Zeit? Wir sind eben zur Tür hereingekommen, und ich bin ziemlich müde.«
»Es muß sofort sein. Bitte. Es betrifft unser beider Zukunft. Ich würde Sie nicht darum bitten, wenn es nicht wichtig wäre.«
Quinn zögerte. Doch dann gab er nach.
»Benutzen Sie die hintere Einfahrt aufs Grundstück, damit niemand Sie sieht. Ich lasse das Tor für Sie offen. Es ist ein bißchen schwierig herzukommen. Sie müssen ein paar Nebenstraßen fahren.
»Beschreiben Sie mir den Weg.«
Quinn schnappte sich einen Bleistift, schrieb auf, was Crease ihm sagte, und las es ihr dann vor.
»Worum geht's denn?« fragte Laura, als Quinn aufgelegt hatte.
»Keine Ahnung.«
»Hat das nicht bis morgen Zeit?«
»Sie klang sehr nervös, also scheint sie es für wichtig zu halten, daß wir uns treffen. Sie will sogar, daß ich von hinten aufs Grundstück komme, damit niemand mich sieht.«
»Ruf sie noch mal an und sag ihr, daß du morgen mit ihr redest. Du bist erschöpft.«
»Sie hat mir das Leben gerettet, Laura.«
Laura seufzte. »Du hast ja recht. Soll ich mit dir kommen?«
Quinn drückte Lauras Hand. »Es gibt keinen Grund, warum wir beide noch mal raus sollten. Es wird nicht lange dauern.«
Quinn machte sich auf, und Laura trug die Reisetaschen

nach oben ins Schlafzimmer. Beim Auspacken merkte sie, daß etwas, das Crease auf dem Anrufbeantworter gesagt hatte, sie nicht mehr losließ. Sie versuchte sich zu erinnern, was es war. Sie runzelte die Stirn, schüttelte den Kopf. Aber es fiel ihr nicht mehr ein. Sie überlegte, ob sie sich Creases Nachricht noch einmal anhören sollte, aber das würde bedeuten, nach unten zu gehen. Sie war verschwitzt von der Fahrt, und so beschloß sie, erst einmal zu duschen. Es war vermutlich sowieso nichts Wichtiges.

Quinn fuhr über die Nebenstraßen zum Hoytschen Grundstück und landete schließlich vor einem kleinen Tor inmitten eines Wäldchens. Das Tor war offen, wie Crease gesagt hatte. Von dort bis zum Haus war es noch fast eine Meile auf einem schmalen, ungeteerten Weg.

Ellen Crease erwartete Quinn an der Hintertür.

»Ich habe James Allen den Abend freigegeben und alle Wachen weggeschickt, damit wir ungestört sind«, sagte Crease, während sie Quinn in einen Wintergarten führte, der sich an der Rückseite des Hauses befand. Der Raum war weiß getüncht, der Boden mit Terrakottafliesen belegt. Große grüne Blattpflanzen standen in allen Winkeln. Die Außenwände bestanden aus deckenhohen, in kleine Scheiben unterteilten Schiebefenstern, durch die das Abendlicht hereinfiel.

Crease bot Quinn einen der vier Korbstühle an, die um einen Glastisch standen. Vor dem Raum lag ein Garten. Doch keines der Beete stand in Blüte, und auf den Zweigen der Bäume waren noch keine Knospen zu sehen. Hinter dem Garten begann ein dichter Wald, der sich bis zur Grenze des Grundstücks erstreckte. Crease kam sofort zur Sache.

»Ich brauche Ihre Hilfe, Dick. Ich habe lange und intensiv darüber nachgedacht, bevor ich Sie darum bitte, aber ich habe keine andere Wahl.«

»Ich werde Ihnen helfen, wie ich nur kann«, versicherte ihr Quinn.
»Sagen Sie das nicht so schnell. Warten Sie, bis Sie hören, was ich von Ihnen will.«
Crease seufzte. Sie wirkte traurig.
»Ich kenne Sie erst seit kurzem, aber Sie haben mich mit Ihrer Integrität und Ihrem Charakter beeindruckt. Das macht meine Bitte auch so schwierig. Ich habe keine Chance mehr in den Vorwahlen, außer wenn ich mit der Verschwörung gegen mich an die Öffentlichkeit gehe. Ich habe Vertrauen in die Wähler. Wenn sie wissen, daß man mir den Mord an Lamar anhängen wollte, dann bin ich mir ziemlich sicher, daß sie sich mir wieder zuwenden werden.«
Creases Züge wurden hart. Sie fesselte Quinn mit ihrem Blick. Er konnte ihre Macht spüren.
»Dick, die Wähler müssen erfahren, daß man Sie erpreßte, damit Sie meinen Fall manipulierten. Benjamin Gage vertritt die Position, daß ich mich hinter einem Verfahrensfehler versteckt habe, um so zu verhindern, daß die Öffentlichkeit die Wahrheit über den Mord an Lamar erfährt. *Sie* können der Welt erklären, wie und warum Sie sich entschieden haben, mich vor dieser Intrige zu schützen. Ich weiß, das ist viel verlangt. Ich habe gestern schon versucht, Sie zu erreichen, um Ihnen Zeit zu geben, über das nachzudenken, was ich von Ihnen verlange. Als ich Sie nicht finden konnte, mußte ich handeln. Ich habe für Donnerstagabend eine Pressekonferenz angesetzt. Ich werde mit allem an die Öffentlichkeit gehen.«
»Das können Sie nicht tun.«
Crease sah traurig aus. Sie schüttelte müde den Kopf. »Sie können sich nicht vorstellen, wie schwierig diese Entscheidung für mich war, Dick, aber ich bin überzeugt, daß ich diese Pressekonferenz abhalten muß.«

»Ist Ihnen bewußt, was mit mir passiert, wenn bekannt wird, daß ich Ihren Fall manipuliert habe?«

»Ja. Ich habe mit Mary Garrett gesprochen, bevor ich diese Entscheidung traf. Sie sagte mir, daß Sie wahrscheinlich von Ihrem Amt zurücktreten müssen und vielleicht sogar strafrechtlich verfolgt werden.«

»Nicht nur vielleicht. Cedric Riker ist ein politischer Freund von Benjamin Gage. Wenn mein Geständnis Gage die Wahl kostet, wird Riker auf jeden Fall hinter mir her sein.«

»Ich habe Geld und Einfluß, Dick. Ich lasse Sie nicht im Stich, wenn es zum Schlimmsten kommt.«

Quinn schüttelte den Kopf, als könne er nicht glauben, was er da hörte.

»Ich weiß, ich verlange viel von Ihnen. Wenn Sie bei meiner Pressekonferenz an die Öffentlichkeit gehen, bin ich bereit, alles, was ich habe, für Sie einzusetzen. Sie bekommen die besten Anwälte, und ich werde hinter den Kulissen für Sie arbeiten. Gage ist nicht der einzige mit politischem Einfluß.«

Quinn lehnte sich zurück und schloß die Augen. An dem Abend, als Brademas ihn im Parkhaus überfiel, war er zum Rücktritt bereit gewesen. Crease hatte ihn überredet, es sich noch einmal zu überlegen. Jetzt wollte sie, daß er ein öffentliches Geständnis ablegte.

»Ich muß das zuerst mit Laura besprechen. Wenn ich aus der Anwaltskammer entlassen werde oder ins Gefängnis muß, betrifft das auch sie.«

»Natürlich. Aber ich werde die Pressekonferenz abhalten, ob Sie mir helfen oder nicht. Wenn Sie öffentlich gestehen, hilft Ihnen das vielleicht später.«

Quinn wollte eben etwas erwidern, als es an der Tür klingelte.

»Bleiben Sie hier«, sagte Crease. »Ich sehe nach, wer es ist.«

Einen Augenblick später hörte Quinn laute Stimmen aus der Diele. Eine davon war Lauras. Quinn ging in die Diele. Laura sah ihn und kam, mit Crease knapp hinter ihr, auf ihn zu.
»Was will sie von dir?« fragte Laura.
»Ihr Gatte wollte eben heimfahren und es Ihnen erzählen«, antwortete Crease gelassen. »Warum besprechen wir das nicht im Wintergarten, anstatt hier in der Diele herumzustehen?«
Quinn und Laura folgten der Senatorin in den Wintergarten. Als sie Platz genommen hatten, sagte Quinn: »Ellen will, daß ich mit der Erpressung an die Öffentlichkeit gehe. Sie glaubt, daß es ihr hilft, die Wahl zu gewinnen, wenn die Wähler erfahren, daß jemand mich zwingen wollte, ihren Fall so zu manipulieren, daß eine Verurteilung herauskommt.«
Laura wandte sich Crease zu. »Sie wollen, daß mein Mann Gefängnis riskiert, damit Sie eine Wahl gewinnen?«
»Die Entscheidung, an die Öffentlichkeit zu gehen, ist bereits gefallen. Die Frage ist nur noch, ob Dick mir hilft. Es tut mir leid, Laura.«
»Das glaube ich Ihnen nicht. Irgend etwas stimmt hier nicht, etwas, das ich nicht verstehe. Ich habe mir die Nachricht noch einmal angehört, die Sie auf unserem Anrufbeantworter hinterlassen haben. Sie sagten, Sie hätten versucht, Dick zu erreichen, aber niemand habe gewußt, wo er ist.«
»Ja?« erwiderte Crease mit offensichtlicher Verwirrung.
»Sie konnten uns nicht finden, weil Dick und ich niemandem gesagt haben, daß wir an die Küste fahren.«
Jetzt sahen Crease *und* Quinn verwirrt drein.
»Worauf willst du hinaus?« fragte Quinn.
»Woher wußte Jack Brademas, daß mein Mann am Sonntag im Gerichtsgebäude arbeitete?« fragte Laura Crease.

»An einem Nachmittag am Wochenende würde ihn niemand dort vermuten. Der einzige Mensch, dem er das außer mir sagte, waren Sie, Senatorin, als er Sie wegen des Polizeiberichts anrief.«

»Anscheinend hat Jack Ihren Mann beschattet«, sagte Crease.

»Das ist möglich, aber das erklärt nicht, warum er Dick unbedingt töten wollte. Nur eine einzige Sache könnte diesen dringenden Wunsch erklären. Das Wissen, daß Dick seine Verbindung zu Jablonski aufgedeckt hatte und die Polizei informieren wollte. Und Sie waren die einzige, die über Dicks Entdeckung Bescheid wußte.«

»Sie glauben, ich habe Jack geschickt, damit er Ihren Mann tötet?«

»Es gab da ein paar Sachen, die nie so recht zusammenpaßten. Wenn Brademas mit Junior gemeinsame Sache gemacht hätte, um einen Anteil am Vermögen zu bekommen, dann wäre es sinnlos gewesen, Ihrem Mann von den Geldmauscheleien zu erzählen und zu riskieren, daß Lamar zur Polizei gehen oder Junior enterben konnte. Ich glaube, daß Jack Brademas von vornherein Ihr Komplize war, Senatorin.«

»Sie haben das alles falsch verstanden«, sagte Crease ohne Groll.

»Ich glaube nicht. Jablonski war Ihr Opferlamm. Sie versteckten sich im Bad, während er Ihren Gatten umbrachte. Dann haben Sie ihn erschossen und wurden urplötzlich zur trauernden Witwe und zur grimmigen Rächerin. Es war ein raffinierter Trick, der Sie in den Umfragen nach oben katapultierte und zur Multimillionärin machte. Alles lief hervorragend, bis Gary Yoshida über dieses Blutspritzermuster auf dem Schrank stolperte und Gage Fargo bestach, damit sie zur Polizei ging. Sie verloren alles, was Sie gewonnen hatten, als man Sie des Mordes an Lamar Hoyt anklagte. Jetzt hatte es für Sie oberste Priorität, der Todesstrafe zu entgehen. Und deshalb schmiedeten Sie diesen Erpressungsplan. Sie wußten, daß Dick auf St. Jerome sein würde, weil er es bei Ihrer Kautionsanhörung verkündet hatte. Ich wette, Jack Brademas stieß bei seinen Ermittlungen gegen Junior auf Marie Ritter. Sie haben sie benutzt, um Dick in die Falle zu locken, und als sie ihren Zweck erfüllt hatte, haben Sie sie umgebracht.«

»Ihre Theorie hat nur einen Haken, Laura«, erwiderte Crease seelenruhig. »Wenn Jack und ich unter einer Decke steckten, warum sollte Jack dann Ihrem Gatten drohen, er würde ihn ruinieren, wenn er nicht alles täte, um mich ins Gefängnis zu schicken?« Crease warf Laura ein herablassendes Lächeln zu. »Für mich klingt das nicht nach einem guten Plan.«

»Das war der cleverste Teil des Plans, Senatorin, und der Ausgangspunkt dafür war Ihr exzellentes Verständnis von Dicks Charakter. Ich konnte nie verstehen, warum die Erpresser Marie Ritter während der Vorverhandlung zu Dick schickten. Sie gingen das unglaublich hohe Risiko ein, daß er womöglich Claire Reston und Andrea Chapman als ein und dieselbe Person identifizierte. Wenn das passiert wäre, wäre die Erpressung hinfällig gewesen, weil Dick dann gewußt hätte, daß Andrea Chapman nicht auf St. Jerome ermordet worden war. Die Erpresser hätten dann nichts mehr gegen ihn in der Hand gehabt.

Darüber hinaus ließ Reston Dick wissen, daß sie mit der Tatsache, daß er mit Chapman in der Bucht gewesen war, an die Öffentlichkeit gehen könne. Das wäre Blödsinn gewesen, wenn die Erpresser mit ihrem Plan hätten Erfolg haben wollen, aber es war sehr clever, wenn Sie wollten, daß ihr Plan versagte.«

Zum ersten Mal seit Lauras Ankunft sah Crease verunsichert aus.

»Sie haben Reston zu Dick geschickt, weil Sie wollten,

daß er genau das Gegenteil von dem tat, was Brademas ihm befohlen hatte. Sie wußten, daß mein Gatte der Erpressung nie nachgegeben hätte, wenn Sie von ihm verlangt hätten, einen Freispruch für Sie herauszuholen. Er wäre zur Polizei gegangen, auch wenn ihn das seine Karriere gekostet hätte. Sie haben die Psychologie quasi auf den Kopf gestellt, um Dick dazu zu bringen, daß er genau das tat, was Sie wollten. Sie wußten, wie anständig Dick ist. Sie haben sich darauf verlassen, daß er seine Karriere opfern würde, um Sie zu retten.«

»Das ist absoluter Unsinn«, sagte Crease.

»Sehen Sie sich die Beweislage an. Paul Baylor hat nicht gesagt, daß Gary Yoshidas Interpretation der Blutspuren falsch sei, er hat nur eine theoretische Alternative zu Yoshidas Erklärung geliefert. Wenn Yoshida recht hat, dann haben Sie die ganze Zeit gelogen. Außerdem profitieren Sie am meisten vom Tod Ihres Gatten. Sie und Brademas kannten sich schon sehr lange. Wer wäre für ihn der sinnvollere Partner gewesen? Und Sie waren die einzige, die über den Bericht, der auf Brademas hindeutete, Bescheid wußte, die einzige, die wußte, wo Dick sich aufhielt.«

»Sie hat mir das Leben gerettet, Laura«, sagte Quinn, hin- und hergerissen zwischen der Logik seiner Frau und seiner Achtung vor Crease.

»Nein, Dick, sie hat dir nicht das Leben gerettet, als sie Brademas erschoß. Sie hat nur einen Zeugen beseitigt, der sie hätte hinhängen können. Als du Brademas' Namen auf dem Bericht entdeckt hast, wurde er für sie zu einem Klotz am Bein.«

»Aber warum hat sie dann nicht gewartet, bis Brademas mich erschoß? Wenn wir beide tot wären, würde niemand mehr beweisen können, daß ihr Fall manipuliert war, und sie wäre die Mordanklage endgültig los.«

»Wenn du tot wärst, hätte sie niemanden gehabt, der

den Wählern von dem Komplott gegen sie hätte erzählen können. Sie brauchte dich lebendig, um ihren Wahlkampf zu retten. Es paßt alles zusammen, Dick. Sie hat mit dir gespielt, seit du diesen Fall zugewiesen bekamst.«
Quinn stand auf. Er hätte eigentlich wütend sein müssen, aber er war zu verblüfft, um Zorn zu empfinden.
»Wo gehen Sie hin?«
»Zur Polizei.«
»Tun Sie das nicht, Dick!« flehte Crease ihn verzweifelt an.
»Machen Sie sich nicht lächerlich.«
»Ich schlage Ihnen ein Geschäft vor.«
»Es gibt nichts, was Sie mir anbieten könnten.«
»Doch, es gibt etwas. Ich kann Ihnen Ihre Karriere anbieten. Wenn Sie mich drankriegen wollen, müßten Sie gestehen, daß Sie meinen Fall manipuliert haben. Aber wenn Sie nicht zur Polizei gehen, kann niemand beweisen, was Sie getan haben. Wenn Sie stillhalten, können Sie Richter bleiben, Sie werden nicht aus der Anwaltskammer ausgeschlossen und Sie brauchen keine Angst vor Strafverfolgung und öffentlicher Entehrung zu haben.«
Plötzlich sah Quinn Creases wahres Gesicht. Das Bild der auf dem Bett hingestreckten Marie Ritter tauchte vor ihm auf, und er erinnerte sich an das Entsetzen, das ihn im Parkhaus gepackt hatte, und als er auf dem kalten Marmorboden des Gerichtsgebäudes lag und auf den Tod wartete.
»Keine Chance. Wenn ich ins Gefängnis muß, dann werde ich auch gehen, aber Sie kommen auf keinen Fall ungeschoren davon.«
Quinn drehte der Senatorin den Rücken zu.
»Verdammt noch mal, Quinn, Sie ruinieren uns beide«, rief Crease.
Quinn und Laura gingen einfach weiter. Neben Crease

stand ein Beistelltisch. Sie öffnete eine Schublade und zog eine Waffe heraus.
»Stehenbleiben«, schrie sie. Als Quinn sich nicht umdrehte, drückte sie den Abzug. Quinns rechtes Bein wurde seitlich weggeschleudert, und er stürzte zu Boden. Laura schrie auf. Quinn starrte Crease benommen an. Blut breitete sich in Kniehöhe auf seinem Hosenbein aus. Crease zog Handschellen aus der Schublade und warf sie Laura zu. Die versuchte gar nicht, sie zu fangen, und sie klapperten zu Boden. Crease richtete die Waffe auf Laura.
»Nehmen Sie sie und legen Sie sie ihm an«, befahl sie.
»Nein, ich …« begann Laura, aber Crease schlug ihr mit dem Revolver übers Gesicht. Laura ging in die Knie. Quinn warf sich auf Crease, aber sie wich ihm aus, und er kippte mit schmerzverzerrtem Gesicht zur Seite. Crease richtete die Waffe auf Quinns Kopf und sagte zu Laura: »Tun Sie, was ich Ihnen gesagt habe, oder ich bringe ihn um.«
Laura sah Crease mit schreckensstarren Augen an.
Crease spannte die Waffe, und Laura hob die Handschellen auf.
»Hände auf den Rücken«, befahl Crease Quinn. Laura legte ihm die Handschellen an.
»War es das Geld? Haben Sie Ihren Mann wegen des Geldes umgebracht?« fragte Quinn, um Zeit zu schinden.
Crease schüttelte müde den Kopf.
»Lamars Geld war mir egal. Ich mochte Lamar sehr, und ich habe ihn umgebracht, weil er mich verlassen wollte.« Creases Stimme wurde brüchig, Tränen traten ihr in die Augen.
»Ich habe ihn geliebt. Er war der einzige Mann, den ich je geliebt habe. Ich habe Lamar alles gegeben, und er hat mir meine Liebe vor die Füße geworfen.« Eine Träne rollte Creases Wange hinunter. »Fargo war nicht die er-

ste Schlampe, mit der er herumgemacht hat, aber sie war diejenige, die meinen Platz einnehmen sollte. Immer wenn Lamars Ehefrauen anfingen, alt zu werden, tauschte er sie aus. Ich habe versucht, ihn davon abzubringen. Ich tat alles, was in meiner Macht stand. Ich habe diesen Hurensohn wirklich geliebt, aber ich habe ihm auch gesagt, daß ich ihn lieber tot sehen würde, als mich von ihm zu einer seiner Abgelegten machen zu lassen. Er wollte mir nicht glauben.«

»Was wäre gewesen, wenn Sie sich in mir getäuscht hätten? Wenn ich den Fall wirklich so manipuliert hätte, daß für Sie eine Verurteilung herausgekommen wäre?«

»Ich habe natürlich an diese Möglichkeit gedacht. Wenn ich gemerkt hätte, daß Sie sich auf die Seite des Anklägers schlagen, hätte ich die Fotos veröffentlicht und gegen Sie einen Befangenheitsantrag gestellt mit der Begründung, Sie würden erpreßt, um den Prozeß zu manipulieren. Aber das mußte ich nie tun, weil ich Sie genau richtig eingeschätzt habe.«

Quinn kam sich wie ein kompletter Trottel vor.

»Womit wir nicht gerechnet haben, war dieser Polizeibericht mit Jacks Namen drauf«, sagte Crease. »Ohne den ...« Sie schüttelte den Kopf.

»Hat Brademas Ihnen wegen des Geldes geholfen?«

»Natürlich. Außerdem war er verliebt in mich. Schon seit unserer gemeinsamen Zeit bei der Polizei. Wir hatten ein Verhältnis, bevor ich Lamar heiratete. Jack hatte sich auf einen Handel mit Drogendealern eingelassen. Die Dienstaufsicht war hinter ihm her, aber die hatten nicht genug Beweise, um ihm was anzuhängen. Er kündigte, um weiteren Ermittlungen zu entgehen. Und ich beschaffte ihm um der alten Zeiten willen einen Job im Sicherheitsdienst von Hoyt Industries.

Als Lamar anfing, mich zu betrügen, wurde ich wieder Jacks Geliebte, nur aus Trotz. Aber er hat mir nie etwas bedeutet. Als ich beschloß, Lamar zu töten, war es für mich kein Problem, Jack zur Mithilfe zu überreden. Aber dann geriet er außer Kontrolle. Er sollte Ritter nur töten, nicht foltern. Ich war wütend, als ich erfuhr, was er getan hatte. Ich wollte Ihnen den Mord an Ritter in die Schuhe schieben, aber Sie hätten sie nie auf diese Art getötet. Dann erzählten Sie mir von dem Polizeibericht, und ich wußte, daß ich Jack loswerden mußte.

Als wir im Gerichtsgebäude ankamen, sagte ich Jack, ich würde als Rückendeckung hinter ihm bleiben. Er dachte, er solle Sie umbringen und den Bericht an sich nehmen. Aber ich hätte nie zugelassen, daß er Sie tötet. Laura hat recht. Lebendig waren Sie mir mehr wert, weil ich dann jedem sagen konnte, daß ich Ihnen das Leben gerettet habe.«

»Warum hat Brademas mich im Parkhaus überfallen?«

»Wir wollten ganz sichergehen, daß Ihr Nichtzulassungsbeschluß wirklich Bestand haben würde. Ich konnte nicht riskieren, daß er aufgehoben würde, falls Sie jemandem erzählten, daß Sie meinen Fall manipuliert haben. Und dann haben Sie sich an mich um Hilfe gewandt. Ich erkannte, daß Sie mir lebendig am meisten nützen würden, weil ich Sie als Beweis dafür benutzen konnte, daß man mir den Mord an Lamar in die Schuhe schieben wollte.«

Plötzlich sah Crease sehr müde aus.

»Wir haben jetzt lange genug geredet«, sagte sie. »Stehen Ihre beiden Autos hinter dem Haus?«

Quinn und Laura nickten.

»Heben Sie ihn auf und helfen Sie ihm nach draußen«, befahl Crease Laura.

»Tun Sie das nicht«, flehte Quinn. »Ich mache die Pressekonferenz.«

Crease schüttelte den Kopf. »Dafür ist es zu spät. Ich könnte Ihnen nie mehr vertrauen.«

»Um Himmels willen ...« fing Quinn an.

»Bewegung«, befahl Crease. »Und kein Wort mehr.«

Quinn humpelte in den Gang. Crease folgte ihm in sicherem Abstand.

»Ich liebe dich«, flüsterte Quinn Laura zu.

»Kein Wort mehr, habe ich gesagt«, zischte Crease wütend.

Eine Sekunde später knallte ein Schuß.

26. Kapitel

Ein junger Polizist wartete an der Vordertür der Hoytschen Villa, als Anthony und Dennis vorfuhren. Zwei Streifenwagen standen links und rechts der Auffahrt. Der Beamte sagte ihnen, wo sich alle befanden, und Anthony und Dennis gingen an der Vorderseite des Hauses entlang bis zu einem Schieferplattenpfad, der zum Pool führte und seitlich um das Haus herum. Als sie um die hintere Ecke bogen, sahen sie einen Krankenwagen und zwei geparkte Autos. Richard Quinn lag auf einer Trage. Ein Sanitäter versorgte sein Bein. Ein zweiter kümmerte sich um einen schlimmen Riß auf Laura Quinns Wange. Durch die offene Hintertür sah Anthony einen Forensik-Experten um eine dritte Person herumgehen, die mit dem Gesicht nach unten im Gang lag. Der Mann hatte eine Kamera in der Hand. Alle paar Schritte blieb er stehen und fotografierte. Ein weiterer Beamter nahm die Szene mit einer Videokamera auf.

Anthony ging ins Haus und kniete sich neben Ellen Creases Leiche. Er sah die Eintrittswunde am Hinterkopf und hatte keine Lust, sich die Verwüstung anzusehen, die die Kugel beim Austritt vorne angerichtet hatte. Er erkannte auch so, daß Crease tot war.

Als Anthony wieder ins Freie trat, stöhnte Quinn vor Schmerz auf. Der Sanitäter entschuldigte sich, und Quinn biß die Zähne zusammen. Er sah erschöpft aus, aber Anthony mußte erfahren, was passiert war. Er kauerte sich neben den Richter.

»Fühlen Sie sich stark genug, um zu reden?«

»Ein wenig wird schon gehen.«
»Wir müssen ihn ins Krankenhaus bringen«, sagte der Sanitäter. »Machen Sie es kurz.«
»Sie steckte mit Brademas unter einer Decke«, sagte Quinn. »Sie heuerte Jablonski für den Mord an Lamar an, weil er sie wegen Karen Fargo verlassen wollte.«
Anthony erinnerte sich an das Gespräch mit Crease in der Bibliothek am Abend des Mordes. Er war beeindruckt gewesen von der Würde, die sie trotz ihrer Trauer an den Tag gelegt hatte. Vielleicht war diese Trauer gar nicht gespielt gewesen.
»Crease wollte am Donnerstagabend im Fernsehen auftreten und der ganzen Welt erzählen, daß ich erpreßt wurde, damit ich ihren Prozeß manipuliere. Sie wollte, daß ich auf ihrer Pressekonferenz spreche. Laura fand heraus, wie alles zusammenhing. Sie kam hierher, um Crease zur Rede zu stellen. Wir wollten zur Polizei gehen, Crease schoß auf mich und schlug Laura. Sie wollte uns töten.«
»Wir müssen los«, sagte der Sanitäter und winkte seinem Partner.
»Alles Gute«, sagte der Detective, als die Sanitäter die Bahre zum Krankenwagen schoben. »Ich rede dann im Krankenhaus mit Ihnen.«
Anthony ging zu Leroy Dennis, der Laura befragt hatte. Sie stieg zu Quinn in den Krankenwagen. Als das Auto davonfuhr, sagte Anthony: »Dann wollen wir mal mit dem Helden des Tages reden.«
Die Detectives fanden James Allen im Wintergarten.
»Mr. Allen?« fragte Anthony.
Allen hob den Kopf, er wirkte sehr mitgenommen und schien sie kaum zu erkennen.
»Erinnern Sie sich an mich, Sir?«
Allen nickte beinahe unmerklich. Anthony setzte sich ihm gegenüber.

»Ich mußte es tun«, sagte er mit einer Stimme, die fast nur ein Flüstern war.
»Ich weiß, Mr. Allen«, sagte Dennis. »Sie wollte die beiden umbringen.«
»Warum sind Sie eigentlich ins Haus zurückgekommen? Von dem Beamten, der mit Ihnen redete, weiß ich, daß Sie den Abend frei hatten.«
»Mir ging es nicht gut, deshalb kam ich zurück. Ich wollte mir Tee machen, um meinen Magen zu beruhigen, bevor ich auf mein Zimmer ging. Ich war auf dem Weg zur Küche, als ich sie hörte. Richter Quinn sagte eben, daß er zur Polizei gehen werde. Und dann knallte ein Schuß.«
Allen hielt inne und schüttelte ungläubig den Kopf.
»Einen Augenblick lang war ich starr. Dann ging ich ins Arbeitszimmer, wo die Waffensammlung aufbewahrt wird. Sie hob eben die Waffe, um noch einmal zu schießen, als ich wieder in den Gang trat. Ich ... mir blieb keine andere Wahl.«
Allen fing an zu schluchzen. Anthony sah ihm hilflos zu. Dennis ging hinaus und kehrte mit einem Arzt zurück. Dann verließen die Detectives den Wintergarten.
»Machen wir einen Spaziergang«, sagte Anthony. »Ich habe mit dir was zu besprechen.«
»Und was?«
»Diese Erpressungssache«, sagte Anthony zu Dennis, während sie in Richtung Pool gingen, wo die anderen Polizisten sie nicht hören konnten.
»Wir haben keine Beweise, daß Quinn Creases Fall manipuliert hat. Und da Crease und Brademas tot sind, sieht es nicht so aus, als würden wir welche bekommen, außer Quinn gesteht.«
Anthony stand am Rand des leeren Pools. Unrat lag auf dem Grund, vorwiegend Blätter. Anthony vermutete, daß das Becken wohl irgendwann gereinigt worden wäre,

aber er fragte sich, was jetzt wohl passieren würde, da alle tot waren.
»Quinn ist ein guter Richter«, sagte Anthony.
»Wenn er einen Fall manipuliert hat, hat er gegen das Gesetz verstoßen.«
»Ich weiß das, aber ich frage mich, welchen Wert es noch hat, wenn wir jetzt, da Crease tot ist, unsere Ermittlungen fortsetzen.«
»Welchen Wert? Das ist ein komisches Wort, Lou. Wir werden nicht bezahlt, damit wir uns über den Wert unserer Tätigkeit Gedanken machen. Das ist was für Philosophen. Wir sind Gesetzesvertreter. Die Senatoren und Abgeordneten formulieren die Gesetze, die Gouverneure unterzeichnen sie, und wir setzen sie durch. Polizisten sollen nicht darüber nachdenken, ob die Gesetze gut oder schlecht sind.«
Anthony wandte sich vom Pool ab und ging in den Garten. Durch die nackten Bäume sah er die untergehende Sonne.
»Was hältst du von einer zweiten Chance, Dennis?«
»Das ist was, worum diese Herz-Schmerz-Anwälte immer betteln. Das waren doch deine Worte, nicht?«
Anthony grinste. »Ertappt. Na ja, ich bin nur der eine Teil unseres Gespanns. Du hast auch eine Stimme, aber ich glaube, wir sollten diesen Fall abschließen und Richard Quinn in Frieden lassen.«
Dennis dachte einen Augenblick über Anthonys Vorschlag nach. Dann zuckte er die Achseln.
»Einverstanden. Aber meine Zustimmung ist nicht umsonst.«
»Was willst du, Leroy?«
»Einen Captain-Neon-Burger und ein Pint Terminator Stout.«

Epilog

1

Alles in Ordnung mit dir?« fragte Laura, als Quinn stehenblieb.

»Ich bin nur ein bißchen außer Atem. Will mich einen Augenblick ausruhen.«

Quinn war aus dem Krankenhaus entlassen und versuchte, mit Spaziergängen auf den Straßen von Hereford Farms wieder in Form zu kommen, aber ihm fehlte noch die Kraft. Laura wartete geduldig, während er auf seinen Stock gestützt dastand. Es fiel ihr nicht schwer. Es war unvermittelt Frühling geworden. Überall sprossen Blumen, es war warm, und der Himmel war blau wie im Bilderbuch.

»Okay«, sagte Quinn. Laura nahm ihn beim Arm, und gemeinsam gingen sie die Peacock Road entlang zum Pool und zur Tennisanlage.

»Stanley Sax hat mich in der Lobby des Gerichtsgebäudes aufgehalten«, sagte Laura zu Quinn und schnitt damit ein Thema an, das sie bis jetzt gemieden hatte. »Er will wissen, wann du wieder zur Arbeit kommst.«

Quinn sah stur geradeaus.

»Was hast du gesagt?« fragte er.

»Ich habe gesagt, daß es an den Ärzten liegt. Oder hätte ich was anderes sagen sollen?«

»Sei ehrlich, Laura. Glaubst du, ich habe es verdient, wieder als Richter tätig zu sein?«

Laura blieb stehen und sah Quinn an.

»Ich liebe es, daß du so feste Prinzipien hast, Dick, aber

ich fände es auch schön, wenn du dein Menschsein ein bißchen besser akzeptieren könntest. Du wirst immer wieder falsche Entscheidungen treffen. Bestraf dich nicht, wenn du es tust, denn das ist Egoismus, so, als würdest du dir selbst Unfehlbarkeit zuschreiben.
Du hast mich gefragt, ob du ins Richteramt zurückkehren sollst. Ich glaube, du solltest tun, was dich glücklich macht, und das ist Richter sein. Ich würde dir nicht raten zurückzukehren, wenn ich es nicht für das Richtige halten würde. Die Menschen in diesem Staat brauchen gute Richter. Wenn du zurücktrittst, enttäuschst du sie, nur um dich selbst zu strafen.«
Eine Weile gingen Quinn und Laura schweigend nebeneinander her. Schließlich sagte Quinn: »Ich will zurückkehren, aber ich ...«
»Du hast dich einfach nur verhalten wie ein menschliches Wesen.«
Quinn machte ein besorgtes Gesicht. »Hältst du es wirklich für das Richtige?«
»Ja, Dick.«
»Na, dann sag Stan, wenn du ihn das nächste Mal siehst, daß ich mich schon darauf freue, wieder zur Arbeit zu gehen.«

2

Un *autre, s'il vous plait«*, sagte James Allen.
»Immédiatement, Monsieur.«
Der Kellner nahm Allens leere Tasse und trug sie ins Café. Allen lächelte. Es freute ihn besonders, daß der Kellner französisch mit ihm sprach. Allen war aufgefallen, daß viele Kellner ins Englische wechselten, wenn Amerikaner, deren Grammatik oder Akzent nicht perfekt waren, französisch zu sprechen versuchten.
Während Allen wartete, daß der Kellner mit seinem Café au lait zurückkam, sah er über den Genfer See zu den

französischen Alpen hinüber. Auf den Bergspitzen lag Schnee, obwohl es in Lausanne sehr mild war. Jedes Jahr fuhr James Allen in seinem Urlaub nach Europa. Er war nun schon das zweite Mal in der Schweiz, und es gefiel ihm sehr. Dieser Urlaub war besonders schön, weil die fünfzigtausend Dollar, die er von Benjamin Gage erhalten hatte, und das Geld, das Lamar Hoyt ihm vermacht hatte, es ihm gestatteten, zum ersten Mal luxuriös zu reisen.

Wie mit Ryan Clark abgesprochen, hatte Allen der Polizei nichts von der Übereinkunft gesagt, die Allen kurz nach der Nichtzulassungsentscheidung mit Senator Gage getroffen hatte. Es waren die Blutspritzer gewesen, die Allen zu der Überzeugung gebracht hatten, daß Ellen Crease seinen Arbeitgeber umgebracht hatte. Allen hatte diese Frau nie gemocht. Sie ging viel zuwenig auf Mr. Hoyts Bedürfnisse ein, war zu dominant. Wenn sie in den United States Senate gewählt worden wäre, wäre Mr. Hoyt einen Großteil des Jahres allein gewesen. Er wußte, wie sehr das Mr. Hoyt aufgeregt hatte, denn er hatte die bösen Streitigkeiten mitbekommen, in denen es vorwiegend um dieses Thema gegangen war.

Doch in dem Augenblick, da Allen zu der Überzeugung gelangte, daß Crease schuldig war, hatte Richter Quinn die Anklage gegen sie zerstört. Allen hatte daraufhin beschlossen, Benjamin Gage mit Wahlkampfmunition zu versorgen, in der Hoffnung, daß diese Informationen zu Creases Niederlage führen würden. Als er von Ryan Clark die Abhörausrüstung erhielt, hoffte er insgeheim, daß er Creases Mordgeständnis würde aufnehmen können, aber soweit war es nie gekommen. Doch das Telefongespräch zwischen Crease und Richter Quinn, das Allen mitgehört hatte, hatte den Hausmeister schließlich in die Lage versetzt, den Mord an seinem Arbeitgeber zu rächen. Allen hatte den Wintergarten verwanzt und war

in Aktion getreten, als Crease drohte, Laura und den Richter zu töten.
Danach war das Leben hektisch gewesen. Es gab polizeiliche Befragungen und Interviews mit der Presse. Es fiel Allen schwer, in dieser Zeit den Geknickten zu spielen, aber er kannte die Behörden gut genug, um zu wissen, daß sie nicht gerade freundlich reagiert hätten, wenn er die Freude gezeigt hätte, die er empfand, als er die Frau tötete, die ihm Lamar Hoyt genommen hatte.
Die Fähre nach Montreaux fuhr auf dem See vorüber. Tags darauf wollte Allen per Schiff ein Stückchen weiterreisen, bis nach Château Chillon, der Festung, in der Lord Byrons berühmtes Gedicht spielte. Er freute sich schon auf die langsame Fahrt, auf der er »Der Gefangene von Chillon« noch einmal lesen wollte.
»Monsieur«, sagte der Kellner mit freundlichem Lächeln, als er den Kaffee auf den Tisch stellte. Allen dankte ihm in perfektem Französisch, das er sich in der Abendschule und bei seinen Reisen durch Frankreich und die Schweiz angeeignet hatte.
Eine Wolke schob sich vor die Sonne. Für kurze Zeit wurde die Luft etwas kühler. Allen trank einen Schluck. Die warme Flüssigkeit vertrieb die Kälte. Er sah auf die Uhr. In vier Stunden würde er in einem der besten Restaurants Europas essen. Er nahm sein Buch wieder zur Hand und trank noch einen Schluck.

Danksagung

Das Recherchieren ist ein Teil des Schreibens, der mir immer Spaß macht. Danken möchte ich Bryan Ostrum, Dick Solomon, Mike Prahl, Joseph Ceniceros, Patricia Green und Scott La Pine, die sich die Zeit nahmen, mir die technischen Details zu erklären, die ich brauchte, um *Die Witwe des Leichenbestatters* zu schreiben.

Darüber hinaus möchte ich Vince Kohler, Steve Perry, Jerry Matasar, Susan Svetkey, Norman Stamm und Joseph, Eleonore, Jerry und Judy Margolin danken, weil sie die ersten Fassungen lasen und mir mit klugem Rat weiterhalfen.

Vielen Dank an Pat Mulcahy und Elisa Petrini für ihr unermüdliches Lektorat, an die Belegschaft der Literaturagentur Jean V. Naggar (der besten Agentur im bekannten Universum) für ihre großartige Unterstützung und an jeden bei Doubleday und Bantam.

Und schließlich einfach nur danke an Daniel, Ami und Doreen.

Phillip M. Margolin

Das Gift der Erinnerung

Ein Thriller um Korruption und verbotene Leidenschaft – von einem der hochkarätigsten Autoren des Spannungsgenres

Ein junges Liebespaar in den siebziger Jahren wird in der ersten gemeinsamen Nacht überfallen und brutal ermordet. Die Ermittlungen bleiben ohne Erfolg.
Jahre später trifft Kommissar Shindler die einzige Zeugin wieder, und seine Besessenheit auf der Suche nach der Wahrheit wird nicht nur dem Mörder zum Verhängnis ...

Auf glühenden Kohlen

Zwei Männer in Bedrängnis: Peter Hale fliegt wegen eines verpatzten Falles aus der Anwalts-Sozietät seines einflußreichen Vaters und wird enterbt. Um es allen zu zeigen, übernimmt er die Verteidigung in einem Mordfall, der er bei weitem nicht gewachsen ist. Sein Mandant und er geraten in die Fänge des gnadenlosen Justizsystems.

»*Auf glühenden Kohlen* ist Margolins bisher bestes Buch, und das will eine ganze Menge heißen.«

The Daily News

Phillip M. Margolin

Der letzte Unschuldige

Er gilt als eiskalter Star unter den Strafverteidigern. Doch niemand ahnt, daß der junge Anwalt verzweifelt auf der Suche nach dem letzten wahrhaft Unschuldigen ist. Er übernimmt den Fall eines Kollegen, der verdächtigt wird, eine als Prostituierte verkleidete Polizistin brutal ermordet zu haben. Und dann nimmt der Prozeß eine dramatische Wendung …

»Ein spannender Justizroman des Bestsellerautors, der es spielend mit Grisham und Turow aufnimmt.«

Publishing News

Knaur